吉原御免状

隆 慶一郎 著

新潮社版

4332

吉原御免状

妻　順に

日本堤

松永誠一郎が、浅草日本堤の上に立ったのは、明暦三年（一六五七）、旧暦八月十四日の夕刻である。

かすかに風が鳴っていた。見渡すかぎりの田圃《たんぼ》に、刈り残された稲葉がふるえている。まったくの田舎景色である。誠一郎は、ほっとした。

前夜の泊りである川崎の宿《しゅく》を、朝方たち、殆《ほと》んどやすみなしで、江戸の町を横切って来たのだが、誠一郎は、この生れて初めて見る町が、どうにも好きになれなかった。

（江戸なんて、こんなものか）

喧騒《けんそう》と雑踏。罵《ののし》り合うような職人たちの会話。かん高い売り声を張り上げる行商人たち。漠然《ばくぜん》とした殺気。とげとげしい視線。そのすべてが、誠一郎の気分を沈ませるのである。

（山の生きものたちの方が、ずっと、静穏で、気品がある）

真実、そう思う。

誠一郎は、二十五の齢《とし》まで、肥後の山中で生きて来た。そこでは、けものたちは、互いに相手の領分を犯すことなく、穏やかに、誇り高く、暮している。無用な殺気も、とげとげしい視線も、感じたことがない。

(どうして先生は、こんな猥雑《わいざつ》な町へ行けと、遺言を残されたのか)

誠一郎の師は、宮本武蔵《むさし》政名である。誠一郎は、棄《す》て子。ものごころつく頃《ころ》から、肥後の山中で武蔵に育てられた。師であると同時に父であった。武蔵は、今から十二年前、正保《しょうほう》二年に、世を去ったが、死の床に高弟の肥後藩士、寺尾孫之丞《まごのじょう》を呼び、誠一郎を託した。

「二十五才まで山を出すな。二十六才になったら、江戸にゆき、吉原に庄司甚右衛門《じんえもん》を訪ねさせよ」

庄司甚右衛門あての添書まで渡して、そういった。当時、十四才だった誠一郎は、その時の武蔵の懐《なつか》しそうな顔を、はっきりと憶《おぼ》えている。

「刀法指南、一切無用」

武蔵は、寺尾孫之丞にそうもいった。だから孫之丞は、一度も稽古《けいこ》をつけてはくれなかった。誠一郎は、武蔵によって十四才までに叩《たた》きこまれた刀法を、たった一人で完成してゆくしかなかった。

目の前には、いつも武蔵がいた。その大きな身体《からだ》で立ちはだかり、鷲《わし》のような眼で誠一郎を見据《みす》えていた。斬《き》っても斬っても、武蔵は、いた。呆《あき》れるほどの執拗《しつよう》さであり、大きさだった。その武蔵の姿が、去年の冬、ふっと消えたのである。決してはなれることのなかった武蔵の眼が、気がついた時には、もう、なくなっていた。誠一郎は、己が刀法に自在を得た。

それを待っていたかのように、寺尾孫之丞が訪れ、山を降りる日が来たことを告げたのである。それから半年ほど世間のしきたりについて教えこまれた揚句の旅立ちだった。

（いっそ、二十六になんか、ならなければよかったのに……）

われながら、だだっ子めいた思念が心を掠《かす》め、誠一郎は苦笑した。

鋭い鳥の声に、誠一郎は、われに返った。

（杜鵑《ほととぎす》じゃないか）

不吉、という感覚が、不意に襲った。山で育った誠一郎は、こうした感覚に鋭い。一種の予知能力である。ゆっくりと息を吐き出しながら、肩から爪先《つまさき》まで、意識して力を抜いていった。危険に対応する構えだった。そのまま、チラチラ明りのつきはじめた人家の方へ、歩きだす。そのよろめくような、頼りなげな歩き方が、『咒師《ずし》走り』に現れる『禹歩《うほ》』の型であることを、誠一郎は知らない。『咒師走り』は、昭和の今日でも、東大寺二月堂のお水取りに行われているもので、古く中国の遁甲《とんこう》兵術から来ている。遁甲、即《すなわ》ち忍術である。誠一郎は、全く無意識に、忍びの術を使っていたことになる。

ちなみに謂《い》う。謡曲の『弱法師《よろぼし》』は、四天王寺の遊僧である。遊僧とは、寺院に属し、僧形をした、咒師のことだ。『禹歩』の歩き方が、よろよろと、よろめいているかのように見えるので、咒師、即ち遊僧を、弱法師といったのである。誠一郎の歩みは、その弱法師に、よく似ていた。

誠一郎は知らなかったが、この明暦三年八月十四日という日は、吉原にとって劃期《かっき》的な日だった。新吉原が誕生し、その営業の初日だったのである。

元々、庄司甚右衛門が開いた吉原は、日本橋葺屋町《ふきやちょう》にあった。現在の日本橋堀留町一丁目のあたりである。それが、四十余年を経た明暦二年、つまり去年の十月九日、突然、町奉行所から、所替えの命令が出た。代替地は、本所《ほんじょ》か浅草日本堤か、好きな方をとれと云《い》う。本所は隅田《すみだ》川の向うである。当時、隅田川には、橋が一つもなかった。吉原町の年寄たちは、鳩首《きゆうしゆ》協議の結果、田圃の中とはいえ、浅草日本堤を選んだ。北町奉行、石谷将監《しようげん》は、これに対して五つの特典を吉原に与えている。

一、現在の二町四方の土地のかわりに、五割増の、二町に三町の場所を下付する。

一、寛永十七年以来禁制になっていた夜の商いを、十五年ぶりに免許する。

（この十五年間、吉原は、昼遊びだけだった。当時の武士は、よほどの用のない限り、夜、屋敷を出ることを許されていない。この禁制は、初期吉原の遊客が、武士を主体としたことを示している）

一、江戸町中に二百余軒ある風呂屋《ふろや》を取潰《とりつぶ》す。

（この風呂屋とは、勿論《もちろん》、湯女《ゆな》を置き、売色を業とした風呂屋である。様々な掟《おきて》にしばられ、莫大《ばくだい》な金のかかる吉原に較《くら》べて、安直に目的を達することの出来る風呂屋は大好評で、吉原の営業をおびやかす存在だった）

一、山王《さんのう》、神田両祭礼、及び、出火の時の跡火消の町役を免除する。

一、引越料として、一万五百両、下さる。

（これは、間口一間につき十四両の割合で計算した金額である。但《ただ》し、吉原の一間は京間《きようま》である。江戸の町家は、徳川氏の定めた、六尺＝一間の田舎間《いなかま》で建てられたが、吉原だけは、豊臣《とよとみ》秀吉が文禄《ぶんろく》の検地に用いた、六尺三寸＝一間の、京間を使っている。吉原が、京島原を真似《まね》てつくられたことの、一つの証拠である）

吉原は、この金を、明暦二年十一月二十七日に受取っている。来春から日本堤の普《ふ》請《しん》に取り掛る、という約束だったが、明けて明暦三年正月十八日、猛火が江戸を襲った。後世にいう、明暦の大火、又の名、振袖《ふりそで》火事である。

正月十八日の昼すぎ、本郷《ほんごう》丸山本妙寺から発したと伝えられる火は、翌十九日も燃え続き、二十日朝に至って、ようやく鎮《しず》まった。江戸の町は焦土と化し、焼死した人の数は、三万五千人といい、十万人ともいう。実数五、六万が、確実に、焼死、又は凍死したのである。火事で凍死とは奇妙にきこえるが、火の鎮まった二十日の夜半から大雪が降り積り、煖《だん》をとるすべもない多くの庶民が、事実、凍え死んだ。

人ども死すべき時の定まりけん。火をのがれては水におぼれ、飢ゑて死に、凍りて死す。いづれ命は助からず、むざんといふもおろかなり。

浅井了意の『むさしあぶみ』は、そう書いている。惨状、思うべしである。

吉原も勿論、全焼。暫《しばら》く現地の仮宅《かりたく》で営業していたが、六月十五、十六両日をかけて、すべての遊女を屋形舟に乗せ、浅草日本堤に移った。ここでも、山谷《さんや》辺の百姓家を借りて、仮宅営業を続けながら普請にかかり、七月中に落成。八月十日に移転を完了し、この八月十四日をもって、新吉原の本格的営業を開始した（この移転以前を元吉原、以後を新吉原と呼ぶ）。新生吉原の、記念すべき初日だった。当然、廓《くるわ》の者も、日本堤の中宿《なかやど》、腰掛茶屋の者たちも、張り切って初日の客を待っていた。

弱法師の歩みを運ぶ誠一郎が、彼等の目に、心ここにない遊士の一人と映らないわけがなかった。

「もうし、お武家さま」

堤の中ほどまで来た時、声がかかった。新築の茶屋の前に、男が一人、愛想《あいそ》笑いを浮べながら、もみ手をしている。この茶屋は、後に『どろ町の中宿』として栄えた、吉原への中継所である。このあたりの町名は田町だが、それを『どろ町』というのは、この中宿で、盥《たらい》に水を張り、吉原通いの遊客に足を洗わせたからだ。

「そりゃいけやせんよ、ああた」

なれなれしく、すりよりながら、男は云った。

「はやるお気持はね、ようく分ってるン。けどね、そのおみ足で、丁《ちょう》へ入っちゃ、ああた、おいらんは、これでさァ、これ」

男は、ぷい、と横を向いてみせた。

誠一郎には、男の喋《しゃべ》っていることが半分も分っていない。何がはやるお気持なのか。丁とか、おいらんという言葉も不明である。分ったことは、ただ一つ、自分の足が泥《どろ》だらけだということだった。確かに初めて会う人の前に出るには、非礼にすぎるかもしれない。

「ありがとう。足を洗って行きます」

誠一郎は、軽く一礼して、山谷堀へ降りてゆこうとした。

「ちょ、ちょっと、ああた」

男は、慌《あわ》てたらしく、口ごもった。

「うちで、すすぎを、おとりなさいまし。おぐしの方も、そのまんまじゃ、あんまりでげしょう。ちょっと、香りのある油でもおつけになりゃァ、おもてなさいますよ、おいらんに」

誠一郎は、首をかしげた。おいらん、という言葉は二度目である。

「おいらん、って、なんですか」

「へっ？」

男は、どぎもを抜かれたような、かん高い声をあげた。だが、すぐに笑いだして、

「へっへっへ。おひとの悪い……」

「本当に、なんなんですか」

誠一郎は、真顔である。

「ああた、丁へおでかけじゃ、ないんで」

「丁って？」

「悪い冗談だ」

男は手をふってみせた。

「丁は丁でさァ。吉原五丁町《ごちようまち》のこって……」

「ああ。それなら、確かに私の行先です」

「丁へゆくのに、おいらんをご存知ない？」

男は、からかわれたと思ったらしい。むっ、とした表情になった。

「私は、おいらんという人に会いにゆくんじゃないんです。庄司甚右衛門という方に用があるだけで……」

不意に、空気が凍りついた。このおかしげな男の体内から、思いもかけぬ凄《すさ》まじい

殺気が、放射されたのである。誠一郎は、僅《わず》かに眼をそらせることで、その殺気をやりすごした。殺気は、一瞬に消えた。誠一郎でなかったら、恐らく、感知出来なかったと思われるほど、瞬息のものだった。

「庄司さまのお店なら、江戸町《えどちょう》一丁目の角でございますよ。西田屋といわれましてね」

男はひどく丁寧に、そう云った。

みせすがかき

山谷堀の冷い水で、顔を洗い、足を洗い、衣服に滲《し》みこんだ道中の土埃《つちぼこり》を払いながら、誠一郎は当惑していた。八方から殺気がとんで来る。それも、江戸の町中で感じられた、漠然《ばくぜん》たる殺気ではない。確たる目標を持った、刺すような殺気である。目標は誠一郎だ。だが誠一郎には、なんの覚えもない。

(何故だ。何がいけなかったんだ)

自分が口にしたことは、吉原五丁町が行先であること。庄司甚右衛門に用があることと。その二つだけだ。庄司甚右衛門？　その名前が、これほどの殺気を呼びおこしたのだろうか。庄司甚右衛門は、多くの男たちの怨《うら》みを買っているのか。そうは思えなかった。西田屋を教えてくれた男の、うやうやしいといえるほど、丁重な言葉づかいを、誠一郎は思い出している。

（分らない）

誠一郎は、首を振り、夥《おびただ》しい殺気と視線を背にうけながら、土堤《どて》を進んだ。相変らず弱法師《よろぼし》の歩みである。

背後に、馬蹄《ばてい》の音をきいた。馬子《まご》にくつわをとられた見事な白馬が、誠一郎を追い抜いてゆく。馬上には、鼻の大きな、壮年の武士。大身《たいしん》の旗本か、大大名の江戸留守居役か、立派な身ごしらえである。

ピュッ。

追い抜きざまに、その武士が、馬上から抜討った。殺気はない。乱暴な話だが、これはただの冗談なのである。誠一郎は、眉《まゆ》も動かさなかった。武蔵直伝《じきでん》の『五分の見切り』で、太刀先の僅かに届かないことを見抜いていたからである。武士は、寛闊《かんかつ》に高笑いすると、広い坂道を降りていった。この道を五十間道《みち》といい、三曲《みまが》りに曲っている。最初の下り坂を衣紋坂《えもんざか》といい、坂の上右手、石垣《いしがき》の台上に、屋根つきの高札場《こうさつば》があり、反対側の左手には、柳の樹が植えられてあった。所謂《いわゆる》『見返り柳』である。

誠一郎は、衣紋坂を降りながら、初めて吉原を望見した。恰度《ちようど》、灯《ひ》の入ったところだった。土堤の暗さにひきかえて、眩《まぶ》しいばかりの明るさである。誠一郎は、足をとめていた。夜の中のこれほどの華やぎを、誠一郎は生れて初めて見た。

(これは、なんだ)

当惑に似ていた。なによりも、戸まどいが先に来た。やがて、それが驚嘆に変った。

(これこそ、都《みやこ》というものではないか)

誠一郎は、動けなかった。すくんだように、この光の洪水《こうずい》を見つめて、立ちつくしていた。

不意に、三味線の音が湧《わ》き上った。それも、一挺《ちよう》や二挺ではない。ゆうに百挺をこえる三味線が、一斉《いっせい》に、同じ音色を奏《かな》ではじめたのである。唄《うた》もまじっていたが、誠一郎には、詞《ことば》が分らない。

だが……、

(嗚呼《ああ》!)

誠一郎は、呻《うめ》いた。胸が騒ぐ。なんともやるせなく、胸が騒ぐ。肥後山中の早春の日々に、こんな風にわけもなく胸が騒ぐことが、何度かあった。身も心も、虚空《こくう》の中を、果てしなく漂ってゆくような思い。誠一郎の頬《ほお》が、いつか濡《ぬ》れている。

（俺《おれ》は、なぜ、泣いているんだろう）

どこまでも軽く、心を浮きたたせる音色の底に、そこはかとない悲しみの色がある。それが、誠一郎を泣かせるのである。

（俺は、今日まで、何をして来たのか）

三味線は、所謂『みせすががき』であり、吉原の夜の世界の開幕を告げるものだった。

清掻《すががき》の清《すが》は、素謡《すうたい》の素《す》で、掻《かき》は、古くは琵琶《びわ》を掻き鳴らすことだったが、後には唄を唱《うた》わずに、絃楽器のみを奏するのを、すべて、すががき、という。夕刻、遊女たちの身支度が終ると、店の者が神棚《かみだな》に拍手《かしわで》をうち、縁起棚の鈴をならす。それをきっかけに、新造《しんぞ》が、三味線をもって神前に並び、弾きはじめる。この三味線の中を、遊女は二階から降りて来て、見世《みせ》に並ぶ。これが張り見世である。後世、吉原芸者が現れると、彼女たちが、この清掻を弾くことになる。清掻は、営業が終るまで、つまり引け四つ（夜十二時）まで、間断なく弾かれていた。

その『みせすががき』が、松永誠一郎の人生を大きく変えることになる。

瓦《かわら》をのせた、大名屋敷のような黒塗りの門（大門《おおもん》）をくぐると、目と鼻の先の右角に、西田屋があった。

誠一郎は、長いこと待たされた。やがて、四十がらみの、でっぷり肥《ふと》った男が現れて、気の毒そうにいった。

「庄司甚右衛門は、正保元年に、死にました。手前が伜《せがれ》の甚之丞でございます」

正保元年は、今から十三年前。宮本武蔵の死の、前年だった。

仲《なか》の町《ちょう》

「うち風呂には、生憎《あいにく》、妓《おんな》共が、入ってしまいました。ご出世前のお武家さまをお入れするわけには参りませぬ。湯屋にご案内申し上げまする」

西田屋二代目の庄司甚之丞は、自ら案内するつもりか、身軽く腰をあげた。めあての庄司甚右衛門が、十三年前に死んでいるときかされ、いっとき茫然《ぼうぜん》自失した誠一郎に、亡父ゆかりのお方ゆえ、何ヶ月、何年なりと、お気のすむまでお泊り願います、とやわらかく云った後の、それが最初の言葉だった。

誠一郎は案内をことわって、湯屋の場所をきき、西田屋を出た。

なんという優しさだ、と誠一郎は思う。ここでは、何も彼《か》も、江戸の町とは違っている。どこもかしこも、明るく、やわらかく、優しさと雅《みや》びに満ちあふれ、まるで別の都のようだった。

『みせすががき』の三味線の音は、まだ続いている。浮きたたせるような、その音色にのって、夥しい男共が、ゆっくり通りを歩いていた。

大門から水戸尻《すいどじり》までまっすぐに縦に走る通りを仲《なか》の町《ちょう》と呼ぶ。新吉原のメイン・ストリートである。

仲の町の両側には、細い格子《こうし》の店が続き、格子の中には、きらびやかな衣裳《いしょう》の遊女が居並んで、男たちと、格子ごしに何ごとか囁《ささや》き、笑い合っている。男たちも伊達《だて》な衣裳の者がほとんどで、侍は皆、編笠《あみがさ》で顔を隠し、町人の中には手拭《てぬぐ》いで頬かむりしている者もいる。鼻唄をうたい、扇子をせわしなく使い、目ばかりキラキラと輝かせているのが、ほとんどであった。

人ごみの中で、不意に声をかけられた。

「また逢《あ》ったな」

先刻、日本堤で、馬上から突然抜討ちの一閃《いっせん》を送って来た、鼻の大きな武士である。四、五人のつれはすべて侍だが、一人として編笠はかぶっていない。いずれ劣らぬ剽《ひょう》悍《かん》な顔が、一斉に足をとめて、誠一郎を睨《にら》んだ。

誠一郎は、微笑を浮べて、軽く会釈《えしゃく》した。乱暴な抜討ちだったが、その後の大きな笑い声が、いたずらであることを示していたし、その寛闊さも、誠一郎の気に入っていたからである。

「何者だ、この男」

鼻の武士の隣にいた、これは蟹《かに》のようにおでこの広い男が云った。

「日本堤で、冗談に抜討ちを送ったが、この男、眉毛《まゆげ》一本動かさなかったよ。齢《とし》に似合わず、腕利《うでき》きと見た」

鼻の武士も、誠一郎が気に入っているらしい。

「面白《おもしろ》くねえ」

蟹の武士は喚《わめ》くなり、横殴りの抜討ちを誠一郎に浴びせた。これは鼻の武士のとは違う。間合も殺気も充分の殺人剣である。

誠一郎は、僅《わず》かに身をそらせることで、この剣をかわしている。『五分の見切り』である。誠一郎は、修練をつんで、『一分の見切り』つまり、相手の剣を、肌《はだ》から僅か一分のところで、避けることが出来るまでになっている。『見切り』が出来れば、余計な動きは不要になり、その分だけ効果的に動ける道理である。動けば蟹は死んでいる。だが誠一郎は、見切っただけで、動かなかった。こんな悪巫山戯《わるふざけ》に、刀を抜く気にはなれなかった。

「喧嘩《けんか》だァ」

声がとぶと、忽《たちま》ち、ワッと男たちが、集って来た。江戸者は、よほど喧嘩が好きらしく、見物の方も手慣れたものだ。蟹と誠一郎を中心に、半円を描くように居並び、二人が充分に動ける空間を作っている。まるで土俵だった。

誠一郎の顔が引きしまった。半円の見物人の中から、夥しい殺気の矢が襲って来るのを感じたからである。それはどろ町のあたりで放射された殺気と、同質のものだった。隙《すき》を見せれば、現実になんらかの武器がとんで来かねない、厄介《やっかい》な殺気である。

(どうしてこんな目にあわなければいけないんだろう)

誠一郎は、当惑のあまり、悲しくなった。蟹は見物人の目を意識してか、派手な八双の構えから、袈裟《けさ》がけに斬《き》って来た。凄《すさ》まじいまでの速さをもった斬撃《ざんげき》である。

瞬間、誠一郎の姿が消えた。

「おお!」

蟹が、呻《うめ》いた。

「うしろだ、甲斐《かい》」

鼻の武士が大声で喚いた。

クルリとふりむいた蟹が、瞠目《どうもく》した。誠一郎は、蟹の斜め左後方、たぞや行灯《あんどん》の蔭《かげ》に、うっそりと立っていた。そこは見物人のいない唯一《ゆいいつ》の場所であり、同時に、たぞや行灯の明りを逆用して、己れ一人を影に置き、他を悉く《ことごと》明りにさらす、唯一の『不敗の地』だった。

「お主、なにをした？　刀が重くなったぞ」

蟹も並の剣士ではないことを、誠一郎は知った。実は、ふりおろされた蟹の刀の峯《みね》に乗り、それを引き戻《もど》す力を利用して、蟹の頭上高く跳んだのである。鞍馬《くらま》八流にこの型があると武蔵にきいて、秘《ひそ》かに鍛練を積んだ技だ。

「お主の刀に乗って跳んだのさ」

鼻の武士がいった。蟹が目を剝《む》いた。

「この喧嘩に命を賭《か》けるか、甲斐」

「冗談だろう。濃紫《こむらさき》との合戦の前に死ねるか」

響き渡るような大声で笑って、パチリと刀を鞘《さや》におさめたが、ばかでかい額に汗が光っていた。

鼻の武士が笑った。

「加賀《かが》爪《づめ》甲斐に汗をかかせるとは、たいした刀法だ。お主の名は？　わしは、水野十郎左衛門。この連中は、いずれも、神祇組《じんぎぐみ》の者だ」

　水野十郎左衛門は、三千石の旗本で、旗本奴《やっこ》神祇組の頭領《とうりょう》である。加賀爪甲斐守は、その配下であり、

　　夜更《よふ》けて通るは何者ぞ
　　加賀爪甲斐か、泥棒《どろぼう》か
　　さては、坂部の三十か

と落首《らくしゅ》に書かれたほどの無法者だったが、勿論《もちろん》、誠一郎は知らない。

「松永誠一郎といいます」

「刀法の流儀は？」

「二天一流」

「おお。宮本武蔵殿のお弟子か」

「はい」

　不意に、放射され続けていた夥しい殺気が、ハタとやんだ。一瞬の変化である。替って、奇妙な温かさが、誠一郎を包んだ。

（どういうことだ、これは）
誠一郎は思わず小首をかしげていた。

「長旅をして来なすったか」
誠一郎は、柘榴口《ざくろぐち》の暗闇《くらやみ》の中で、声をかけられた。天井から下げられた板のために、採光が不充分な上、濛々《もうもう》たる湯気である。こんな中で、長旅と見抜くとは、恐るべき眼といわねばならない。誠一郎は、湯気をすかすようにして、相手を見た。誠一郎も、山育ちのお蔭で、夜目がきく。すぐに相手の姿を認めたが、驚いたことに、六十を越えたと思われる老人だった。白髪頭《しらがあたま》に小さな髷《まげ》がちょこんと載っている。腰をあげて、誠一郎のすぐ前に来て、又、しゃがみこんだ。

この頃《ころ》の湯屋は、蒸風呂である。正確には、半蒸風呂といった方がいい。元々、湯屋と風呂屋は、全く違ったもので、風呂屋は、蒸風呂であり、湯屋は、湯水の浴槽《よくそう》に身を沈める、今日の銭湯風のものである。しかし、純粋な蒸風呂は建築構造が特殊な上に、熱が逃げるために、数多くの浴客を入れることが出来ないという欠陥があった。従って湯屋の方が風呂屋より多くなってゆくのは当経済的に成りたたないのである。

然だったが、湯屋は湯屋で、なんとか蒸風呂の利点をとり入れようとして、ここに、半蒸風呂ともいうべき、戸棚《とだな》風呂や柘榴口が出来た。戸棚風呂とは、文字通り、戸棚のように密閉された浴槽に入って戸をしめるものであり、柘榴口とは、浴槽の前に、天井から板をたらしたもので、板の端と床との距離が短いので、身体を屈《かが》めて、入らなければならない。「屈《かが》み入る」というのを「鏡鋳る」と置き換え、昔は鏡をみがくのに柘榴の実の酢《す》を使ったため、ここを柘榴口といったという説があるが、真偽のほどは不明である。どちらの場合も、浴槽に、ごくわずかの湯を入れ、その湯気で発汗を促したものである。尚《なお》、当時は入浴時に、褌《ふんどし》をしめて入る習慣だった。

老人は異相といえる。顔の幅がとんでもなく広い。目、鼻、口、いずれも大きく、それがてんでんばらばらについているので、顔だけ見ていると、大変な大男の感じがする。実は五尺そこそこ。短軀《たんく》といっていい。だが、見事な肉体である。筋肉は、鉄片をうちつけたようで、無駄《むだ》な肉は、一片もない。若い頃、よほど厳しく鍛えぬいたと思われる体軀だった。

「肥後から来ました」

誠一郎は、素直に答えた。

「肥後か。肥後には、宮本武蔵という男がいたなァ。汚ない男でね。一ト月も湯屋へ行かないんだよ」

老人は笑った。天井に反響して、異様に大きな声にきこえる。

「宮本先生を、ご存知ですか」

誠一郎は、多少、警戒している。

「知らいでか」

老人は、顔の汗を、つるりと拭《ぬぐ》った。

「あれは寛永十五年（一六三八）のことだったかな。島原のいくさに、武蔵殿は、吉原から、出陣していったものだ。無論、ここではない。元の吉原だがな」

「先生が、吉原から……」

誠一郎には、俄《にわ》かに信じられないことだった。

「新町の河合権左衛門という傾城《けいせい》屋に、雲井という女子《おなご》がおってな。武蔵殿は、その雲井になじんで、よく通ったもんじゃ。いざ出陣の時には、雲井の紅鹿子《べにかのこ》の小袖《こそで》を裏につけた、陣羽織を着てなァ。遊女たちの見送る中を大門まで歩き、皆に別れの言葉をかけると、大門口でひらりと馬にまたがり、一鞭《ひとむち》あてて、とび出して行った。なんとも絵のような晴れがましい出陣だったよ」

老人の言葉には、いつか深い感慨が籠《こも》っていた。その感慨が、誠一郎の心を、しみじみとした思いで満した。

(それでなのか。それで、先生は、自分をここへ送られたんだ。ご自分が味わわれたのと同じ思いを、私にもさせようと思われたんだ)

誠一郎は、武蔵の愛を感じていた。

だが、誠一郎は、間違っていた。武蔵が誠一郎をはるばる吉原に送ったわけは、もっと深く、もっと恐るべき秘密を秘めていたのである。この時の誠一郎は、まだ、それを知らない。

老人は、幻斎と名乗った。目に見えていながら見えず、白昼の幻の如《ごと》き爺《じじ》いだからじゃよと、謎々《なぞなぞ》のようなことを云って笑った。

幻斎老人は、ひどく親切だった。洗い場に上ると、髪を洗ってやる、といってきかず、誠一郎を、困惑させた。その上、穿鑿癖《せんさくへき》があるとみえて、髪を洗いながら、次々と道中の話を問い質《ただ》すのである。

大坂で新地によったか。京では、島原にいったか。誠一郎が、いずれの問いにも、否《いな》と答えると、嘆息を洩《も》らした。

「なんとなァ。京に寄りながら、こったいさんも、味わわなかったのか」

「こったいさんて、なんですか」

幻斎は、ふたたび、嘆声をあげた。

「この土地の、おいらんである。誠一郎がおいらんの意味を質すと、幻斎は憮然《ぶぜん》とした。

また、おいらんと同じだよ」

「おいらんとは、おいらの姉さん、という意味だよ。ここの太夫《たゆう》、格子《こうし》には、禿《かむろ》という子供がついているのだが、その禿が、姉女郎のことを、そう呼んだんだね。それが今では、女郎の総称になっている」

「こったいさん、というのは？」

「こちの太夫さんが縮められて、こったいさんだ」

誠一郎は、どろ町での、中宿の男とのやりとりを思い出した。われながらばかばかしく、とんちんかんで、思わず笑った。

「お前さん、ひょっとして、女子《おなご》を知らないんじゃないのかい」

誠一郎は、赧《あか》くなった。

「山の中では、一人きりでしたから」

「そうか。ひとりぼっち、か」

しみじみとした調子になっていた。

「武蔵殿も、むごいことをなさる」

「そんなことはありません」

誠一郎は、無意識の裡《うち》に、反駁《はんばく》していた。

「することが沢山ありすぎて、たとえひとがいても、気にかける暇は、ありませんでした。それに狼《おおかみ》や、熊《くま》や、狐《きつね》たちが、しょっちゅう遊びに来て、うるさいくらいでしたから」

幻斎は、誠一郎の髪を、洗い終って、うしろで、束ねてくれた。

「お前さん、暫《しばら》く、ここにいるんだね」

「そのつもりです」

「私が、案内してあげる。吉原という土地は、難しい土地でね。一人で歩いちゃ、十年たっても、分るまい。私と歩けば三月で分る。いや、なんとしてでも、分らせてみせますよ」

幻斎は、妙に意気ごんで、そう云った。

湯上りの肌に、初秋の風は、爽《さわ》やかだった。

誠一郎は、幻斎老人につれられて、大門を入ってすぐの場所にいた。そこには、毛《もう》氈《せん》を敷いた床几《しょうぎ》が並べられ、何人かの遊女が、腰をおろして、長煙管《ながぎせる》で煙草《たばこ》を吸っていた。幻斎は、どっこいしょ、とその床几に腰かけ、誠一郎にもすすめた。

「ここは、待合《まちあい》の辻《つじ》といってね。遊女が、馴染《なじみ》客の来るのを、待つ場所なのだよ。吉原見物はここに限る」

成程、ここにいると、大門をくぐって来る遊客たちも、仲の町を歩く太夫も、青簾《あおすだれ》を棒で張り出した揚屋《あげや》の、宴席の情景さえ、一望のうちに見てとれるのである。

「分るかな。これが、極楽だ。男の極楽という意味ではないぞ。これこそ女子どもの、遊女たちの極楽なのだよ」

幻斎の言葉に、ズシリとした重味があった。

「どういうことでしょう」

「今に分る」

それきり幻斎老人は口をつぐんだ。

『みせすががき』の音は、やまない。誠一郎は、またもや、ふわふわと、虚空《こくう》の中をただよってゆくような気分になった。

(これが極楽というのか。いや、男ではない。女子どもの極楽といったっけ)

ぼんやり、そんな思いにひたっている時、すっと、幻斎が立った。ズケリと云った。

「では、地獄を見にゆこうか」

水《すい》戸《ど》尻《じり》

路地の入口に木戸があって、細長い赤色の提灯《ちょうちん》がつるされていた。提灯には『局』という字が、妙に長ったらしい形につくって、書かれている。

「局見世《つぼねみせ》、一名切見世《きりみせ》ともいうな」

幻斎が、木戸のところでいった。

「一切《きれ》つまり須臾《すゆ》（現代の約十分か）の間に用をすますからだが……」

きゅっきゅっと足もとが鳴る。この道は板敷になっているのだ。二人並んで歩けないほどの狭さで、曲りくねっている。左側のお歯黒どぶ側に、長屋。一棟《むね》の長屋が、数十戸に分割され、その一戸一戸に、女が一人で見世張りをしている。たたんだ布団《ふとん》の上に二つ枕《まくら》をのせ、その前に坐《すわ》って客を呼ぶ女。戸口に立って、強引に客の腕、腰をつかみ、ひきずりこむ女。いずれも、濃い化粧の年増《としま》ばかりである。誠一郎が一瞬むせかえったほどの、脂粉の香りである。

この切見世をまた百文河岸《ひゃくもんがし》、鉄砲見世ともいう。約十分間の情事の値が五十文または百文だったためであり、ふぐ（鉄砲という）と同じく毒にあたり易《やす》いからだ。一戸の間口六尺。三尺は板戸、三尺は羽目板。入口の柱に店の名を書いた小さな角行灯《かくあんどん》。妓《おんな》の部屋は二畳敷で、その奥に更に二畳間があり、ここには多く抱え主の女房がいて、いいところで「お直しを願いな」と云《い》う。だから、実際には、五十文、百文一回でちのあくことはなかったようだ。東西の河岸見世のうち、東の方が凄《すさ》まじく、後にこを、羅生門河岸《らしようもんがし》と呼んだ。勿論《もちろん》、人の腕を捕えて放さなかったという、羅生門の鬼茨木《いばらぎ》の故事にひっかけた名である。

幻斎が微笑《わら》った。

「ここはな、小見世で年季を果したものの、因果にまだまだ金を稼《かせ》がねばならぬ女が、落ちて来る場所なのだよ。親のため、男のため、借金のため。まあ色々だがな。所詮《しよせん》は業《ごう》の深い女ばかりよ」

女たちは、幻斎を見ると、一様に畏怖《いふ》の色をあらわにして、声を控えた。幻斎の連れと見られたせいか、誠一郎をからめ捕ろうとする手ものびて来ない。

「お前さん、あの女を、何才と思う？」

女はあがりかまちに、腰をくねらせ、長煙管で煙を吐いている。でっぷり肥えたしむらは、抜けるような白さで、張りのある肌《はだ》である。酒をのんだせいか、顔が桃色に染まっている。

「分りません」

「そういわずに。当てずっぽうに、いってごらん」

幻斎は、にこにこ笑っている。

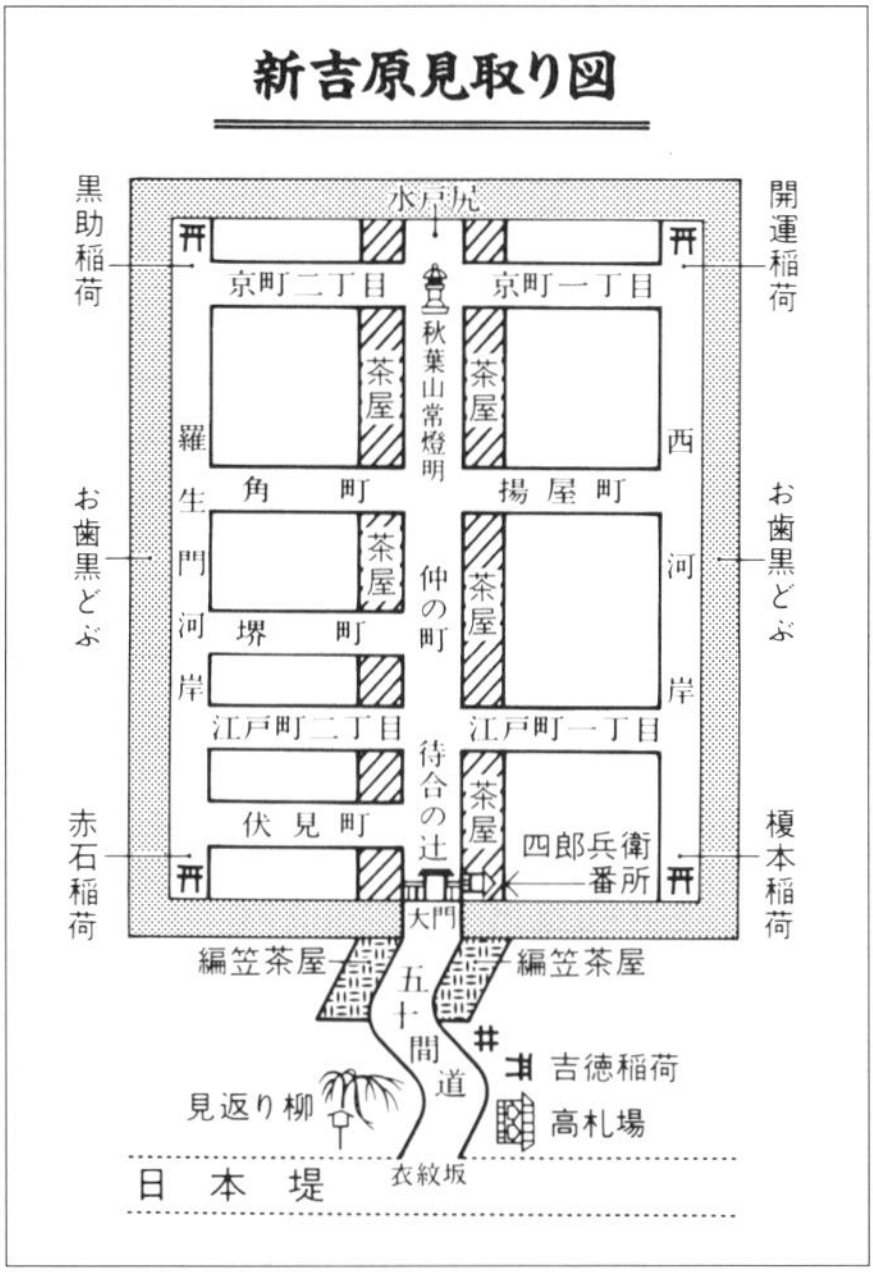

「三十になるやならず、でしょうか」

思い切って誠一郎はいった。

「おれんよ」

幻斎が、肥《ふと》った女に声をかけた。まるで身内の者に声をかけるような、きさくさだ。

「お前、いくつになった？」

「やだよォ」

女が、恥ずかしそうに、身体《からだ》をひねった。

「いっそ、性悪な……」

「ここにいる子に、きかせたいのだよ。後学のためにな。意地悪できいてるんじゃないのだよ」

幻斎の声がひどく優しいのに、誠一郎は驚いた。羽毛で軽く肌を撫《な》でるような、柔かな声なのである。女が、なんともいえず艶《つや》っぽい目になった。うっすらと、瞳《ひとみ》が濡《ぬ》れているようだ。

「五十二になりんした」

「はて……五十と二才のォ」

からかうような幻斎の声は、いよいよ優しい。

「ほんとうは、五十三でありんす。あれ、恥ずかしい」

誠一郎は、茫然《ぼうぜん》とした。五十三才の女が、まるで小娘のように、身をよじり、顔を袖《そで》で隠しているのである。

「もう、ひどうござんす。久しぶりに、お声だけで、濡れんした」

恨めしそうにあげた目が、前よりも、ぼうっと、濡れ光っていた。

「許してたもれ」

幻斎は、手を合わせて女に合掌すると、動悸《どうき》を鎮《しず》めるように胸を抑えている女をあとにした。

「信じられません」

誠一郎は、憮然《ぶぜん》として云った。

「あれは化物さ。この地獄には珍しく、金のために店を張っているんじゃないんだよ。男が好きで好きで仕様がないのだな。実の話、男を啖《くら》えば啖うだけ、肌はぬめぬめと色も白くなる。男だけが若返りの薬なんだな」

幻斎の声が変っている。くたびれたような、辛《つら》いやりきれなさがある。

「所詮、男は女のくいものと決まっているが……」

誠一郎の背筋を、冷いものが走った。幻斎の声の中に、本音ともいうべき真実を、感じとったからである。

（そんな、馬鹿《ばか》な……）

一方では、そう叫ぶ声もあるが、一方では男と女のどろどろとした間柄《あいだがら》を、垣間見《かいまみ》たという、異様な戦慄《せんりつ》が消えなかった。

「酒をのむかね」

幻斎の声は、元の屈託のない明るさに戻《もど》っていた。

京町二丁目の裏路地にある、『さけ・さかな・ちゃめし』と提灯の下った店の二階に、おちついたのは、二刻《ふたとき》（四時間）もあとのことである。

誠一郎は酒を武蔵にしこまれた。十才の頃《ころ》である。子供のしつけとしては、乱暴な話だが、お蔭《かげ》で、誠一郎は、まるで水をのむように、酒をのむことが出来る。いくらのんでも、気分こそ浮きたつが、酔うことはない。反射神経にも、身体の動きにも、酒の影響はない。

だが、幻斎の酒には、誠一郎も辟易《へきえき》した。なによりも、のむ場所が悪い。切見世の女の部屋なのである。板張りの土間を挟《はさ》んで路地と向い合った、妙な臭《にお》いのする女の部屋で、さしつさされつ、いつまでものんでいる。話の中には、女の親兄弟は勿論、遠い親類とか、前の情夫《まぶ》とか、嫁にいった朋輩《ほうばい》まで出て来て、誠一郎には何が何だか分るわけがない。女は時に笑い、時に本気で泣きだす。驚いたことに、そういう時には、幻斎も泣くのである。

しかも、幻斎はこれを、何軒もの店でやる。どの女も、幻斎はよく知っているらしい。まるで、切見世の『ぬし』である。また、女はすべて、何の抵抗もなく幻斎に心を開き、何でも喋《しゃべ》ってしまうようだ。その揚句が、大方は『泣き』で終るのである。

(老人の肴《さかな》は女の涙なんだろうか)

誠一郎が、そんなことを思うほど、幻斎はよく泣かせた。だが、散々泣いて、幻斎と誠一郎を送り出す時には、どの女の顔も一様に、あくが抜けたように、すがすがしく、明るくなっていることにも、誠一郎は気づいている。

(老人は、女あしらいの天才ではないか)

ようやく、誠一郎は、そう思うようになった。

いずれ劣らぬ深い業を背負った、それだけに、一癖も二癖もある女たちが、幻斎の手にかかると、まるで童女のように素直になってしまう。主人の因業さ、お上さんの意地悪さ、くいもののまずさから始って、結局は己れの不運への嘆息と涙に終る、きまりきった話の中で、次第々々に悪意や怨念《おんねん》が雲散霧消し、全く別のいい女が現れるさまを、誠一郎は、感嘆と共に眺《なが》めていた。

「あれが地獄でしょうか」

夏の鍋《なべ》もいいもんですよ、という幻斎の言葉通り、舌にとろけるような、うす味の魚の白身を、くいもの屋の二階座敷で味わいながら、誠一郎はきいた。

「みんな、結構、楽しんで生きているように見えましたが……」

「そりゃあそうだ」

幻斎が、うなずいて、盃《さかずき》の酒をなめた。

「女たちは気楽なものさ。この五丁町で、女がじかに銭《ぜに》を貰《もら》うのは、切見世だけだし、歩合でその銭の一割から三割まで、自分のものになるんだからね。年季も三年から五年と短いし……」

「じゃあ、地獄というのは……」

「男たちにとってという意味さ。あそこで、安く遊ぶ男たちは、まさしく地獄にいる」

断定だった。

「そのくせ、自分が地獄にあることを、知らない。だからこそ、ますます地獄なんだがね」

「わたしには、分りません」

誠一郎は、溜息《ためいき》をついた。

「当り前だよ。そんなに簡単に分られてたまるかい」

少し酔ったのか、ものいいが伝法になって来ている。

「男と女の道というものはな、極めれば極めるほど、難しいものだ。千年にわたる、われらの伝統をもってしても、なかなか、なかなか……」

幻斎は、首をふった。

「千年にわたる伝統と申しますと……？」

「ん？」

鎌首《かまくび》をもち上げるような感じで、幻斎の顔があがった。

「そんなことを、云ったかな」

「はい」

「仕様のない爺《じじ》いだ」

自分の唇《くちびる》をつまんで、つねった。

「それも、そのうちに教えるよ」

幻斎は、いかにも楽しげに、唄《うた》うように云った。

みせすががきの音が、ハタとやんだ。

鐘が鳴っている。

「浅草寺《せんそうじ》の鐘だ」

「九ツ（午前零時）ですね」

誠一郎は、鐘の数を数えている。

「いや、四ツ（午後十時）さ」

「そんな……」

誠一郎はむっとした。田舎侍には数も数えられないと思っているのか。

「聞いてごらん。拍子木が廻《まわ》っている」

確かに、刻《とき》を告げる拍子木が、廓《くるわ》の中を廻っている。誠一郎は、数えた。チョンチョーン、チョンチョーン。なんと数は四ツではないか。

「………！」

幻斎が微笑っている。

「五丁町では、あれを引け四ツという」

「引け四ツ？」

「遊女の見世張りは、夜の四ツまでというお定めがある。だが、実際の四ツに見世張りをやめては、商売にならない」

段々、分って来た。

「だから、九ツの鐘をきいて、はじめて四ツの拍子木を打ち廻り、相ついで、正九ツの拍子木を打つ。ほら」

真実、拍子木の音が変った。正九ツの拍子木である。

「前のが引け四ツ。今のを鐘四ツ、又は大引《おおび》けと云う」

「……………！」

「吉原は拍子木までが噓《うそ》を打ち、というな」

誠一郎は思わず笑いだしていた。

だが、次の瞬間……

「ヌッ」

箸《はし》を置き、刀をとった。かすかに悲鳴をきいたのである。それが、斬《き》られて死ぬ間ぎわの悲鳴であることを、誠一郎は感じとっていた。

「どうしなすった？」

幻斎は、また酒を注《つ》いだ。

「失礼」

誠一郎は、窓を開け、悲鳴のした方角を見た。斬られた者の姿は見えない。だが、京町一丁目辺の遊女屋の屋根を、黒い影が、二ツ、三ツ、走った。

「ちょっと、見て来ます」

誠一郎は、挨拶《あいさつ》して、革足袋のまま、窓から屋根に出た。走った。切れ目では跳んだ。猫《ねこ》科の動物のように、しなやかで、一切音をたてない。

幻斎が窓からその姿を見ていた。

「若いというのは、いいな」

惚《ほ》れ惚れとした声だ。この店の主人が、うしろに来ていた。

「柳生《やぎゆう》で……？」

「きまったことを。三之丞《さんのじよう》にしらせろ」

主人は無言でうなずくと、階段をかけおりていった。

幻斎は、ゆっくり窓から屋根におりた。

「何者だ、お主ら」

誠一郎の声が水戸尻のあたりで、響いた。

くすっ。幻斎が微笑《わら》った。

水戸尻は、仲の町の南端、つまり大門の反対側のどんづまりである。水道尻とも書くが、音は『すいどじり』である。水戸尻については諸説があるが、吉原の周囲にめぐらされた、所謂《いわゆる》『お歯黒どぶ』の水はけのために設けられたもの、と『事跡合考』に書かれている説が正しいようだ。

誠一郎は、今、その水戸尻の、秋葉山常燈明《じょうとうみょう》を背にして立っている。その前に、なんと黒装束に身をかためた男たちが十人余り、黒い影のように、うっそりと立っていた。常燈明の下に、若い男の死体が横たわっている。燈明に油を差しに来て、斬られたらしい。先程、誠一郎がきいた断末摩の悲鳴は、この若者のものだった。

仲の町の通りには、既に人影はなく、たぞや行灯の灯《ひ》が朧《おぼ》ろに見えるだけである。いつの間にか霧が立ちこめている。

「手出し無用」

影のひとつが云った。頭領らしい。

「人一人斬られている。そうはいかないでしょう」

誠一郎は、落着いて答えた。既に例の『弱法師《よろぼし》』の構えになっている。それが影たちの嘲《あざけ》りをよんでいるようだ。

「面倒な」

頭領の声と同時に、左右から、二つの影が全く同時に斬撃《ざんげき》を送って来た。凄《すさ》まじい速さが、この二人の恐るべき腕を明かしている。

普通なら、うしろに下がるか、前に跳ぶかして、避ける剣である。だが誠一郎は、右側から来た剣をかいくぐって、その影の前に立った。その時はもう、右手で抜いた脇差《わきざし》が相手の胸を刺し、左手で抜いた大刀が、左から襲った影を真向唐竹割《まっこうからたけわ》りに斬り下げていた。誠一郎にとっては、まったく自然な、無意識に似た太刀さばきであった。だが、影たちにとっては、驚愕《きょうがく》すべき剣である。彼等はまったく無言になった。音もなく半円に誠一郎を囲んだ。誠一郎は僅《わず》かに身体をゆするようにして立っている。刀は二本ともダラリとさがって、地をさしていた。カシャッ。左と右の剣がいれ替った。誘いである。

しゃっ。三人同時の斬撃が来た。並の刀法にない型である。二人ならいい。三人になれば、そのうちの一人は、十中九まで味方の剣に斬られる。それを百も承知の上での斬撃だった。味方を犠牲にして敵を斃《たお》す。まさに必殺の刀法だ。だが、誠一郎の姿はなかった。地べたに転っていたのである。一回転で、左右二人の脚を大刀で斬っていた。はね起きざまに、正面の敵の胸を脇差で刺す。実に、一呼吸で三人を斬った。

呼吸も乱れてはいない。相変らず『弱法師』の構えで、常燈明を背にしている。

頭領が呻《うめ》いた。一瞬の間に部下の半数を失ったのである。

「退《ひ》け」

影たちは西河岸に走った。小見世の切れ目に入る。誠一郎の見た限りでは、そこにはお歯黒どぶに面した黒板塀《くろいたべい》がある筈《はず》だったが……。

「あッ！」

塀が向うに倒れている。いや、それは塀ではない。はね橋だった。はね橋が、お歯黒どぶにかかっている。その向うは所謂『吉原田圃《たんぼ》』だ。だが影たちは、そこで一斉《いっせい》にのけぞった。その胸に一様に短い矢がつきたっているのを、追って来た誠一郎は、はっきりと見た。吉原田圃の中に、かなりの数の射手が潜んでいる。生き残った影は二人だった。矢をのがれ、絶望的な襲撃を誠一郎にかけようとしたが、忽《たちま》ち背後から射抜かれて斃れた。一人の生存者もいない。無残、という思いが、誠一郎の胸を突いた。

（なんという無益な死だ）

何となく、腹が立った。自分の斬った影の中には、生きている者もいるかもしれぬ。

そう思って水戸尻に引返した。

（どうしたことだ！）

水戸尻に、人影は一つもなかった。死人も怪我人《けがにん》も、綺麗《きれい》さっぱり消えている。地べたをすかして見たが、血溜《ちだま》り一つない。

「……………！」

思いついて、又、西河岸に走った。

（やっぱり！）

ここでも死体は消えている。そればかりかはね橋まであがって、元通りの黒板塀と化していた。野良犬が一匹、くんくんそのあたりを嗅《か》ぎまわっている。

誠一郎は茫々然《ぼうぼうぜん》と立っていた。まわりは、晃々《こうこう》たる月光の、蒼《あお》の世界である。

待合の辻《つじ》

色町の午下《ひるさが》りには、奇妙なけだるさがある。初秋の日射《ひざ》しもそこでは滞り、往来の人々も、野良犬も、猫《ねこ》も、いっさいが動きをとめたような錯覚がある。なにもかも透き通るような耀《かがや》きをもち、なにもかも怠惰にたゆたっている。

松永誠一郎は、大門に近い『待合の辻』の縁台に腰をおろして、そのけだるさの中にひたっていた。誠一郎はこうした怠惰な時間が好きだ。肥後山中の岩棚《いわだな》でも、よくこうやって半日をすごしたものである。さまざまな思念が、浮んでは去り、去っては浮ぶ。やがて、思念と情景は一つに重なり、心は自由に果てしなくただよってゆくようになる……そこがなんともいえず好きだった。

仲の町には、遊女屋や茶屋だけでなく、さまざまな商家が軒を並べている。畳屋があり、米屋があり、麩屋《ふや》があった。江戸町二丁目の角には野菜売りが、角町《すみちょう》の角には肴屋《さかなや》が集って商いをしている。おいらんのお使いか、禿《かむろ》が菓子屋から鉢物《はちもの》を持って出て来る。水汲《みずく》み人夫が天秤棒《てんびんぼう》にかけた水桶《みずおけ》を、拍子をとりながら、大門から運びこんで来る。この水は、浅草観音境内の竹門のそばにある井戸から汲んでくるという。地《じ》紙《がみ》売りと燈心売りの行商人がゆく。

山中とは違って人の動きがいろいろで、見ていて倦《あ》きることがない。誠一郎は前かがみになり、頰杖《ほおづえ》をついて、この情景に見入っていた。

ひととは、なんと哀《かな》しいものであるか。唐突に、その思いが胸に迫った。わけもなにもない。ただ心に沁《し》みて、そう思った。ひとは哀しい生きものだからこそ、なんの役にも立たぬ遊びに呆《ほう》けるのではないか。なんの役にも立たぬからこそ、遊びの場所は、ことさらに美々《びび》しく華やかに作られるのではないか。だからこそ、この吉原五丁町の夜は、あれほどまでに華やかに明るく、雅《みや》びなのではないか。誠一郎の心を、いうにいわれぬ哀感が、ひたひたと満した。

誠一郎が吉原へ来て、二日たっている。初日は、目眩《めくるめ》く思いの中にすぎた。生れて初めて、吉原という都を見た。初めて『みせすががき』をきいた。初めて、吉原の地獄・極楽を見た。そして、生れて初めて、人を斬《き》った。

誠一郎の心を満している哀感は、人を斬ったことと、無縁ではない。

悔恨はなかった。敵を斬るための刀法をまなんで、現実に人を斬り、悔恨を覚えるとは、矛盾ではないか。刀を握る動作一つにも、敵を斬るためと思うべし。武蔵はそう教えている。そういう徹底した合理性、実利性が、武蔵の刀法の特徴であるといっていい。だから、悔恨はない。ただ、人はなんと簡単に死ぬものであるか、という思いだけが、誠一郎の心に残っていた。

おとといの晩。水戸尻《すいどじり》での斬り合いのあと、誠一郎は、京町の裏路地のくいもの屋に戻《もど》っている。店は暗く、かたく戸を閉ざして、いくら呼んでも応答はない。勿論《もちろん》、幻斎老人の姿もない。西田屋に帰ると、主の甚之丞は、まだ内所でそろばんをはじいていた。誠一郎は茶をよばれ、重い口で、斬り合いの件を告げた。いくら山育ちとはいえ、五人も人を斬って何ごともなくすむとは、誠一郎も思ってはいない。ただこの場合は、相手が黒覆面黒装束だったという点が、誠一郎には有利に働く筈である。秋葉山常燈明の油さしの死も同様であろう……ここまで語って来て、誠一郎はハタと口をとざした。一切の死体が無くなっていることの意味に、初めて気づいたのである。自分の無実を証《あか》してくれる肝心のものがひとつもない。だが、更に考えれば、自分の罪をあかすものも亦《また》ひとつもない。それどころか、斬り合いのあったこと自体を、あかす手だてさえないのである。果して、聞き終った甚之丞が、にやにや笑いながらいった。

「御神酒《おみき》と申すものは、様々な夢を見させてくださるもののようで……。ご酒《しゅ》は、どれほどすごされました？」

誠一郎が、酔っていないことを強調すると、

「ようく分っております。それにしても、月夜の晩は、物の怪《け》が、色々いたずらをすると申しますから」

要するに、てんから信じていないのである。誠一郎は、口をきくのがいやになった。それでも押して、念のため役人に届けるべきではないか、といった。西田屋に迷惑をかけるのが、いやだったからだ。大門の左の袖《そで》に面番所があり、ここに町奉行所の隠《おん》

密廻《みつまわ》り同心が二人、昼夜交替で詰め、多くの岡《おか》っ引《ぴき》が張り込んで警戒に当っていることを、誠一郎は幻斎にきいて知っている。だが甚之丞は、面番所は入って来る遊客を監視するためにあるだけで、廓内《くるわうち》のことはすべて廓内で始末することになっているといい、一切ご心配には及びませぬ、と涼しい顔である。

翌朝、早く起きて、水戸尻までいってみたが、誰《だれ》一人、騒ぎたてている者もない。寝みだれた花魁《おいらん》と遊客の、艶《つや》っぽい後朝《きぬぎぬ》の別れの図があるばかりである。まさに狐《きつね》につままれた思いだった。そして、なんとなく面白《おもしろ》くなかった。

風が匂《にお》った。頭をめぐらした誠一郎は、変った髷《まげ》を結った花魁を見た。髷は片曲げの伊達《だて》結び。元結《もとゆい》は白である。この花魁こそ、勝山髷を廓内にはやらせたといわれる勝山太夫《だゆう》だったが、もとより誠一郎は知らない。目に張りのある美しい花魁だな、と思っただけである。

勝山は、もと神田《かんだ》雉子《きじ》町の堀丹後守《たんごのかみ》の屋敷前にあった、紀伊国屋風呂《きのくにやぶろ》市兵衛方にいた湯女《ゆな》である。風呂屋女、髪洗女といい、垢《あか》かき女ともいう。紀伊国屋風呂は丹後守邸の前なので丹前風呂と呼ばれ、彼女も『丹前勝山』の嬌名《きようめい》を馳《は》せた。卑《いや》しからぬ家の生れで、父に勘当されたため、湯女に出たという。そのためかどうか、女歌舞伎《かぶき》好みの男装で、玉縁《たまぶち》の編笠《あみがさ》に裏つきの袴《はかま》、木太刀の大小をさし、丹前節の小唄を唄いながら、大道を闊歩《かつぽ》した。今から四年前の承応二年（一六五三）六月、紀伊国屋風呂がつぶれると、勝山は改めて吉原から遊女に出た。新町の山本芳潤《ほうじゅん》方の抱《かか》えで、格式は太夫である。

勝山が初めて揚屋《あげや》に赴く時は（これを道中という）、五丁町中の太夫・格子《こうし》が、一目見んものと、仲の町の両側に居並んだが、勝山はその中を、おめず臆《おく》せず、見事に揚屋通いの八文字を踏んで通ってみせた。この時、勝山の踏んだのは、外八文字である。それまでの太夫の道中は内八文字だったが、勝山の姿があまりに堂々と見えたため、以後、あらゆる太夫が外八文字を踏んだ。それほどの女である。

「………？」

なにか、ひどく柔かなものが、誠一郎の背に押しつけられた。勝山が同じ縁台に坐《すわ》って、からだを凭《もた》せかけて来たのである。当惑してそっとはずそうとすると、低い、だが甘やかな声が囁《ささや》いた。

「ひとをお断りなんしたね」

疑問ではない。既知の事実をさらりと云《い》ってのけたような平明さがある。

「夢ですよ」

噂《うわさ》の早さに驚きながら、誠一郎は応《こた》えた。くすっ。勝山の柔かい身体がはずんだ。

「何人斬った夢を見なんした」

「五人」

引きこまれるように、誠一郎は答えている。

「お強うござんすねえ。あちきは、強い殿御《とのご》が、いっち好き」

ひどく冷い手が、誠一郎の手に重ねられた。

「冷い手だなァ」

誠一郎という男は、心底、その手の冷たさに驚いている。

「情の深い女子ほど、手は冷いものでありんす」

誠一郎は、ぞくっと身を慄《ふる》わせた。勝山の指が、誠一郎の手の甲を、かすかに掻《か》きあげたのである。勝山は微笑《わら》っている。更に甲から手首にかけて、そろそろと掻きあげてくる。触れるとも触れないとも分らぬほどの、かすかな触感が、誠一郎の男の気を微妙にかきたてている。誠一郎は狼狽《ろうばい》した。

「いけないわ」

澄んだ声がいった。救われたような思いで、誠一郎は、声の主を見た。黒髪を切りそろえ、抜けるように色の白い女の子が、縁台の近くに立っている。齢《とし》が九つであることを、誠一郎は知っている。それは西田屋の主、庄司甚之丞のひとり娘、おしゃぶだった。

奇妙な幼女だった。色は白いが、美人とは義理にもいえない。お多福の面そのままの顔で、ふっくらと太っている。家の中で、殆《ほと》んど口をきかない。といって陰気ではない。この子がいるだけで、その座敷は不思議に明るく浮きたってくる。いつもにこにこ笑っているからかもしれない。

この子が口をきくところを誠一郎が見たのは、今日が二度目だった。最初のは、誠一郎が吉原に着いて二日目。初対面の時である。いっとき、光るような目で、誠一郎をみつめていたと思うと、つと座を立ってそばにぴったり坐った。その振舞が妙に愛らしくおかしくて、甚之丞が笑いながらいった。

「珍しいことだな。おしゃぶが、殿御のそばに坐るなんて」

日頃は、癇性《かんしょう》なほど男をそばによせつけない子なんですと、甚之丞は誠一郎に解説してきかせた。その時、おしゃぶが、はっきりといったのである。

「めおとなら、当り前です」

おませな言葉に、誠一郎は笑ったが、意外にも甚之丞は沈黙した。何かを畏《おそ》れるような厳しい目になって、じっと我が子をみつめ、やがて奇怪な言葉を洩《も》らした。

「そうか。それでは、おしらせせねばなるまいな」

もっともそれきり、おしゃぶは誠一郎の前に姿を見せていない。そして、二度目の言葉が、この「いけないわ」だったのである。その言葉のおかげで、誠一郎の男の気は消え、狼狽も消えていた。勝山も反射的に身体をはなしている。

「そうですか」

余裕をもって、誠一郎は応じた。

「そのおなごは、誠《せい》さまに害をします」

今、おしゃぶの目は、誠一郎も勝山も見てはいない。天の一角にひたとあてられ、何者かの声をきいているような姿勢だった。

(この子は、天の声をきいている)

直観である。あの時、甚之丞が、畏れるように沈黙したことの意味が、卒然と解けた。だが、おしゃぶが天の声を伝える巫女《みこ》であるのなら、誠一郎はやがておしゃぶと、めおとになることになる。誠一郎は、憮然《ぶぜん》として、この当年九才の女の子をみつめた。

「その齢でもう悋気《りんき》かえ。業の深い女子でありんすこと」

勝山が嘲《あざけ》るようにいった。おしゃぶの目が、勝山に戻った。霞《かすみ》がかかったような、ぼんやりとした目である。

「そなたは、信じる者に斬られるでしょう」

勝山が蒼《あお》ざめた。すっと立つと、指先で誠一郎の頬にかるく触れた。

「いずれまたお目もじしとうござんす」

囁くように云って、背を向けた。しゃきっと背筋の通った、見事な歩きぶりである。見惚《みと》れていた誠一郎が、ふと視線を戻すと、おしゃぶの姿は消えていた。

大三浦屋

大三浦屋は、京町一丁目の角にある。この頃《ころ》の、吉原きっての大見世である。主の四郎左衛門は、庄司甚右衛門なきあと、吉原五丁町の惣名主《そうなぬし》をつとめて来た。

その大三浦屋の二階座敷。誠一郎が勝山を知った、同じ午《ひる》さがり。

五人の老人が集っている。正面にいるのは幻斎である。相変らずの異相に、笑みをたたえて、ひとりだけ大あぐらをかき、ちびりちびりと酒をのんでいる。ま四角にきちんと坐っている他の四人に較《くら》べて、悪くいえば傍若無人、よくいえば野性味にあふれている。齢にしては驚くほどの生命力が、全身から放射されていた。

その右隣りが、四郎左衛門である。これも異相といえば異相である。とにかく大きい。肥えている。幻斎の倍はあろうか。それがすべて贅肉《ぜいにく》である。軽く身動きするだけで、その贅肉がぶるぶると震える。しかも恐ろしい汗かきで、絶え間なく流れる汗を、手拭《てぬぐ》いでふいていなければならない。その汗を拭《ふ》く動作で贅肉は一斉に動き、また新たな汗を流させているように見える。まんまるな巨大な顔に皺《しわ》一つなく、目は異常に細く、たれ下っている。

他の三人は、新町の野村玄意、江戸町二丁目の山田屋三之丞、角町の並木屋源左衛門。いずれも傾城《けいせい》屋の主である。

玄意は六字流刀術を一橋如見斎にまなび、名人といわれた男であり、三之丞と源左衛門は、共に宮本武蔵の高弟であった。驚くべきことに、この三名は、全く同じ服装をし、同じ髪型をしていた。幻斎のそれを完璧《かんぺき》に真似《まね》ているのである。こうして並んでいれば、各人の相違は一目瞭然《りようぜん》だが、少し離れると殆んど同一人物に見える。遠目では全く区別がつくまい。つまりはこの三人、幻斎老人の影武者なのである。

四郎左衛門が、またぶるぶると贅肉を震わせて、溜息《ためいき》と共に重い口を開いた。

「まことに、はや、厄介《やつかい》なことになり申した」

「ちっとも厄介なことはねえよ」

幻斎の言葉は、歯切れがいい。

「まてまた、そういうことを。そもそも、ご隠居がいけません。吉原に何のかかわりもないおひとを、好んで巻きこむとは……」

「好んでじゃあないよ。あれはことの成行きというもんだ。わしだって、開業早々、柳生が仕掛けてくるとは、読めなかった」

「本当に……？」

四郎左衛門は疑わしげに、汗を拭いた。

「出来たことを、とやかくいっても始りません」

野村玄意が苦々しげに口を挟《はさ》んだ。

「要は、この松永誠一郎という若者を、どう扱うかです。柳生のことですから、すぐこの若者をつきとめるでしょう。放っておけば、斬《き》られるは必定《ひつじょう》」

並木屋源左衛門が、大きくうなずいた。

「さて、それはどうかな」

幻斎は楽しんでいるような口調だ。山田屋三之丞がせきばらいをした。先夜、幻斎がくいもの屋の主に「三之丞にしらせろ」といったのが、この人物である。

「即刻、くにへ帰すべきです。いかに二天一流の名手とはいえ、裏柳生の虎乱《こらん》の陣に囲まれては……」

「そういうことじゃねえんだ。いかに裏柳生の義仙《ぎせん》が、阿修羅《あしゅら》のような男とはいえ、あの若者の素姓を知って、それでも斬れるかどうか……」

「素姓？　それはまた……」

そういう四郎左衛門のぶ厚い耳もとで、幻斎が何事か囁《ささや》いた。

「げっ！」

四郎左衛門が、巨体をのけぞらせた。その時、若い者がとんで来て、廊下に膝《ひざ》をついた。

「申し上げます。松永さまが、只今《ただいま》、江戸市中へお出かけになりました。柳生者数名がそのあとを……」

「なんと！」

幻斎が、膝をたてた。

「え、えらいことじゃ。えらい……」

四郎左衛門が、贅肉を震わせて呻《うめ》いた。

誠一郎が尾行に気づいたのは、正燈寺の山門をくぐろうとした時である。

市中に行くつもりで、大門を出たが、日本堤に立って、気が変った。右に行けば大川から浅草寺に出るのに、逆に左に歩いた。三日前に見た市中の喧騒《けんそう》と雑踏を思い出したためである。

日本堤を左に行くと、浄閑寺を経て、千住道《せんじゅみち》にぶつかるが、誠一郎はずっと手前で、更に左に曲り、お歯黒どぶに沿って大音寺通りに出、左手に鷲《おおとり》神社を望みながら、この正燈寺まで来た。

東陽山正燈寺は、京、妙心寺の末寺の禅寺である。江戸できこえた紅葉の名所だったが、新吉原が近くに出来たために、後年、もっぱら悪所に通う口実《かこつけ》として使われることになる。

禅寺はいい方角の紅葉なり
紅葉見に例年行《ゆく》がいまだ見ず

という仕儀になり、これに対抗して、世の女房どもも、

紅葉見と聞《きい》て内儀ハ子をさづけ

子供を同行させて足枷《あしかせ》とする……そんな悲しい智恵《ちえ》をしぼることになる。

寺紅葉鬼ある里へ遠からず

これもまた、女房どもの目から見た正燈寺であり、五丁町だった。

境内の茶店で茶をすすりながら、誠一郎は眉《まゆ》をひそめていた。初め五人だった尾行者が、みるみる数を増し、今では十四、五人になっている。いずれも地味な身なりで、足ごしらえも厳重に、鉄鍔《てつつば》をつけた実用一点張りの大刀をさし、例外なく網代笠《あじろがさ》をかぶっている。どう見ても、いたずらに喧嘩《けんか》を売って歩く、かぶき者とは思えない。鍛えぬかれた戦闘集団の俤《おもかげ》がある。笠の下の顔は、どれも若いが、何故《なぜ》かひどく暗い。頭領らしい、やや年かさの武士が、誠一郎の前に立った。唐突に訊《き》いた。

「御免状はどこだ？」

「御免状？　手形のことですか？」

「とぼけるつもりか、お主？」

いつの間にか、四人の武士が縁台をとり囲んでいる。

「手形は宿に置いて来ました。江戸町の西田屋というところですが……」

「御免状は西田屋にあるということか？」

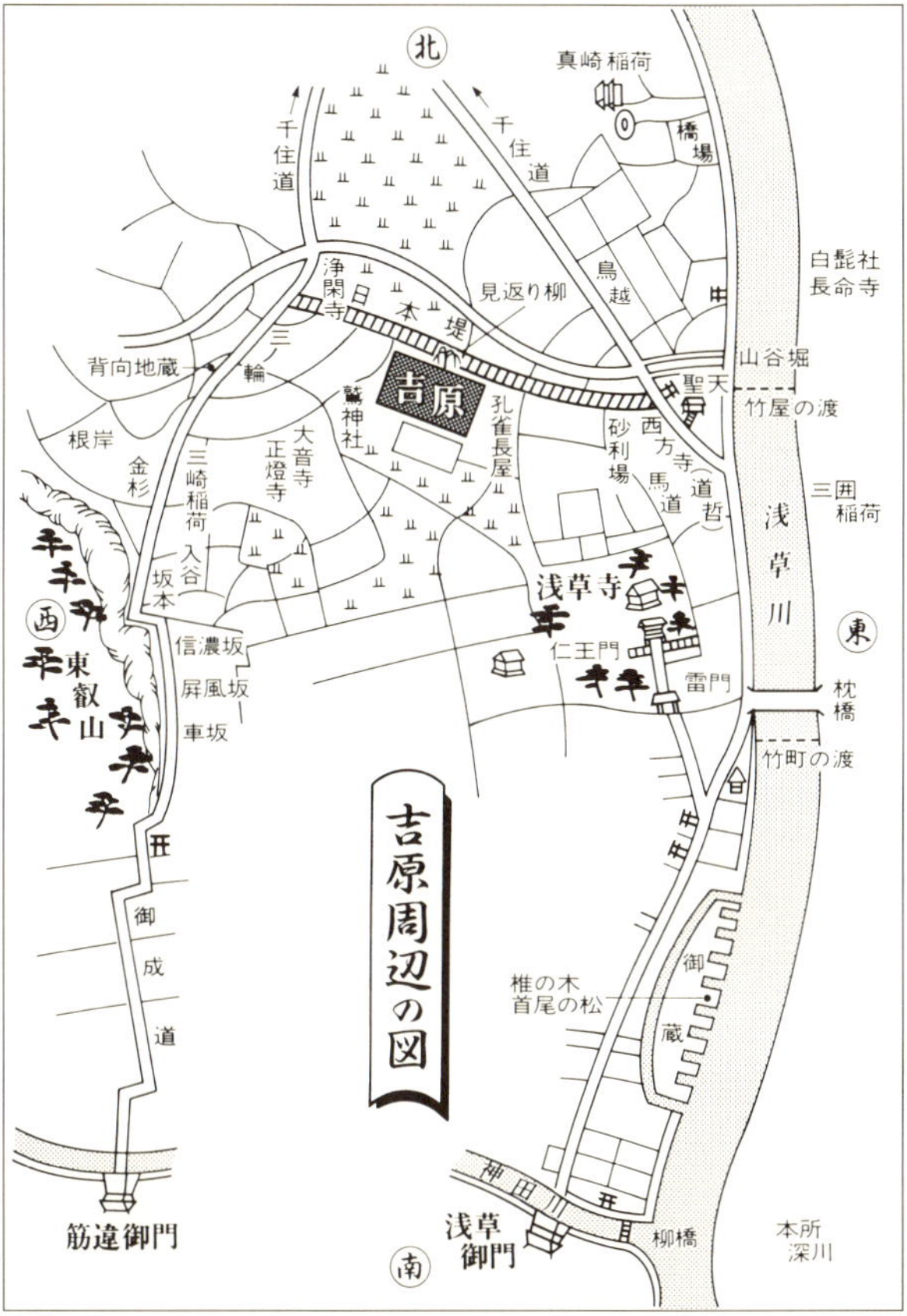
吉原周辺の図
北
真崎稲荷
千住道
千住道
橋場
白髭社
長命寺
鳥越
見返り柳
浄閑寺
日本堤
三ノ輪
背向地蔵
山谷堀
聖天
竹屋の渡
吉原
鷲神社
孔雀長屋
西方寺
砂利場
馬道
道哲
根岸
金杉
三崎稲荷
大音寺
正燈寺
三囲稲荷
浅草川
入谷
坂本
浅草寺
西
東
信濃坂
屏風坂
車坂
仁王門
雷門
枕橋
東叡山
竹町の渡
御成道
御蔵
椎の木
首尾の松
神田川
筋違御門
浅草御門
柳橋
南
本所
深川

「私の手形なら、確かに……」

「神君《しんくん》御免状のことだ」

男は刺すように、誠一郎の目を見つめた。声は低いが、はっきり『神君御免状』といった。

「シンクン……？」

咄嗟《とっさ》に文字が浮ばぬままに、誠一郎は問い返した。問いながら、どうやら『神君』らしいと判断はついたが、手形とはあんまりかけ離れすぎていて、もう一つしっくりと来ない。

「謎々《なぞなぞ》は苦手です。はっきり云ってくれませんか」

「したたかだな」

男はせせら笑うように云った。

「それに腕も立つようだ。あの連中を、五人斬ったというのが、本当の話ならだが……」

男の顎《あご》が、僅《わず》かに上った。それが合図だったらしい。縁台を囲んだ四人の武士が、まったく同時に、目のさめるような抜討ちを浴びせかけて来た。誠一郎は咄嗟に縁台を縦に立てた。『畳返し』の術の応用である。掌《てのひら》を軽くあてるだけで、誠一郎は畳を縦に立たせることが出来る。大広間などで、多数に襲われた時の応手である。次々に畳を立たせ、我が身をその蔭《かげ》に置きながら移動し、脱出する。その時、大広間は、波だつ畳の海と化し、敵は、誠一郎の姿を捉《とら》えることさえ出来ない筈《はず》だった。残念だが、茶店の縁台は一ヶしかなく、正燈寺の境内を、縁台の海と化すことは出来ない。それでも、背後からと左右からの刀は、縁台にくいこみ、正面の敵は、誠一郎の拳《こぶし》を水月（みぞおち）にうけて、崩れていた。

（理不尽な）

誠一郎の心に初めて怒りが湧《わ》いた。すべるように近くの樟《くすのき》の大木に向って走った。だが、予期していたらしい三人の武士が、既に樟の前に立って、抜刀している。誠一郎は足をとめ、現在の状況を素早く確かめ、うけいれた。状況は不利である。七人の武士が、完全に円を描いて、誠一郎を囲んでいる。更に別の七人が、その円陣の外に、もう一つ円を作ろうとしていた。誠一郎は、無意識に二刀を抜いている。右手に長刀、左手に脇差《わきざし》。その二刀を僅かに外に開くようにして、無造作に前に垂らしていた。

円陣がゆっくり動きだした。内側の円は左に、外側の円は、右に。二ヶの円陣が、互いに逆方向に廻《まわ》る。

（めくらましか）

誠一郎は、放胆にも空を見上げた。目の隅《すみ》に、内側の円陣の武士たちが、動きながら、半身になってゆくのが映る。

(片手斬りだ)

円陣の速さが増している。同時に縮まって来ている。やがてこの円は、絶えず片手斬りの斬撃《ざんげき》を送り続けながら廻ることになると、誠一郎は読んだ。

(だが、外の円陣はどうするのか)

誠一郎には、その動きが読めない。外の円の連中の構えは、青眼のままだ。どんな攻撃が来るのか不明である。不明なものを、あれこれ推量してみても、役にたたない。思考は太刀ゆきを遅くさせるだけである。誠一郎は放念した。目はいぜんとして蒼空に向って見開かれている。このまま続けば、誠一郎の全身は、蒼空の中に吸いこまれてゆくのではあるまいか。相手がそんな錯覚を起しかねないほど、透明な、無心の姿であった。

「しゃっ!」

頭領らしい男の口から、掛声が洩《も》れると共に、内側の円陣は、片手殴りの剣を、一斉に振って来た。ほとんど走るように、左へ左へと廻りながらの斬撃である。並の男なら、一巡で、ずたずたに斬り裂かれている筈だった。誠一郎は、その七本の剣を、

『見切り』の術で、ことごとくはずしている。風に靡《なび》く芒《すすき》のような手応《てごた》えのなさであり、柔軟さだった。おどろくべきことに、最初に立った位置を、まったく動いていない。

頭領の顔に、はじめて焦《あせ》りの色が見えた。さっ、と手を上げる。円陣がぴたっと停《と》まった。外側の円陣が、やや距離をとっている。

(来る!)

誠一郎は、大小を、大きく左右に開いた。まさに羽搏《はば》かんとする、大きな翼に似ている。羽搏けば、何人かは死に、自分も手傷を負っているかもしれない。

だが、その時、一つの声が響いた。

「狭川新左《さがわしんざ》じゃないか。天下の柳生が剣戟沙汰《けんげきざた》とは珍しいな」

水野十郎左衛門だった。背後には、例の如《ごと》く、神祇組《じんぎぐみ》の面々が十人余り雁首《がんくび》を揃《そろ》えている。

「チッ」

狭川新左と呼ばれた頭領は、舌うちをすると、さっと手を振った。次の瞬間、十五人の武士は消えていた。誠一郎に当て落された男もである。それは風の迅《はや》さに似ていた。誠一郎は、先夜、水戸尻からはね橋に向って走った黒覆面たちの、獣めいた敏捷《びんしょう》さを、再び見た。

「よく喧嘩沙汰にまきこまれる男だな。今度は何をした？」

水野が破顔しながらきく。

「分りません」

答えた途端に、むらむらと怒りが湧き上った。こんな馬鹿《ばか》々々しい返事をいつまでしていなければならないのか。誠一郎は問い訊《ただ》すべき相手をさがした。

「柳生宗冬《むねふゆ》殿を御存知ですか、水野殿」

「いやあ、よかった、よかった。厄病神《やくびょうがみ》の神祇組でも、たまには役に立つことがあるんだね。これから先は、一切悪口はいうまいぞ」

「それが、おやじさん、そう手放しにゃ、喜べねえんでさァ」

「どうして？」

「どういう話し合いの揚句か知らねえが、松永さまは神祇組の連中と一緒に、虎《とら》の御門口へお出かけになったんで……」

「げっ！　柳生家上屋敷へか?!」

「そうなッ。ちらちらきこえて来た話の様子じゃ、松永さまがどうしても宗冬さまに会いてえってことらしくて……。水野の旦那《だんな》がその仲だちをなさるようです」

「ご隠居！　どうなさる?!　柳生家上屋敷へ入って、生きて帰れるとは、到底……」

「公方《くぼう》さま御指南役、柳生内膳《ないぜんのしょう》正宗冬さま。それほど思慮のねえお方とは思われねえが……狭川の気ちがい犬がいるんじゃ、何が始るか分ったもんじゃねえなァ」

「それですよ。狭川新左衛門という男、裏柳生の義仙殿の直弟子で、その命令しかきかぬといいます。宗冬さまが、おだやかなお方だけに、抑えきれないのではありますまいか」

「三浦屋さん。ここはあぁたの出番のようだね。ことを治められるのは、あぁたしかいねえ」

「そんな、ひどい……人一倍、臆病《おくびょう》なわたくしを、ご存知のくせに」

「あのお方を、吉原者が見殺しにしたとあっては、この里に後世まで消しようのない傷がつく」

「………」

「行ってくれるな、四郎左殿」

「参ります。参りますよ。それにしても、松永さまは、とんでもない道中をなすったものですなァ」

この道中とは、勿論《もちろん》、花魁《おいらん》道中に掛けたものである。誰《だれ》かが、ふっ、と笑いかけたが、そのまま深い溜息に変った。溜息は五つきこえた。

亡《ぼう》　八《はち》

誠一郎は、水野十郎左衛門と共に、柳生家上屋敷にいた。この座敷に通されてから、もう一刻《いっとき》（二時間）はたっている。水野は神経質に膝《ひざ》をゆすっているが、誠一郎は深沈《しんちん》として身じろぎ一つしない。いつまでも待つと、しっかり胆《きも》を据《す》えた姿勢が、そこにはある。

もともと、誠一郎がいい出したことだった。是が非でも柳生殿にお会いしたいので、面識があるなら紹介状を書いて貰《もら》いたいと、水野に頼んだのである。わけをききたい、という水野に、誠一郎は、水戸尻《すいどじり》と正燈寺の戦いについて語り、『神君御免状』なる奇怪な言葉も披露《ひろう》した。水野も『神君御免状』という言葉は知らなかったが、異常なほど興味を示し、柳生家上屋敷へ同行しようといい出した。その上、受付に出た家士に、けろりんかんと云ってのけたのである。

「旗本水野十郎左衛門、浪人松永誠一郎と共に、神君御免状なるものについて、宗冬殿直々の御講釈をうけたまわりたく、押して参上つかまつった」

後年（七年後の寛文四年）の水野十郎左衛門の、無残な刑死の遠因は、実にこの時のこの一言にあったのだが、水野も誠一郎も知る由《よし》はなかった。


柳生家上屋敷の奥座敷では、三人の武士が沈痛な顔を見合わせていた。当主、内膳正宗冬と、柳生藩江戸家老野取内匠《たくみ》、そして狭川新左衛門である。

「御免状の名を軽々しく口にするとは、いかなる存念だ、新左。それも義仙の命令だと申すか」

怒りのために、宗冬の声は極度に低くなっている。囁《ささや》くような、かすれ声だ。

「手前の一存でございます。吉原者か否《いな》かを見定めるには、この言葉をぶつけるのが一番。必ず顔に出ます」

要するに試金石だといっているのだ。狭川新左衛門は、見るからに田舎侍という感じで、一見魯鈍《ろどん》のようで、その実、ずるがしこく、ねちこい。何をいわれても蛙《かえる》の面《つら》に水のように見えて、怨《うら》みは終生忘れず、思いもかけぬ時に猛烈な仕返しをやってのける。そういう男だ。げんに今も、何一つ悪いことはしていないという顔をしている。

「松永と申す者はどうだったのだ？」

「それが……」

初めて躊《ため》いが見られた。

「まことに、とぼけた男で……」

「何の反応もなかったのだな」

宗冬の声が鋭さを増した。

「吉原者でないと分った時は、どうする気だ？」

「同じことです。斬《き》ります。我らに疑われたが、身の不運」

宗冬は、毛虫でも見たように、嫌忌《けんき》の目をそらせた。こういう手前勝手な暴論を吐く男が、一番きらいなのだ。

「水野も御免状の名を知ったぞ。これも斬るつもりか？」

「当然。このような御詮議《せんぎ》の前に、先《ま》ず両名共押し包んで斬るべきでした」

「馬鹿者！」

宗冬が爆発した。同時に狭川は一間ばかりうしろにとび下っている。

「殿！　それがしをお斬りになるおつもりか！　お相手が違いましょう」

「水野は徳川家《とくせんけ》の姻戚《いんせき》だぞ。何の名目もなく、ご姻戚たる三千石の寄合旗本を斬って、この柳生家が無事ですむと思うか、愚か者！　表柳生なくして、裏柳生はない。それを忘れるな。以後、江戸表での勝手な動きは許さん。下屋敷から、裏の者は一人残らず立去れ」

柳生家下屋敷は下目黒にあり、現在の雅叙園の南半分に当るという。世にきこえた柳生道場はここにあり、柳生の庄から来た裏柳生の面々は、いずれもこの道場に宿泊していた。

「我らの糧道を絶たれるおつもりか」

「柳生谷に帰れといっているのだ」

「我ら裏柳生、烈堂さまご命令によってのみ動き申す。殿といえども、表の采配《さいはい》によっては動かぬ」

狭川新左は酷薄な笑いを浮べた。

柳生烈堂（又は別堂）は、宗冬の弟（末弟）である。名は六郎、僧になって義仙といい、柳生の庄に法徳寺を開基し、幕府から寺領として二百石を貰っている。裏柳生の総師《そうすい》であった。

「では、本日より、裏柳生は地下にもぐり申す。これにてご免」

胸を張って退出してゆく新左を見送って、野取内匠がそっといった。

「狼《おおかみ》を野に放つようなもので……」

「その方のことだ。裏の一人や二人、抱きこんでおろう」

野取内匠は柳生家随一の策士である。

「御意」

ぬけぬけと、内匠は応《こた》えた。

「狭川の住い、動き、一切を刻々と予にしらせよ」

「うけたまわり申した」

「さて、座敷の二人だが……どうしたものかのォ」

「仮病の一手」

だが、宗冬は、仮病を使うわけにはゆかなくなった。家士の一人が、裏玄関に、吉原の亡八《ぼうはち》者、三浦屋四郎左衛門が来ていることを伝えたためである。

亡八とは傾城《けいせい》屋の主をいう。孝・悌《てい》・忠・信・礼・義・廉《れん》・耻《ち》の八つの徳目を忘れなければ出来ない商売だというので、亡八といったといわれるが、これはこじつけで、真実は『ワンパ』という中国語の当て字だという説もある。ワンパとは鼈《すっぽん》の別名で、罵言《ばげん》に使ったものだ。

三浦屋四郎左衛門は、畏《おそ》れながら、至急御披見を願い上げ奉《たてまつ》りますと、一通の書状を、家士に託した。一読して、宗冬は色を失った。

『とりいそぎおしらせ申上げ候《そうろう》。只今《ただいま》、御邸内にいらせられる、松永誠一郎さま、かしこくも後水尾院の御かくし子に御座候。お疑いの節は松永さま御佩刀《ごはいとう》を御一見くだされたし。かの鬼切の太刀に相違ござなく候』

ぽつんとそれだけ書かれてある。

後水尾院は、法皇となられた後水尾帝のことであり、鬼切の太刀は、二代将軍秀忠から朝廷に贈られた、源家重代の名刀である。

宗冬の手から、書状が落ちた。奇怪な言葉が、その口をついて出た。

「なんという因果か！」

その頃《ころ》、後水尾院の隠し子、松永誠一郎は、鬼切の太刀を膝元に横たえ、端坐《たんざ》したまま、すやすやと眠っていた。

その誠一郎の目が、ぱちっと開いた。

「やっと、ですか」

水野十郎左衛門が、緊張して耳を澄ませたが、なんの気配も伝わってはこない。文句をいおうとした口が、そのままあんぐりと開いた。音もなく襖《ふすま》があき、内膳正宗冬が立っている。一瞬、見据えるように誠一郎を睨《にら》むと、滑るように進み、上座に坐《すわ》った。水野には目もくれない。短い脇差《わきざし》を帯びただけの平服である。

「柳生宗冬である」

宗冬の目は、誠一郎の顔に据えられたままだ。

「松永殿といわれるか」

「肥後浪人、松永誠一郎です」

誠一郎の答えには、淀《よど》みがない。気張りも衒《てら》いもなく、流れる水のように淡々としている。

「卒爾《そつじ》ながら、佩刀を拝見したい」

水野がはっと緊張した。柳生の剣は一名『策謀の剣』といわれる。『天下第一の剣』の体面を維持するために、どんな策謀もいとわないからである。「お刀拝見」と称して、大刀を渡そうと身体《からだ》を伸ばした瞬間に抜討ちに斬り下げる、それくらいのことは、簡単にやってのける流派である。

だが、水野が警告の言葉を発するひまもなく、

「どうぞ」

誠一郎は素直に、大刀を柄《つか》を向うにして宗冬の前にすべらせていた。ごく自然な動作だが、姿勢はまったく崩れず、隙《すき》がない。水野が思わず唸《うな》った。

宗冬は無言で懐紙をくわえ、大刀の鞘《さや》を払った。垂直に立ててじっと見入る。正しく『鬼切の太刀』だった。その昔、源《みなもとの》満仲が戸隠《とがくし》山中で鬼を斬ったと伝えられる名刀で、宗冬は若い時、父但馬守宗矩《たじまのかみむねのり》、兄十兵衛三厳《みつよし》と共に、江戸城中の御刀蔵で、この刀を見ている。匂《にお》うような沸《に》えの見事さに、「ああ、欲しい！」と強烈に思った。その時の熱っぽい思いが、まざまざと甦《よみがえ》って来る。ぱちり。鞘におさめると、誠一郎の方に、同じく柄を先にして押しやった。

「見事な鍛えだ。どなたかのお形見かな？」

さりげない問いかけが、誠一郎が己れの素姓を知っているか否《いな》かのさぐりになっている。

「父の形見だときいております」

「お父上はどのようなお方だ？」

危険な問いである。ここで『後水尾院』の御名が出れば、宗冬は誠一郎を水野十郎左衛門もろとも斬らねばならぬ。柳生一万石の命運を賭《か》け、己が生命《いのち》を賭けても、斬らねばならぬ。そう決意して、この場に臨んだ宗冬だった。既に、上屋敷にいる目録以上の剣士ことごとくを動員し、要所をかためさせてある。宗冬は息をつめて、誠一郎の返答を待った。

「知りません」

相変らず淡々とした答えが、返って来た。

ふうっ。

宗冬の口から、溜息《ためいき》が洩《も》れる。張りつめた気が破れた。

「知らぬ？」

「私は棄《す》て子ですから。棄てた親のことなど知ろうと思うな、と宮本先生にきつくいわれています」

「そなたの師は、宮本武蔵殿か」

(やはりあれは武蔵だったのだ)

宗冬は、二十五年前、全柳生家を揺るがせた事件を、まざまざと思い出していた。

(そして、柳生の暗殺剣をのがれた、唯《ただ》一人の赤子が、今、ここにいる！)

皇子暗殺

二十五年前、即《すなわ》ち寛永九年正月、柳生一族のすべて、表柳生、裏柳生、尾張《おわり》柳生まで も震撼《しんかん》させた事件を語るには、先《ま》ず後水尾天皇について語らねばならない。

周知のように、後水尾天皇は、徳川氏の女《むすめ》を妻とされた、最初の帝《みかど》である。徳川氏の女《むすめ》を入内《じゅだい》させることは、二代将軍秀忠の悲願だった。源頼朝《よりとも》が鎌倉幕府を開いて以来、天下は武家のものとなっても、武家が天皇になることはなかった。せめて武家の女《むすめ》が皇后《こうごう》になり、その皇子《みこ》が天皇となって、己れが天皇家の外戚《がいせき》の地位を得ること。それが秀忠の心底からの願いだったのである。その願い通り、秀忠の末娘和子《まさこ》は、元和《げんな》六年（一六二〇）六月十八日、華々しい行列を練り、一番長持百六十をはじめとして、以下二十九番に及ぶ、厖大《ぼうだい》な嫁入道具と共に入内している。入内の費用は、実に七十万石にのぼったと噂《うわさ》された。時に天皇御齢《おんとし》二十五才、和子、十四才である。

九年後、寛永六年（一六二九）十一月八日、後水尾天皇は、突然、和子の産んだ女《おんな》一宮《いちのみや》（興子《おきこ》内親王）への御譲位を発せられた。これが明正天皇である。称徳天皇以来、八百六十年目の女帝であり、しかも御齢七才であったという事実が、この御譲位の異様さを示している。後水尾天皇は、まだ三十四才の、壮年にあらせられた。

突然の御譲位の原因は、史上有名な『紫衣《しえ》事件』と『春日局《かすがのつぼね》参内《さんだい》事件』であるとされている。『紫衣事件』とは、僧侶《そうりょ》にとって最高の衣である紫の衣について、従来、天皇家がこれを与えるきまりだったのを、幕府は、武家伝奏《てんそう》（幕府に対する朝廷の窓口）を通して願い出たものを勅許するという形をとるべきであると定め、伝奏の儀もなく、つまり幕府にことわりもなく、天皇が許された紫衣を、違法として悉《ことごと》く剝奪《はくだつ》した事件である。

『春日局参内事件』の方は、家光の乳母というだけで、無位無官の武家の娘が、参内し、天皇に拝謁《はいえつ》を要求した事件であり、朝廷にとってはまさに前代未聞《みもん》のことだった。どちらの場合も、徳川期を通じて最も気性の烈《はげ》しい天皇、といわれた後水尾帝を激怒させたことはいうまでもない。

だが、御譲位の真因は、怒りではなく、恐怖だった。御譲位の翌月、寛永六年十二月二十七日の書状で、細川三斎は息子の細川忠利《ただとし》に、こう書いている。

『御局《おつぼね》衆のはらに宮様達いかほども出来申候を、おしころし、又は流し申し候事、事の外むごく、御無念に思《おぼ》し召さるる由《よし》に候。いくたり出来申し候とも、武家の御孫よりほかは、御位には付け申すまじくに、あまりあらけなき儀とふかく思し召さるる由に候』

要するに、和子以外の女官から生れた皇子は、殺されたり、流産させられていたというのである。容易に信じられぬほど無残な仕打であり政策であるが、実はこれが、和子入内以前からの、秀忠の冷血なやり口だった。

『賀茂宮《かものみや》事件』というのがある。和子入内の二年前、後水尾天皇の寵愛《ちょうあい》された、およつ御寮人と呼ばれる女性が、皇子を出産した事件である。皇子の名を賀茂宮という。だが最も権威ある皇室系譜『本朝皇胤《こういん》紹運録』に、この皇子の名はない。当時幕府にも朝廷にも出入した安井算哲は「賀茂宮の事、一々、神秘あるなり」と書いているが、宮についての秘話は、闇《やみ》から闇へ葬られて、今日には伝わっていない。確かなことは唯一つ、元和八年、和子入内に遅れること二年にして、御齢五才でなくなられていることだけだ。さすがに冷血な秀忠も、娘の入内を皇子の流血で彩《いろど》ることは控えたのであろうか。

この、恐るべき皇子暗殺を一手にひきうけていた刺客人こそ、柳生一族だったのである。但馬守宗矩に率いられた柳生忍群の精鋭たちは、御所に忍びこみ、帝の御子を孕《はら》んだ女御《にょうご》を、数名がかりでたてつづけに犯し、流産させた。その目を逃れて無事出産した皇子は、容赦なく殺した。母となられた女御も同様の目にあわれた。後水尾天皇が、おぞけをふるって、御退位の決心をなされたのも、当然というべきであろう。

御退位によって上皇後水尾院となられて三年目、寛永九年正月五日、さる女御が皇子を出産なされた。それが誠一郎である。後水尾院も、既に御退位の後のことであり、且《か》つは大御所秀忠が前年の暮十二月十四日に発病し、今度ばかりは助かるまいと予測されていた折りでもあったので、この出産に危惧《きぐ》は抱いていられなかったと思われる。その証拠に、皇子出産の報をおききになると、品もあろうに秀忠から和子の産んだ皇子高仁親王（二年でなくなられている）に贈られた鬼切の太刀を、女御のもとに送られている。だが秀忠はそんなに甘くはなかった。病中でこのことを知ると、すぐさま但馬守宗矩を呼んだのである。それが、寛永九年正月十七日夜の惨劇となった。

その夜、京の町は雪だった。降りしきる雪を、型の崩れた深編笠《ふかあみがさ》一つで受けながら、都大路を歩く影があった。四十九才の宮本武蔵である。六十余度と後に自ら書いた決闘はその肉体を散々に傷つけ、江戸、尾張での仕官の道を柳生一族に妨げられて、その心は失意に鎖《とざ》されていた。武蔵にとって京の町は、通り抜けるべきひとつの道程にすぎない。思いは既に肥後の地にあった。温暖な日射《ひざ》しと秘湯は、病んだ肉体の痛みを和らげてくれる筈《はず》である。仕官と名利への思いは、既に失《う》せていた。我が身一つの安楽と自由が、今の武蔵にとって、すべてであった。武蔵は歩幅をのばした。今夜のうちに、京を出たかった。吉岡一門の残党が各所に散在する京の町は、安全な地ではなかったからである。

「ぬっ」

武蔵の足がとまった。首のうしろの毛が逆立つ。危険に対する武蔵の勘は、むしろ晩年になってから、とぎすまされていた。低い築地《ついじ》の外である。公卿の屋敷らしい。禍々《まがまが》しい殺気は、その屋敷の中にある。武蔵は跳んだ。築地の中の雪だまりに着地すると同時に両刀を抜いている。ばさっ。鈍い音と共に、白雪に血がとんだ。二つの肉体が交叉《こうさ》するように音もなく倒れた。いずれも黒覆面黒装束の武士である。武蔵は庭を横切って走った。

屋敷の中には、無残な光景があった。臈《ろう》たけた女御が、全裸に剝《む》かれ、同時に前後から、二人の黒装束の男に犯されている。下になった男が陰門を、上の男が肛門《こうもん》を、激しく責め立てている。秘所も後門も既に血塗《ちまみ》れだった。他に三人の黒装束がまわりをとり囲んで冷然と見ている。隣りの部屋には、女御の両親らしい、中年の公卿とその妻の死体があった。どちらも一刀のもとに斬られてはいない。膾《なます》のようになぶり殺しにされている。拷問《ごうもん》の結果の死であることは一目瞭然《りようぜん》だった。

「皇子《みこ》はどこだ？」

血しぶきをあげて、下から強く秘所を突き上げながら、男が女御の耳に囁《ささや》くようにいう。

「皇子はどこだ？」

上から柘榴《ざくろ》のように割れた肛門を貫きながら、別の男が同じ囁きを繰り返す。

男たちは秀忠の命を受けた柳生の手の者だったが、この仕事に慣れすぎて油断があった。屋敷に押し込むなり、極めて手ぎわよく、下人たち、青侍、乳母を斬り、女御の寝所に入ったのだが、そこに皇子の姿のないことを知って愕然《がくぜん》となった。御所で育ち、用心深くなった女御は、夜毎《よごと》に皇子を、鬼切の太刀と共に、納戸《なんど》の夜具のうしろに隠しておいたからである。そのことを知っているのは、女御と乳母の二人だけだった。両親は膾にきざまれても、知らぬことは白状の仕様がなく、女御は産みの母のしぶとさで頑《がん》として口を割らない。柳生者にとっては、大失態というべきであった。責めぬかれた女御は出血のため既に死に瀕《ひん》している。

咆吼《ほうこう》が轟《とどろ》いた。人の口から出たものとは思われない野獣の喚《わめ》きである。廊下に武蔵が立っていた。

「うぬら、それでも人か！」

両刀が閃《ひらめ》き、一瞬にして三人の柳生者が即死した。慌《あわ》てて女御をつき放して起上った二人も、下半身をむきだしにした不様《ぶざま》な姿のまま、首を撥《は》ねられた。二つの首は天井にぶつかって、鈍い音と共に落下した。

女御は、手当をしようとする武蔵をとめ、皇子の居所を告げ、襲撃者たちの素姓を語り、皇子を公儀の手の及ばぬ土地で秘《ひそ》かに育てて欲しいと頼んで、息絶えた。

武蔵は、生後十三日目の誠一郎を懐《ふとこ》ろに入れ、菰《こも》にくるんだ鬼切の太刀を背にして、雪の降りつもる京を離れた。これが寛永九年正月十七日の惨劇の真相である。

女御一家の凄惨《せいさん》な死は、隣家の公卿によって、所司代よりも先に、仙洞《せんとう》御所（上皇の住居）に伝えられ、後水尾院のお耳に届いた。院は烈火のごとく怒られた。御自身の読みの甘さに対する悔恨が、火に油をそそぐことになった。院はただちに女院御所に渡られ、和子（東福門院）を激しく面罵《めんば》なされたのである。和子はこの時まで、父秀忠の所業をまったく知らなかった。当然はげしい衝撃を受けた。産後の女御に加えられた凌辱《りようじよく》の詳細をきかされて、失神せんばかりになった。同時に身内の震えるような怒りが湧《わ》いた。所司代板倉周防守重宗《すおうのかみしげむね》に、曲者《くせもの》の背後関係を徹底的に洗い、酷刑をもって酬《むく》いよ、と命じたのは、この怒りのなせるわざである。板倉重宗は困惑した。

当然重宗はこの曲者たちが柳生一門であることを知っている。だが命令が大御所秀忠から出ていることもまた明白だった。柳生に責めらるべき点があるとすれば、その手ぎわの拙《まず》さにあり、何者とも知れぬ者に、七人ことごとくを斬られ、不様な屍《かばね》を曝《さら》した武辺としての不覚にあった。

急使は江戸に送られ、幕閣は震撼した。柳生宗矩は窮地に立たされた。何よりも柳生の『天下第一の剣』が敗れたことが問題だった。刺客人としての信頼の喪失である。幸か不幸か、事件の七日後の一月二十四日夜亥刻《いのこく》に、大御所秀忠は死んだ。それが辛うじて柳生一族を救ったといえよう。だが柳生の剣に対する信頼の喪失は、以後、長く深く尾を曳《ひ》いた。

同じことが、京でも起っている。和子の幕閣に対する不信は、これ以後終生消えることがなかった。この事件の翌年、寛永十年三月、京極局という女性が後水尾院の皇子を出産したが、和子はこれを素早く自分の実子扱いにしている。素鵞《すが》宮、後の後光明天皇である。そして後水尾院はこの後、更に二十一人の皇子皇女を、和子以外の女性に産ませられたが、一人として幕府の刃《やいば》にかかったお方はいない。和子の庇護《ひご》の賜《たま》物《もの》である。晩年の和子の、狂気のような衣裳《いしょう》道楽も、幕閣に対するつらあての意味があったように思われる。林羅山《らざん》は毎年女院に二十万石の費用がかかると書いている。

和子は延宝六年（一六七八）六月二十日、七十二才で死ぬが、この死の年の半年間に御用呉服師雁金《かりがね》屋に注文した衣裳は三百四十点、代価は銀百五十貫にのぼったという。銀百五十貫は現代の通貨にして、一億五千万円を上廻る額である。七十二才の老婆《ろうば》の、半年間の衣裳代としては、想像を絶するものがあろう。和子の幕閣に対する不信と怒りの深さが計り知れようというものである。

柳生一門は、この後、必死になって、七人の襲撃者を斬った下手人を探し求めた。非道は襲撃者側にあり、これを斬った者を下手人呼ばわりするのは不当だが、柳生一門にとっては正しくそれが実感だった。

何よりも先ず、下手人の刀術が尋常でない。斬られた七人は、いずれも選び抜かれた刀術の達者である。それを悉く一太刀で斬っている。七人の刀に刃こぼれなど闘争の痕《あと》はなく、一合も剣をまじえることなく敗れ去ったことを証《あか》していた。世にこれほどの達人がいるのか。柳生一門の考えたことは、まずそれだった。世に名だたる剣の名人達者の名が、すべてあげられたが、それほどの術を持つとは信じられなかったし、事件当夜の在所を確認する処置もとられたが、遂に一人も該当する者がなかった。宮本武蔵の名も当然あがったが、当夜は熊野山中にいたという山窩《さんか》の頭の証言によって、無実とされている。山窩の正体と、武蔵と山窩の関係に対する無智《むち》が、柳生一門の目をくらませたのであった。

そして、今、二十五年前の真相が、涼やかな若者の形をとって、目の前にいた。宗冬の胸は、騒いだ。

首《くび》代《だい》

「神君御免状ってなんですか?」

己れ一人の思念に深々と沈みこんでいた宗冬の意識を、誠一郎の言葉が呼びさました。

「そ、そうだ。それに、何故《なにゆえ》、この男が二度も柳生一門に命を狙《ねら》われねばならなかったのか、その理由を伺いたい」

水野十郎左衛門も、咳《せ》き込むように云う。

宗冬は沈黙を守った。意識がまだ充分には二十五年前の過去から、醒《さ》めてはいない。

「柳生殿!」

水野が性急に迫った。

じろっ。

宗冬が初めて水野を視《み》た。冷血動物を思わせる、硝子《ガラス》のような目である。水野は水を浴びたように、一瞬に我に返った。ただの物好きから、ひどく危い境に乗り出してしまったことを悟ったのである。

(こりゃァ死ぬな)

水野には水野の直観がある。ただ次に続く思考が常人とは異っていた。

(ままよ、わんざくれ!)

なるようになれ、というのである。死を思うことで逆に勇みたつ。かぶき者といわれた当代異風の若者たちに共通した思考形態だった。『遅れて来た若者たち』という感覚が、彼等にはある。槍《やり》一筋で一国一城を掠《かす》め取ることの出来た戦国の時代。その夢を絶たれ、徒《いたず》らに秩序安寧を説教される今の世に、何が面白《おもしろ》くて生きながらえようか。

生きすぎたりや、廿三
八幡、ひけはとるまい

『豊国大明神臨時祭礼図屏風《びょうぶ》』の中で、かぶき者の太刀の朱鞘《しゅざや》に書かれてある言葉である。これが『遅れて来た若者たち』の、痛切な心情の表現であり、些細《ささい》な喧嘩《けんか》に一命を賭《か》けて悔いることのない、水野以下神祇組《じんぎぐみ》の心意気だった。

「柳生殿。ご存念を承りたい」

急に腰のすわった感じになって、水野がいった。

「人の世には知らぬ方がよいことがある」

宗冬が低い声でいった。

「知らぬ方がよいことで斬《き》られては、浮ばれぬ」

一旦《いったん》、腰がすわると、水野はしぶとい。

「あれは狭川の間違いだ。事故だといって宜《よろ》しい」

「吉原のことも事故ですか？」

誠一郎の問いかけは、相変らず淡々としている。

「何のことかな？」

宗冬はとぼけた。もっとも、この件については、口が裂けても、真相を伝えることは出来ないのである。辛抱強く誠一郎の話に耳を傾けた末、

「当家のあずかり知らぬことだ」

きっぱりと、声の調子をあげて云った。

誠一郎がにこっと笑った。ひとなつこい、いい笑顔だ。

「なにか……？」

「先生にいわれたことを思い出しました。嘘《うそ》をつく時、ひとは声を張るものだと……」

宗冬は思わず苦笑した。なかなかやる。人の心にするりと入りこんで、しかも不快な思いをさせぬ術を、この若者は心得ている。自分がいつか誠一郎を気に入っていることに、宗冬は気づいた。

四半刻《しはんとき》（三十分）後、誠一郎は上屋敷内の小さな道場にいた。『神君御免状』については、遂に一言も宗冬の口から洩《も》れることはなかったが、

「せめてもの償いを致そう」

そういって、ここに案内されたのである。同行しようとした水野十郎左衛門は、きっぱりと断わられた。道場に入って、誠一郎は宗冬から、狭川新左衛門のとった剣の型について、詳しく尋ねられている。

「乱剣を使ったとは……」

宗冬は暗澹《あんたん》たる声でいうと、座をはずした。それきりいまだに戻《もど》って来ない。

道場の窓から傾きかかった日射しが見える。蜩《ひぐらし》が鳴いていた。

板戸が開き、宗冬が入った。あとに稽古着《けいこぎ》姿の武士が六人。いずれも手に袋竹刀《ふくろしない》を提げている。割竹を革袋で包んだ柳生流独特の稽古道具である。同じ袋竹刀を一振《ふり》、宗冬が誠一郎の前に置いた。

「柳生流乱剣の陣をお見せしよう」

沈痛な声だった。

「又の名を虎乱《こらん》。表の型にはない。当流の隠しわざだ。どうしても斬らねばならぬ相手にのみ使う必殺の型である。そなたにこれを見せるのは、柳生の総帥《そうすい》としての、心からの謝罪だと思ってほしい」

三人の武士が誠一郎を囲んだ。更に三人がその外側に円陣をつくる。人数こそ違うが、正しく狭川新左衛門が正燈寺で見せた陣形である。誠一郎は、袋竹刀をとって、ゆっくりと立った。円陣が廻《まわ》りはじめている。内側の円は左に。外側の円は右に。内側の円が半身になる。片手斬りの型だ。同時に輪を縮めて来ている。外側の円が、内円から多少距離をとる。構えは青眼だ。誠一郎が正燈寺で見たのはここまでである。正燈寺ではこの前に内円の片手斬りが襲って来たが、誠一郎は苦もなくはずしている。

だが……

「おおっ！」

誠一郎が呻《うめ》いた。突然、内円の三人が片膝《かたひざ》をつき、片手斬りに来た。誠一郎の脚を狙っている。同時に、外円の三人は、低くなった内円の三人の肩を踏んで、跳躍していた。三人同時の脳天唐竹割《からたけわ》りが天から降って来る。上下からの完全な同時攻撃であり、味方を斬ることに些《いささ》かの躊《ため》いも持たぬ、残忍酷薄な必殺剣だった。

誠一郎は、自分がどうやってこの必殺剣を逃れたか、意識していない。型を超えた野獣の本能的な動きだった。正確にいえば、脛《すね》を襲って来た一本の袋竹刀を素手でひっ摑《つか》むなり、咄嗟《とっさ》に引く相手の力にのって円陣の外にとび出したのである。その際、無意識に隣りの武士の胴を、袋竹刀で斬っている。打たれた武士は悶絶《もんぜつ》していた。

「ううむ」

今度呻いたのは宗冬である。五人の武士たちも動揺している。

「いや」

誠一郎が恥ずかしそうに微笑《わら》った。

「今のは駄目《だめ》です。私は刀を摑んで引いたようです」

真剣だったら、指が落ちている筈《はず》である。誠一郎は、いんちきをした子供のように、恥じていた。一瞬の動きなのに、身体《からだ》中べったりの汗である。水野が来あわせていなかったら、自分は正燈寺で死んでいただろう。真実そう思った。

宗冬は宗冬で茫然《ぼうぜん》としている。

(百年に一度現れるか現れないかの天才ではないか!)

誠一郎は知らないが、柳生流はじまって以来、この乱剣の陣が破れたことは、ただの一度もなかったのである。

(恐るべし、二天一流! 恐るべし松永誠一郎!)

宗冬はもう一度胸の中で呻いた。

ぶよぶよとした巨大な肉の塊《かたまり》がさざ波のように震え、絶え間なく汗を吹き出している。三浦屋四郎左衛門は、ばかでかい床几《しょうぎ》にやっとその巨大な臀《しり》を据《す》えていた。床几は若い者が、わざわざ吉原から運んで来たものだ。四郎左衛門はこの床几なしでは、どこにも行けない。肥《ふと》りすぎで、立っていることが困難なのである。別の若い者が、大きな団扇《うちわ》で絶えず風を送っている。

柳生家上屋敷の表である。

四郎左衛門のまわりには、この二人を含めて総計十人の若い者が跪《ひざまず》いている。一人が並はずれて大きな骨格をした黒馬の手綱をとっていた。四郎左衛門を吉原から運んで来た馬である。更に二頭の白馬が、立木につながれている。

若い者たちはいずれも俊敏な肉体と精悍《せいかん》な風貌《ふうぼう》の持主で、紺木綿の着物の裾《すそ》を高くはしょり、ぴっちりした紺の股引《ももひき》に草鞋《わらじ》。『大三浦』と染めぬいた法被《はっぴ》を羽織っている。その法被の下に、全員が短いが幅広の直刀《ちょくとう》を、背筋にそって差し、内四人が更に黒い一尺あまりの筒を刀と並べていた。これは吹矢筒である。斑猫《はんみょう》の毒を塗った矢が十本、煙草《たばこ》入れの中にひそませてあった。その上、黒馬の鞍《くら》になにげなくさげられた革袋には、弦《つる》をはずした半弓が三張りと二十本余りの短い矢が蔵《おさ》められている。完全な武装集団だった。

この十人は、四郎左衛門直属の影であった。いずれも、剣、弓、拳法《けんぽう》の達者で、一日に五十里を軽々と走る。

無言。寂《せき》として林のようだ。

実は、この一団を本陣として、柳生屋敷の前面に、五十人に及ぶ首代《くびだい》が、配置されている。首代とは、普段は用もなく吉原の廓《くるわ》内をぶらぶらしているが、一旦紛争が起きると、即座に戦闘員に変る男たちのことをいう。紛争が鎮《しず》まると、この中から数人が一切の罪を背負って、町奉行所に自首して出る。打首獄門になっても、顔色一つ変えることはない。そういう怖い男たちが、浪人、職人、百姓など、様々な姿に身を窶《やつ》して、屋敷を取り囲み、合図を待っている。

更に……。

柳生屋敷の裏門のあたりに、三十人に及ぶ行者がどこからか集って来ていた。白衣に白頭巾《しろずきん》、白脚絆《きやはん》に厳重な草鞋ばき。数珠《じゅず》を巻いた手に団扇太鼓を握り、どんどこどんどこ、南無妙法蓮華経《なむみょうほうれんげきょう》とお題目を唱えている。形は不受不施派の日蓮宗《にちれんしゅう》行者たちであるが、その中央にいるのはなんと幻斎である。まわりを囲んでいるのは、野村玄意、山田屋三之丞、並木屋源左衛門。吉原はまさに総力をあげて、柳生屋敷攻撃の態勢を整えていた。

「南無妙法蓮華経。南無妙法蓮華経」

その恫喝《どうかつ》するようなお題目が、柳生屋敷中に鳴り響いている。屋敷の者全員の顔色が変っていた。さすがに取乱しこそしないが、自然に表玄関と裏玄関のあたりに集って、刀の目釘《めくぎ》をしめし、気の早い者は革だすきをかけている。

宗冬は苦笑していた。既に道場から座敷に戻って、誠一郎、水野と共に、茶を喫している。

ていた。

「松永殿」

ことり。茶碗《ちゃわん》を置くと、宗冬がいった。

「帰られた方がよろしい。お主が早く出てゆかぬと、厄介《やっかい》なことになりかねぬ」

誠一郎が頷《うなず》いた。気配は充分に察している。お題目の中から幻斎の声まで聞きわけ

(あの老人、何者か?)

初めてその疑問が誠一郎の胸に湧《わ》いた。

お題目と団扇太鼓の音が、はたとやんだ。誠一郎と水野が、屋敷を出たのである。

宗冬は縁に立って、暮れはじめた庭を眺《なが》めている。江戸家老野取内匠《たくみ》が入って来ると、宗冬の背後にひっそりと坐《すわ》った。

「何人だ?」

背を向けたまま、宗冬がきく。

「およそ百名」

「百人か……どうやら本気だったようだな」

「火付け道具、煙硝《えんしょう》のたぐいまで、用意していたようで……」

「相対死《あいたいじに》か」

宗冬の声は、苦《にが》い。相対死とは心中のことである。

「相対死ではございませぬ。『神君御免状』ある限り吉原は安泰。当柳生家の滅亡があるのみ」

いい切った内匠の声が、微《かす》かに慄《ふる》えている。

「戦い終った時に、三浦屋の姿はありますまい。残るは、名もなき首代どもの屍《しかばね》ばかり。われらの方は、拝領屋敷を焼かれ、家臣どもの屍をあまた抱えていることになります。それも、生き残った者がいたとしての話ですが……」

「弱気だな、内匠」

「守るべきものの多い側が弱いのは当然」

将軍家剣法指南役の家柄《いえがら》が、柳生の弱みである。名も知れぬ無頼共に襲われ、人死を出し、火をかけられては、柳生家取潰《とりつぶ》しは必定《ひつじょう》だった。

「吉原者をここまで本気にさせた、あの若者の正体をおきかせ願います」

内匠が思い切ったように云った。

「柳生谷に急使を。急ぎ義仙と会いたい」

「殿！」

「義仙と話し合うまで、若者の素姓はいえぬ。義仙にも話したものかどうか……」

宗冬は迷っている。逆効果になりかねない。二十五年前の怨《うら》みが、義仙の殺意を更にかきたてるかもしれぬ。もともと怨み深いたちであり、宗冬はそこがたまらなく嫌《きら》いなのだ。だが、狭川たち裏柳生が、独自に誠一郎の素姓を摑んだ時のことを思えば、どうしてもここで強い釘を打っておかねばならぬ。裏柳生の暴発は確実に表柳生を滅ぼすだろう。今日の吉原者たちの『本気』は、その予告であり、示威だったに違いない……。

「義仙がどうしてもわしの意に従わぬと申すなら……」

「いけませぬ」

内匠の顔色が変っている。

「殿と義仙さまでは……」

さすがに、あとは続けられない。宗冬がほろ苦く笑った。

「わしが負けるというのか」

初代石舟斎は別格として、父宗矩と兄十兵衛は剣の天才だった。その才分は宗冬よりも義仙にうけ継がれているとは、柳生一門の定説だったのである。

「だが、それはどうかな」

冷い薄笑いが宗冬の口もとに浮んだ。策士野取内匠にさえ、この笑いは解けなかった。この瞬間、宗冬は、自分でさえ思いもかけぬ一つの決意を、はっきりと固めたのである。

猪《ちょ》牙《き》

一頭の黒馬と二頭の白馬が、暮れなずんだ江戸の町を、疾駆してゆく。四郎左衛門の手綱さばきは、意外に確かだった。その両側を、『大三浦』の法被《はっぴ》を着た若者たちが、息も乱さず整然と走っている。白馬の上で、誠一郎は感嘆してその走りぶりを見ていた。

「どこへ行く気だ？　吉原へ行くなら、方角が違うぞ！」

水野が馬上から喚《わめ》いた。

「柳橋から、舟に乗りまする」

四郎左衛門が応《こた》える。

「舟だと？」

この明暦三年八月には、まだ吉原通いの舟はない。江戸市中の町駕籠《かご》も御《ご》法度《はっと》で、新吉原へ行くには徒歩か馬しかなかった頃《ころ》である。

「浅草川から山谷堀《さんやぼり》に。これなら追手も気が廻《まわ》りませぬ」

町中で戦いになれば、柳生家に傷はつかない。ただの喧嘩《けんか》である。吉原者の方が、当然、立場が悪くなる。四郎左衛門は、そこまで考えて動いている。

「猪牙《ちょき》と申す舟だそうで……」

後に吉原通いの主流になった猪牙舟が、初めてつくられたのは、この頃である。猪牙の名は、ほっそりした形が猪《いのしし》の牙《きば》に似ているからだともいい、櫓《ろ》をこぐ音がチョキチョキといったからだともいう。長吉という男が、房総から江戸に鮮魚を送るのに使う押送舟《おしょくりぶね》を真似《まね》て作り、長吉舟と呼んだ、それがなまったもの、という説もある。別名を山谷舟。本来銚子《ちょうし》附近で漁師の使う快速船で、沖でとれた魚を料亭《りょうてい》に運んだものだという。銚子では帆を張ったそうだ。文化年中（一八〇四—一八）には吉原通いの猪牙がなんと七百余艘《そう》あった。柳橋から山谷堀まで三十町（三・三キロ）。料金は片道百四十八文。当時の釣《つ》り舟の料金が一日百文というから、これはいい値段である。

江戸ッ子の生れそこない猪牙に酔ひ
後を見ぬ人の乗る故猪牙といふ

恋せねば見てさへ猪牙の危くて

一名勘当舟《かんどうぶね》。道楽息子が猪牙舟に立って小便が出来るようになると、まず勘当だったという。

猪牙舟は吃水《きっすい》が浅いため安定が悪く、乗り方が甚《はなは》だ難しい。柳橋の船宿から乗り込む時、四郎左衛門は絶え間なく細い悲鳴をあげ続けた。その四郎左衛門を進行方向に向けて坐らせ、誠一郎と水野は左右に向い合って坐っている。三挺《ちょう》立てである。前に一人うしろに二人漕《こ》ぎ手がつく。通常は二挺立てで、正徳四年（一七一四）にはそれさえ禁止されている。

舟は矢のように水を滑った。漸《よう》く月が昇りはじめている。この頃は、まだ有名な首尾の松はなく、竹町の渡しを過ぎると、左手に待乳山《まっちやま》の姿が朧《おぼ》ろに見えて来る。

君が為《ため》雪の待乳を夕越《こえ》て

惚《ほ》れて通う男の心情をつたえて切々たるものがあるが、女を知らぬ誠一郎も、同じやるせない思いで待乳山を眺《なが》めていた。櫓の音にまじって、『みせすががき』の音《ね》がかすかに川面《かわも》を渡って来る。初めての時と同じように、その音色《ねいろ》は、誠一郎の胸を騒がせた。誠一郎は五丁町にぞっこん惚れこんでしまったようだ。

待合の辻《つじ》で迎えた幻斎は、にこりともしないいきびしい表情でいった。

「そろそろ、女を知って貰《もら》わねばならぬようだな、誠さん」

仙台高尾

寅《とら》の下刻といえば、今の早朝五時。陽《ひ》はすでに昇っているが、朝靄《あさもや》で、空気は乳色をしている。

誠一郎が奇妙な作業をしていた。竹の棒を七本、円を描くようにして、地べたに突き刺している。田町の砂利場近くの芒原《すすきはら》である。もともとこの竹の棒は、西田屋の若い者から貰った風呂《ふろ》の焚付《たきつけ》で、長さも太さもまちまちなのを、構わず打ちこんでいる。当然高低さまざまの竹の円陣になる。

作業が終ると、誠一郎はその円陣の中央に立った。手をだらりと下げたまま、例の『弱法師《よろぼし》の構え』で立つ。そのまま四半刻《しはんとき》も動かない。目を閉じ、じっと思念を凝らす。

これは、柳生宗冬に見せられた『乱剣の陣』、又の名『虎乱《こらん》の陣』を破る工夫である。あの次の日から毎朝、誠一郎はこの場所に来て工夫を重ねて来た。目をつぶると、竹の棒は忽《たちま》ち柳生の剣士に姿を変え、円陣は左へ左へと流れはじめる。突然その丈が縮み、片手斬《かたてぎ》りが誠一郎の脛《すね》に集中する。同時に、天から七本の剣が、頭蓋《ずがい》に肩に降って来る。外円の剣士が、内円の者の肩を踏んで、跳んだのである。

(こちらが一瞬早く跳ぶしかない)

それが誠一郎の結論だった。上下から襲って来る剣の中間にいて、この斬撃《ざんげき》をはずす術はない。

(高く跳ぶか、低く跳ぶか)

高く跳べば着地に時がかかる。空中にいる時は防御力が弱くなり、その時間が長ければ長いほど斬られる確率が増す道理である。低く跳べば着地は早いが、外円の剣士とぶつかるおそれがあった。

(ぶつかって弾《はじ》きとばす)

体当りの覚悟で跳ばねばならぬ。逆に弾き返されれば、上下の剣の間に落ち、瞬時に膾《なます》になるだろう。

(気を盗むことだ)

敵の意表をつこうというのである。

（まうしろに跳ぶ）

まうしろの敵は、まさか誠一郎が自分の方に跳んで来るとは思うまい。体当りの覚悟が出来ていない筈《はず》である。衝《つ》くべき盲点があるとすれば、ここだけであろう。だがそのためには、振返ることなく、まうしろに跳ばねばならぬ。つまりは正面をむいたまま、うしろが見えねばならぬ。己が背後を観《み》る。この観想の法は、すべての達人がめざす剣の極致である。今、誠一郎は思念を凝らして、その観想の法に挑《いど》んでいた。

更に四半刻がすぎた。卯《う》の上刻。明け六ツ（六時）である。江戸の朝は早く、この六ツをもって三十六見附《みつけ》の門はすべて開かれ、商家は店を開く。

突如、裂帛《れっぱく》の気合が響き、誠一郎の肉体は、まうしろに六尺の高さで跳んだ。足は短い竹の棒を正確に踏み、手には抜き放たれた二刀があった。誠一郎は、確実に己れの背後の棒を観た。そして二刀は、今まさに跳躍せんとする二人の剣士を、これも確実に斬り捨てた筈である。誠一郎は更に斜め前方に跳ぼうとして、不意にやめ、円陣の外におりた。

「お早ようございます」

両刀をおさめながら振返った。観想の法は、背後の雑木林に幻斎の姿を映し出していたのである。

「お早よ」

幻斎が照れ笑いしながら林から出て来た。

「朝っぱらから、軽業《かるわざ》の稽古《けいこ》かね」

「まあ、そんなようなもんです」

誠一郎は笑いながら竹の棒を抜いてゆく。幻斎がさりげなく、さっき誠一郎が跳び乗った竹の棒の先に触った。

（………!!）

竹がぐさぐさに割れている。人間だったら頭蓋を踏み砕かれているところだ。

（斃《たお》したのは二人ではなく三人だった）

幻斎はかすかに身震いした。

「お前さんの敵娼《あいかた》がきまったよ」

縄《なわ》でくくった竹の棒をぶら下げた誠一郎と、肩を並べて日本堤を大門に向いながら、
幻斎がいった。

「あいかた？」

誠一郎がとまどったように訊《き》く。

「お前さんの相手をする花魁《おいらん》のことさ」

「ああ」

気のない相槌《あいづち》になった。もともとこの話は誠一郎にとって迷惑なのである。そろそろ女を知って貰わねばならぬ、と幻斎にいわれた時、誠一郎はきっぱりと断っている。男と女の営みについて全く無智《むち》ではないつもりでいたし、そういうことは、木の実が熟して落ちるように、時が来れば自然に行うことになる筈だというのが、誠一郎の考え方である。見も知らぬ女を、無理矢理おしつけられては、たまったものではない。

ところが、幻斎は妙な理屈を持出して来て、誠一郎を戸まどわせた。

「神君御免状について知りたくはないのかね」

正直、誠一郎は仰天した。老人が『神君御免状』という言葉を知っていること、いや、正確には、自分が『神君御免状』という言葉を聞いたのを知っていることが、意外だった。柳生の剣士狭川新左衛門が、正燈寺でその言葉をぶつけて来た時、山門のあたりにうずくまっていた吉原者がいることを、誠一郎は知らない。ましてや、その若者が耳助とよばれる遠聴の達者であることなど、知る由《よし》もない。昔、『名張《なばり》の耳』とよばれた忍びは、十間さきの針の落ちる音まで聴いたといわれるが、耳助もその半分ぐらいの能力はある。狭川と誠一郎のやりとりを聴きとるぐらいは、朝飯前だった。

「どうだ？　知りたいか知りたくないかどっちだ？　知りたければ、女を知らねばならぬ」

「どうしてですか？　おなごとその言葉と何の関係が……」

「御免状は吉原の秘事だ。生れついての吉原者か、よほど深く吉原に馴染《なじ》んだ者にしか、明かすことは許されないのだよ」

「でも……」

「おなごを知らずして吉原を知ったといえるかね。吉原は、おなごの都ではないか」

これが幻斎の理屈である。誠一郎は負けた。お委《まか》せしますといってしまった。

「わしも委された責任上、いろいろ考え、ひとの意見もきいた上できめたことだ。大三浦屋の高尾太夫《だゆう》。太夫の中の太夫だ。これほどの女は、日本全国どこにいってもいやしない。どんな大大名の奥方だろうと、お公卿《くげ》さまの姫君だろうと、とてもとても……」

幻斎は感に堪えたように首を振ってみせた。

誠一郎の脳裏を、ちらりと勝山の姿が掠《かす》めたが、口にすべきことではなかった。

高尾太夫は、吉原で最も有名な花魁だが、実は一人ではない。大三浦屋抱えの花魁によって、代々襲名された名前なのである。何代続いたかは、諸説があって判然としない。六代説、七代説、九代説、十一代説の四説がある。歴代の高尾の中で高名なのは、自分の子を乳母に抱かせて道中したといわれる妙心高尾と、仙台藩主伊達《だて》綱宗《つなむね》に身請《みうけ》された仙台高尾である。綱宗は身請代として、この高尾の体重と同じ重さの小判を支払ったという。綱宗あての手紙が蜀山人《しょくさんじん》の『一言一話』の中にある。

『けさの御わかれ、なみのうへ御帰路、（大川を猪牙《ちょき》か屋形舟で帰ったのだろう）御やかたの御しゆび（首尾）いかが御あんじ申候、わすれねばこそおもひ出《いだ》さず、かしく』

そして次の一句が添えられている。

『君は今駒形《こまがた》あたりほととぎす』

まさに絶世の佳人というべきではないか。誠一郎の敵娼として、幻斎が選んだのは、この仙台高尾だった。

ちなみにいう。この頃《ころ》の太夫は決して売女《ばいた》ではない。いわば『どこにもいない女』だった。諸大名の奥向、公卿の子女にも、これほどの学識をもち、遊芸の道に達した女性はいない。琴、鼓、三味線にすぐれ、茶道、香合、立花に通じ、書道、和歌、俳《はい》諧《かい》、絵画をよくした。『八代集』や『源氏物語』を手放さない者もいたという。いわば、時代の最高教育を受けた『スーパー・レディ』だったのである。

所詮《しょせん》は『売り物買い物』ではないかと考える人がいたら、それも間違いだ。太夫には『客を振る』権利が厳として存在した。大坂の富商鴻池《こうのいけ》善右衛門が吉原に遊び、贅六《ぜいろく》らしい傲《おご》りから太夫に投げ盃《さかずき》をした。太夫は勿論《もちろん》、座敷じゅうの遊女が即座に席を立ち、善右衛門は大恥をかいて、大門からつき出されたという逸話は、太夫の『張り』をはっきりと物語っている。太夫の一夜の揚代金は一両から一両三分。これは当時の人夫が一月働いても及ばぬ金額である。商家の手代の給金が年に五両だった時代なのである。これだけの金を払って、尚《なお》、ふられるおそれが多分にあった。客こそいい面《つら》の皮であるともいえよう。

仲《なか》の町《ちょう》の通りを、幼女がゆく。通りの真中のどぶ板を、けんけんで跳んでみたり、石ころを蹴《け》ったりしながら、江戸町《えどちょう》から京町《きょうまち》の方へ向っている。西田屋の娘おしゃぶだ。

おしゃぶには母がいない。初代庄司甚右衛門のひとり娘で、おしゃぶの母に当るべき女は、五年前の承応元年（一六五二）に死んでいる。おしゃぶ四才の時である。父の甚之丞《じんのじょう》は養子で、だから庄司家の血筋は現在おしゃぶ一人にしか流れていない。それに不思議な予知能力があるので、花魁や禿《かむろ》たちは勿論、父の甚之丞さえ畏《おそ》れて近づかないような節《ふし》がある。

おしゃぶは孤独には慣れている。ものごころつく頃から、すぐれた予知能力を持ち、これは父にさえ明かしてはいないが、人の心を読む能力までもった子供が、孤独にならぬ筈があろうか。おしゃぶは、父の心から『高尾』という言葉を読んだ。誠一郎の敵娼の名である。おしゃぶは誠一郎に惹《ひ》かれている。ひとつには、誠一郎の心が読めないためかもしれない。いや、読めないことはないのだが、そこにはどこまでも明るく透きとおった白い虚空《こくう》があるばかりで、常人に必ず見られるどす黒い翳《かげ》りがない。かすかに哀《かな》しみの風が吹いているのが感じられるばかりである。それは誠一郎が、二十五年の刀法修業の結果達するに至った、一つの境地だったのだが、おしゃぶには分らない。とにかく、こんなに清潔で涼しげな男を、おしゃぶは嘗《かつ》て見たことがなかった。その誠一郎が契《ちぎ》る女の名を、おしゃぶは平静に聞くことは出来なかった。自分が女になっていないのが悲しかった。心的能力を持った女は、精神的には当然早熟になるが、肉体的にはむしろ開花が遅いのが常である。おしゃぶもその例に洩《も》れなかった。おしゃぶはいつの間にか大三浦屋の前にいた。まるで店の中まで見透すような目で、じっと『大三浦』と染めぬいた暖簾《のれん》を見つめた。

ぽとり。高尾の持つ絵筆から墨が滴《したた》り落ちた。みるみる紙に滲《にじ》んでゆく。高尾は不思議そうに筆を見た。かつてないことである。墨の量を間違えた筈はない。とにかくこの絵は駄目《だめ》になってしまった。客からの頼まれものだったが、不吉な感じがして、描き直す気にもならない。禿に片づけるようにいおうとした時、廊下に番頭新造《しんぞ》が膝《ひざ》をついた。

「おやじさまがお呼びでありんす」

元吉原の中期まで、吉原で『おやじ』といえば、庄司甚右衛門のことだったが、甚右衛門なきあと、大三浦の四郎左衛門がこの名を継いでいた。高尾は眉《まゆ》をひそめて立った。

内所では、四郎左衛門が例の如《ごと》く贅肉《ぜいにく》を震わせ、汗を拭《ふ》きながら、おしゃぶと向い合っていた。四郎左衛門はこの子が苦手である。この子に無心にみつめられると、腹の底まで白日の下に曝《さら》されるような気分になる。四郎左衛門は知恵者と人からもいわれ、自らも認めている。当然その心中には、様々の野心、様々の思惑《おもわく》が渦巻《うずま》いている。それを一々見すかされてはたまったものではない。もう去年のことになるが、四郎左衛門は一度、おしゃぶのお蔭《かげ》で腹の底から震えあがるような目にあっている。

正月の松もとれた頃だった。西田屋で集りがあって出かけていったのだが、その酒盛りの場でいきなり、おしゃぶがいったのである。

「四郎左の小父《おじ》さまは、公方《くぼう》さまになりたいんですね」

なんとも途方もない話だったから、一同大笑いとなって話はそれきりになったが、四郎左衛門は総身の汗が一時に引く思いをした。誰《だれ》にも語ったことのない内心の秘事をはっきり指摘されたからである。確かに四郎左衛門は公方（将軍）になりたかった。勿論、自分がなれるわけはなかったが、孫でも曾孫《ひまご》でもいい、なんとかして公方の座につけたかった。その野心は次第々々にふくらんで、漸《ようや》く具体的な形をとろうとしていたところだったのである。

（なんという恐ろしい子だ）

それ以後、四郎左衛門は、出来るだけこの子を避けて来た。

遥《はる》か後年の話になるが、この時から百一年後の宝暦八年（一七五八）、四郎左衛門の夢はあと一歩で実現するところまでいった。大三浦屋の一族三浦五郎右衛門という者が、娘の於逸を松平又十郎の養女として、将軍吉宗《よしむね》の世子《せいし》家重に仕えさせ、この於逸が家重の次男万次郎重好を生んだ。三浦五郎右衛門はこのために五百俵の旗本にとりたてられている。万次郎重好は、宝暦八年、清水御屋形として、将軍職の相続順位に最も近い三卿《きよう》の一家を立てたのである。この時、大三浦屋は吉原から姿を消している。万一、清水御屋形から将軍が出た場合、その一族が吉原の亡八《ぼうはち》者ではさしさわりがあると判断したのであろう。これこそ一代の知恵袋三浦屋四郎左衛門の、気の遠くなるような遠大な計画の果実だったのである。

「お呼びざんすか？」

高尾が入って来た。四郎左衛門はほっと息をついた。今の今まで、くだらない帖合《ちようあい》に思念を凝らすことによって、辛うじておしゃぶに内心を読まれるのを防いでいたのである。さすがの四郎左衛門にとっても、これはかなりの重労働だった。

「このお子が、太夫に用があるそうだ。知ってるね。西田屋のおしゃぶ殿だよ」

高尾は怪訝《けげん》そうにおしゃぶを見た。

(肌《はだ》の綺麗《きれい》な子だこと)

禿ぐらいの齢《とし》である。高尾はついそういう目で見てしまう。禿の教育はいっさい姉さん役の花魁の責任なのである。

(齢頃になれば、あたたかい感じのいい花魁になるだろう)

童顔《わらべがお》が変るのを、高尾はよく知っている。だが……。

「ありがとう。でもあたしは花魁にはなれないの」

まばたきもせずに、高尾の顔をみつめていたおしゃぶが、不意に、にこりと笑うとそういった。高尾はぎくっと身を引いた。

(この子はひとの心を読む……)

思わず四郎左衛門を見た。四郎左衛門が、そっぽを向いたまま小さく頷《うなず》いた。

「それで、ご用はなんでありんすえ？」

高尾がそっけなく訊《き》く。心を読まれるというのは、誰にとっても気分のいいことではない。これがおしゃぶの不幸だった。

「もういいんです」

おしゃぶが小さな声でいった。ついで、高尾の目を正面から見つめて、はっきりといった。

「誠さまを、よろしくお願いします」

その目がきらりと光った。涙である。高尾は衝撃を受けた。

（この子は松永さまを情人《いいひと》のように想《おも》っている！）

おしゃぶが、小さく首を横に振った。高尾は間違っていた。おしゃぶの涙は、誠一郎に向けられたものではない。ほかならぬ高尾自身の運命に向けられたものだった。おしゃぶの目は、屋形舟から大川に吊《つる》され、無残に斬り殺される二年後の高尾の姿を見ていたのである。吊し斬りにしたのは、ほかならぬ伊達綱宗であった。

（誠さまの関《かか》わる女子はみな非業《ひごう》に死ぬ）

おしゃぶには、それが堪《たま》らなく悲しかった。


その夕刻、降るような『みせすががき』の音《ね》の中を、初会《しょかい》の儀式を果すべく、誠一郎が揚屋《あげや》清六方に向っている丁度同じ頃、柳生家上屋敷の門前に立った一つの影があった。六尺をこえる長身の僧である。顔を出した門番が、一瞬蒼《あお》ざめたほどの殺気をはらんだ声でいった。

「柳生谷の義仙じゃ。わしが立腹していると兄者《あにじゃ》に伝えよ」

初会

馴染《なじ》みになった『みせすががき』の三味の音が、絶え間なくつづいている。揚屋尾《お》張《わり》屋清六の二階座敷からは、棒でつきだした青簾《あおすだれ》ごしに、仲の町のまばゆいばかりの灯《ひ》が見えた。ひとびとのさんざめき。張見世《はりみせ》の花魁《おいらん》たちの嬌声《きょうせい》。芝居の書き割りのような水色の空に、うすい月がかかっている。涼風《すずかぜ》が鬢《びん》をなぶった。

（生きていればこそ、こんな宵《よい》も……）

そんなことを思わせるほど、なんともいい気分だった。内所に大小ともあずけて、落着かない丸腰でいることが、逆に誠一郎の解放感をつのらせているのかもしれない。ふわふわと浮きたつような感覚である。

「さ、おひとつ」

この店のあるじ清六が酒をすすめる。

「ありがとう」

爽《さわ》やかに受けて盃《さかずき》を干す。鬢の毛がひとすじ垂れて、ふるいつきたいような、いい男振りだ。一座の者が、うっとりと眺《なが》めている。

一座は六人。誠一郎と幻斎のほかに、三浦屋四郎左衛門、野村玄意、山田屋三之丞、並木屋源左衛門、そして揚屋の尾張屋清六とその内儀が自ら給仕に出ている。客がいずれも錚々《そうそう》たる傾城《けいせい》屋の主《あるじ》のせいか、清六と内儀はかなり緊張しているようだ。

誠一郎には、幻斎と四郎左をのぞいて、みな初対面である。揃《そろ》って鍛えぬいた身体《からだ》と不敵な面魂《つらだましい》の持主で、動作ひとつにも無駄《むだ》がない。この三人がどうして傾城屋の主なのか、誠一郎には不可解だった。

（なまなかの武士も及ばぬ）

三人とも、甲冑《かっちゅう》をつければひとかどの武将といっておかしくない。武芸の腕も尋常ではないようだ。その証拠に、どの手を見ても、節くれだって硬そうだ。玄意に至っては、刀を握る格好のままかたまったような手である。

そうした、ひとくせもふたくせもありそうな老人たちが、奇体にも相好《そうごう》を崩して、ちらちらと誠一郎を見ながら、いかにもうまそうに盃を干している。まるで久しぶりに帰省した自慢の孫をつれて、吉原へ来たとでもいうような気配なのである。誠一郎は少々うっとうしくなって来た。

誠一郎はものごころついてから、ひとにかまわれたおぼえがない。よちよち歩きする頃《ころ》から、武蔵はほったらかしだった。短いがずしりと重い、山窩《さんか》のウメガイ（山刀）を一振りくれただけで、あとは、道に迷おうが、沢に落ちようが、知らぬ顔である。誠一郎は四才の時、一丈余りの崖《がけ》を沢に落ちて、全身打撲のため、三日動けなかったことがある。倖《さいわ》い骨折はしなかったが、半身を水にひたしたまま、身動きが出来ない。そのくせ腹は減るのである。この三日間で、誠一郎はウメガイの使い方を覚えた。山女魚《やまめ》をとり、野兎《のうさぎ》を殺した。火をおこすすべを知ったのもこの時である。やっと熾《おこ》った火で野兎を炙《あぶ》っていると、いつのまにか武蔵が来ていた。

「こりゃアうまそうだ」

武蔵がいったのはそれだけだった。だがその一言が、自分をひどく誇らかな気分にしたことを、誠一郎は今でもおぼえている。二人は黙って香ばしい肉を頬張《ほおば》り、沢の水をのむと、住いである洞穴《ほらあな》に帰った。歩くとまだ身体じゅうがきしんだが、武蔵は手を貸すのは愚か、歩度を緩めもしなかった。誠一郎は歯をくいしばって、武蔵を追った……。

幻斎はしきりに山中の暮しについて聞きたがった。山のことなら、話の種はいくらでもある。誠一郎が想い出すままに話すと、老人たちは、ほう、ほう、と相槌《あいづち》をうって聞く。それが妙に懐《なつか》しげなのである。まるで自分たちが昔すんでいた土地の話を聞くように、沁々《しみじみ》とした顔なのだ。しまいには泣きだすんじゃないか。そう誠一郎が思ったほどの気の入れようだった。事実、野村玄意などは、懐紙をとり出し、大きな音をたてて洟《はな》をかんだ。

（まるで『山の老人』じゃないか）

武蔵に教えられた山人《やまびと》のいい伝えを思い出しながら、誠一郎はそう感じた。この時、誠一郎はまだ、自分の直観がいかに正しかったかを知ってはいない。この五人の老人たちは、正しく『山の老人』だったのである。

仲の町がいちだんと賑《にぎ》やかさを増した。

「高尾だ！」

「高尾太夫《だゆう》！」

遊客たちの声がきこえる。誠一郎の敵娼《あいかた》が道中して来たようだった。

元吉原から新吉原の前期、正確には宝暦十年（一七六〇）まで、太夫、格子《こうし》（後に散茶の一部も）といった格の高い遊女と遊ぶには、遊客は揚屋にあがりそこに遊女を呼ばなければならなかった。遊ぶのも寝るのも揚屋である。新吉原になると、揚屋は一ヶ所にまとめられて揚屋町となったが、元吉原の頃には、あちこちに散在していた。そのため、遊女は江戸町の遊女屋から京町の揚屋へ、あるいは京町の遊女屋から江戸町の揚屋へと往来した。この往来を、江戸、京都間の旅になぞらえて、道中と呼んだのである。

道中は当然、遊女が自らの全盛を誇示するものであり、宣伝でもあった。従って花魁たちは、衣裳《いしよう》髪飾りなどの華かさは勿論《もちろん》、棲《つま》のとり方、足のふみ出し方など微細な点にまで、独自の型を作ろうと努めたものである。

道中も時代によって異る。元吉原の頃は地味なものだった。新吉原に移ってもこの明暦頃にはまだ高下駄《たかげた》もなく草履である。最初に下駄を用いたのは享保《きようほう》年間、角町菱屋《ひしや》の芙蓉《ふよう》という遊女だという。道中が最も華美を尽した文化年間の模様を書いておこう。行列の先頭は遊女の定紋をつけた箱提灯《はこぢようちん》を持つ若者。次に禿《かむろ》が二人。三枚がさね広袖《ひろそで》の振袖。持物は一定しないが、例えば一人は人形、一人は守り刀。煙草盆《たばこぼん》と煙管《きせる》。禿の次が太夫。四枚がさねの衣裳の裾《すそ》を右手で握り、黒塗畳付三枚歯、高さ五、六寸の下駄。うしろから若い者が長柄《ながえ》（九尺以上）の定紋入り傘《かさ》をさしかける。その後を新造《しんぞ》二人。三枚がさねの衣裳。更に瀟洒《しようしや》な扮装《ふんそう》のやりて。皮羽織を着た若い者と続く。

こんな行列が幾組も仲の町をゆきかっていたのである。

「太夫を初めて揚げるのを初会《しょかい》といってな。初会には引付《ひきつけ》という儀式がある。ここがその引付座敷なのだよ」

そう幻斎がいった。

誠一郎は更《あらた》めて二十畳ばかりの広間を見廻《みまわ》した。店先からまっすぐ二階へ上がった突当りの部屋である。百目蠟燭《ひゃくめろうそく》にまだ明るさが足りず、部屋の四隅《よすみ》は暗い。座敷の中央に、盃台《はいだい》、銚子《ちょうし》、硯蓋《すずりぶた》（料理などをのせる台）が置いてある。

「京島原には『太夫かしの式』というのがある。太夫を客に貸す式というんだろうね。吉原の引付はそれを簡単にしたもんだ」

「京の真似《まね》ですか」

誠一郎がつまらなそうな声をあげた。

「遊廓《ゆうかく》の歴史は、京の方が長い。柳ノ馬場から六条三筋町へ、更に島原へ。吉原がそれを真似たのは当然のことだ。だがな、その島原も、いやそれより古い柳ノ馬場も、やはり真似なんだよ」

「………？」

「遠く唐の都長安の遊里平康里《ピンカンリー》を真似たのさ。柳ノ馬場を創《はじ》めたのは、太閤《たいこう》さまの馬丁原三郎左衛門と浪人林又一郎ということになっているがね、この二人の背後にいた相談役は実は五山の坊さまたちなんだね。お坊さま方は、遥々《はるばる》海を渡って彼《か》の地に到り、勉学のかたわらその色里で遊んだおぼえがある。その経験を柳ノ馬場に生かしたわけだ。現にこの『太夫かしの式』にしても、明らかに唐の『見客《チエンコウ》』という見立ての式の真似なのさ」

誠一郎は度胆《どぎも》をぬかれた。幻斎が唐人の言葉をやすやすと発音してみせたからである。誠一郎は江戸へ来る途中、足をのばして長崎までゆき、そこから大坂ゆきの船に乗っている。長崎で二泊し、南蛮人も唐人も見た。その唐人の発音と幻斎の発音が同じなのである。当時の日本人で、外国語の発音の出来たのは、五山の僧侶《そうりよ》と長崎の通辞だけだったのだから、誠一郎の驚く方が当然だった。

「ご隠居は長崎にいられたんですか」

幻斎が悪戯《いたずら》っぽく微笑《わら》った。

「わしの行かぬところは、この国中にない。勿論、正式に手形をいただいての旅ではないが……」

「えへん」

四郎左衛門が、警告するように空咳《からせ》きをした。まるでそれが合図だったかのように、廊下に面した障子がさらりと開いた。高尾を先頭に総勢六人の太夫が、しずしずと入り、上座に坐《すわ》る。さすがに一時に花の咲いたような壮観だったが、ちらりとでも笑いを洩《も》らす太夫はいない。すましかえって、まるで客など眼中にないという態度である。坐っても客と正対はしない。今風にいえば略《ほぼ》四十五度の角度。六人の太夫が同じ角度で坐るので、まるで雁行《がんこう》のようだ。坐り方は折敷《おりしき》といって、右膝《ひざ》を下につけ、左の膝を少し立てる。右手で臂《ひじ》を張り、左手で袖口をとっている。これが正式の型である。

尾張屋の内儀が盃台から盃をとって、まず高尾にさし「あなたさま」といい、盃が返ると誠一郎にさし「こなたさま」といった。献酬三度《みたび》にして盃はまん中に置かれる。これを他の五人の太夫それぞれに繰り返すと、また高尾を先頭にすいと立ち部屋を出ていった。引付の式が終ったのである。

誠一郎はあっけにとられていた。儀式といってもまことに慌《あわ》ただしく、これでは高尾の顔をしみじみ見るひまもない。

「これで終りですか」

そっと幻斎にきいてみた。

「座敷をかえるのだよ」

幻斎が苦笑いしながら応《こた》えた。

だが、座敷がかわって新造、禿まで入った酒宴となっても、高尾の態度は変らなかった。料理が運ばれたが箸《はし》ひとつつけない。盃をさすと受けることは受けるが、そのまま下へ置いて、飲もうとはしない。誠一郎と言葉を交すこともない。

実は、これは、初会の時、太夫のとるべき態度なのだが、誠一郎は知らない。

　初会には壁に吸附くほど坐り
　嘉肴《かこう》ありといへども初会には食はず
　何ソのこたあねえ初会は御儀式

などと川柳《せんりゅう》にあるように、初会は面白《おもしろ》くないのが通り相場だった。勿論、初会で床につくなどということは、ありえよう筈《はず》がなかった。それにしても、人間心理の機微に通じた吉原者たちが、何故、客をこれほどがっかりさせるような目にあわせたのか。

勿論、理由がある。

男は上婬《じょういん》を好み、女は下婬を好む、という。上婬とは身分の高い者と婬することをいい、下婬はその逆である。例証は秀吉と淀君《よどぎみ》をはじめ枚挙に遑《いとま》がない。吉原者が狙《ねら》ったのは正にその点だった。

あらゆる学問伎芸《ぎげい》に通じ、高貴の装いをした太夫は、一個の貴婦人である。つまりは高嶺《たかね》の花である。高嶺の花がどうして客に媚《こ》びようか。媚び、金を使い、身を屈して相手の意を迎えるのは、男の方、つまり客でなければならぬ。

道中において、太夫にさしかけられる長柄の傘の正式名は簦《おおがさ》である。古来、簦をかざして歩くことを許されたのは、女御《にょうご》、更衣《こうい》及び太政《だじょう》大臣、左右大臣の正妻に限る。

また遊女は『八朔《はっさく》の雪』と称して、八月一日に裏のついた白無垢《しろむく》を着るならわしだが、これも宮中の上臈《じょうろう》を真似たものだ。淀屋辰五郎《たつごろう》が闕所《けっしょ》に処せられた表向きの罪状は、白無垢を着て駕籠《かご》に乗ったのが町人の分際として不届きである、という一条のみである。それが遊女にだけ許されたのは衒売《げんばい》のため貴人を装っていることが明らかだったからだ。そもそも『女郎』という言葉自体が、『上臈』のなまったものなのである。

だが生憎《あいにく》なことに、吉原者の狙いは、誠一郎には全く効果がなかった。誠一郎には心の屈折がない。こんな男に上婬も下婬もあるわけがない。誠一郎にとって、高尾はきれいなだけの女である。まるで牡丹《ぼたん》のようだと思う。野面《のづら》に咲く楚々《そそ》たる花ではない。濃厚な感触で、ぼってりとした大輪の牡丹である。目は切れ上り、鼻筋とおり、凜《りん》とした美しさは、驕慢《きょうまん》と紙一重である。そして驕慢は、誠一郎の苦手のひとつだった。誠一郎はそっと席を立った。

吉原では、客用の小便所は二階の隅にある。町家では絶対に見られない図である。だからこそ、

　二階屋に厠《かはや》の有《ある》を知らぬ野暮《やぼ》

という川柳があるわけだ。戸も囲いもなく、駒下駄《こまげた》をはいて一段高くなったところで用を足す。三、四人が並んで出来る広さである。尚《なお》、遊女の厠は階下に、風呂場《ふろば》と隣接してあった。

客が小便所に立つと、必ず振袖新造がついてくる。客が放尿の一瞬、酔いが醒《さ》め里心がつくのを防ぐためだという。誠一郎は初めての経験なのでさすがに参った。背後を気にしながら放尿していると、隣りに並んだ男がいる。水野十郎左衛門である。

「やあ」

誠一郎は白い歯を見せた。正直、水野の顔を見て、ほっとした。

「先刻ちらりとお主の座敷を覗《のぞ》いてみたが、敵娼は高尾のようだな」

水野が無遠慮に腰をふりながらいう。

「そうなんです」

誠一郎の声が、うんざりした響きを伝えたとみえて、水野がにやっと笑った。

「退屈なんだな」

「いえ」

振袖新造の手前、誠一郎はいい淀んだ。

「初会なんてそんなものさ」

おかしそうに笑っている。

「しかし、並の男なら高尾に見惚《みと》れて一刻《とき》や二刻すぐたってしまう筈なんだが……。お主、よほどへそ曲りと見える」

誠一郎は苦笑した。

「どうだ。屋根へ出てみないか？」

唐突に水野がいう。

「屋根？」

「そうだ。この店の屋根だ。面白いぞ」

新吉原の屋根は、こけらぶきにきめられている。そこに火災防止用の天水桶《てんすいおけ》がでんと据《す》えられ、火ばたきも二本備えつけてある。

吉原のぼうふら虫は家根《やね》に涌《わ》き

とはこの異風を歌ったものである。

誠一郎は水野について物干場から屋根に出た。仲の町は眼《め》の下にある。男たちが『みせすががき』の音にのるようにして歩いている。頭巾《ずきん》や編笠《あみがさ》をかぶっているのは、大方が武士か医者、僧侶、商人である。素見《すけん》（ひやかし）の客は職人が多い。吉原界隈《かいわい》の職人や遊び人を『地廻り』といい、ひやかしの客を『とりんぼう』又は『油虫』というと、水野が教えてくれた。

張見世の遊女が、紙を巻いて筒にし、格子ごしに外の客となにか内緒話をしている。金のない客いろとの密会の打合せか、それとも紋日《もんび》の無心だろうと水野がいう。

総じて男たちの目は血走り、遊楽の予感で頭に血がのぼっているのが分る。その様を馬鹿《ばか》にしたように横目で見て足早やに通りすぎる男も、花魁の道中にぶつかると、呆《ほう》けたように見とれて、本音を曝露《ばくろ》している。

男たちの頭上の屋根を、黒猫《くろねこ》が一匹、あくびをしながら、ゆっくりと歩いていった。

あの猫には哲人の俤《おもかげ》がある、と誠一郎は思った。また、なんとなく物悲しい気分になっていた。

「あの人たちは、皆、何をしてるんでしょう」

ポツンといった。質問ではない。

「女にうつつを抜かしに来ているにきまってるさ」

水野がいう。

「ちがうんです。ここへ来ない時は何をしているのかと思ったんです」

水野が黙りこんだ。口を開いた時、妙に嶮《けわ》しい声になっていた。

「何がいいたいんだ、お主」

「別に。私には何もすることがないので、ふっとそう思っただけです」

これは半分は本音、半分は嘘《うそ》だった。己れの剣に自在を得た時、誠一郎はそれ以上なにもすることのない自分を発見して戸まどった覚えがある。だが今はちがう。下の座敷にいる五人の老人たちは、明らかに、自分をいずこかへ連れてゆこうとしている。それがどんな場所であろうと、行先がないよりはましだろう。この道の先に、どんな波乱が自分をのみこもうとしているのか。誠一郎は疼《うず》くような心でそれを待っている。

(天は我に何をさせんとしているのか)

虚空《こくう》に向って、大声で喚《わめ》き問いかけたい。そんな熱い思いが、昂《たか》まってくるのを、誠一郎は感じていた。

「滅びしかない」

水野がポツンといった。

「滅び？」

「そうだ。俺《おれ》たちに出来るのはそれしかない。人を滅《めっ》し、家を滅し、我が身を滅ぼす。それだけだ。こんなうす汚ない世の中に、糞尿《ふんにょう》に塗《まみ》れながら生き永らえるなど、真平御免だ。定刻にお城に登り、定刻にお城をさがる。商人のように算盤《そろばん》をはじき、お上にへつらい目下の者をおどし……それがたかが栄達と金のためだ。うす汚ない！　それが武士のすることか！　いや、武士とはいわぬ。人間たる者にそんな下劣な真似が出来るか。生きるってのは、もっと素晴しいことの筈だ。思うだけで溜息《ためいき》が出、血が騒ぐほど、素晴しいことなんだ。それが……それがこんなものだというんなら、いつでも棄《す》ててやる。いつでも死んでやる！」

火を吐くような水野の言葉を、誠一郎は深い共感をもって聴いた。身内にふつふつと滾《たぎ》るものがある。何へとはない焦燥《しょうそう》をまぎらすために、仰向けに寝ころんだ。降るような星空である。

（天は我をどこに導こうとしているのか）

誠一郎はもう一度胸の中で呻《うめ》いた。

その頃《ころ》、下の座敷で、一つの異変が起っていた。

鼓《つづみ》

高尾の眼がうるんだように見えた。それがあっという間に膨《ふく》らんだ……と見る間に透明な大粒の露になり、すーっと頬《ほお》をつたう。

「おいらん！」

最初に気づいた禿《かむろ》が、動顚《どうてん》して思わず高尾の膝《ひざ》に手をのばしかけ、そこではっとやめた。高尾の姿勢は、みじんも崩れていない。顔も屹《き》ッと起したままである。ただ眼だけが大きく瞠《みひら》かれ、そこから絶え間なく涙が湧《わ》き、溢《あふ》れ、流れる。頬をつたい、顎《あご》にいたり、そのさきから裲襠《うちかけ》の上に落ちている。しーんと静まりかえった座敷の内では、その音が異様にはっきりと聞えた。

廓《くるわ》内の機微に通じ、花魁《おいらん》の心理を読むことに熟《な》れた、尾張屋の内儀や高尾づきの番頭新造《しんぞ》でさえ、蒼白《そうはく》になり、声を失っている。振袖新造《ふりそでしんぞ》と禿たちは、わなわなと慄《ふる》えているばかりだ。どの女たちも、嘗《かつ》て高尾が泣く姿を見たことがないのである。閨《ねや》の中は格別として、高尾はどんなことがあろうと、自分の部屋の中でさえ、涙を見せたことがない。情のこわい女だと、誰《だれ》もが思っていた。その高尾が泣いている。

大三浦の四郎左衛門は狼狽《ろうばい》していた。高尾の口惜《くや》しい気持は分らないではない。誠一郎の仕打ちは無法である。初会の座敷で、太夫《たゆう》を置き去りにして、屋根にのぼったなどという話は、きいたことがない。だが……それなら高尾は席を蹴《け》たてて帰ればいい。それこそ太夫の自由である。傾城《けいせい》屋の主《あるじ》といえども、その行為をとめることは出来ない。それどころか、太夫の『張り』を守るためにも、むしろそうして欲しいくらいなのだ。

それが泣いている。まるで十五、六の小娘のようにただただ泣いている。太夫にあるまじき行為である。これが並の太夫だったら、四郎左衛門は叱《しか》りとばしていたに違いない。だが、相手は高尾である。そのくらいのことは百も承知の女だ。それだけに、四郎左衛門はどうしていいか分らないのだった。

高尾の気持は、複雑でもなんでもない。

高尾を『太夫の中の太夫』たらしめているのは、その共感能力にある。容易に、しかも素早く、客と同じ心になり、客と同じ眼で物ごとを見ることが出来る。今夜も、誠一郎の微《かす》かな表情の動きから、その心を読み、その眼で見た。その眼に映った自分自身の姿を、おぞましく見た。それが先《ま》ず高尾を狼狽させた。

当然である。文字通り山の中から出て来た野性の男など、今までの客の中には一人もいなかった。高尾は、誠一郎が座をはずしたのを、むしろ当然の行為と観《み》た。水野に誘われて屋根にのぼったのも、いっそすがすがしい振舞いと感じた。そこで再度の狼狽におそわれたのである。いつのまにか、自分が誠一郎を好いているのを知った。同時に、太夫として、この野性の振舞いを咎《とが》めるべきであることも知っている。だが、ここで席を立てば、二度と再び誠一郎に会う機会のないことは明白だった。遊女になって初めて高尾はどうしていいか分らなかった。その困惑が、自然に涙となって溢れ出ただけのことだったのである。

息のつまるような静寂の中で、四郎左衛門は祈るように幻斎の帰りを待った。女のあしらいにおいて、自分が幻斎に遠く及ばないことを知っていたからである。その幻斎は、誠一郎が屋根にのぼったときいて、すぐ立っていっている。

一座の誰一人として口を利《き》く者はいない。身じろぎさえする者はない。指一本うかつに動かしただけで、何か途方もないことが起るのではないか。そんな危《あやう》い緊張がみなぎっていることを、銘々が強く感じていた。

「ただいま」

のんきな声と共に、幻斎が帰って来た。

ほおっ。

四郎左が、玄意が、三之丞と源左衛門さえ思わず深い溜息を洩《も》らした。

幻斎は忽《たちま》ち座敷の空気を察したらしい。自分の席には戻《もど》らず、そのまま高尾の前に坐《すわ》りこんだ。暫《しば》く高尾の涙を見詰めていたが、やがて、可愛《かわ》ゆくてたまらない、というように首をふり、にっこり笑った。

「太夫。あの子が屋根の上で何をしていたと思う？」

高尾は童女がいやいやをするように首を横にふった。

「あの子はな、太夫、屋根に寝そべって、人生を論じていたよ。人の世とは何であるか。人はいかに生くべきであるか。水野殿と二人で、それはもう夢中になって話しこんでいたよ。二人とも、自分が今どこにいるか、まるで忘れてしまっている……」

　幻斎の声は楽しそうだった。高尾がその幻斎の顔を凝視している。

「わしはな、引きずってでもあの子をつれ戻す気でいったのだが……到頭ひとことも声をかけることが出来なかった。なんの腹のたしにもならぬことを……決して答えの出る筈《はず》もないことを、生命《いのち》がけで論じあう……馬鹿《ばか》なことだと人はいうかもしれぬ。だが、それが若者じゃないか。若者だけの持つ特権じゃないか。わしはな、太夫、わしは羨《うらやま》しかった。羨しくて羨しくてしようがなかった……」

　ふっと幻斎の声が湿り、詰まった。自分たちの喪《な》くしてしまったものへの思いが、強烈に胸を絞めあげているのである。逆に、高尾の涙はいつか乾いていた。食い入るように幻斎の顔を見詰めている。

「堪忍《かんにん》してやってくれないか、太夫。男には、そういうことがあるのだ。別して若い男にはな。人の世に生きて、そういう時をもったことのない男など、信ずるに足りぬ。あの子は、少くとも、まっすぐな心を持った、信ずるに足る男だ。なあ、太夫。遊女の二枚櫛《ぐし》の由来は知っていよう。戦《いくさ》の場にあった遊び女《め》なら、男の値いをようく知っている筈だ」

　昔、『御陣女郎』なるものがあった。遠く平安・鎌倉の時代に洛西桂川《らくせいかつらがわ》のほとり桂の里に住み桂女《かつらめ》と呼ばれた遊女たちが、武士団の戦いに参加したのをいう。彼女たちは必ず櫛を二枚さしていた。一枚は凶事に、一枚は己れの化粧に使う。凶事とは斬《き》りとられた敵将の首を洗い、その髪をなでつけることである。吉原の遊女もまた必ず二枚の櫛をさしていたが、それはこの『御陣女郎』に由来するものであった。

幻斎は言葉を続けた。

「あの子の無礼については、わしが心から謝る。この通りだ」

座敷中の女たちが仰天した。幻斎が畳に手をついて、深々と頭を下げたのである。いや、幻斎ひとりではない。三浦屋四郎左衛門、野村玄意、山田屋三之丞、並木屋源左衛門の四人も、幻斎に倣《なら》って手をつき頭を下げた。吉原広しといえども、この四人の亡八者に揃《そろ》って頭を下げさせた太夫が、他にあろうか。いま現在、吉原を動かしているのは、この四人なのである。高尾の面目は、立ちすぎるほど立ったといえよう。それは同時に、彼等が松永誠一郎によせている期待の大きさの証《あかし》でもあった。

「人はどのように生きたらいいのか……」

高尾がいった。

「あのお方は、どう思っていなさんすか？」

「今の世は、生きるに値しないほど汚れ果て、退屈きわまる代物《しろもの》だそうだ」

「汚濁《おだく》の世に退屈な生を生きるより、何も彼《か》も捨てて、一身を滅ぼす方がましだ
……」

「………！」

「まッ！」

「……というのは水野殿のいい分でな。松永殿は違う。汚濁の世だからこそ、わが身ひとつだけでも濁りに染まず生きるべきだという。水野殿は、そんな生き方は淋《さび》しく辛《つら》く、とても耐え切れぬといわれた。松永殿は黙っていたな。太夫はどう思う？」

「あのお方は出家遁世《とんせい》なさるおつもりでありんすか？」

「或《あるい》はな。もう一度、山の中へ戻って、二度と世の中に出ないつもりかもしれぬ。だがそうはさせぬ。遁世には様々の仕様があることを、我等がとくと教えてくれる。この生きざまには、少くとも退屈はない筈だ。そこがいい」

四郎左衛門が、巨体をさざなみのように震わせて、声もなく笑った。玄意たち三人も、忍び笑いをしている。

「それには、太夫、そなたの力がいる。あの子に、人の世はかくも楽しいものか、と思いしらせてやって欲しい。これが出来るのは太夫だけだ。頼みましたよ」

ぽっ。高尾の頬が、生娘《きむすめ》のように、恥じらいに染まった。涙ではげた化粧の顔が、

うす桃色に輝いたように見えた。

（ああ。美しい）

一座の者が一様にそう見た。他の太夫や振袖新造さえ、なんの口惜しさもなく、そう感じた。

四郎左衛門は、驚嘆していた。高尾の美しさにではなく、高尾からこの美しさを引き出した幻斎の『ひとたらし』の腕に、である。

（とても及ばぬ）

四郎左は、胸の中で、改めて己が頭領に頭を下げた。

「鼓《つづみ》を」

高尾が、番頭新造を省みてそういった。

「太夫！」

四郎左が思わず声をかけた。初会の席で、太夫が芸をするなどきいたことがない。

高尾がちらりと微笑《わら》った。

「初会に屋根にのぼるお客人でありんす。初会に鼓を打つ太夫がいてもようござんせんか」

四郎左は声を失った。

「それに……」

高尾は真顔になっている。

「あのお方を屋根から降りる気にさせるのが、あちきのつとめでありんしょう」

かあん。

鋭い音である。誠一郎は思わず身体《からだ》を起した。

かあん。かあん。

(あれはなんだ?!)

心の奥深いあたりで、なにかの感触が、もぞっと身じろぎしたようだった。

かあん。かあん。いようっ。

遠い、遠い日の想《おも》い。透きとおるような緑の葉。そこから洩れる光の矢。自分の胴まわりより太い樹幹。黒い腐植土のやわらかい感触。

(森。山を蔽《おお》う、ぶあつい、いやな森)

どこの森か、定かではない。金峰山《きんぽうざん》に落着く以前。肥前から肥後への長い長い放浪の途中。山人《やまびと》のような蓬髪《ほうはつ》の男と少年。足が痛いんだよォ。少年は切株を踏み抜いていた。足が痛いんだってばよォ。でもその声は心の中だけで、外に洩れはしない。足が痛いんだよォ。足が痛いんだよォ。その拍子に合わせて、あやつりのように、前へ前へと足を運んでいる。眼は地べたに釘《くぎ》づけになって、少年は自分が虫になったような気がした。足を運ばねばきっと棄《す》ててゆかれる。お前は一度棄てられた身なのだから。必死だった。足が痛いよォ。足が痛い……。その時、それが鳴った。

かあん。

その鋭い音が少年の歩く拍子を狂わせた。痛みが脳天まで突きぬけ、がくりと膝をついてしまった。

「傀儡子《くぐつ》だ」

蓬髪の男が、なんの表情も見せず少年を見おろしながらいう。

「くぐつ？」

「山人の種族だ。あそこまで行けば、薬もある。食物《くいもの》もある」

少年は立ちあがった。一日、たべていなかったのである。

かあん、かあん。いようっ。

鋭い音の合間に、人の掛声が入る。その不思議な音を出す楽器が鼓と呼ばれていることを少年が知ったのは、意外にすがすがしい衣服をまとった女たちに優しく足の手当をされ、温い食物で腹を満した後のことである。鼓をうつのは女であり、不思議な歌をうたうのも女である。男たちは舞っていた。何人かの男が酔ったように舞っていた。鼓の音は夜になっても続いた。少年は半ば睡《ねむ》りながらその音を聴いていた。胸中の何かを激しく打ち叩《たた》くような音だ。少年はそう感じていた。

かあん。かあん。ぽん。ぽん。

音が続いている。誠一郎はいつのまにか、屋根の上に立っていた。何故《なぜ》か涙が流れている。それが山中に棄てられるかもしれないという、心細さの涙か、今夜一晩はやすめるという安堵《あんど》の涙か、誠一郎には分らなかった。水野が何かいったが、ろくすっぽきこえない。まるで糸でひきよせられるように、屋根を踏んで歩きだしていた。

(座敷うちの芸ではないな。これは野外の音だ)

そのくせ『みせすががき』の音と奇妙に合う。いや、鼓が加わることによって『みせすががき』が、広い野外で聴く音に変っている。なんの脈絡もなく、大きな川の流れが眼の前に浮んできた。

(なぜ川なのだ?)

一瞬、遊客でさんざめく仲の町通りが、そのまま煌《きら》めく光の川のように、誠一郎の眼には映った。道中の花魁《おいらん》も、新造も禿《かむろ》も、それをとりまく男たちも、すべて、その光の川の底で蠢《うごめ》いている。そして、その川面《かわも》を巨大な舟がゆく。舟の上では、あの傀儡子の女が鼓をうち、傀儡子の男たちが踊っている。異様な二重写しであり、幻影だった。

（なぜ川なのだ？）

もう一度、誠一郎は胸の中で訊《たず》ねた。答えは返って来なかった。

野《の》分《わき》

義仙は気《い》の男である。常にはげしい気《い》がその身内に充満し、烈々と放射されている。烈堂という号は、その意味できわめて正確だったといえよう。その義仙が、日頃《ひごろ》に倍する気《い》を集めて、向い合った相手に巨大な礫《つぶて》のように叩きつけている。相手は柳生宗冬である。こちらは、底なしの暗い淵《ふち》のように、己れの一切の気《い》を沈め、義仙の気《い》を飲みこもうとしている。

柳生家上《かみ》屋敷の奥座敷。

とうに丑《うし》三ツ（午前三時）を過ぎている。

だが、家老野取内匠《たくみ》をはじめ、すべての家臣が寝もやらず、刀をひきつけて、この座敷の模様を窺《うかが》っていることを、宗冬は知っている。

夕刻。義仙が到着した時点から、柳生家上屋敷はさながら旋風の中にいた。義仙の気いとあからさまな怒号は、屋敷の中に響きわたり、家臣たちを戦慄《せんりつ》させた。まるで百人の野武士が白刃《はくじん》をふるって侵入して来たような騒ぎだった。

義仙は、宗冬の放った急使よりも早く、狭川新左衛門の報告を受けていたのである。宗冬の命により、裏柳生が下《しも》屋敷を追われたという一事だけで、義仙を激怒させるには充分だった。宗冬はその怒りを抑えこむために、松永誠一郎の素姓について語り、吉原者の示威について語ったのだが、宗冬の危惧《きぐ》していた通り、それらはすべて裏目に出た。義仙は火に油を注がれたように、益々《ますます》烈々と燃えあがったのである。

「斬《き》るべきだった。なんの遅疑、なんの逡巡《しゅんじゅん》だ。その場を立たせず、切り刻むべきだったのだ。柳生家積年の怨《うら》みを、一気に晴らす好機だったのに……」

「そして柳生家を潰《つぶ》すのか、六郎」

「潰れはせん。柳生家が歴代のお上《かみ》のために果して来た蔭《かげ》の働き。その一端を公《おおや》けにされるだけで、幕閣はひっくりかえるだろう。それを知れば、天皇家も諸大名も黙ってはおるまい。下手をすれば徳川家《とくせんけ》転覆につながりかねぬ大事だ。ちらりと匂《にお》わせただけで、柳生家に手を出す者はいない筈《はず》だ」

「お上を脅迫しようというのか、六郎」

「ことと次第によってはだ」

義仙は嘯《うそぶ》くようにいう。

宗冬は暗澹《あんたん》としてその顔を見詰めた。この弟は何も分っていない。徳川家の治世も四代を重ね、世は平穏のまっただ中にいる。三代家光の強硬策によって、諸大名の牙《きば》はすべて引き抜かれ、戦国大名の覇気《はき》など、どこを探してもかけらもない。今、戦《いくさ》ということになったら、一番動顛《どうてん》するのは彼等ではないか。まして『禁中諸法度《はっと》』によって抑えられた天皇家に戦いを起す力はない。柳生家の忌《いま》わしい蔭働きなど、古色蒼《そう》然《ぜん》たる反古《ほご》であり、一片の悪夢にすぎない。義仙のいう脅しに出たら、幕閣は総力をあげて、柳生家の壊滅に動くのは目に見えていた。

(あれだな)

宗冬は、決心した。

(もはや、あれしかない)

弟を殺し、柳生家を救う秘策。それを一刻も早く実行に移すしかない。宗冬の眼《め》は、闇夜《やみよ》の淵のように、暗く沈んだ。

昨夜は宵《よい》から風が強く吹いて、廓《くるわ》の中では一晩じゅう、火の用心の若い者が通りを廻《まわ》っていた。夜が明けてすこし弱まったようだが、この田町砂利場近くの芒原《すすきはら》では、まだ尾花が身をもむようにはげしく揺れている。野分《のわき》である。

芒原の中央に、誠一郎が立っている。袂《たもと》も袴《はかま》も引き裂かれんばかりの風だが、微動だにしない。眼をかすかに開いてはいるが、何物かを見ているわけではない。その眼には、今、己れを中心にして八方、つまり周囲のすべてが映っている。観想の法である。誠一郎は肥後山中でこの法を自得したが、虎乱《こらん》破りの工夫から、この法に更に磨《みが》きをかける必要を感じた。毎朝、この芒原に来て、こうして一刻を過している所以《ゆえん》である。もう竹の棒はない。ただ佇立《ちょりつ》し、ただ観《み》ている。日を追うにつれて、観る距離が少しずつ伸びていた。達人は十里を観るというが、誠一郎はまだまだそこまではゆかない。せいぜい日本堤の両端までである。

今、その誠一郎の観法が、一人の男の気《い》を捉《とら》えている。浅草御門から馬道《うまみち》を通り、日本堤に出た。鋭い、と形容出来る気《い》ではない。だが、心中深く蔵されて尚《なお》そとに洩《も》れる、凄絶《せいぜつ》ともいうべき気である。その気《い》が、やがて形をとった。深編笠《ふかあみがさ》。鼠色《ねずみいろ》の着衣に同色のたっつけ袴。蠟色鞘《ろいろざや》の大小。どちらかというと小柄《こがら》で小肥《こぶと》りの体軀《たいく》。その姿に見おぼえがあった。柳生宗冬である。殺気はないが、ひどく張りつめた気《い》がある。よほどの覚悟が宗冬の足をこの地に運ばせたに違いないと誠一郎は感じた。宗冬が雑木林に入った。はっきり、この芒原を目指している。自分がここにいることを、宗冬は知っている……。誠一郎はゆっくり身体を廻して、宗冬と正対する姿勢をとった。野分がまともに顔にぶつかって来る。戦いには不利な風向きだが、宗冬にその気のないことを、誠一郎は知っていた。

雑木林を出た地点で、宗冬が、足をとめた。

誠一郎は軽く頭を下げた。

「過日の御教示、忝《かたじけ》のうございました」

宗冬は一瞬見据《みす》えるように誠一郎を見た。小さくうなずいて、ゆっくり近づきながらいった。

「乱剣破りの工夫、ついたようだな」

「工夫はしました。でもまだ分りません」

実際に試してみなくては、工夫がついたか否《いな》か、分るわけがない。といって、あからさまにそう云《い》うわけにもゆかない。宗冬がもう一度、小さくうなずいた。近づいて来る歩度は変っていない。二人の距離は見るまに縮まり、忽《たちま》ち戟尺《げきしやく》の間《ま》になった。

「ム！」

ほとんど無声の気合と共に、宗冬の身体が芒の中に沈んだ。片膝《かたひざ》を折るように曲げ、同時に抜きつけの大刀が、下から真上に向って電光のように走っている。誠一郎は僅《わず》かに身をそらせて、この太刀をはずした。次の瞬間、たわめた脚を発条《ばね》にして、宗冬が跳んだ。真向《まっこう》上段からの斬撃《ざんげき》が降ってくる。誠一郎はこれも一寸の見切りではずした。まだ刀は抜いていない。宗冬の大刀は、急に刃先の方向を変え、左下から斜めに斬り上げてくる。かわすと、そのまま右袈裟《けさ》に斬りおろす。凄《すさ》まじい速さになっている。誠一郎は辛うじてはずした。宗冬の大刀はそのまま、再び逆袈裟に斬り上げてくる。たまらず誠一郎は大きく跳んだ。そうしかかわしようがなかった。

「その地点に、わしが伏せた仕太刀がある」

ぱちり。宗冬が刀を蔵《おさ》めながらいった。誠一郎がうなずいた。

「私は斬られているわけですか」

「理屈ではな」

ちらっと微笑《わら》った。

「逆風の太刀という」

誠一郎は訝《いぶか》るように宗冬を見た。

「なぜですか？」

「なぜ？」

「なぜ私にその逆風の太刀を……」

「これだけではない。柳生家秘太刀の悉《ことごと》くを、そなたに伝える。わしはそのために来た」

驚くべき発言である。

「毎朝、同じ時刻。この芒原で……」

きっぱりと云った。これが宗冬の決意だった。誠一郎の天才に、宗冬は賭《か》けたのである。義仙と裏柳生の持つ、すべての太刀筋を教えこむことによって、誠一郎を不死身の男に仕立てあげるつもりだった。裏柳生の暴走から、表柳生を救う窮余の策である。

「しかし……」

誠一郎には、まだ、納得がゆかない。

抑えつけるように宗冬が云う。

「お主に死なれては困るからだ」

「それは……」

宗冬が再び抜刀した。左足を踏み出すと、右手で柄《つか》を握り、左手を大刀の峰にそえた。一見して突きの構えであるが……。

「名づけて丸橋の太刀」

右足を踏み出した瞬間、突くと見せた大刀が右からの素早い斬撃に変っていた。鏘《そう》然《ぜん》と誠一郎の太刀が鳴った……。

裏

「今日は『見返り柳』の話をしようかね」

幻斎がいった。誠一郎にとって、二度目の登楼である。この世界ではこれを『裏を返す』という。場所は初会の時と同じ、揚屋《あげや》尾張屋清六方の二階座敷である。初会の晩から三日たっている。幻斎によれば、これぐらいの間隔が恰度《ちょうど》いいのだそうだ。今夜は幻斎と誠一郎の二人だけで、例の通り清六と内儀が相手に出ている。高尾も幻斎の敵娼《あいかた》も、まだ現れてはいない。座敷が前と変ったような気がしたが、それが燭台《しょくだい》の位置が変ったためであることに、誠一郎は気づいた。百目蠟燭《ろうそく》の明りが、まだぼんやりしているところは、前回と同じである。

「見返り柳と申しますと……？」

誠一郎が尋ねる。幻斎が大袈裟《おおげさ》に溜息《ためいき》をついてみせた。

「きいたかね。吉原に十日の余もいて、『見返り柳』を知らぬ男がいるんだからな」

内儀が袖《そで》を口にあてて笑った。

「いっそさっぱりしていらして、ご隠居さまもお教え甲斐《がい》があるのでは……」

「やられた」

幻斎がぴしゃりと頭を叩《たた》いた。

「大門を出て五十間道をあがってゆくと、日本堤に出る左側に高札《こうさつ》があるな」

「はい」

「その高札と向い合って、道の右側に柳の木が植わっているだろう？」

「ああ、あれが……」

「そうさ。朝帰りの遊客があそこに立って、未練をこめて吉原をふり返って見る……だからこそ『見返り柳』なんだが……」

幻斎は酒でのどを潤《うるお》した。

「この柳にも千年の歴史があることを、大方の人は知らない」

「千年？」

まさかと思った。柳の木の寿命がどれほどあるか知らないが、現在あるのはそんな古木ではない。

「樹齢のことではない。その由《よ》って来《きた》る所以をいう」

幻斎の話は、またしても海を越えた唐の話だった。

唐・宋《そう》の遊里は、いずれも柳の樹《き》に囲まれていたという。柳の並木が色里の象徴だったのである。そのため遊里をまた『柳巷《りゆうこう》』といった。『柳巷』の妓楼《ぎろう》には『花』がある（向うで『花』といえば牡丹《ぼたん》のことだ）。『花街』といい、『花柳巷』という言葉は、ここから生れた（この『花柳』という言葉は、我が国に伝来して『花柳界』なる語を産み、『花柳病』なる忌《いま》わしい言葉さえ出来たのである）。

我が国に初めて出来た遊廓《ゆうかく》は京の柳ノ馬場である。万里小路《までのこうじ》二条の南、方三町の御免色里（許可をうけた遊里）。天正十七年のことだ。この万里小路二条の廓を柳の並木で囲むように作ったのは、明かに唐・宋の『柳巷』の真似《まね》である。そのために此処《ここ》をまた『柳町』ともいった。万里小路二条のあたりは、天正の頃《ころ》には、応仁の乱に焼かれたままの野ッ原だった。だから周囲を柳の並木でめぐらすことが出来た。ところが、十三年後の慶長七年、廓は六条室町に移された。これが六条三筋町の廓であるが、この廓の周囲には人家が詰まっていて、柳の並木で囲むことが出来ない。やむをえず、廓の出入口に一本だけ柳を植え、昔を忍ぶよすがとした。これが所謂《いわゆる》『出口の柳』であり、別名『見返り柳』と呼ばれたものである。そしてその『見返り柳』はそのまま京島原の廓に伝えられ、島原から江戸の元吉原へ、更にはこの新吉原へと引き継がれた。つまり、新吉原の『見返り柳』の起源は、遠く唐の色里平康里《ピンカンリー》の柳樹にまで溯《さかのぼ》るわけで、幻斎が千年の歴史が秘められている、と云った所以はここにあった……。

誠一郎は感嘆していた。『見返り柳』の起源についてではなく、幻斎の見事な語り口に、である。幻斎が語りすすむにつれて、誠一郎は酔ったような気分になってゆく。眼《め》の前に、見たこともない唐の遊里平康里《ピンカンリー》の姿が、まざまざと浮ぶ。緑の柳に囲まれた廓。唐人が往《ゆ》きかい、唐の遊女たちがあでやかに絹を振っている……京の柳ノ馬場のたたずまい。公卿や小具足《こぐそく》姿の武士たち。そりの深い陣太刀の金具が陽《ひ》に映え、遊女たちの白い手がそれをそっとはずす……京島原の『こったいさん』の絢爛《けんらん》たる道中姿……それが今現在、青簾《あおすだれ》の向うに見える新吉原仲の町の情景と重なる……。不思議な三重写し、四重写しである。そういう形での現実の捉《とら》え方を、誠一郎は生れて初めて、幻斎に学んだといっていい。

(この前、この家の屋根で、高尾太夫の鼓をきいた時……)

誠一郎は卒然と思い出していた。

(仲の町通りが光の川に変った。花魁《おいらん》も遊客も、川底で宝石のように煌《きら》めき、その川《かわ》面《も》を巨《おお》きな舟が渡っていった……)

そしてその舟の中では、肥後山中で逢《あ》った傀儡子《くぐつ》の男女が、鼓を打ち、三弦を奏《かな》で、おかしげに踊っていた……。

(あれは決して幻想ではなかった)

幻斎の話をききながら、誠一郎はそう確信した。

(あれはこの現世のもうひとつの顔だったのではあるまいか)

だが、どうしてあの光の川の上を舟が渡っていったか。どうしてその舟に傀儡子たちがいたのか。誠一郎には依然として謎《なぞ》であった。

仲の町通りを高尾が道中してゆく。遊客や素見《ひやかし》の者たちが、足をとめ、呆《ほう》けたようにこの一行を眺《なが》めている。普段の情景で、高尾は慣れている筈《はず》だが、今夜はなんとなく気重く感じられる。誠一郎との二度目の出会いが、重圧になって高尾の心にのしかかっているためだ。

誠一郎が尋常一様の男ではないことを、今の高尾は強く感じている。それは誠一郎の身分素姓によるものではなく、武芸の腕によるものでもない。異常ともいえる鋭い感性のためである。初会の晩、鼓を打つ高尾の座敷に戻《もど》って来るなり、誠一郎がずばりといった。

「その鼓、座敷の芸ではないな。広く開《ひら》けた空の下のものではないか」

高尾は、その鋭い指摘に、ほとんど戦慄《せんりつ》した。高尾自身が前々からそう感じていたことだからである。ありていに云えば、この鼓の打ち方は『男返しの法』として、先代の高尾太夫から秘《ひそ》かに伝授されたものだ。何故《なぜ》、どこが『男返しの法』なのか、そんなことは知らない。ただ決してひとに伝えてはならぬという禁忌とともに、伝授されただけだ。当時まだなりたての振袖新造《ふりそでしんぞ》だった高尾は、なんの疑いもなくそれを受けいれ、ひたすらその芸の修得に努めたものだ。「出来んした」と先代からほめられる頃になって、漸《よう》やく、これが座敷内の芸であろうかという疑いが、高尾の胸に湧《わ》いた。それをこの男は、一目で見抜いた。恐ろしいまでの感性の持主であることは明かだった。高尾は大三浦屋の四郎左衛門から、誠一郎の素姓その他について、一切しらされていない。ただ、

「今まで山の中で孤独に暮して来たお人だ」

と言われただけだ。あの感性は、山中の孤独によって、はぐくまれたものなのだろうか。異常なまでの剣の達者だという噂《うわさ》だが、そのせいなのだろうか。どちらにせよ難しい客であり、しかもなんともいえぬ気品をもつ好もしい人柄《ひとがら》なのである。太夫として、いや一人の女として、なんとしてでも独り占めにしたい男だった。

「わけはいえぬが、新吉原にとって、この上なく大切なお人なのだ」

とも四郎左衛門はいった。馴染《なじ》み（三度目の出会いのこと）になって閨《ねや》をともにすれば、どのような男でも惹《ひ》きつけて放さぬすべを、高尾は知っている。これは当時の太夫が持っていた絶大な自信である。こと性技に関しては、

『地女《じおんな》の及ぶところに非《あら》ず』

と嘯《うそぶ》かせるだけの、長い伝統によって磨《みが》きぬかれた芸があった。地女とは廓以外のかたぎの女性一般をさしていった言葉である。美醜はもとより、身分の高下を問わず、貧富のいかんにかかわらず、ありとあらゆる素人《しろうと》女を、『地女』の一言で蔑称《べっしょう》するだけの誇りと自信こそ、太夫を太夫たらしめている所以のものであった。だが、こと誠一郎に関する限り、『馴染』の時では遅い。今夜のこの『裏』によって、十二分に惹きつけておかねばならぬ。高尾は直感でそれを知った。誠一郎は明日のない男である。

明日の生命《いのち》が知れぬという意味ではなく、明日を思って今日を生きてはいない、ということだ。今日只今《こんにちただいま》がすべてだと信じている男に、明日を説くのは愚かであろう。今日である。今夜のこの『裏』で、なんとしてでも誠一郎を捉えねばならぬ。高尾は珍しく必死だった。

喧騒《けんそう》の中に、

「勝山！」

「丹前勝山！」

と声がかかる。

高尾は、待合の辻《つじ》の方向から道中して来る勝山の姿を見た。相変らず、すきっと背筋をのばした、見事な道中姿である。

だが……。

（どうしてあんなきつい眼で……）

勝山が自分をちらりと見た眼の、異常な嶮《けわ》しさに、高尾は一瞬とまどった。

（あんな眼をされるような何を私はしたんだろう）

憎悪《ぞうお》に近い眼の色だったのである。だが、さしせまった誠一郎との出会いが、高尾にその疑問を忘れさせた。

勝山は、自分がいやな眼をしていることを知っていた。そんな自分を、うとましいと思う。けっして高尾が憎くて浮べた憎悪の色ではない。松永誠一郎という男に関《かか》わるすべてに対する嫌忌《けんき》の念が、高尾を見ることによって、自然に、そんな形をとって現れただけのことなのである。

嫌忌。

勝山にとっては禁忌ともいえる心情である。全盛の太夫としての勝山にとっても、裏柳生のくノ一としての勝山にとってもである。

勝山は柳生谷の忍びだった。幼時、柳生十兵衛によって鍛えられ、十兵衛なきあと、義仙の命のもとに動く裏柳生の術者である。湯女《ゆな》として丹前風呂《ぶろ》に出た時から、狙《ねら》いは吉原にあった。だが禿《かむろ》としては齢《とし》をとりすぎていたし、新造として吉原に売りこむのは危険だった。女の素姓を洗うことにかけて、吉原者の探索はそれほど厳しく綿密だったからだ。吉原以外の場所で、浮かれ女《め》として名を挙げ、それを武器として吉原に入るのが、吉原に受け容《い》れられる唯一《ゆいいつ》の法だった。紀伊国屋《きのくにや》風呂における男装も大仰《おお》な歌舞伎《かぶき》ぶりも、そのための苦肉の策だった。

昨夜。勝山は白い髯《ひげ》をたくわえた長身の老医師を客にとった。姿を変えた義仙である。勝山の丹前風呂以来の馴染ということになっている。閨の中で、勝山の軀《からだ》を玩《もてあそ》びながら、義仙が与えた指令はただ一つだった。
「松永誠一郎が高尾と契《ちぎ》る日をさぐり出し、我等にしらせよ」
高尾の性技に腑《ふ》抜《ぬ》けになった誠一郎の帰途を襲って、膾《なます》にしようという狙いである。切りきざまれ、血みどろになってのたうつ誠一郎のさまを想《おも》って、勝山はほとんど恍《こう》惚《こつ》となった。その恍惚が恋慕の念から来ていることを、勝山ははっきりと知っていた。

裏の夜は四五寸近く来て坐《すわ》り

『初会』には壁にひっつくように坐っていた花魁が、『裏』つまり二会目には四、五寸近くに寄って来たということである。『初会』と『裏』の差はせいぜいそんなところで、酒も飲まず、料理も喰《く》わず、ほとんど口も利《き》かないという点は同じだった。

枇杷《びわ》ひとつ食つたが裏のしるしなり

だが、これではあんまりひどすぎる。いろごとについて気の遠くなるような長い伝統をもつ吉原者に、それほど工夫がなかった筈がない。『裏』には『裏』なりの狙いがあった筈である。実はその狙いは様々な点に現れていた。たとえば、誠一郎が敏感に感じとったように、燭台の位置が違う。現代風にいえば照明のあてかたが変化しているのだ。太夫が席に坐ってみて、客は初めてその違いに気づく。太夫の印象が、明りのあて方ひとつで『初会』とはがらりと変ってしまう。女は気分ひとつで、顔まで変ってしまう不思議な生物《いきもの》である。化粧、着衣でも別人になる。明り（照明）はその変化を強調する役を果たす。つまり客は同じ花魁に『別の女』を見つけ出すことになる。それこそ『裏』における吉原者の狙いだった。

この夜、高尾が席についた時、誠一郎が奇妙な違和感をおぼえたのは、このためだ。『初会』の驕慢《きょうまん》な高尾は、もういない。どことなく頼りなげで、果敢無《はかな》い感じを漂わせた、まったく『別の女』がそこにはいた。大輪の花であることに変りはないが、触れれば花片《はなびら》がはらりと落ちそうな、そんな脆《もろ》さが感じられる。そっと肩を抱いてやりたいような、そのくせ、そんなことをしたら忽《たちま》ち壊れてしまうのではないかと思わせる、かよわい女の風情《ふぜい》である。誠一郎は、驕慢さの蔭《かげ》にかくされた、真実の高尾の深い愁《うれ》い顔を見たような気がした。

袖口のあたりから馥郁《ふくいく》と匂《にお》って来る香りも、前とはまったく違っている。『初会』の香りは、男の性感を最も刺戟《しげき》するといわれた『麝香《じゃこう》』だったが、今夜の高尾はもっと淡い、そのくせなまめかしく、なつかしい匂いをはなつといわれた『侍従』という古い香を焚《た》きこめている。清らかななまめかしさともいうべきこの香りは、高尾の狙い通りの効果をあげた。誠一郎はほとんど陶然と酔ったのである。

尾張屋の内儀が、若い者に手伝わせて、長さ三尺余りの金蒔絵《きんまきえ》の箱を運んで来て、高尾の前に置いた。高尾が自分の手で、その掛紐《かけひも》をとく。とり出したのは、高尾と同じ衣裳《いしよう》を着た体長二尺余の花魁の人形である。正確にはお舞人形と呼ばれ、我が国では古来傀儡子《くぐつ》が使ったものだ。人形の仕掛けは、足の一本を持って操る、いわゆる杖《じよう》頭《とう》傀儡である（ちなみに操り人形の種類には、他に糸あやつりの懸糸傀儡と、水力を応用した水傀儡がある）。杖頭傀儡には古来精巧な仕掛け物があって、指先まで操ることが出来たことは、平安時代に、人形に賽《さい》の入った筒をふらせ、双六《すごろく》をする芸能があったことで明かである。今、高尾が高々とかかげたお舞人形も、その精巧な仕掛けを持ったものだった。

幻斎の敵娼《あいかた》の太夫と尾張屋清六が、ひどく驚いた顔になった。今まで高尾が人形を使うところなど見たことがなかったからである。これは、高尾が、この三日間の思案の末、思いついた手管《てくだ》だった。このお舞人形に高尾はすべてを託したのである。

振袖新造が鼓をうち、番頭新造が三味線をひく。高尾は低い細い声で唄《うた》いながら、巧みに人形を操った。誠一郎には詞《ことば》はよく分らないが、どうやら思う男に誤解され去られた花魁の悲しさ辛《つら》さを唄ったもののようである。惻々《そくそく》と胸に沁《し》みいるような、切ない歌詞であり曲であった。一座の者はしんとなってきき入っている。幻斎の敵娼の太夫が、懐紙をとり出して目にあてた。指をねじるようにして泣くお舞人形の肩のふるえが、そのまま高尾の嘆きを訴えているようだった。

誠一郎は素直に感動していた。人形がこれほど人間の感情を写し出すことに、いや、人形にこれほどの悲しみを表現させることの出来る操り手の感情の深さに、感動していた。誠一郎は初めて高尾に惹かれた……。

不意に曲の調子が変った。三味線の音が軽く陽気になる。同時に人形の動きも一変し、にわかに激しく踊りだした。まるで今までの嘆き悲しみを一気に吹きとばすような激しくはやい動き。すべてをこの踊りの中に叩きこんで忘れたいと願う強烈な祈り。剽《ひょう》げた所作の連続の中に、凄《すさ》まじいばかりの生命力と深い嘆きがみなぎっている。

その時である。

ふらり。幻斎が立ち上った。自分では立ちたくないのに無理矢理立たされた……そんな感じのぎごちない動きである。一座の者には目もくれない。まるで手足を糸で操られているように、ぎくしゃくと踊りだした。やがて、動きが速まるにつれて、少しずつ、そのぎごちなさが消え、自然な踊りに変ってゆく。驚くべきことに、その一挙手一投足、ことごとく、高尾に操られる人形の動きを写している。今も歌舞伎に残る。所謂《いわゆる》『人形振り』であることは、明かだった。それも入神ともいうべき見事な芸である。人形と同じ、いや、人形を遥《はる》かに上廻《うわまわ》る、原初の生命力が、幻斎の全身から放射されている。この踊りは、明かにひとに見せるためのものではない。幻斎の目がそれを語っている。忘我。幻斎はなにもかも忘れている。どこに誰《だれ》といるかも、自分が何者であるかも、忘れ果て、ただただ踊りに没入している。踊っているという意識すらないのではないか。誠一郎はそう感じた。己れの生命の奥深いところからの指図に従って、手が動き、足が動く。それがそのまま踊りになっている。

誠一郎も、女たちも、高尾までが茫然《ぼうぜん》とそんな幻斎を見ている。だが、やがて誠一郎は、身内のひきしまるような感覚におそわれた。

（この老人！）

これほど我を忘れて踊り狂っていながら、幻斎の身体《からだ》に一分の隙《すき》もないのである。たとえ自分が必死の斬撃《ざんげき》を浴びせかけても、軽々とかわされるに違いない。かわされるだけではない。即座になんらかのわざが返って来て、自分を斃《たお》すに違いない。誠一郎はそう確信した。能や踊りの名手には、そういうことがあると、誠一郎も聞いている。だが幻斎の場合はそれとは違う。その手の話は、例えば能役者観世左近《かんぜさこん》の舞には柳生宗矩《むねのり》も一分の隙も見つけられなかった、というようなもので、幻斎のように、即座に返し技《わざ》がはね返って来て、自分の方が斃されるというのではない。幻斎の踊りにはそれだけの凄《すご》みがある。

だが……。

その幻斎の表情が、変って来ている。なにか泣きべそをかいてでもいるような顔だ。差す手、引く手に変りはないが、表情だけがどこか苦しげである。口の中で何かぶつぶつ言っているようだ。誠一郎が耳を澄ませて聴くと、なんと悲鳴なのである。

「堪忍《かんにん》じゃ、太夫。堪忍してたもれ。あんまりじゃ。ひどいではないか。とてもたまらぬ。やめてたもれ。やめてたもれ」

とぎれとぎれに、そんな言葉を吐き散らしながら、その言葉、その表情とは無関係に、手は舞い、足は踊るのである。曲が続き、唄《うた》が続くかぎり、幻斎は幾晩でも、死ぬまででも踊り続けるのではないかとさえ思われた……。これは死の舞踏ではないか。

大和笠置山《かさぎやま》

（はて？）

待合の辻《つじ》の縁台に老人が一人坐っている。頭巾《ずきん》をかぶっているので、髪の色は見えないが、長い立派な髯《ひげ》が純白で、眉毛《まゆげ》もまた長く白い。武士である。常寸よりやや長めの大脇差《わきざし》をたばさみ、縁台に置かれた大刀も、常人より長い。それだけ老人自身が長身なのである。上体をまっすぐに立てた姿勢が、老人に似ず、すっきりと若い。それも道理で、この老人、実のところ四十になったばかりなのだ。柳生義仙の変相姿である。

だいぶ前から、この縁台に坐って、仲《なか》の町《ちょう》の賑《にぎ》わいを楽しんでいるように見せて、実は義仙の関心は、尾張屋の二階座敷に集中している。この場所から座敷は青簾《あおすだれ》ごしに丸見えだった。今、その青簾の中で、幻斎が激しく踊っている様が、手にとるように見えている。

（いい齢《とし》をして……）

義仙は苦々しさと軽蔑《けいべつ》の目で見ていたのだが……。

（あの姿、確かどこかで……）

義仙は目を細めた。自分の記憶の中をさぐっている。突然、その目が、かっと瞠《みひら》かれた。

（あれだ！　あの夜……！）

想《おも》い出した瞬間、思わず立ちあがりそうになった。やっとの思いで抑え、わざとゆっくり腰から煙草《たばこ》入れを抜き、銀ののべ煙管《ぎせる》をとり出し葉をつめはじめた。その指先が、かすかに震えている。

（間違いない。確かにあの夜、傀儡子《くぐつ》の群の中に……）

はっきり覚えていたのには理由がある。一人だけ、きわだった踊りの上手だったからでもあるが……。

（兄者《あにじゃ》だ。兄者の顔……突然、血がのぼったように赧《あか》くなって……そして……）

義仙はまざまざと、七年前のその事件を思い出していた。

七年前。慶安三年（一六五〇）三月二十日の夜。義仙は、大和柳生谷法徳寺の庫裏《くり》で、焦《いら》だつ手で忍び装束に着替えていた。日課のようになった山歩きに出かけるためである。正確には山歩きではない。山走りである。野獣のような凄まじい速さで、山の中をつっ走るのだ。走路に立ち塞《ふさ》がるものは、すべて斬《き》る。茨《いばら》を斬り、木を斬り、生きものを斬る。義仙の走ったあとには、小動物の屍《しかばね》が累々《るいるい》と転った。そんな狂気じみたことでもしないと、その頃《ころ》の義仙の鬱屈《うっくつ》した気《い》が晴れなかった。

それより更に四年前の正保《しょうほう》三年三月二十六日、父の但馬守《たじまのかみ》宗矩が死んだ時、義仙は、これで自分も世の中に出られると信じた。それまではずっと修業の毎日で、柳生谷から一歩も出たことがなかったのである。父の遺領が兄弟の間で分けられることになるのを、義仙は知っていた。確かに宗矩の遺領一万二千五百石は兄弟の間に分けられたが、長兄の十兵衛三厳《みつよし》が八千三百石、次兄の主膳《しゅぜん》宗冬が四千石、義仙には残りの二百石しか来なかった。しかも法徳寺の寺領としてである。義仙は憤激した。十兵衛の八千三百石は分る。跡継ぎであり剣の天才だったからだ。だが宗冬の四千石が納得出来ない。剣技において、どう見ても義仙に劣る兄である。背も低く、風采《ふうさい》の上らない小男であり、当時貰《もら》っていた三百石御書院番の役がぴったり似合うおとなしい人柄《ひとがら》なのだ。覇気《はき》など薬にしたくもない。柳生一族というのが恥ずかしいような、小役人じみた小心翼々たる人物。実はそれだからこそ四千石が貰えたのだが、城勤めをしたことのない義仙には、そんなことが分る筈《はず》はない。ひたすら不満であり、腹立たしかった。その上、十兵衛は、将軍指南役のくせに、何故《なぜ》か早々に柳生谷にひっこんでしまった。

義仙は僅《わず》かに残された柳生谷での自由さえ、奪われることになった。鬱屈した気分になるのはむしろ当然だったといえよう。

夜行性のけだものが走る。それも猫《ねこ》科である。義仙の動きはそれほどしなやかだった。長身を前かがみに折り、頭から先に風のように走る。むささびが一匹、急いでその走路から逃れようとしたが、声もなく二つになって草の中にころがった。義仙の刀は既に鞘《さや》の中にある。足に躊《ため》らいの影もなく、しかもほとんど音がない。

不意に、その足がぴたっととまった。同時に義仙の身体は、前のめりに草の中に沈んでいる。かすかに、鼓の音をきいたのである。地べたに耳をつけたが、足音はきこえない。耳を澄ませると、鼓だけではなく、笛の音も、三味線の音もまじってきこえる。

(笠置《かさぎ》山《やま》だ)

見定めると同時に走り出していた。山国の遅い春が、ひとの血を騒がすような夜の香を放ってはいたが、山中で音曲を楽しむ風流人がこのあたりにいるわけがなかった。そんな風雅な土地柄ではない。山中を漂泊する木地師、山窩《さんか》のたぐいはいても、鼓・三味線をたずさえているわけがない。明かに異常である。

（久しぶりに人が斬れるかもしれぬ）

その思いが、義仙の足に拍車をかけた。つむじ風の速さに変っていた。

十津《とつ》川の上流にある笠置山は、柳生領ではない。その頂上に近い窪地《くぼち》に、十人あまりの男たちが群れつどっていた。盛大な焚火《たきび》をたき、それを中心に輪をつくって坐っている。鼓をうち、笛を吹き、三味線をひくのも、すべて男である。木地師でも山窩でもない。着衣がどこか垢《あか》ぬけている。いずれも、武士ではなく、といって旅の町人とも思えない。職業不詳の男たち。だが音曲のうまさはずば抜けている。それに踊り。焚火をめぐって、踊り狂っている三人の男がいた。人相は分らない。三人共、白い布で顔を覆《おお》い、更にその上を同じ白い紐《ひも》で縛っている。この姿は『面縛《めんばく》』といって、唐や朝鮮の戦《いくさ》で、敗軍の将が敵に降服する時の作法なのだが、義仙は知らない。不恰好《ぶかっこう》な覆面だな、と思っただけである。義仙はこの窪地を見おろす林の中に伏せて、もう四半刻《しはんとき》も、この異様な集団を観察している。呆《あき》れたことに踊りはその四半刻、やすむことなく続いていた。三人の中に短軀《たんく》といっていい男がいるが、その男の踊りがきわだって巧《うま》い。見事といってもいい迅《はや》い動きで、見ている者の胸の中が熱くなってくるほど、生命力に溢《あふ》れている。

（あんな風に踊れれば、少しは気が晴れるかもしれぬ）

人を殺傷する技しか持たぬ義仙が、ふっと羨望《せんぼう》の念に駆られたほどの踊りだった。その羨望の念が、義仙の殺気をそいだ。十人を斬ることなど、さして難しいとは思わなかったが、今はこのまま踊りを見物している方が楽しそうだ、という気分になってしまったのだ。義仙は寝返りをうって、楽な肱枕《ひじまくら》になった……。

翌三月二十一日の早朝。笠置山から法徳寺に戻《もど》った義仙は、山門の前に腰をおろしている兄十兵衛を見て立ちすくんだ。

じろり。

十兵衛が義仙の忍び姿を見た。

「柳生谷には夜な夜な大山猫が出ると、近頃の評判だそうな」

「………！」

「大山猫の通った跡には、けものの屍が点々と転っているという。大方はまっ二つに引き裂かれてな。時には人も喰《く》われるそうだ」

義仙は全身に汗をかいていた。

「どういう料簡《りょうけん》だ、六郎。お主、昨夜も人を喰ったのか」

「な、なにもせぬ。昨夜は人の踊るのを見ていただけじゃ」

義仙の声は悲鳴に近かった。

「踊る？　どこで？」

「笠置山。頂上近くで十人余り。顔を白い布で包み、ご丁寧に紐で縛っておったが……」

その時、それが起った。突然、十兵衛の顔にかっと血がのぼったのである。まるで赤鬼の形相だった。こわいもの知らずの義仙が、思わず一歩さがったほどの凄まじさである。

「面縛していただと?!」

「面縛？」

「ええい。その者たちの姿かたちを詳しくいえ。見聞きしたこと、すべてだ」

十兵衛の手が伸びたと見る間に、義仙は胸倉とって引きよせられていた。義仙は身動きも出来ない。幼い頃からそうだった。この兄には絶対かなわないのである。観念してありのままを語った。鼓、笛、三味線の音色。踊っていた三人のこと。特に傑出した短軀の踊り手のこと……。十兵衛がかっと目をむいた。

「小男?!」

「そうじゃ。だがその分身体ががっちりしていて、小さいという感じではない。しかも驚くべき身の軽さ……」

十兵衛が呻《うめ》いた。

「あいつだ！　しかしそんなことが……まさかあの葬式……」

義仙にとってはわけの分らぬことを口走ると、次の瞬間、義仙を放り出して凄まじい勢いで走り出していた。それが、義仙の見た、兄十兵衛の最後の姿になった。

この日の昼下り、笠置山の麓《ふもと》にある大川原村の川原で、一刀のもとに斬られた十兵衛の死体が、近くの百姓によって発見されたのである。


十兵衛の傷痕《きずあと》が、不審だった。

左の頸動脈《けいどうみやく》がきっかり一寸の長さで、刎《は》ねたように抉《えぐ》られている。死因はその小さな傷口からの動脈出血だった。十兵衛の鮮血は、おそらく噴水のように、風の中に迸《ほとばし》ったに違いない。倒れていた近くの石が、一方向だけ、夥《おびただ》しい血痕《けつこん》に染っている。

不審なのは、その傷口の小ささである。日本刀でこのように小さな、しかも適確な傷を与えることは、至難のわざだ。それにわざわざこんな傷をつくる理由がない。思いきり首筋に斬りこんだ方が楽だし確実な筈だった。刀以外の得物《えもの》によるものではないか、という意見も出たが、では何だ、といわれると忽《たちま》ち返答に窮してしまう。鎌鼬《かまいたち》のつくった傷に似ていた。

義仙は、早朝のいきさつから考えて、兄が笠置山中の男たちによって斃《たお》されたことを確信していた。だが問題は、十兵衛の剣に一滴の血のりもなく、刀を打ち合せた痕さえないことだ。これは絶対に、十人と戦った剣ではない。明かに、一人と決闘して斃されたのである。あの踊っていた小男だ、と義仙の勘は告げていたが、肝心の小男の正体が不明である。名のきこえた剣士で、あのような体軀の持主はいない。といって、柳生十兵衛を斬るだけの業《わざ》をもった無名の剣士という説は考えられなかった。十兵衛の剣とて無敵ではないだろうが、一対一の決闘で、名もなき男に一太刀も浴せることなく斬り殺される筈がない。特に、あの呆《ほう》けたような踊り手と、十兵衛を倒した剣士とが同一人とは、どうにも考えにくいのである。

十兵衛の死は、大川原村での鷹《たか》狩《が》り中の事故という届けが公儀に受理され、表柳生の総帥《そうすい》の地位は宗冬に、裏柳生の総帥は義仙に引き継がれた。宗冬は役人らしい、真綿で首を絞めるようなやり口で、義仙に、兄十兵衛横死の詳しいいきさつを問い訊《ただ》したが、義仙は遂にあの笠置山中のことを宗冬に話さなかった。話せば自分が責められるのが分っていたからである。十兵衛ならいざ知らず、宗冬に叱責《しっせき》されることは、義仙の誇りが許さなかった。それから七年。吉原に対する柳生者の使命をあかされ、その戦いの先頭に立つ身になった今も、あの夜の踊り手の正体は不明だった。

今、目と鼻の先の二階座敷で、その男が踊っている。面縛こそしていないが、まさしくあの山中での踊りだった。あの時と同じようにやはり狂ったように踊りまくっている。義仙はほとんど逆上した。このまま座敷にとびこんで、闇雲《やみくも》に復讐《ふくしゅう》の斬撃を叩《たた》きつけてやりたい誘惑に駆られた。だが、さすがに七年の歳月は、義仙を大人にしていた。ゆっくりと煙草を吸いつけると、煙を輪にして吐き出した。これは部下への合図である。素見《ひやかし》の地廻《じまわ》りが一人、煙管をぬきながら近づいて来た。

「お侍さま。火をお願《ねが》えしてえんで……」

義仙は差出された手にぽんと吸殻《すいがら》をはたいた。

「今すぐ使える人数は？」

「二十人」

地廻りは掌《てのひら》の吸殻をころがしながら、たくみに自分の煙管に火をつけている。

「新左は？」

「おりません」

義仙は迷った。もし本当に十兵衛を斃した男と闘う気なら、二十人では足りない。今夜のところは、尾行をつけ、ねぐらを確かめるだけにとどめ、日を改めて、充分の人数と練り上げた作戦によって襲うべきである。だが義仙には、今を逃がしては、二度と再びあの男をつかまえることは出来まいという予感がある。七年間の吉原探索を通じて、この男の噂《うわさ》さえきこえてこなかったという一事が、義仙の不吉な予感を裏付けていた。決心がついた。今夜だ。なんとしても今夜、決着をつけよう。だが万一とり逃がした場合に備えて、二人だけ戦闘に加わらない尾行人を配置しよう。自分たちの方が敗れるという観念は、義仙には皆無だった。

「尾張屋の二階。踊っている老人の顔を、しかと覚えておけ」

いいすてると、すっと立って、大股《おおまた》に大門へ向った。

土手の道哲

女たちが、尾張屋の土間まで、誠一郎たちを送って来た。三会目、つまり『馴染《なじみ》』になると、その日から太夫《たゆう》は賑《にぎ》やかに新造《しんぞ》、禿《かむろ》をひきつれて大門まで送ってくれることになる。それまでは揚屋《あげや》の入口まで、というのがこの里のしきたりだった。

革草履をはいてふり返った誠一郎に、つと高尾が近づいた。膝《ひざ》をつき、無言で誠一郎の左手をとると、そっと自分の頰《ほお》にあてた。高尾の頰はすべらかに冷たく、白磁の手触りだ。誠一郎は、生れて初めて『遣《や》る瀬ない』という感覚を味わった。新造や禿たちが瞠目《どうもく》して見ている。太夫が『裏』でなすべき所作ではなかったからだ。高尾の客たちがこの話を聞いたら、羨望《せんぼう》のあまり悶絶《もんぜつ》しかねないしぐさである。誠一郎は吉原の習慣、いわゆる『廓《さと》の諸訳《しょわけ》』をまったく知らない。だからしゃらっとして、むしろ困ったような顔で、されるままになっている。なんとも憎い男なのだ。

高尾が誠一郎の手をはなした。時間にすれば、ほんの一瞬のことだ。だがそれだけで、自分の思いが充分に誠一郎に通じたことを、高尾はしかと感じている。

「またのお越しを……」

それだけいうと、にっこり微笑《わら》った。それは一時に花の咲いたような華麗さだった。この夜、高尾が最も美しく映えたのは、この時だったかもしれない。『初会』以来初めて、高尾は微笑ったのである。矯《た》めに矯めたものを、一時にぱっと解き放った……。実はこれが高尾の狙《ねら》いだった。今夜のすべて……寂しさも愁《うれ》いも、お舞人形も傀儡《くぐつ》子踊りも、すべてがこの微笑いのためにあった。

誠一郎の口が、僅《わず》かにほっと開いた。無意識に一歩、高尾に近づいた。その背を、幻斎が思い切りひっぱたいた。

「この果報者」

その場に居あわせた者すべての、それは代弁だったが、誠一郎には分らない。ただ高尾の花のような笑顔を胸にしかと抱いて、黙って外へ出た。

涼風《すずかぜ》が仲の町を吹きぬけてゆく。珍しく昂《たか》ぶった感じの誠一郎には、なんとも快い風だった。遊客の群の腥《なまぐさ》い熱気も、この風がほどよく吹き払っていてくれるようだった。

幻斎は何故《なぜ》か機嫌《きげん》が悪い。仏頂面《ぶっちょうづら》で、あたりを見廻している。

「なにかお気に障りましたか、ご隠居」

誠一郎もいつか四郎左衛門たちにならって、幻斎を『ご隠居』と呼ぶようになっている。

「別に」

幻斎の応《こた》えにも、いつもの愛嬌《あいきょう》がない。益々《ますます》おかしい。

「お見事な踊りでしたが……」

お世辞ではない。誠一郎は本気である。幻斎がうち消すように強く手をふった。

「あれはなんでしょう？　踊りながら、しきりに苦情をいっていらしたようですが……」

「聞いたのかね」

幻斎は苦々しげに微笑った。

「あれはな、まことにもって高尾がいかん。あんな不意打ちは困るのだよ。怪《け》しからぬ話だ」

「不意打ち……？」

「あの人形さ。あれがいかん。あんなものを使って、あんな唄《うた》を唄われちゃア、こちとらたまったもんじゃねえ」

伝法ないい方が心底《しんそこ》いまいましげにきこえた。

「お嫌《きら》いなんですか、ああいう唄？」

それにしては、まるで唄とひとつに融《と》け合ったような、見事な踊りだったが……。

「好きさ」

あっさり云《い》ってのけた。

「だから困るのだ。抑えようにも身体の方がいうことをきかぬ。自然に踊りだしてしまうんだね。病いだな、わしらの。ひとの病いをかきたてて、よかろう筈《はず》がない」

妙な理屈で、誠一郎には納得がゆかない。

「病いですか……」

「そうだ。われら一族の因果な病いさ」

「一族？」

「いずれ話してきかせる。もうすぐだ」

いつの間にか機嫌が直っている。いつものように、にこにこ笑っている。もう一度あたりを見廻して、

「いないな」

「え？」

「この縁台に、さっき、ばかに背の高い老人が坐《すわ》っていたんだが……」

幻斎の方も青簾《あおすだれ》ごしに義仙を見ていたのである。

「しゃきっとしたご老人でしたね」

誠一郎も気がついている。

「迎えが来て、どこかの店へ揚《あが》ったんじゃないんでしょうか」

「どうかな」

幻斎の声は、信じていない。

「ご隠居。お住いはどちらですか？」

「なに？」

幻斎がぎょろッと誠一郎を見た。

「いえ。今夜は私がお送りしようかと思いまして……」

『初会』の時は、四郎左衛門たちが送るといって尾張屋の表で別れている。

「すぐ近くだ。田町二丁目の孔雀《くじやく》長屋」

廓《くるわ》の隣りといっていい。孔雀長屋の名前の由来は、町内の柳稲荷《やなぎいなり》の宮の中に孔雀不動の尊像があったためだ。この宮の持主である三右衛門という男は、このために孔雀屋三右衛門と呼ばれている。後に、吉原通いの駕籠《かご》が許可されると、この長屋には夥《おびただ》しい数の駕籠屋が住むようになった。

「わざわざ送って貰《もら》うまでもないが……」

幻斎は空を見上げた。今夜も降るような星空だ。

「折角、気持のいい晩だ。すこし歩くかね」

誠一郎が頷《うなず》いた。幻斎が大門に足を向ける。誠一郎も続こうとして、ふっと足をとめた。

殺気！

それも今まで感じたことのない激烈な殺気である。

素見《ひやかし》の地廻りたちの中に、長身白髯《はくぜん》の老武士の姿がいつの間にか立っている。

「ご隠居」

幻斎が振り返りもせずに云った。

「気がついたかね」

「ちと散策には不向きな晩のようで……。ご迷惑をおかけしては、申しわけが立ちません故《ゆえ》……」

「見込みちがいだな」

幻斎の声が、いっそ楽しげだ。四郎兵衛番所の前で足をとめている。

「目当てはな、お主ではない。このわしだ」

誠一郎は意表をつかれた。この老人に、人に生命《いのち》を狙われるどんな理由があるのだろうか。それもこれほどの殺気を籠《こ》めて、である。誠一郎は、ふと、初めて吉原に到着した夜、自分を取り囲んだ、原因不明の殺気の渦《うず》のことを、思い出した。

（吉原には殺気が多すぎる）

華麗なまでの美しさと限りない優しさの隣り合わせに、強烈な殺気と死の予感がある。奇妙なのは、それが少しも不思議ではないような感じがすることだった。

（何故なんだろう）

突然の死に隣り合っているという緊張感が、優しさや美しさを生むのではあるまいか。

（それにしてもこの老人、何者か？）

もう何度目かの疑問に誠一郎はとらえられた。

「心当りがおありですか？」

さぐるように訊《き》いてみる。

「そりゃあ、あるさ」

無造作で、そのくせなにひとつ窺《うかが》い知ることを許さぬ答が返って来た。

「この齢《とし》まで人間をやって来て、生命を狙われるおぼえもないようでは、男の値打があるまい。そうは思わないかね」

誠一郎には、答えようがない。幻斎の声になんの苦さもないのに気がついた。

（愉《たの》しんでいるんだ）

そうとしか思えない。だがこの齢で、まだやんちゃ坊主《ぼうず》のように、生命のやりとりを愉しむものだろうか。

（だからこそ若いんだ）

晩年の宮本武蔵《むさし》は、極力己れの気を殺すことに腐心していた。闘いに対する備えは、常に怠らなかったが、決して自ら望んで闘おうとは考えなかった。人は悟達の境地だというが、確実にしかも急速に老いていったのを、身近にいた誠一郎はよく知っている。

（この老人は先生より遥《はる》かに若い）

急に目が開《ひら》けたような感じがした。

「普段なら尻《しり》に帆かけて逃げ出すところだが……」

幻斎がいいわけでもするように云った。

「今夜は血が騒いでな。あの踊りのせいだ。まったくもって怪しからぬ女子《おなご》だよ、高尾という女は」

何もかも高尾のせいだといいたげな言葉に、誠一郎は思わず笑ってしまった。

「どうする？　ついて来るのはやめるかね」

からかうような口調で幻斎がいう。

「ひどいことをいわないで下さい」

「では行くか」

にこにこ笑いながら大門をくぐった。

「いやァ、久しぶりだな」
いかにも気持よさそうな大声だった。

五十間道の三曲坂《みまがりざか》をあがると日本堤に出る。この五十間道には、左右に編笠茶屋《あみがさ》（遊客に顔を隠すための編笠を貸すところ）が十軒ずつ軒を並べている。この編笠茶屋も、日本堤にある腰掛茶屋（所謂《いわゆる》どろ町の中宿）も、実は新吉原の一部であり、吉原五丁町の支配を受けていた。だから遊客は、日本堤に上った瞬間に、もう新吉原の中にいるわけだ。いわばこれらの茶屋は、新吉原という城の外廓《そとぐるわ》だったのである。

日本堤を右にゆき、砂利場をすぎて更に右に坂を降りると、浅草御門への一本道になるのだが、その坂を降りたところに西方寺がある。正しくは弘願山西方寺、浄土宗の寺だ。この西方寺は『土手の道哲』で有名だった。道哲という人は、西方寺を開いたわけでもなく、住職でもない。以前この近くに刑場があったが、そこで処刑された罪人たちの菩提《ぼだい》を弔うために、この寺の境内に自費で常念仏堂を建て、昼夜読経《どきよう》をおこたらなかったといわれる人物である。吉原通いの遊客たちは、浅草御門の方向から行くかぎり、必ず道哲の常念仏の声をきく破目になる。それも往き帰り二度にわたってである。感銘をうけない道理がなかった。

『今時の道心者の類《たぐい》にあらず』

と『惣鹿子』に称讃《しょうさん》された所以《ゆえん》である。この道哲を仙台高尾の情人とし、仙台侯に斬《き》られた高尾の菩提を葬《とむら》うために常念仏を始めた、と書いたものもあるが、真実ではない。道哲の常念仏は高尾の死より前に始っているからである。

その西方寺の境内に、幻斎と誠一郎の姿があった。夜も更《ふ》けて、常念仏の声は熄《や》んでいる。幻斎はその常念仏堂の前に立ち、扉《とびら》をほとほとと叩《たた》いた。

「道哲さん。道哲さん。わしじゃ。幻斎じゃよ」

扉が開いて、僧の姿が手燭《てしょく》の灯《ひ》に浮んだ。ほっそりした小柄《こがら》の優しそうな男である。これが道哲だった。一年三百六十五日、昼夜、常念仏を誦《とな》え続ける活力が、どこに潜んでいるのかと疑いたくなるような弱々しい風体《ふうてい》だ。

「今晩は。爽《さわ》やかな晩ですね」

穏やかな声である。

「風雅な晩に野暮なお願いで恐縮だが、おあずけしておいた物が急に必要になったようで……」

幻斎の声ものんびりしたものだ。既に黒い影が次々に境内に入りこんで来ているのを、誠一郎は気配で感じている。

「それはいけませんね」

まるで急病人で薬が必要だといわれでもしたかのように、道哲は憂《うれ》い顔で引っこんだ。すぐに戻《もど》って来ると、重そうに手に持った物を差し出した。誠一郎は目を瞠《みは》った。

（これは！）

幻斎がなにげなく受取ったそれは、長短二振りの剣だった。それも日本の刀ではない。拵《こしら》えで明かな通り、唐剣である。幻斎は慣れた手つきでそれを腰に帯びると、あくまで穏やかに頭を下げた。

「お手数でした。ではおやすみなさい」

「おやすみなさい」

道哲はひっこみ、明りがなくなった。だが境内は星月夜で真の闇《やみ》ではない。

幻斎は足場を選んで立つと、しゃっと音をたてて二刀を抜き、なんのためか高く天にかかげた。反りのない直刀である。日本刀よりかなり長くしかも柔かい感じで、しなしなと撓《たわ》むようだ。星の光をうけて、その刀身がきらり光った。

幻斎が何か呟《つぶや》いている。呪文《じゅもん》のようだ。それも日本語ではない。唐人《とうじん》の言葉だ。真《しん》摯《し》な表情であり、姿だった。やがてその呪文が終り、かしゃっと金属音を発して、唐剣は鞘《さや》に戻った。

「ご隠居。いまのは……？」

誠一郎が疑問を口にした。

「祈りだ。ひとを斬るお許しを、神に願ったのさ」

おどろくほど平然と、幻斎が応《こた》えた。

「それはいけません」

誠一郎は熱くなって云った。

「ご隠居はさがって見ていらして下さい。斬る方は、私がやります」

かなりの数の影が、大きな輪で二人を囲みはじめている。誠一郎はその影を十九と数えた。姿形はまちまちである。地廻りもいる。浪人もいる。医者を装った僧もいる。手代もいれば職人もいた。

「そうはさせてくれまいよ」

幻斎が顎《あご》をしゃくった。例の長身の老武士が前に出て来て、幻斎と正対する位置に立った。だらりと垂らした腕が異様に長く不気味だった。

「老人」

掠《かす》れた声を聞いた時、誠一郎は二つのことを悟った。ひとつはこの男がまだ壮年であること。いまひとつは、男の狙いが正しく幻斎にあったことだ。掠れ声が続けた。

「ききたいことがある」

「いいだろう。きいてみな」

幻斎の声には微塵《みじん》の殺気もない。きさくなものだ。

「七年前の三月二十日夜、どこにいた？」

「無理いうんじゃねえよ」

幻斎は屈託なげに笑った。

「七年も前のことが思い出せるわけがねえ。いくつだと思ってるんだ、俺《おれ》の齢をよ」

「大和の国、笠置山《かさぎやま》の山中」

ずん。斧《おの》で切り裂くような断定だった。

「お主はそこで踊っていた。九人の仲間とな。どうだ、老人」

幻斎が誠一郎を見た。

「高尾太夫のせいだ。まことにもって怪しからん……」

「誤魔化すな。わしの問いに答えろ！」

平手打ちのように激しい言葉がとんだ。

「大和笠置山だ！　いたな?!」

「忘れたなァ。だが、もしいたとしたら、どうなんだね？」

「斬る！」

言葉に真向唐竹割《まっこうからたけわ》りの勢いがある。

「じゃァ、いなかった、といったら？」

「嘘《うそ》だ！」

幻斎がからからと笑いだした。

「どっちみち斬るんじゃねえか。ばかばかしい。そんな問いの仕方があるかい。それが裏柳生の親方のすることかね」

「ぬっ！」

一歩下った。自然に居合腰になっている。

「下手糞《へたくそ》な変相だな、義仙さん。それとも烈堂さんといった方がいいのかい？　お江戸じゃァね、そんな付け髯《ひげ》じゃァ五つの餓鬼だって欺《だま》せやしねえよ」

往復びんたのように痛烈な活《い》きのいい文句だった。義仙の眼《め》が細くなった。怒りのしるしである。

「うぬの名は？」

「死人《しびと》」

幻斎が鼻で笑った。

義仙がするすると後へ下った。いつの間にか九人ずつの二重の輪が、幻斎と誠一郎を囲んでいる。虎乱《こらん》の陣だ。

いかん！

誠一郎は腹の中で呻《うめ》いた。己れ一人なら、虎乱破りの法を試してみたい。だが幻斎と二人では、それは使えない。使えば幻斎は膾《なます》になるだろう。とるべき道はただ一つ。闇雲にとび出して、相手の剣を己れ一人に集中させることだ。

動きかけた誠一郎の肩を、幻斎がやんわりと抑えた。

「心配無用。わしも軽業は得意でね」

大きく片目をつぶって見せた。

「それに、わしの方が、この連中との付き合いも長い」

本当だろうか。誠一郎は迷った。虎乱破りの稽古《けいこ》を、この老人に見られたことは知っていた。だが、見るとやるとでは雲泥《うんでい》の差がある。誠一郎は先刻の踊りを思い出した。あの圧倒されるような迅い動き。あの驚くべき身の軽さ。そして何よりも、即座に斬り返してくるかと思われた、あの凄《すさ》まじい気。そう、この老人なら、やるかもしれぬ。それを裏書するように、幻斎が誠一郎の耳元で囁《ささや》いた。

「わしは左前。あんたはうしろ。いいね」

誠一郎は小さく頷いて、弱法師《よろぼし》の構えをとった。かすかに身をゆすりながら、観想の法に入る。

幻斎は唐人のように腕を組んで立ちはだかっている。

輪はすでに廻りはじめていた。内円は左に、外円は右に。輪が縮まり、外円の九人が二歩うしろに下る。内円の九人が身を屈した……。

来る！

誠一郎の観法は、自分のまうしろで、地廻り態《てい》の男が浪人風の男の肩に片足をかけるのを、はっきりと観《み》た。

「………！」

無声の気合もろとも、誠一郎はうしろに跳んだ。同時に幻斎も左前方に跳躍したのを、誠一郎は観ている。壮者をしのぐ驚くべき跳躍力である。

誠一郎の狙《ねら》い通り、その身体《からだ》はまうしろで跳び上った地廻りと激突し、撥《は》ねとばした。地廻りには、なんの備えもなかったからである。完全に不意を衝《つ》かれた。

跳びながら双刀居合の術で抜いた誠一郎の二刀は、正面で跳躍しかけた職人風と手代風、二人の柳生者の首を切断している。二つの首が、生あるもののように、宙に舞った。次いで誠一郎はうしろの地廻りが跳躍台に使おうとした浪人風の男の頭上に着地した。その踵《かかと》が男の頭蓋骨《ずがいこつ》を微塵に砕いた。三人を斃《たお》して、誠一郎の動きはまだとまらない。踏み砕いた頭を蹴《け》って、更に右前に跳んだ。既に落下の姿勢に移った柳生者二人を袈裟《けさ》に斬り、身体を起しかけた内円の男の顔面を蹴り砕いて、やっと地べたにおり立った。実に、一息に六人を斃したのである。

左前に跳んだ幻斎の方は、空中で外円の二人と跳び違いざまこれを斬り、着地するなりうしろに払った長剣で、更に一人を斬っている。唐剣の長さが、有利に働いていた。

一瞬の間に九人の柳生者が死体となって転っていた。義仙は殆《ほと》んど茫然《ぼうぜん》としている。己れの目が信じられないほどの完敗である。この夜まで無敗を誇ってきた裏柳生虎乱の陣が、かくも簡単に、しかもたかが二人の男によって打ち破られるとは！

義仙は同時に幻斎の使った武器に気づいていた。長くよく撓《しな》う唐剣。日本刀と違って純粋の鋼《はがね》のみで出来たその刀身は、うけとめれば勢いで内側にくいこむように曲る筈《はず》である。そのくいこんだ切先《きっさき》が兄十兵衛の頸動脈《けいどうみゃく》を一寸の長さで刎《は》ねたのではないか！

「兄者を斬ったのは貴様だな！」

義仙は叫んだ。

「唐《から》剣法を使うとは！　貴様、何者だ?!　唐人か?!」

喚《わめ》きながら、義仙は、生き残りの九人と共に、じりじりと後退している。生き残った九人の柳生者の顔は夜目にも蒼白《そうはく》で、態度にもはっきりおびえが見える。誠一郎と幻斎の剣は、到底人間わざとは思えなかった。彼等はかくも凄まじい刀法にぶつかったのは、生れて初めてだった。おびえた部下を率いて戦いは出来ない。だから義仙の叫びは、問いかけであると同時に、退却のための目くらましだった。さすがにそれだけのしたたかさを義仙は備えている。

「まだ終っちゃいねえんだよ、義仙さんよ」

幻斎が抑えたように云いながら、放胆に間《ま》を縮めた。誠一郎が一歩おくれた。その一拍の間を狙って、義仙がすばやい斬撃《ざんげき》を幻斎に送った。凄まじい速さであり、正確さだった。幻斎は長剣で受けた。その刃先が内側にたわんで、義仙の頬《ほお》を削《そ》いだ。一瞬、兄の傷口を思い出した義仙が首を縮めた結果である。普通なら、その刃先は、義仙の頚動脈を切り裂いた筈だ。義仙は慄然《りつぜん》とした。咄嗟《とっさ》に大きく跳び退《の》くと叫んだ。

「火！」

今度愕然《がくぜん》としたのは、幻斎の方である。

九人の柳生者の手から、矢継ぎ早《ばや》に卵が飛んだ。印地打ちの要領である。幻斎と誠一郎は同時に地に這《は》うほど身を屈してこれを避け、前方に疾駆している。心得のある武士なら、こんなものを身体に当てるわけもなく、斬り払うこともしない。果して樹《き》に当って砕けた卵から、夜目にも白い粉が散った。唐辛子など刺戟《しげき》性の粉をつめた目つぶしである。だが卵は目つぶし用のみではなかった。そのいくつかは、小さな爆発を起し、火をばら撒《ま》いたのである。油を含んでいたらしく、その火が地べたを流れた。

珍しく幻斎が狼狽《ろうばい》した。

「いかん！　これはいかん！」

義仙と柳生者のことなど、けろりと忘れ果てたように、慌《あわ》てて引き返すなり、火を踏み消しはじめた。この時、義仙が逆襲に出ていたら、あるいは幻斎は斬られていたかもしれない。現に幻斎の動きに釣《つ》られたように、突進しようとした柳生者が二人いた。誠一郎が低い姿勢から伸びあがりざま、二刀を使ってその二人を逆袈裟に斬って落した。鷲《わし》が大きく羽根を拡《ひろ》げたような剣である。これは宗冬に教えられた柳生流『逆風の太刀』を、誠一郎なりに二刀に工夫したものだ。

義仙は驚愕した。『逆風の太刀』の変型であることに気づいたのだ。思わず叫んだ。

「その太刀！」

「秘剣鷲の羽！」

叫ぶなり誠一郎はその義仙に横殴りの一刀を送った。義仙の長刀がそれを受けて鏘《そう》然《ぜん》と鳴る。これは記念すべき一刀だった。以後、長い長い闘いをくり返すことになる、誠一郎と義仙の、これが最初の鍔《つば》競《ぜ》り合いになったからである。星明りの中で二人は初めて白刃《はくじん》ごしにお互いの眼を近々と覗《のぞ》きこんだ。柳生義仙、この時、四十才。松永誠一郎、二十六才。まさに天敵同士の激突といっていい。

幻斎の声がこの緊張を破った。

「遊んどらんで手伝わんか、これ。寺を焼いては、仏さまに申しわけが立たんじゃないか」

誠一郎と義仙が同時にうしろに跳んだ。最初の鍔競り合いはとけた。義仙と、今や七人に数を減らした柳生者は、野獣の速さで境内を走り去った。

「早く！　こっちだ、こっち！」

幻斎のせきたてる声に、誠一郎は苦笑して火を踏み消しに戻った。

いつの間にか、道哲が常念仏堂から出て来ている。無言で手にもった小《こ》桶《おけ》を誠一郎に渡すと、倒れている死者を、一人々々確かめてはひとところに集めはじめた。終ると合掌し、低い声で念仏を誦《とな》えはじめる。念仏は、火がすっかり消えるまで続いた。

「甚内殿」

道哲の声には疲れたような暗さがある。あとは無言で両手をさし出した。幻斎が、いたずらをみつけられた子供のように、しょげ返って、唐剣を道哲に渡した。道哲はくるっと背を向けると、堂へ戻っていった。その背中に、幻斎に対する非難はない。ただ、深い、やりきれない、悲しみがあった。

「甚内といわれるんですか、ご隠居の本名は？」

誠一郎がなにげなく尋《き》いた。二人は日本堤をもう一度廓《くるわ》の方へ戻《もど》りはじめている。

「若い時、そう呼ばれたこともあったな」

幻斎の答は茫漠《ぼうばく》としていた。

「道哲殿とは永いつき合いでな。あのお人は、わしらの悪、わしらの罪を一切とがめだてもせず、身替りとなって御仏《みほとけ》に祈り御仏のお許しを得ようとしていて下さる。そんなお人を、昔は『嘆きの道哲』などと呼んで散々からかったもんだ。まったく仕様のない悪《わる》だったな、わしは」

そういえば、道哲の声には、いじめられっ子が餓鬼大将に呼びかけるような響きがあった。

「苗字《みょうじ》はなんといわれるのですか、ご隠居」

一瞬の沈黙があった。

「庄司だ。庄司甚内。後に庄司甚右衛門とも名乗ったが……」

誠一郎はあッとなった。庄司甚右衛門！　それは師の武蔵から二十六才になったら会うようにといわれた人物の名であり、十三年も前の正保元年に死んだときかされた名だった。

「そんな……」

「そうなんだよ。わしがこの吉原を作り、十三年前に死んだ庄司甚右衛門なんだよ。墓は日本橋馬喰町《ばくろちょう》の雲光院にある」

けろっとした顔である。誠一郎は声も出ない。

「もっとも墓の下にゃ、骨一本埋《うま》っちゃいない。女房と娘の骨は確かにあるがね」

なんともいえぬ悲しみの風が、そこはかとなく幻斎の顔を掠《かす》めて吹いた。

誠一郎は、まだ茫々然としている。驚きはそれほど深かった。

（そうか！）

はたと思い当った。

(先生をもっと信ずべきだったのだ!)

考えてみれば、武蔵が死んだのは正保二年、庄司甚右衛門の死の翌年である。本当に甚右衛門が死んだとしたら、なんらかの報《しら》せが武蔵のもとに届いていた筈だ。死の直前まで冴《さ》え返った意識を持ち続けた武蔵が、死人に添状を書く筈がない。師に対する信頼の薄さを、誠一郎は今更ながら悔やんだ。

それにしても、なんという若さであるか。幻斎が庄司甚右衛門としたら、今年八十二才の筈である。どう見ても二十年は若い。六十を越すか越さぬか。せいぜいそれくらいにしか見えない。その誠一郎の感慨を読んだように、幻斎がいった。

「わしら一族は、男が皆長命で、女が短命なのだ。因果なことさ」

しんから淋《さび》しそうな声だった。幻斎のこんな表情を、誠一郎は初めて見た。

「しかし……なんのために……」

「世の中には、死んだ方がいい人間がいるのさ」

かすかにからかうような口調に変っている。

「その人間が死ねば、よろず丸くおさまるとなったら、死ぬしかないではないか」

不意にくすりと笑った。

「いやァそれにしてもわしの葬式は面白《おもしろ》かったぞ。とにかく盛大だった。盛大すぎて不都合なこともあったが……」

「不都合？」

「わしとわけのあった女子《おなご》どもがな、一人残らず押しかけて来て、棺の前で泣きおってなァ。忽《たちま》ち女房殿の顔が夜叉《やしゃ》に変ったわ。あれには参った。以後何年も許してはくれなかったよ、ほっほっほ」

　気分のよさそうな笑い声だった。

「だがおおむねいい葬式だった。わしは見ていて涙が出て涙が出て仕方がなかった。自分の葬式で泣いたのは、わしくらいのものだろう」

「参列なすったんですか、葬儀に？」

「当り前だ。わしの葬式に、わしが出ないなんて、そんな義理の悪いことが出来るかね」

　幻斎は肩をいからせて妙な理屈をいった。誠一郎は思わず笑った。幻斎が真実そう思いこんでいるのが感じられたからである。

　かすかな悲鳴がきこえた。誠一郎は振り返った。二人の地廻りが、堤から転げ落ちてゆくところだった。その背にかすかに光るものが突き立っているのを、誠一郎は目ざとく見た。これは義仙があらかじめ配置しておいた尾行人であるが、誠一郎はそこまでは気づいていない。中宿の男たちが、数人、さりげなく堤をおりてゆく。

突然、幕がさっと上ったように、今まで疑問だった構図が、鮮明な形をとった。中宿の男たちの一人々々が『いくさにん』なのだ。庄司甚右衛門に率いられる、吉原戦闘集団の戦士だったのだ。今こそ誠一郎は、初めて新吉原を訪れた時、自分を包んだ異様な殺気の意味を知った。水戸尻《すいどじり》で自分と闘って逃げ出した柳生者たちを射殺したのも、その死体をまたたく間に隠したのも、すべて廓内の戦士たちだった。誠一郎は自分を救うために、柳生家上屋敷をとり囲んだ吉原者の陣型を思い出した。あれはかいいなでの男たちにとれる陣型ではない。あの時、自分は悟るべきだった。己れの不敏に舌うちしたい思いだった。

だがまだ疑問は残る。

吉原は、そもそもなんのために、かくも強力な戦闘集団をつくらねばならなかったのか？

三ノ輪

秋雨が蕭条《しようじよう》と降っていた。

西田屋の裏手に当る離れ座敷の縁端が、しとどに濡《ぬ》れそぼっている。

誠一郎が、その縁側に、坐《すわ》っている。雨にけぶる空を、とぼんと見上げて、どことなく儚《はかな》げだった。肌《はだ》寒く、ひとを心細くさせる雨。

いつか月を越えて九月に入っている。秋は漸《よう》や深い。


夜来の雨だったが、今朝も誠一郎はぐしょ濡れになりながら、砂利場に近い芒原《すすきはら》に出向いていった。柳生宗冬を待つためだ。西方寺での闘いの翌朝から、宗冬はぷっつり現れていない。それでも誠一郎は、毎朝六ツには芒原に立った。宗冬の稽古《けいこ》を是非にと願っているからではない。稽古を受ける身としての、礼である。事実、柳生流秘太刀についての伝授は、ほぼ終っている。あと二日。宗冬自身がそういった。毎朝、三つか四つの異った型を見せてくれていたのだから、寧《むし》ろ当然だった。剣の使いように、そう幾通りもの型があるわけがない。あるとすれば、けれんでありだましである。宗冬の教えてくれた裏柳生の剣は、その意味で詐術《さじゆつ》に満ちていた。しかも必ず多数の仕手による一種虐殺《ぎやくさつ》の法である。伝授をうけながら、誠一郎は時に激しい嫌忌《けんき》感を覚えた。その思いが顔に出たらしく、宗冬がほろ苦く笑いながら云《い》ったことがある。

「正邪相闘わば、邪、必ず勝つ。清と醜もまた同じ。剣士は醜く邪《よこし》まであることを恐れてはならぬ。生き残ることこそ至極の正と思われよ」

それは武蔵の教えと全く同じだった。闘いの場において、正しい生、美しい生はあっても、正しい死、美しい死はない。死を正しい、美しいというのは、戦闘に参加しない他人の評価である。己が生死を他人の評価に委《まか》せてたまるか。一個の『いくさにん』として誠一郎は心底そう思う。水野十郎左衛門の滅びの理念に、生理的ともいえる反撥《はんぱつ》を感じた理由は、そこにあった。

それにしても、裏柳生の剣は、誠一郎の感性からいえば、邪悪にすぎた。なによりもそれは個の剣ではなく、組織の剣だった。天涯《てんがい》孤独、一剣に拠《よ》って己が身を守る、といった剣ではなく、なんらかの目的のもとに、集団をもって個を惨殺《ざんさつ》する剣だった。政治の剣といっていい。但馬守宗矩《たじまのかみむねのり》が、幕閣の中で、惣目付《そうめつけ》という役を授けられたのも正しくこのためであろう。そこがなんとも誠一郎の気にさわるのである。どうしても、邪悪、と感じてしまう。孤剣こそ誠一郎の願いだったからだ。

そして、この朝……

芒原に着いた誠一郎は、蓑笠《みのかさ》に身をくるんで立っている宗冬を見た。誠一郎を認めた宗冬は、ちらっと白い歯を見せた。微笑《わら》ったのである。誠一郎の理解を越えた微笑だった。僅《わず》か数日前、誠一郎は幻斎と共に、十一人の柳生者を斬《き》っている。中宿の男たちに斃《たお》された二人をいれれば、実に十三人である。表、裏の違いはあれ、それだけの数の流派の者を失って、なお微笑えるものだろうか。

「弟は半狂乱だ」

宗冬が云った。

「乱剣破りの工夫、見事だったようだな。わしも見たかった」

淡々とした調子は崩れない。誠一郎に返す言葉はない。まさか、お蔭《かげ》さまで、とはいえないではないか。

「ご隠居とか申す唐剣を使う老人が一緒だったというが……名は？」

「……………」

誠一郎は沈黙を守った。

「いえぬか。それも道理。強《し》いて訊《き》こうとは思わぬ。だが……」

長い沈黙があった。蕭条たる雨の音だけが二人を包んでいる。

「一つだけ頼みがある……」

宗冬の声が僅かに掠《かす》れた。珍しく感情が洩《も》れている。

「伺います」

しっかりと誠一郎は応《こた》える。宗冬の声の質が、この頼みだけはきかねばならぬと、誠一郎に感じさせていた。

「弟の話では、その老人、どうやらわしらの兄、十兵衛を斬った下手人のようだ。いや……」

宗冬が手をふった。これも宗冬らしくない所作である。

「ことの善《よ》し悪《あ》しを申しているのではない。ただ……兄がどのようにして斬られたか……その時の詳しい様子を知りたい。その老人に尋ねてくれまいか」

「なんのために、ですか？」

誠一郎は当惑している。柳生の剣の性質から考えて、この申出でにもなんらかの裏があるのではないかという疑惑を感じたからだ。

「兄だからだよ。弟として、実の兄の死にざまを知りたいと願うのは当然ではないか」

宗冬の声には、まぎれもない悲しみの色があった。二人の間をへだてる秋雨と同じ沈んだ色である。

（欺《だま》されてもいい）

咄嗟《とつさ》に誠一郎は決意した。

(どんな裏があろうと構わぬ。この問いにだけは答えねばならぬ)

答えなければ自分は人ではない。そんな切羽つまった感情があった。

「分りました。必ずきいておきます」

「明日の朝で、わしの伝授は終る。出来ればそれまでに……」

期限を切った。

誠一郎は黙って頷《うなず》いた。

「忝《かたじけ》ない。では……」

軽く一礼すると蓑笠をとった。袴《はかま》の股立《ももだ》ちは既に高くとってある。滑らない用心か、草鞋《わらじ》ばきだった。

しゃっ。

太刀が秋雨を斬った。

誠一郎は腰を落し眼を据《す》えて見ている。

「柳生流秘剣・村雲の太刀」

雨の中を剣尖《けんせん》がゆっくり上っていった……。

（参ったな）

　誠一郎は端坐《たんざ》したまま、顎《あご》の無精髭《ぶしようひげ》を一本、ぴっと抜いた。この離れ座敷から見た限りでは、雨のやむ気配はない。雨を苦にするわけではないが、幻斎老人が雨でも吉原へ出てくるかどうかが問題だった。

（孔雀《くじやく》長屋といったな）

　誠一郎はさがしに行く気になった。座敷に戻《もど》って刀掛けに手をのばした時、渡り廊下に軽い足音がきこえた。誠一郎の顔に微笑が湧《わ》いた。これは、おしゃぶである。この奇妙なまでに明るい子は、一日に何回か、この離れを覗《のぞ》きに来る。声をかけて入ってくる時もあり、顔も見せずに戻ってゆく時もある。どうやら、誠一郎がいると確めれば、それだけで安心しているようだった。そこがなんとも可憐《かれん》で、誠一郎はこの足音を聞いただけで心が和むのである。

　襖《ふすま》が一寸ほど開いて、おしゃぶの細い垂れた眼がのぞいた。

　誠一郎は刀を置いて、また端坐している。

「覗いていないで、お入り」

　自然に笑顔になっている。覗く時のおしゃぶの格好を、誠一郎は知っている。父甚之丞の寝間を覗いているところを、偶然、見たことがあるのだ。身体を二つ折にして、お尻《しり》を思い切りうしろに突き出していた。頭が尻より低くなっている。なんとも珍妙で可愛《かわい》らしい格好だった。

「今日は」

おしゃぶが、とことこと入って来ると、縁近くに坐って、きちんと指をついてお河《かっ》童《ぱ》の頭を下げた。上げると、すぐ、

「あ、桔梗《ききょう》!」

庭先を見て叫ぶように云う。

誠一郎も縁近くまで出て、並んで庭を見た。

成程、手をのばせば届くあたりに、ひともと桔梗が濃い紫色に咲いている。さっきまで縁に坐っていて気づかなかったのは、桔梗特有の凜然《りんぜん》たる姿がなかったからかもしれない。今日の桔梗は、雨の重みに耐えかねたかのように、小さな庭石に凭《もた》れかかるようにしている。

「誠さまのよう」

おしゃぶが眩《まぶ》しそうに誠一郎を見て云う。

「私はあんなに元気がないかなあ」

「この雨が寒くて淋《さび》しいから」

「じゃあ、あの石は誰《だれ》？」

苦笑しながら、誠一郎が訊く。

「おしゃぶ」

けろりといった。

「おしゃぶに私が凭れている？」

きき返すと、ほんのり頬《ほお》を染めて、首を横にふった。

「違う？」

「ひざまくらだわ」

誠一郎の眼を真正面から見つめるようにして云ってのけた。

「ほう」

悪戯心《いたずらごころ》が起って、つと横になると、頭をおしゃぶの膝《ひざ》に乗せる真似《まね》をした。

「こうかな」

もとより真似だけで、誠一郎の鬢《びん》はおしゃぶの膝に触れてもいない。おしゃぶが、
誠一郎の頬を押して、本当に膝に乗せた。

「膝枕《ひざまくら》も知らないんですか」

にこにこ笑っている。誠一郎はなんとなくばつが悪い。九つの少女に悪い悪戯をし

かけているようで、気が咎《とが》めるのである。急いで頭を起そうとしたが、おしゃぶが動かさなかった。

「じっとしていて下さらないと、泣きます」

眼が本気だった。諦《あきら》めて力を抜いた。おしゃぶの膝は、子供とは思えないほど豊かで、あたたかく柔かい。すっと眠りにひきこまれそうだった。そこはかとない淋しさが、ゆっくり薄れてゆくのを、誠一郎は感じた。

（この膝には、やすらぎがある）

いつかのんびりとした気分にひたっていた。仰向いて見たおしゃぶの肌が、なんとも美しい。高尾にも勝山にもない、無垢《むく》の美しさである。ぴちぴちと張っていて、つつけばぱちんと音を立てて破れそうな薄い皮膚だった。無意識に指を伸ばして、そっとその頬を撫《な》でてみた。指先が吸いこまれるようだ。

なにかが、ことことと鳴っている。気がつくと、おしゃぶの動悸《どうき》だった。誠一郎は、はっとして身体を起した。

「すまぬ。重かったな」

本気で詫《わ》びた。大きな罪を犯した思いがあった。

「重くなんかありません」

涙ぐんでいる。

「いや、戯《たわむ》れにも、こんなことをしてはいけなかった。すまなかった」

真摯《しんし》に頭を下げた。

「五年……」

おしゃぶが細い声で囁《ささや》いた。

「五年待って下さい」

「……？」

「五年たったら、一日じゅう膝枕をしていてあげます」

すっと立つと、走って襖の外に出た。一度しめて、また開けた。

「おじいさまは、三ノ輪の大三浦の寮よ」

もとの屈託のない声に戻っていた。

新吉原を出て、日本堤を左にゆけば千住道《せんじゅみち》。その千住道を更に左に曲ると三ノ輪になる。この道をまっすぐ行き、金杉《かなすぎ》・坂本を経て、信濃坂《しなのざか》、屏風《びょうぶ》坂、車坂を越すと、上野東叡山《とうえいざん》寛永寺がある。この上野から新吉原へ通う道（実際には三ノ輪は通らず、金杉の三崎稲荷《いなり》を右に曲って、正燈寺《しょうとうじ》、大音寺の横をすぎ、土手に出た）は、浅草＝

山谷の道に較《くら》べて、裏街道の感があったようだ。だからこそ、

　搦手《からめて》に箕輪《みのわ》（三ノ輪）大手に三（山）谷堀

　吉原の箕輪通リハ逆の峯《みね》

となる。前句は新吉原を城にたとえて、山谷堀が大手門（表門）で三ノ輪は搦手（裏門）といったものであり、後の句は、修験者《しゅげんじゃ》が熊野から吉野へ入るのを『順の峯入』といい、その反対を『逆の峯入』といったことを受けている。

　三ノ輪には、新吉原の大店《おおだな》の寮がいくつもあって、病中の花魁《おいらん》の保養所になっていることは、誠一郎も聞いていた。だが、教えられた通りの道を辿《たど》って、大三浦屋の寮の玄関に立った誠一郎を驚かせたのは、赤ン坊の泣き声だった。それも一人ではない。少くとも三人はいる。まるで泣き声の合唱である。その上、二つぐらいの男の子が、よちよち歩きで出て来て、誠一郎を見るなり、にっと笑った。誠一郎も思わず笑顔を返したが、なんとなく腑《ふ》に落ちないでいると、母親らしい女が男の子を探して出て来た。

「まあまあ、悪い子でありんす。またお仕置をしんすよ」

そのありんす言葉といい、子供を抱いて去りながらちらっと見せたしないの艶《つや》っぽさといい、明かに名のある花魁である。

(どういうことだ?)

茫然《ぼうぜん》としていると、いつのまにか出て来た幻斎がくすっと笑った。

「花魁にとっちゃ、ややこが出来るのが一番《いっち》たちのよくない病いさね」

いわれてみればその通りだ。だが、この寮のおおらかさは誠一郎の想像を超えていた。大きく腹を膨らませた花魁も、産後の身をいたわっている太夫《たゆう》も、別段それを恥とも思わない明るさで、実に伸び伸びと、おおらかに振舞っている。それを取巻く女たちも親身で、咎めだてや仕置の気配など皆無であり、花魁たちに生んだ子に対する不安も一切ないようだった。あんまりあけっぴろげで堂々としていて、誠一郎は気圧《けお》される思いがした。

(分らない)

溜息《ためいき》が出た。女という生きものが、どうにも不可解である。

「女子《おなご》のこわさが、ちっとは分って来たかね?」

幻斎がからかうように云った。

お地蔵さんが黒々と雨に濡れている。奇怪なことに、このお地蔵さんは、広い道に背を向けて立っていた。この道は奥州裏街道である。

「薬王寺の背向き地蔵という」

幻斎がいった。誠一郎が宗冬の頼み事を話すと、幻斎は黙って、誠一郎を雨の中へ引っぱり出したのである。

「この道をゆくと……」

幻斎の指は西を指している。

「寛永寺にぶつかる。これがわしらの、いざという時の退《ひ》き口さ。その時、三ノ輪の寮は、殿軍《しんがり》の立て籠《こも》る砦《とりで》になる」

「どういうことでしょうか？」

誠一郎は当惑していた。幻斎が何をいい出したのか理解出来ないでいる。

「分らないかね」

幻斎が嘆くように云った。

「新吉原をなんだと思っているのだ。まわりには、お歯黒どぶという濠《ほり》をめぐらせ、濠の手前は、石垣《いしがき》こそないが、小店と黒板塀《くろいたべい》で塞《ふさ》いでいる。濠の外はすべて足をとられる吉原田圃《たんぼ》だ。奇襲と引揚げに便利なように、黒板塀には九ヶのはね橋がかかっている。大手門ともいうべき大門が只《ただ》一つ廓《くるわ》内への出入口だが、そこには四郎兵衛番所がでんと頑張《がんば》っている。更に五十間道の両側の編笠《あみがさ》茶屋、日本堤の中宿、これは悉《ことごと》く出城の如《ごと》きものだ。山谷堀の水路さえ、わざわざ中途までしか拡げず、大門の前まで舟が来れないようにしてある。そして退き口の守りにはこの三ノ輪の寮がある……」

誠一郎は茫然としている。いわれて見れば幻斎のいう通りである。

「では……新吉原は一箇の城ですか?!」

「当り前だ。世間では、おはぐろどぶも、四郎兵衛番所も、花魁を逃がさぬための仕掛けと考えているが、あれはわしらがわざと弘《ひろ》めた噂《うわさ》なのだよ。だが見る者は見、知る者は知っている」

「でも……なんのための城ですか? 誰から誰を守るための……」

「無論、公儀から吉原者を守るための城だ」

幻斎は、きっぱりといってのけた。

「公儀? ご公儀が吉原者を攻め滅したいわけが……」

「わけは大御所御免状にある」

幻斎の声が凄絶《せいぜつ》な気《い》のために僅かに震えた。

御免色里

『大御所御免状』

それは『神君御免状』と同じものを指しているのであろう。そして誠一郎を今の、ぬきさしならぬ立場に追いこんだものこそ、この言葉だったのである。

初手は狭川《さがわ》新左衛門の問いかけだった。

「神君御免状はどこだ？」

その一言が、誠一郎を、正燈寺の決闘に導き、遂には柳生家上《かみ》屋敷を訪れさせたのである。

「神君御免状って何ですか」

という誠一郎の問いに、柳生宗冬は、

「世の中には知らぬ方がよいことがある」

と応《こた》えている。これは余程の面倒ごとを蔵した秘事ということになる。神君とは家康のことである。御免状とは許可状のことだから、『神君御免状』は、家康によって何者かに与えられた許可状という意味になる。狭川の言葉から察すれば、それは吉原に与えられたものに違いない。幻斎も、吉原に深くなじめば、『御免状』が何であるか、教えてやると云った。そして、今、その幻斎が『御免状』ゆえに吉原は公儀の攻撃に曝《さら》される、と云っている。

「公儀は吉原をつぶしたいのですか」

誠一郎は訊《き》いた。家康によって与えられた『御免状』を、ほかならぬ公儀がとり返したいと願っているとすれば、それしか考えようがない。

「ちがうな」

幻斎がきっぱりと云う。

「でも、それしか……」

「そもそも『大御所御免状』とは、神君家康公が、この庄司甚右衛門に下された、色里御免のお墨付でな。またの名を『神君御免状』。だがその内容《なかみ》は、ほぼ三曲り坂の上に立てられた高札《こうさつ》の文言と変りはないのだよ」

この高札は、見返り柳の前に、どっしりした石垣を築き、屋根つきで立てられているものだ。そこには次のように書かれてある。

『一、前々より制禁のごとく、江戸中端々《はしばし》に至る迄《まで》、遊女之類隠置《たぐいかくしおく》べからず。若《も》し違

犯之《の》輩《やから》あらば、其所之名主五人組地主迄、可レ為二曲事《くせごと》一者也《なり》
一、医院之外、何者によらず乗物無用たるべし
附　鎗長刀《やりなぎなた》門内え堅停止《かたくちやうじ》たるべき者也

五月　』

特筆すべきことは、これが吉原に与えられた特権文書だということだ。特に第一条の、吉原以外の場所に遊女を隠し置いた場合は、名主、五人組、地主まで罰を加えるという文言は重大である。これは幕府が、この特権を保護するという姿勢を示したものだからだ。明かに中世における『座』である。封建君主によって専売の特権を与えられた『座』は、封建君主にしかるべき形（賦役《ふえき》や冥加金《みようがきん》）で酬《むく》いる義務を負うが、同時にこの特権を与えた君主側も『座』以外の者が競業することを弾圧する義務を負う。これが中世法の鉄則である。吉原は、つまりは『傾城座《けいせいざ》』だったわけで、それこそ『御免色里』の意味だったのである。

封建君主によって『座』に与えられた特権を、『職《しき》』という。職は式とも書かれ、株式という熟語もある。松の位の太夫職の職も、小職《こじよく》の職も、この職である。従って吉原の楼主、亡八《ぼうはち》たちは、五丁町という『傾城座』の『職』を株分けした株主という

ことになる。尚《なお》、吉原が公儀に支払う冥加金の中には、評定所へ会合のたびに太夫三人ずつを給仕にさし出すことと、江戸城中の煤払《すすはら》いと畳替えに人夫を出すこととが含まれていた。太夫を評定所に送りこむことは、元吉原の時代、寛永までだったという。

高札の第二条は、吉原を吉原たらしめたものである。大名がいかに槍《やり》を立て駕籠《かご》に乗り供侍を引きつれて威風を誇っても、それは大門までである。大門の内にそのまま通ることは許されない。南北町奉行は年に一度吉原を巡見する役目を負っていたが、やはり大門の外で駕籠をおり、供の者は門前に待たせたまま、裃《かみしも》姿で廓《くるわ》内を徒歩で巡見して廻《まわ》ったという。元吉原の初期には、廓内で武士が町人と喧嘩《けんか》して殺されても、死損《しにぞん》として下手人を穿議《せんぎ》しないという法令まで出ている。つまりこの色里では、身分の高下は全くない。だからこそ、町人も職人も農民も伸び伸びと遊べたのだ。

「では、公儀は、それがいやさに……」

「まさかな。公儀もそれほどけつの穴の狭いことはしないさ。わしらの方でも、それだけの冥加金を、毎年公儀に納めておる。もっとも……」

幻斎は嘲《あざけ》るように笑った。

「公儀の方じゃ、表向きは、そんな金は一文も受け取っていないという顔をしているがね。公儀が色ごとの稼《かせ》ぎの上前をはねているとあっちゃ、きこえが悪いんだろう。御役人の考えそうなことさね」

大口をあいて呵々《かか》と笑った。

事実、江戸時代の記録には、吉原からの上納金、冥加金のことは全くない。この事実が曝露《ばくろ》したのは、後年、幕府が瓦解《がかい》し、江戸の市政が明治政府に引きつがれる時である。

『其方共先達国恩冥加のため、吉原町のかたは日々遊女揚代取揚高の一割、深川のかたは年々一万五千両づつ、月割上納相願、旧幕府より願の通申付置候処、自今以後、是迄《これまで》の通《とおり》、上納申付候間、納方等は都《すべ》て是迄の振合に可二心得一。

慶応四年六月八日』

これが明治政府の南市政裁判所（南町奉行所を改称したもの）から吉原町と深川黒江町に発せられた布達である。これで幕府が吉原と深川の遊里から『遊女税』をとっていたことが明白になったわけだ。吉原には日に千両の金が落ちる。実にその一割を幕府は受取っている。年に三万六千両以上の金だ。

「それならどうして公儀が吉原を……」

「正確には公儀とはいえない。老中、若年寄、大目付、目付……幕閣の人々に、そんなつもりはまったくない」

「……?!」

「是が非でも『大御所御免状』を取り戻《もど》したいと思っているのは、公方様《くぼう》と、その手先の柳生一族だけなんだよ」

「公方がどうして又……」

「このお墨付が書かれたのは、家康公御逝去《せいきょ》の三日前だという。おそばにいたのは、天海僧正と本多正純《まさずみ》さま、ただお二人。金地院崇伝《こんちいんすうでん》さまもいられたが、この時は仮眠をとるために引下がっていられたそうだ……」

御免色里の話を持ちだしたのは、天海だったという。家康は相好《そうごう》をくずして、

「そうそう。あの遊君《きみ》が長《てて》に約定《やくじょう》したことだったのォ」

機嫌《きげん》よく正純に口述し、花押《かおう》をいれると、更に短い文句を書き添えて、天海に渡した。

「このまま、あのおやじにつかわせ」

正純が、横からそっと、この書き加えた文句を見て、瞠目《どうもく》した。驚愕《きょうがく》したといって

いい。

「上野介《こうずけのすけ》、他言無用」

家康の声は厳しかった。

「ははっ」

正純は平伏した……。


幻斎がぷつんと言葉を切った。

「その文句とは……？」

誠一郎が焦《じ》れて訊《たず》ねる。

「いえぬ」

「そんな！」

「まだ、な」

幻斎が微笑《わら》った。

「とにかく、それが表沙汰《おもてざた》になれば、公儀がひっくり返るかもしれぬ……それほどの大事だ」

「………！」

「本多正純ほどのお人が、悩みに悩んだ揚句、遂に大御所の御申付けにも拘《かかわ》らず、秀忠公に洩《も》らしてしまわれたほどのことだ。それをきかれた秀忠公が、どれほど驚き、どれほど激怒されたかは、正純さまのご最期《さいご》が明かしていよう」

「釣《つり》天井事件ですか」

本多正純が居城宇都宮城に、日光東照宮帰りの将軍秀忠を迎えるに当り、釣天井を作って謀殺をたくらんだ話は、講談や浪花節《なにわぶし》で有名だが、勿論《もちろん》事実ではない。そのような訴えがあって、幕臣井上正就が宇都宮城中を調べた結果、事実無根である、と報告している。

「あんなものは、ただのでっちあげさ」

幻斎は馬鹿《ばか》にしたように云う。

「要は遮二無二《しゃにむに》正純さまを罪に落とそうとしただけのことでね……」

わけの分らぬ理由で宇都宮十五万五千石を没収され、かわりに出羽由利五万五千石を与えるという幕命をうけた正純は、秀忠の意志を悟った。五万五千石はいらない、たってというなら、千石だけ頂戴《ちょうだい》しよう、と云い出して秀忠の激怒を買い、横手に配流《はいる》されたのは、己れの命運を読み切った秀才らしいいすねかただった。

「でも天海僧正の方は何のお咎《とが》めもうけずに……」

「当り前だ。天海僧正に手の出せる者は、公儀の中にただの一人もおりはせぬ。それに、僧正は死人《しびと》だ。一度《ひとたび》死んだ者を、二度殺すことは出来ぬ」

幻斎の言葉は、益々《ますます》謎《なぞ》めいて来る。

「天海僧正が、死人?!」

「そうだ。わしが死人であるようにな」

幻斎は声をあげて笑った。

「どうせ教えては下さらないのでしょうね。天海僧正の生前の御名は」

幾分すねたように誠一郎は云った。

「教えてもいいよ。だが、信じまい」

幻斎の声が低くなっている。

「そんな筈《はず》がありません」

心外だった。そのむきになった誠一郎の顔を、幻斎がちろっと見た。

「天海僧正、世に在る時は天下《てんが》に名だたる武将だった……」

声は、益々低くなっている。

「その名を明智日向守《あけちひゅうがのかみ》光秀と申された」

しとしとと降る秋雨の中に、消えてしまいそうな、囁《ささや》きだった。

「………!」

真正面から思い切りぶん殴られたような衝撃に、誠一郎は口を利《き》けなかった。

(そんな馬鹿な!)

だが、幻斎は珍しく蒼《あお》ざめたような顔色をしている。

天正十年、山崎の戦に敗れた明智光秀は、六月十三日闇夜《あんや》、小《お》栗栖《ぐるす》村《むら》で土民中村長兵衛の竹槍に脇腹《わきばら》を刺され、家臣溝尾《みぞお》庄兵衛の介錯《かいしゃく》によって五十七才の生涯《しょうがい》を閉じた。これが歴史上の定説であるが、その当時からこの話は眉《まゆ》つばものと思われている。事件からほぼ六十年後の寛永年間、わざわざ小栗栖村へいって調べた者がいたが、問題の中村長兵衛なる男のことを知っている者が一人もいず、果して長兵衛が実在したかどうかも疑わしいと『醍醐《だいご》随筆』にある。更に、光秀は当時十二騎の家臣に護衛され、十三騎中六騎目にいたのに、前後の家臣が光秀の刺されたことを知らなかったのは奇妙だし、主君を介錯した溝尾庄兵衛は、この時殉死した進士《しんじ》、比田両家臣の面皮を削り、光秀の首はそのままで狼谷の土中に埋め、自殺したのも謎である。更に比叡山《ひえいざん》松禅寺には『慶長二十年、奉寄進願主光秀』と彫られた石燈籠《いしどうろう》がある。慶長二十年は実に光秀の死後三十四年目である。その他、様々な疑問を踏まえて『明智旧稿実録』や

『美濃《みの》誌』は、光秀の家臣たちが本物を比叡山に落ちのびさせた上で、首なし死体に光秀の鎧《よろい》を着せ、身代り首を土中に埋めて、土民を使ってふれまわらせたのであり、進士、比田両人を殉死させ、わざと面皮を削ったのも、溝尾庄兵衛の自害も、めくらましのための苦肉の策であるとしている。

一方、南光坊天海の前半生は全く不明である。天海が歴史に登場するのは、初めて家康にあった時だ。この時、天海すでに六十五才。だがそれ以後の活躍が凄《すさ》まじい。忽《たちま》ちのうちに家康の腹心となり、政僧金地院崇伝、儒者林羅山《らざん》と共に、豊臣家壊滅の作戦を練り指導している。家康の死の時には、遂に崇伝を蹴落《けおと》し、文字通り『黒衣の宰相』となる。これが八十一才の時だ。以後、東叡山寛永寺を開基し、天海版大蔵経の校訂と出版を進め、かたわら幕閣の政治を裏から操りつつ、なんと百八才までしぶとく生きぬいた。この驚異的なまでのヴァイタリティをもった人物が、六十五才まで何の動きも見せず、比叡山の僧坊に隠れていたとは、どうにも信じがたいのである。

家康が初対面で師の礼をもって遇した賢者。豊臣一族の壊滅に異常な執念を燃やし、どんな武将も及ばぬ政治・軍事両面の作戦を練りあげ且《か》つ指導した軍師。それほどの人物を、当時の歴史の中に求めると、これはもう天下の智将明智光秀ぐらいしかいないではないか。

更にいえば、織田信長に怨恨《えんこん》を抱いていた点では、家康の方が光秀より遥《はる》かに深い。天才といわれた我が子、信康を、わが手で殺さざるをえなくしたのは、信長の異常な猜疑心《さいぎしん》と嫉妬《しっと》である。その家康が、信長を討った光秀に感謝こそすれ敵視するいわれがない。比叡山に隠れた光秀もまた、その家康の心情を知っていたのではないか。だからこそ、叡山を降りて家康のもとに赴いたのではないだろうか。

ちなみに云う。京都府北桑田郡周山村の慈眼寺には、光秀の木像と位牌《いはい》がある。そして天海の諱《いみな》は、慈眼大師である。

「それはさておき……」

幻斎が、動揺している誠一郎に目もくれず話を続けた。

「柳生者の吉原五丁町に対する攻撃は熾烈《しれつ》を極めた。押込む、殺す、火をつける。おどしで『御免状』をとりあげようというんだね。沢山の吉原者が死に、沢山の柳生者が死んだ。わしさえ死ねば事はおさまるのではないか、と皆にいわれて死んでもみたが、余計かさにかかって攻めたてて来る。到頭、裏表双方の総帥《そうすい》、十兵衛殿を斬《き》らねばならなくなった」

「……！」

「こんなに長い前置きを喋《しゃべ》ったのは、お前さんに誤解してほしくないからなんだよ。吉原者が、血に飢えた殺人集団だなどと思われたくないのだ。十兵衛殿を斬ったのも、真実、やむにやまれぬわけがあったからだ。それは分ってくれるね」

誠一郎は頷《うなず》いた。

「十兵衛殿は剣の天才だった。技にも心にも一点の隙《すき》もなかった。特に柳生忍群を率いた十兵衛殿は無敵だった。どうしても十兵衛殿を一人にする必要がある。わしらはその手だてを、必死にさぐった。そしてたった一つ、十兵衛殿の弱点を見つけた……」

「それは？」

「怨霊《おんりよう》だ」

「怨霊?!」

「そうだ。十兵衛殿は怨霊に悩まされていた。生涯にあまりに多くの人を斬りすぎたためだろうな。父御の跡を継いで公方様御指南役になりながら、すぐ柳生の庄へ帰ってしまったのは、そのためだ。わしらはそれを利用した……」

幻斎の声は暗く沈んだ。

柳生十兵衛は黎明《れいめい》の中を疾駆していた。死んだ筈の庄司甚右衛門が生きている！

その一事が十兵衛を逆上させていた。義仙からききだした踊る男の体軀《たいく》は、どう考えても庄司甚右衛門のものである。しかも面縛《めんばく》して踊るのは庄司一族固有の舞いだった。

大川原村の川原にさしかかった時である。

「柳生十兵衛！」

声はくぐもってきこえた。同時に川の中に、白布で面縛した影が九つ、濡《ぬ》れしょびれて、わらわらと立った。

十兵衛の反応は異常だった。

「わっ！」

剣士にあるまじき悲鳴を発すると、一間のうしろに跳んだ。九人の影が怨霊と映ったのである。

「柳生十兵衛」

今度の声は背後からきこえた。灰色の布をまとった影が、川原の石の間から立った。幻斎である。十兵衛が呻《うめ》いた。

「庄司甚右衛門！」

「違うな。お主に討ち果たされた諸々の怨霊が凝り固まったものだ。勝負致せ」

しゃっ。二振りの唐剣が抜かれ、鳥が翼を拡《ひろ》げた形に左右に開かれた。翅鳥《しちよう》の構えである。幻斎は勝負を急いでいた。怨霊のおどしによって十兵衛が動揺している間に斬らねばならぬ。だから放胆に大きく構え、十兵衛の攻撃を誘ったのである。だが、さすがに十兵衛は天才だった。幻斎と同時に抜いた大刀は、ぴたり、青眼に構えられたまま、動こうとしない。心気のしずまるのをじっと待つ構えだ。幻斎も動かない。

陽《ひ》は山の端《は》を離れ、黄金色に煌《きら》めきながら昇ってゆく。幻斎の唐剣と十兵衛の刀が、眩《まぶ》しくその光を反射させている。だが動かない。二人をとり囲んだ九つの影もまた不動である。さながらこの川原の一角だけ、時がとまったかのように思われた……。

怨霊による十兵衛の動揺に乗じて斬るという作戦を、幻斎はとうに棄《す》てていた。そんな浅墓な剣で斬れる相手ではないことを、瞬時にして肝に銘じて知ったのである。じっくりと構え、機熟すれば瞬息の一撃に生命を賭《か》ける……その型の勝負しか、考えられなかった。

柳生忍群が、今にもこの場に駆けつけて、戦闘に参加する危険がある。それは圧倒的多数の攻撃を意味した。ここは柳生の土地なのである。彼等が着到すれば、幻斎たちに万に一つの勝機もない。だが、そんな懸念《けねん》も棄てた。今の幻斎には、ぞくぞくするような喜悦《よろこび》があるだけである。生涯を通じて、これほどの剣士と相対する機会が二度とあろうか。正しく一生に一度の、己れの全存在を賭けた決闘である。それがもうなんとも愉《たの》しくてこたえられない。それは、半生を遊びの世界に生きて来た、幻斎という異能人の遊戯心の極限であり、人としての余裕でもあった。

奇妙なことに、今度は十兵衛の方が焦《じ》れて来た。怨霊による最初の動揺が鎮《しず》まると、今の手堅い一方の守りの姿勢がたまらなくなって来ていた。元来、柳生の剣は攻めの剣である。息もつがせぬ攻撃に継ぐ攻撃で、敵を圧倒し去るのが本来の形だった。放胆無謀とも見える激しい攻撃の中にこそ、十兵衛の天才が発揮される。幻斎の場合と同じ語法を用いれば、それは半生を殺人の世界で生きて来た刺客人柳生十兵衛の、猛々《たけだけ》しい殺戮心《さつりくしん》の現れであり、傲《おご》りだったといえよう。

じわり。刀を握る左手の小指に微《かす》かに微かに力が籠《こ》もる。殺気がじわじわと十兵衛の刀身に流れた。左脚の筋肉が跳躍に備えて僅《わず》かに張る……。

その時……。

小さな紋白蝶《もんしろちょう》が、寝惚《ねぼ》けたように、あわあわと飛んで来た。幻斎と十兵衛の間を横切りかけて、まるで二人の気に打たれたかのように突然落下し、幻斎の長剣の鋒《きつさき》にふわりととまった。あるかなきかの蝶の重みに、長剣の先が微かに下がったように見えた。

その一瞬、十兵衛の剣が、吸いこまれるように、幻斎の頭に打ちこまれている。全く自然な動きであり、それだけに瞬息の速さだった。

幻斎は左手の小剣でそれを払った。驚くべきことに、右手にある長剣上の紋白蝶は、微動だにしない。まるで左手だけが切り離されて、己れの意志によって動いたかのようだった。次の瞬間、その長剣が動いた。電光の速さで十兵衛の左首筋を襲う。

十兵衛は脇構えに引きつけた刀でその長剣を受けた。鏘然《そうぜん》と二本の刀が絡《から》む。唐剣の恐ろしさが発揮されたのは、その時である。長い唐剣は、受けた十兵衛の剣を支点として、大きく十兵衛側にくいこんだ。その鋒が十兵衛の頸動脈《けいどうみゃく》を正確に一寸の長さで刎《は》ねた。

紋白蝶は、この最後の瞬間にやっと長剣から飛び立った。それほどの速さで事は決していた。

息をつめて見守っていた九人の吉原者たちの眼には、紋白蝶は十兵衛の首筋から飛び立ったように見えた。その蝶を追うように、切り裂かれた頸動脈から鮮血が迸《ほとばし》った。凄まじい噴出であり、勢いだった。紋白蝶はその噴流をまともに受けて、川原の石の上に落ちた。

かっ、と眼を瞠《みひら》いて仁王立ちになっていた十兵衛が、全身の血を失って、どすんと丸太ン棒のように倒れた。蝶が重たげに翅《はね》を動かして再び飛びたったのは同時である。蝶は唐紅《からくれない》に染まっていた。

幻斎はこの時、十兵衛の魂魄《こんぱく》が深紅の蝶と化して虚空《こくう》の果てに飛び去ったと、信じた……。

昨日の雨に洗われて、透明に近い澄み切った青空である。

天はあくまでも高く、芒原《すすきはら》は微かな風にさわさわと鳴っている。

その芒原の中に、誠一郎と柳生宗冬が向い合って坐《すわ》っていた。

誠一郎は、雨の中で幻斎から聞き出した十兵衛の最期を、ようやく語り終えたところである。

宗冬はあぐらをかいたまま、後ろ手をついて大きく仰向き、天を見詰めている。当年四十五才、表柳生の総帥のとるべき態度ではない。まるっきり二十才《はたち》の若者が、溢《あふ》れ出る涙をこらえるためにとっているような姿勢だった。肩を抱いて一緒に泣いてやりたいような、突っぱった稚《おさな》さが、そこはかとなく漂っていた。

人の死とはこれなんだな。誠一郎はそう思う。死んでゆく者にとって、死になんの意味があろう。どんな死にざまをしようと、死はそれ自身では虚であり空無にすぎぬ。その死を哀惜する生者にとってのみ、死は意味をもつ。その時はじめて死者はいわば生き返るのではないか。柳生十兵衛は今初めて死者として生き返ったのだと、誠一郎は思った。

「血の蝶か」

宗冬が同じ姿勢のまま、ぽつんといった。

「兄者にはふさわしいかもしれぬ。いかにも血に塗《まみ》れた生涯だった」

ゆっくりと元の姿勢に戻《もど》る。流されたかもしれぬ涙は既に乾いていた。天空のように澄んだ眼が、優しく誠一郎を見た。

「ありがとう。これでやっと兄者が死んでくれた。今までは、ここに……」

自分の胸を抑えた。

「鋭い骨のようにつかえていた。死にながら尚《なお》生きている。なんともやりきれぬ思いだった。心から礼をいう」

あぐらのままだったが、きちんと頭を下げた。

誠一郎も礼を返した。やはり話してよかったと思う。同時に、宗冬に告げられることを承知の上で、つまりは柳生十兵衛の殺害者として、終生追われるであろうことを覚悟の上で、淡々と真実を語ってくれた幻斎の器量の大きさに、今更ながら頭が下がった。

「わしは兄や弟のお蔭《かげ》で、未《いま》だに人を斬ったことがない……」

柳生の総師としては驚くべき告白である。

「父に似ぬ凡庸な子に生れついたせいか、そのことをむしろ倖《しあわ》せだと思っている。出来ればこのまま、終生無事に生きたい。だが……お主は違う」

宗冬の声にはしみじみとしたものが流れた。

「お主は既に多くの人を斬った。これからも斬るだろう。恐らく兄と同じ悪鬼羅刹《らせつ》の修羅《しゅら》を生きると思われる……」

誠一郎の胸に痛みが走った。江戸に着いた晩から、日毎《ひごと》に切なく思いめぐらせて来た一事を、今、宗冬に正確に指摘されたのである。

「だが……身内を流れる血がやはり俗人とは異《ちが》っているのだな……お主には兄のような血の匂《にお》いが匂わぬ。人を斬って、尚、爽《さわ》やかさを保つとは、稀有《けう》の資質といわねばなるまい。願わくば生涯そのまま爽やかに生きて欲しい」

裏柳生秘剣の伝授は、この朝でことごとく終っている。この日を限りに、宗冬と誠一郎が会うことは、恐らくあるまい。だからこの言葉は、仮初《かりそめ》の師匠としての、最後の祈りの如《ごと》きものだった。その限りでは誠一郎もありがたいことだと思う。だが、得心のゆかない部分があった。

「私の血が俗人と違うといわれたのは、どういう意味でしょうか？」

宗冬は少々当惑したようである。

「お主、吉原者から、何も聞いていないのか？」

「素姓については、一切」

暫《しばら》く沈黙があった。

「わしとしたことが、いわでものことを口走ったようだ」

恥じているような口調だった。

「だがいずれは知ることになろう。隠しもなるまい。お主は後水尾院の御子《みこ》におわす」

「…………！」

流石《さすが》の誠一郎が驚愕《きょうがく》した。だが宗冬の顔はあくまで真面目《まじめ》である。

「母御は事情あって斬られなされた。お主も殺される筈のところを、宮本武蔵殿に救われたのであろう。成長の後も、みつかれば立ちどころに斬られた筈だ。だからこそ武蔵殿は、二十五才まで山を出ることを禁じられたのだ。賢明な措置であった。二代の帝《みかど》を経た今日、お主を斬る意味は既に失《う》せたと考えてよろしい」

「………！」

誠一郎が出生した時の天皇は女帝、明正天皇である。その後、後光明天皇を経て、現在は後西《ごさい》天皇の御代だった。そして誠一郎の父後水尾院は今もって矍鑠《かくしゃく》として仙洞《せんとう》御所《ごしょ》にいました。

「お主の素姓を明かすものは、その太刀のみ」

宗冬は誠一郎の大刀を指さした。

「源氏重代の名刀鬼切の太刀。台徳院さま（秀忠）によって宮中に献上されたものだ。だが真実素姓を示すものはやはり血だな。お主という人物の血だ。わしはそう思う」

ぷつりと、宗冬は言葉を切った。

唐突に、誠一郎が、叫ぶように云《い》った。

「棄《す》て児《ご》ではなかった！」

「なに？」

「私は棄てられたのでは、なかったのですね！」

その声は悦《よろこ》びに満ちていた。今にも爆発しそうな歓喜を、懸命に押し殺しているように見える。

「当然だ。天子の御子を誰《だれ》が棄てるか」

「棄て児ではなかった！」

誠一郎は繰り返し云った。涙がその頰《ほお》を滂沱《ぼうだ》として流れる。この感情は宗冬の理解の外にあった。

棄て児。この言葉の持つ残虐《ざんぎゃく》さに、幼い誠一郎の心がどれだけ傷ついたことか。子を棄てる親を持ったという意識。己れが棄てられるような余計者だったというひがみ。それは現在の誠一郎を形成して来た核である。棄て児こそ、誠一郎の素姓であり、身分だった。

「俺《おれ》は棄て児だ！」

何度地べたを叩《たた》いてそう叫んだか分りはしない。

その悲痛な思いが、幼い誠一郎に何事にも耐える力を与え、何物も望まぬ早い諦念《ていねん》を与えて来た。

それが今……。

「棄て児ではなかった！」

気の遠くなるような愉悦が、ふつふつと身内の深いところから、こみあげて来る。

同時に、俺は今まで何をして来たのだ、という虚《むな》しい風が、心の中を吹き抜けてもゆく。だが、虚しさよりも悦びが強い。心の芯《しん》にあった硬く凍ったものが溶けてゆく思いがした。

この思いに較《くら》べれば、天子の子であることなど何事でもなかった。そのために自分が自分でなくなるわけではあるまい。むしろとるに足りぬ些事《さじ》ではないか。孤独の裡《うち》に人となった誠一郎の思考の異様さが、そこにはあった。

宗冬は困惑の思いでこの誠一郎を見ていた。

（矢張り告げるべきではなかった）

軽い悔恨があった。だが起ったことは起ったことである。宗冬はもう一度誠一郎を見つめた。軽く身を起すと、

「さらばだ」

もう振返りもしない。まっすぐ芒原をつっ切って砂利場へ向ってゆく。武人らしい淡白な別れである。そよ風が僅かにその袖《そで》を翻《ひるがえ》していた。

誠一郎は手をつき頭を垂れて、この重大なしらせを齎《もたら》した、天の使者を見送った。

二町も離れた雑木林の中に、ぺったり腹這《はらば》いになっている男がいる。これは遠聴の術者、耳助である。

（えらいことを聴いてしまった！）

恐怖で全身が震えだすのを、耳助は辛うじてこらえていた。『天子の御子』という一言はこの『消炭《けしずみ》』（遊女屋の若い者。ぐっすり眠っていてもすぐ起きるので、こういわれた）を震え上らすに充分な力を持っていた。天子は愚か、公卿《くげ》の入った浴槽《よくそう》の湯でさえ、万能の秘薬として売られ、それを有難《ありがた》がって飲む者のいた時代である。自分の知っている人物が『天子の御子』だったという事実が衝撃的だったのは当然である。

（わしは殺される！）

奇妙な観念の飛躍だが、耳助にとっては極めて正常な断定だった。こんな衝撃的な事実を知って、口を緘《かん》して喋《しゃべ》らずにいられるほど、自分は意志の強い男ではない。いつかどこかで必ず喋るにきまっている。喋れば、やがては殺されることになる。耳助の思考は一瞬にしてこの過程を辿《たど》り、このような結論を産んだのである。だから、飛ぶように大三浦屋に駈《か》け戻り、四郎左衛門の顔を見るなり、

「いっそ、おやじさまの手で、殺してやっておくんなさい」

そう喚《わめ》いてしまった。四郎左衛門は呆《あき》れ返ったが、人払いをして事情を聞くと、顔

色を変えた。

「えらいことじゃ。えらい……」

相も変らず、巨大な贅肉《ぜいにく》のかたまりを、寒天のようにぶるぶる震わせながら、呻《うめ》くようにいった。耳助は、野村玄意、山田屋三之丞、並木屋源左衛門の各店へ、突然の囲碁の集りを知らせに走らされることになった。

「手前《てめえ》が実は天子さまの御子だったと聞いて、肝っ玉のでんぐり返らないお人なんて、この世の中にいやァしませんよ」

大三浦屋の二階座敷。碁盤が二面、申しわけのように置かれ、四郎左衛門と玄意、三之丞と源左衛門が、それぞれ対局の形に向い合っている。石は機械的に打たれていっているが、四人とも全くのうわの空だ。幻斎だけが例によって大あぐらで、床柱を背に酒を飲んでいた。

「世の中のすべてが、がらっと変ります。少くとも御本人にはそう見えて来る。そりゃァそうでしょう。順調にお育ちになっていれば、とうの昔に天子さまにおなりになっていらした筈《はず》なんですから」

今日の四郎左衛門は饒舌《じょうぜつ》である。まるで自分が天子の御子だと聞かされたかのように、昂奮《こうふん》している。

「こうなると、あたしたち吉原者なんかに声をおかけ下さるかどうかさえ、怪しくなって参りますよ。あたしだったら、必ずそうなりますね。ええ、なりますとも」

「誠《せい》の字が、四郎左衛門さんでなくて、よかったね」

幻斎が声をあげて笑った。

「笑いごとじゃありませんよ。あのお方はなにも吉原《ここ》にいらっしゃる必要はないんです。御公儀に堂々と名乗って出られてもいい。京にのぼって所司代か仙洞御所に直接訴えて出られてもいい。あの鬼切の太刀と武蔵さまの添状さえあれば、どこでも丁重にもてなされて、しかるべき扱いをお受けになることは、目に見えているんです」

「ご隠居。宮本先生の添状は？」

山田屋三之丞が、声を震わせて尋ねた。

「俺が持ってるよ。だが、誠の字が欲しいといやァ何時《いつ》でも返すつもりだ」

「冗談もほどほどに願います」

四郎左衛門が熱くなって声を高めた。

「あれを渡してしまったら、それこそ身も蓋《ふた》も……」

「いい加減にしねえか」

ぴしっと幻斎が云った。珍しくこわい顔だ。四郎左衛門が、はたと口を閉じた。肉塊の震えが急に大きくなる。怒った時の幻斎の怖さを一番よく知っているのは四郎左衛門なのである。

「誠の字をそんなくだらねえ男だと思ってるのか。あの武蔵が、当才の時から、懐《ふところ》に抱いて育てた男なんだよ。天子さまの御子だと分ったぐれえで、どうにかなっちまうほどやわじゃねえ。一緒に闘った俺がそういってるんだ」

「申しわけありません。つい取乱しまして……。大切なものを失《な》くすんじゃないかという心配が亢《こう》じて……」

「四郎左衛門さんのご心配はもっともですよ、ご隠居。なんと申しても、松永さまはまだお若い。若い方は、突然変るものです」

野村玄意が助け舟を出した。

「変りゃしねえ。俺が請合《うけあ》う。またここでそう簡単に変っちまうような男なら、そもそも俺たちの助人《すけつと》にゃなれねえお人なのさ」

「左様ですな。そう考えれば何が起っても諦《あきら》めがつきます」

源左衛門が沈んだ声でいった。それできまりだった。幻斎が云う。

「馴染《なじみ》の日は、重陽《ちようよう》の節句にする」

重陽は九月九日である。

幻斎は更に謎《なぞ》のような言葉をつけ加えた。

「うんと沢山、菊を集めて、着せ綿をしとくんだな。天子の御子には、ふさわしい行事になるだろう」

馴染

五節句の一つである重陽節は陰暦九月九日。菊の節句ともいわれる。

この日、朝廷では菊花の宴がひらかれ、群臣は栗子《くりこ》飯《めし》を食い、盃《さかずき》に菊の花を浮べて酒を飲んだ。これを菊酒という。花札の九月を表す菊のピカ札に、菊のそばに大盃《たいはい》を描き、寿と書いたのはこの菊酒を示すものだ。

誠一郎の三回目の登楼、いわゆる『馴染』になる日を、この重陽節にきめたのは、幻斎の洒落《しゃれ》だったのか、それとも本気だったのか、恐らく幻斎本人にとっても分明ではなかっただろう。

『牡丹《ぼたん》ハ花ノ富貴者ナリ。菊ハ花ノ隠逸者ナリ』という言葉がある。この言葉に基いて、菊はもともと仙洞御所《せんとうごしょ》（上皇のお住いになる御所）の御紋章だった。それが転じて皇室の御紋章になったのである。その意味では、後水尾上皇の血を引き、しかも現在、皇室とはまったく無縁な浪人として世を忍ぶ誠一郎が、初めて男になる日として、これほどふさわしい日はないともいえる。幻斎の決定にそういう思いが働かなかった筈《はず》はない。

吉原で『馴染』になるとは、いわば夫婦《めおと》になることである。三会目に至って、初めて、遊客と遊女は夫婦になるわけだ。夫婦だからこそ、寝所を共にすることになる。

　三会目心の知れた帯を解き
　窮屈だ解きんしようよと三会目

とはこれをいったものである。だが夫婦のしるしはそれだけではない。

いつもの通り尾張屋の二階座敷にあがった誠一郎の前には、蝶足膳《ちょうあしぜん》という、外は櫨《はぜ》色で内が朱塗りの高蒔絵《たかまきえ》の膳と、中ほどに銀をはめた（銀の袴《はかま》をはいたという）象牙《ぞうげ》の箸《はし》が運ばれた。箸紙には誠一郎の名が書かれてある。

三会目箸一ぜんの主《ぬし》になり

これも夫婦のしるしの一つである。その上、高尾が初めて「誠さま」と呼んだ。これまでは高尾をはじめ、新造《しんぞ》や禿《かむろ》までもが、誠一郎の名を呼ぶことはなかった。「客人」とか「主《ぬし》」とか呼んだ。馴染になって初めて客人に名前がつくのがこの里のならわしなのである。つまりは身内になったわけだ。

当然のことだが、『馴染』になるには莫大《ばくだい》な金がかかる。揚代金のほかに馴染金つまり祝儀《しゅうぎ》をやらねばならない。馴染金には、二階花と惣花《そうばな》とがある。二階花とは、遊女、その新造、禿及び遣手《やりて》に与える祝儀をいう。特に遣手には金一分ときまっていた。惣花とは、その傾城《けいせい》屋の雇人すべてに祝儀を出すことで、これは大体揚屋制度のすたった宝暦以降のことである。更に床花（又は枕花《まくらばな》）と称して、花魁《おいらん》の寝所で鏡台の抽出《ひきだ》しなどにそっと忍ばせてやる祝儀も別に必要だった。これらの祝儀の金額がどれほどのものか、時代により、遊女の格により異るが、寛政五年（一七九三）刊の『娼売《しょうばい》往来』には、

『呼出黒二星（女郎の格のこと）、揚代金一両一分、床花三両、惣花五両』

とある。これで揚代金と馴染金のおおよその比率が分る筈だ。

更に『守貞漫稿』には、

『床花と云《いふ》は馴染の後のこと也《なり》、此《この》金規定なし、五七両或《あるい》は十余両、客の随意也』

とある。同じ『守貞漫稿』に、揚代金三分の遊女（所謂《いわゆる》昼三）で馴染金は二両二分、遊女はそのうち二分を茶屋（又は揚屋）に、一分を茶屋（又は揚屋）の若い者に、更に一分を自分の傾城屋の若い者に配分するので、自分の手に入るのはほぼ半額である、と書かれてある。

一両の床花手取りやっと二分

この床花は馴染金の意味で使われたものであろう。

誠一郎の場合は、幻斎がこの馴染金をすべて尾張屋清六に前もって支払っている。

それも明暦三年（一六五七）には稀《まれ》にしかなかった惣花である。当然、新造、禿、遣手は、誠一郎に礼を述べ、尾張屋の若い者たちも揃《そろ》って礼に来る。それこそ下にもおかない扱いである。誠一郎はそれを、揚屋の者たちの幻斎に対する敬意だと解している。まさか金の力とは思っていない。そのあたりが誠一郎の世間知らずな所以《ゆえん》だが、この齢《とし》まで山の中に独居していたことを思えば、これは咎《とが》める方が無理である。誠一郎にとって金とは厄介《やっかい》な代物《しろもの》以外の何物でもない。実は誠一郎は熊本を発《た》つ時、寺尾孫之丞から二百両の金を渡され、諸物の値段について、金の価値について一応の講釈はきいているのだが、殆《ほと》んど記憶に残っていない。熊本から江戸までの道中の間、誠一郎はいつでも銭袋を相手に渡し、いるだけとってくれ、と懇請している。欺《だま》す気ならいくらでも欺せるし、事実、時には欺されてもいるのだが、たいしたことになっていないのは誠一郎の人徳であろう。江戸に着いた時、誠一郎は残った百九十両余りをそのまま西田屋の主、甚之丞に渡してある。以後誠一郎が金というものを身につけたことは、一度もない。江戸の市民がきいたら目を剝《む》きそうな、貴種にふさわしい一種贅沢《ぜいたく》な暮しを送っていたわけである。

三会目縮《ちぢみ》織《お》るてふ談《はなし》まで

『馴染』の夜、遊女が自分は越後《えちご》生れで縮を織ったことがある、という話までした、というなんとも可憐《かれん》な姿を描いたものである。

高尾にはそうした可愛《かわい》さはない。より完成し、成熟した女であり、あくまで太夫《たゆう》の気位を保つ女なのだ。可愛さのかわりに、やすらぎを与えるような優しい眼差《まなざし》と、柔かい所作があった。

「誠さまは、ずっと西田屋さんに、お泊りでありんすか」

高尾が尋《き》く。誠一郎はちょっと困ったように幻斎を見た。

「何時《いつ》まででもといわれてはいるんですが……そうそう甘えているのも心苦しくて……」

「そりゃァ不心得ってもんだ」

幻斎が大きな声でいった。

「ああたはね、これから先もずっと西田屋にいてくれなくちゃ困りますよ。あそこは、おかみさんがいないんでね、旦那《だんな》がかわりに内所に坐《すわ》ってるんで、誰《だれ》もおい、いい、しゃぶを守ってくれる人がいないんだ。不用心この上ない。せめてあんたがいてくれなくちゃ、いざって時えらいことになる」

言外に裏柳生の攻撃を匂《にお》わせている。確かに当主甚之丞は、商才はありそうだが、穏和一方の人物で、男としての頼もしさに欠けている面がある。

「私はおしゃぶ殿の用心棒ですか」

誠一郎は苦笑した。実状はあべこべだからである。誠一郎が西田屋にいようとどこにいようと、甚之丞はじめ雇人一同まったくの無関心だった。気にかけてくれるのはおしゃぶ一人で、ちょっと誠一郎の姿が見えないと、若い者を探しに出す。居所が分れば、それで安心しているようだが、おしゃぶの気遣いは常時誠一郎を包んでいる。これこそ完全に用心棒の仕事ではないか。その意味で、おしゃぶの方が誠一郎の用心棒ということになる。

だが、『おしゃぶの用心棒』というつとめは誠一郎の気に入った。

（あの子を守るためなら、わしはなんでもするだろう）

本気でそう思う。おしゃぶはそれほど魅力的な生きものだった。

「おしゃぶさまが羨《うらやま》しゅうござんす」

高尾が僅《わず》かに誠一郎に凭《もた》れて、指に指を絡《から》ませながら云った。満更口だけではないらしく、指に痛いほどの力があった。

「九つの子供だよ、花魁。悋気《りんき》の相手にゃ早すぎやしないかい」

幻斎が笑ったが、高尾はどこまでも真顔である。

「女子《おなご》に齢はありんせん。九つでも立派な女子のお人もいれば、二十八でも女子になれぬお人もありんす。おしゃぶさまは、もう見事な女子でありんすよ」

高尾はおしゃぶが訪ねて来た日のことを思い出している。

「誠さまを宜《よろ》しくお願いします」

そういって、はらりと涙をこぼした。正直にいって、あの時、高尾は自分が負けたと思った。それは子供心の憧《あこが》れというには、あまりにも深く、あまりにも真摯《しんし》な心づかいだった。その心づかいが、高尾ほどの女を戦慄《せんりつ》させた。まるで裸の乳首に研ぎすまされた匕首《あいくち》の尖《さき》が触れでもしたように、怯《おび》えたのである。だがその怯えが、逆に高尾の気持を昂《たか》ぶらせ、意地にならせたともいえる。おしゃぶが『誠さま』と呼んだ男を、太夫の面目にかけても籠絡《ろうらく》しつくし、骨抜きにしてやろうと決意させたのだから。

だが……。不幸なことに、高尾は誠一郎に惚《ほ》れた。

高尾には、おしゃぶについての気持を、誠一郎にも幻斎にもありのままに語ることが出来ない。自分が笑い者になるだけだからだ。それだけに余計焦《いら》だたしく、腹も立つ。なんとか誠一郎をおしゃぶから引き放さなくてはならぬ。本気でそう思っていた。だが九才の女の子を恋敵《こいがたき》にするのは至難のわざである。高尾は本能的にそれを知っていた。だからこの闘いが果しない消耗戦になることを覚悟した。太夫にとって消耗戦とは、己が生身をじりじりと焼きながら、男につくし抜くことだ。花魁がたった一人の男に惚れ抜き、つくし抜けば、待っているものは破滅だけである。高尾ほどの女がそれを知らぬわけがない。何も彼《か》も承知の上で、己れの滅びに立ち向う決意をしたところに、高尾の宿運があり、悲劇の女としての耀《かが》きがあった。

おしげり

尾張屋の内儀の合図で、宴はおひらきになった。

「明日、一番風呂《ぶろ》で待ってますよ」

という幻斎の揶揄《やゆ》を背に、誠一郎は席を立った。尾張屋の内儀が案内役を買って出たのは、金の力というより誠一郎への心づかいのためだろう。普通この役は遣手のものなのである。内儀のうしろから、誠一郎と高尾がゆく。高尾は誠一郎の指に指を絡めたままである。更にそのうしろを二人禿が追う形になる。廊下を曲り曲って奥まった部屋の前につくと、内儀は膝《ひざ》をついて障子をあけ、誠一郎と高尾を二人禿もろともに中へ入れた。

「おしげりなんし」

にっこり笑って、ぴしりと障子をしめた。

『おしげりなんし』という優にやさしい言葉は、吉原独自のものである。『俚諺《りげん》集覧』に、『男女のしめやかに物語するを、外よりおシゲリぢやといふ。しとやかにぬるると云意《いふ》なるべし』とあるように、男女が寝床を共にしてしっぽり濡《ぬ》れるのを『おしげり』といった。芝居言葉ではこの語を避けて『ちぎる』という。舞台の上で「ちぎりやんせ」というのは吉原で「おしげりなんし」というのと同義である。このシゲルは『繁ル』ではなく『陰雨《しけ》ル』であり、たっぷり時をかけ、着衣も蒲団《ふとん》も悉《ことごと》く霑《うるお》うような男女の交わりを『おしげり』といったのである。

部屋の広さは今までの座敷より遥《はる》かに狭く、明りも大分暗い。その大半を三枚蒲団の寝床が占めている。敷蒲団を三枚重ね、掛蒲団は大蒲団が一枚。冬はそれに小夜着《さよぎ》をそえる。敷蒲団の高さは、ほぼ低い寝台ぐらいになる道理である。

その夜具の前に、高尾は誠一郎と向い合って坐った。禿が盃《さかずき》ごとの支度をする間じゅう、じっと誠一郎を見つめて、瞳《ひとみ》を動かさない。誠一郎はまぶしそうにそれを受けている。形だけの盃ごとが、禿の酌《しゃく》で行われると、高尾は指を揃《そろ》えて頭を下げた。

「末永う……」

誠一郎も真剣な表情でこくりと頷《うなず》いた。

禿の一人が、大ぶりの塗物の箱を運んで来る。高尾がてずからその蓋《ふた》をとった。ぷんと菊の香りが部屋じゅうに満ち溢《あふ》れる。箱の中は綿だ。小さく丸めた綿が、夥《おびただ》しい量、蔵《おさ》められている。これは『着綿《きせわた》』である。別名『菊の綿』ともいい、菊に着せる綿のことだ。朝廷では、七月一日から菊にこの着綿をし、九月九日に大内に献ずる。着綿の目的は、菊の匂《にお》いをうつし取ることではなく、菊の花に置いた露をしみとらせることである。献じられた着綿は、天皇の玉体を拭《ぬぐ》うのに使われる。それは中国で古代から菊の露（菊の水ともいう）が長寿を保つ仙薬《せんやく》であると信じられていたためだ。この信仰が飛鳥《あすか》時代に日本に輸入され、平安期にはそれが貴紳の間にひろがった。菊酒を飲み、菊綿をもって肌《はだ》を拭うことが、重陽《ちょうよう》の節句のしきたりになったわけだが、それはあくまでも御所の内のことであり、吉原にこんなしきたりがあったとは思えない。誠一郎の素姓を知る幻斎のはからいだった。

高尾は手をとって誠一郎を立たせると、跪《ひざまず》いてその帯を解いた。着衣を一枚一枚剝《は》ぐと禿に渡してゆく。やがて誠一郎は、下帯一本の裸体で、高尾の前に立っていた。

高尾は『着綿』を手にとり、ゆっくりと誠一郎の裸身を拭ってゆく。『着綿』が肌に触れると、僅《わず》かに涼しく、こそばゆい感覚がある。そのこそばゆさが、次第に快感に変っていった。高尾が全身を拭い終えた時、誠一郎の男は褌《ふんどし》の中で膨張の極に達していた。高尾が静かにその褌をとく。たちまち逸《はや》りたったそれが屹立《きつりつ》し、高尾の顔の前で揺れた。高尾は、いとしそうにそれに頬《ほお》ずりすると『着綿』で拭い、更に陰嚢《ふぐり》に及んだ。会陰《えいん》から陰嚢へと逆に拭《ふ》き上げられた時、誠一郎の爪先《つまさき》から頭のてっぺんまで、痺《しび》れるように強烈な快感が走った。この時高尾の手が、陰嚢の根元をきつく握りしめなかったら、誠一郎は精を放っていたかもしれない。高尾は、なだめるように陰嚢をなで、それをさすりながらいった。

「あれ、誠さまには黒子《ほくろ》がありんす」

二人禿が、驚いたように目を瞠《みひら》いて誠一郎のそれを見つめた。確かに誠一郎の男には中ほどに小豆《あずき》大の黒子がある。この黒子が古来強精の男を象徴すると信じられていることなど、誠一郎が知る筈《はず》がない。誠一郎はただ、おしゃぶとさして齢頃《としごろ》の変らない二人の禿に、それを凝視された羞《は》ずかしさを感じただけである。正直にそれは忽《たちま》ち身をすくめ、黒子も見えなくなった。その可《か》愛《わい》らしさに、二人禿がくすくすと笑った。

「お行儀が悪うありんすよ」

高尾は叱《しか》りながら自分も微笑《わら》っている。誠一郎さえ、己れの分身の余りに現金な反応に苦笑した。

高尾は、誠一郎の手をとって、夜具の上に導いた。誠一郎を仰臥《ぎょうが》させると、夜具の裾《すそ》で背を向け、帯を解いた。もともと花魁の帯は手をふれればすぐさま解けるように結ばれてある。帯の下には一本の紐《ひも》も使っていない。湯文字《ゆもじ》にさえ紐がないのである。これは閨中《けいちゅう》で素早く衣服を脱ぐためでは決してない。無理心中を迫ったり、暴力を振おうとする悪質な客から、逃れやすいようにという配慮からである。

高尾の長襦袢《ながじゅばん》は、藤色だった。その長襦袢姿のまま、高尾は一瞬、動きをとめる。その肩先に、含羞《がんしゅう》の風情《ふぜい》がはっきりと読みとれ、誠一郎の胸は騒いだ。それでも手を伸ばすような真似《まね》はせず、おっとりと仰臥したままで動かないところが、誠一郎の行儀のよさである。高尾は櫛笄《くしこうがい》をすべてはずすと、禿に渡し、頭をひとつふった。長く豊かな髪が、腰のあたりまで垂れる。これは吉原のしきたりにはない。花魁は髪を結ったまま床につく。高尾が髪の毛を垂らしたのは、宮中の女御《にょうご》に倣《なら》っただけである。宮中では、臥床する時、女はその長い髪を集めて、枕《まくら》の外に置かれた『乱れ箱』に容《い》れる。これが本来の『乱れ箱』の用法であり、これに脱いだ衣服を容れるようになったのは、遥《はる》か後代のことである。その『乱れ箱』も、きちんと枕もとに備えられていた。二人禿が、高尾の着衣や髪飾りをもって部屋を出てゆく。

高尾は、長襦袢の胸もとを抑えるようにして、誠一郎のそばに身を横たえた。いつか、髪の毛は『乱れ箱』におさまっている。

誠一郎の息が、僅かに乱れた。だがどうしたらいいものか、皆目分らない。

高尾も、ひっそりと息をひそめて、動かない。ただ部屋の中に、一種の気が、次第に満ちていっていることだけ、誠一郎は感じている。

「太夫……」

誠一郎がやや嗄《しやが》れた声をかけた。今や部屋に満ち満ちた気の艶《つや》っぽさに耐えかねたのである。

高尾が恥ずかしそうに、にこっと微笑うと、胸もとを抑えていた手を放した。紫に近い藤色の長襦袢の前が割れ、白磁のような肌がこぼれた。薄桃色の乳首が、形のいいふくらみと共に、ぴんと立つ。

肌は白く耀《かがや》いているように見えた。誠一郎は、三枚蒲団の上にいる方が、畳にいる時より明るいのを、かすかに感じた。行灯《あんどん》の高さがそのように調節されている。吉原者の照明の見事さが、ここにも現れているのだが、誠一郎がそこまで考えつく道理がない。ただ、高尾の肌を眩《まぶ》しいほど美しいとしみじみ感じただけである。

高尾は誠一郎の左側にいる。遊女が客のどちら側に寝るかで、その客に対する好悪《こうお》の感情が読めるとは、後世の遊びに慣れた嫖客《ひょうかく》の言葉だが、この場合、遊女が左側に寝るのが、客を好いている証拠になる。客が利《き》き手である右手を自由に働かすことが出来るからだ。

高尾はその誠一郎の右手を左手で柔かく握った。誠一郎の手をそっと己れの乳房に導く。誠一郎の指先で、まるで羽毛でふれるように、幽《かす》かに幽かに、乳房を、次いで乳首を、さすらせる。不意に誠一郎の指の下で、桃色の乳首が、ぴくんと慄《ふる》えた。その感触に誠一郎の指先もまた、ぴくっと慄える。乳首の大きさが僅かに増し、目に見えて硬く尖《とが》った。

「あ」

微《かす》かな声が、高尾の口から洩《も》れる。目は半ば閉じられている。

そのまま、同じような幽かさと、気の遠くなるような緩慢さで、誠一郎の指先は高尾の胸から下へ下へと導かれてゆく。その動きにつれて、藤色の長襦袢の前が少しずつ開いていった。

象牙《ぞうげ》のように滑らかな手触りが、僅かに変った。ぴんと張った高尾の肌に、いつか、しっとりとしたしめりけが生じている。誠一郎の指先は、臍《へそ》のまわりをゆっくり辿《たど》り、更に下腹に向う。長襦袢の前が完全に割れ、高尾の秘所が露《あら》わになった。むっちりとふくれたそこには、一本の毛もなかった。それは少女のように滑らかで、温かく、そのまんなかに一本、かすかに桃色をおびた線のような割れ目が走っている。少女との違いはただ一点、やや上方に、桃色に艶々とした突起がむっくりと割れ目をつき破るようにして覗《のぞ》いていることだけだ。かなりの長さであり大きさだった。

すべてが美しかった。水気をたっぷり含んだ白桃のように美しかった。がぶっと嚙《か》みつけば、清冽《せいれつ》な果汁《かじゅう》が、口中いっぱいに拡《ひろ》がり、顎《あご》にまで垂れるのではないかと思われた。誠一郎は、女体をまともに見るのはこれが初めてである。女とはこれほど美しい生き物だったのかと、嘆息したくなるほどだった。

高尾の手は、尚《なお》も誘導をやめない。誠一郎の指は、温かく滑らかな丘を這《は》い降り、桃色の割れ目から突起へと導かれてゆく。肌よりも強いしめりけが、指先に感じられる。突起に触れた時、高尾の肉体が、大きく慄えた。眉間《みけん》にわずかに皺《しわ》がより、乳首がますます硬度を増し屹立した。誠一郎の指先は、突起の下端に達すると、僅かに上方に向って引き戻《もど》された。長い突起の中から、濃い桃色の小さな核が現れる。指先が微かにそこに触れると、高尾の全身が大きくそり返った。

「あ」

前よりもはっきりした声で、高尾が呻《うめ》いた。高尾がそり返ったために、誠一郎の指は突起から、かなり下の湿潤な部分に一気に滑った。高尾の手に僅かに力が入り、誠一郎の指はほんの僅かだがその部分に埋没した。熱かった。まるで熱い蜜壺《みつつぼ》の中に入りこんだようだ。誠一郎の指は、小さな輪を描くようにして、少しずつ、少しずつ、奥へ導かれてゆく。異様な触感があった。その中は、熱く、ふくれていた。無数の襞《ひだ》が感じられる。その襞のひとつひとつが脹れているような感触なのだ。やがて突然その襞がなくなり、滑らかな、やや広い場所に入った。同時に、指の中ほどと根もとが強烈に締めつけられる。

「ああっ」

絶え入るような声が洩れた時、誠一郎はその広い場所が痙攣《けいれん》するのをはっきりと感じ、同時に馥郁《ふくいく》たる香りを嗅《か》いだ。『裏』の時に嗅いだ『侍従』に、何かほかの微妙な匂いの入りまじった香りである。

高尾の右手が誠一郎の首にかかり、思いがけぬ力で下に引いた。誠一郎の顔が高尾の顔と重なり、唇《くちびる》が濡れた唇にとらえられた。下唇ついで上唇が柔かに吸われる。あっという間に、歯を割って小さな舌が入りこみ、誠一郎の舌に絡《から》む。甘やかないい香りのする口だった。舌を伝って送りこまれる唾液《だえき》までが、甘い。

いつか、誠一郎は高尾の上にいた。高尾のつつましく開いた両膝の間にいる。高尾の左手が、はち切れそうな誠一郎の男を軽く握っている。それを、さっきの濡れた部分に柔かくあてがい、静かに静かに尻《しり》を上げてゆく。僅かに埋没した。強く尻を引く。同時に男の根もとを強く握った。危く精を洩らしそうになった男は、その強い緊迫に驚いて、立直った。また尻が上がる。前よりも深く埋没する。また強く引く。続いて今度は一気に高く上げ、一番の深みまで埋めた。そのまま、ゆるゆると腰を廻《まわ》す。こつこつと、奥の壁に当る。三度、強く尻を引くと、両手を誠一郎の腰に廻した。高尾の指が誠一郎の腰を押し、同時に尻が上がる。誠一郎の腰が、高尾の指の指示するままにゆるやかな拍子をとって動く。やがて高尾の手ははなれたが、誠一郎の腰は同じ律動で強く弱く動き続けた。口はずっと合わされたままである。高尾の舌は、尻と同じ律動に従って、誠一郎の舌を攻めている。尻が輪を描けば、舌も輪を描く。

不意に、高尾の身体《からだ》の奥を、大きな戦慄《せんりつ》が通りぬけた。

「あれ」

不意打ちをくったような、はっとした感じで高尾は呻き、大きくそり返る。誠一郎は男の尖端《せんたん》に、ちちちっと小鳥が餌《えさ》をついばむような感触を受けた。それが熱い迸《ほとばし》りを伴っていることに気づく。高尾は強く誠一郎の首を抱き、上半身を起すようにした。

男の背に、こりっとしたものがあたる。突起である。

「あ、あ、あれ」

高尾がまた身体を慄わすと、誠一郎にしがみつく。誠一郎の男は、二ヶ所で強い緊迫を感じた。高尾のそこが、別の生き物のように、勝手に収縮と弛緩《しかん》を繰り返しはじめる。

いつか誠一郎は胡坐《こざ》し、高尾は両脚を誠一郎の背に廻して、その膝の上にいた。誠一郎の手が高尾の尻をつつみ、上下の律動を助けている。高尾の両手は誠一郎の首にひしとまわされ、硬く尖った乳首が、誠一郎の胸でこすられている。二人の律動は完全にひとつになっていた。さざ波のように侵入し、強く一気に引く。時に怒濤《どとう》のように奥深く侵入し、また強烈な勢いで引いてゆく。誠一郎にはもう自分が高尾なのか、高尾が自分なのか分らなくなっている。侵入される時の高尾の快感が、そのまま自分の快感になって感じられる。高尾もまた侵入する誠一郎の快感を己れのものと感じているのではあるまいか。まるで男女二人分の快感を併せて感じているようだった。最後に、今まで以上の大波が来た。それは深々と侵入し、怒濤となって大きく崩れ、白い泡沫《ほうまつ》となって散った。

「うれしゅうありんす」

高尾が、まだ大きく喘《あえ》ぎながら、誠一郎の耳に囁《ささや》いた。

誠一郎は、無言で、砕けるほど、高尾を抱きしめた。さっき感じた馥郁たる香りが、今や部屋じゅうに充満している。誠一郎は、まだ高尾の中にいる。高尾のそれが強い緊迫力でくわえこんだまま放さないのである。誠一郎も、萎《な》えようとせず、そればかりかまた新たな力をとり戻し、膨脹《ぼうちょう》してゆく。

「あれ」

今度こそ、本気で驚いたように、高尾は目を瞠いた。いつか、さっきと同じ律動が、高尾の身体をゆるやかにもち上げはじめていた……。

誤解をさけるために云っておかねばならない。高尾はけっして無毛症ではない。白桃のように美しい秘所は、実は十二、三才の禿の頃からの、長い入念な手入れによる成果なのである。

吉原の遊女たちは、所謂地女《いわゆるじおんな》（素人《しろうと》の女）とは格段の媚術《びじゅつ》をもっていたと信じられているが、この『毛を抜く』という所作も、その媚術の一つであった。勿論《もちろん》、遊女のすべてが、高尾のように、完全な無毛にしていたわけではない。各人が自分の美しいと信ずる形に整え、手入れを怠らなかっただけである。割れ目の上（これを額と称する）に、ひとむら残しておく者もあれば、まんべんなく形よく抜いている者もあり、堅い毛を酢《す》につけて柔かくしている者もある。ひと様々である。ただ、地女のように天然自然のままに繁茂させっ放しにしている者は、ひとりとしていなかった。

むやむやの関をおろぬくてんや者

てんや者とは『店屋者』のことで、商売女のことを云う。

十本程額へ残すてんや者
小奇麗に毛を引いておくてんや者
傾城《けいせい》も毛抜は一の道具也《なり》
羽根楊子《ようじ》程は鳳凰《ほうおう》毛を残し

これらのバレ句は、すべてこの実態を描いたものである。
遥《はる》か後年になって、太夫《たゆう》も揚屋もなくなり、遊女が一介の売笑婦に堕《お》ちた時、それでも連綿と続いていたこの習慣について、いわゆる『毛切れ』を防ぐためであるとか、甚《はなは》だしくは『毛じらみ』のうつるのを防ぐためだとかいう半可通の客がいたようだが、媚術のなんたるかを知らぬ愚者の言としか思えない。

清少納言《せいしょうなごん》は『枕草子』の中で『ありがたきもの』の一つとして『ものよくぬくるしろがねのけぬき』を挙げている。ろがねのけぬき』を挙げている。中国の房中術(媚術)は仙術の一種として道士によって研究され、帝王術の一部となり、更に養生法の一つとして医学にとり入れられた。これが推古天皇の御代《みよ》に我が国にも伝えられた。以後、奈良、平安期を通じてこの房中術は我が国の知識階級の間に伝えられ、研究され、実行されて来た。従って、納言のいう『ありがたきもの』のひとつも、吉原の太夫と同じ目的で使われなかったとはいえないのである。顔や手足の化粧には精出すくせに、大事な場所の手入れには無関心な当代のギャルの如《ごと》きは、初期吉原の洗練された遊君たちから見れば、鼻の曲る如き悪臭を放ち、茨《いばら》のような剛毛をほしいままに生やした、醜悪・尊大なる地女ということになるだろう。ちなみに秘所の匂《にお》いについても、当時の傾城たちは大変な気の使いようで、悪臭を放つ結果を招く、なまもの、臭《にお》いの強い野菜などは一切口にせず、香料をいれた風呂《ふろ》に入り、湯文字にまで香をたきこめ、更には秘所の内部に常時匂袋をさしこんでおく、という涙ぐましいまでの努力をしたものである。

このような多岐にわたる媚術を遊女に教えこむ機関が、吉原にあったわけではない。俗にいわれるように、傾城屋の主が、抱え女郎に教えるのでもない。秘法の伝授は、

教えるのである。すべて女対女で行われた。つまり姉女郎が自分づきの妹女郎、或《あるい》は禿《かむろ》に、口うつしで

姉女郎吹き出すやうな伝授をし房中の秘術を口だてで語るのを脇《わき》から見れば、まさしく『吹き出すような』伝授だ

ったであろう。他人の性行為が常に滑稽《こっけい》に見えるのと同断である。

惚《ほ》れやうの振り付けもする姉女郎

『惚れや（よ）う』とは客のあしらい方の意である。いわゆる手練《てれん》手管《くだ》のことだ。遊女の嘘《うそ》は『惚れんした』にとどめをさすとは、古来の定説である。もっともそれをきく客の方も、

やさしくも申すもの哉《かな》ほれんした

嘘と百も承知の上で『やさしくも申すもの哉』とそれこそ優しく受けとめてやるようでなくては、所詮《しょせん》通人にはなれまい。洗練された遊女は、またそうした通人の心意気を敏感に感じとり、これに応《こた》えるものだ。こうして、百千の嘘の泥中《でいちゅう》から、たった

ひとつの清冽《せいれつ》な誠が、白い蓮華《れんげ》の花のように、ぽっかりと咲くことがある。それこそ、遊びの至極であり、更には、恋の至極であるといってはいけないか。

『きぬぎぬ』という言葉は、奈良時代からあったといわれる。この場合の『きぬ』は『絹』ではなく『衣』である。

しののめのほがらほがらとあけゆけば
おのがきぬぎぬなるぞかなしき（古今集巻十三）

とあるように、『己《おの》がきぬぎぬ』を略してただ『きぬぎぬ』と呼んだ。奈良・平安時代の男女は、同衾《どうきん》する時、お互いの着物をぬいでそれを下に敷き、或は上に掛けた。二人分の衣《きぬ》（着物）を敷いて寝た男女は、朝起きるとそれぞれ自分の着物を着なければならない。それが『己がきぬぎぬ』であり、同時に男女の別れを意味するわけである。当時、男は女の体温と体臭の残った着物を着て、朝早く帰るわけだが、歩くうちにそのぬくもりも冷え、体臭もかすかになってゆくのを、はかなしと感じ嘆いたのであろう。それが本来の『きぬぎぬ』なる言葉の語感である。これに『後朝』という漢字をあてたのは、平安時代だといわれている。後朝の『後』は『アト』又は『オクレル』と訓ずる。従って『後朝』とは、男女が同衾したアトの朝か、そのためにオクレテ起きた朝か、どちらかの意であろうと思われる。
江戸時代になると、この言葉は、もっぱら遊女と朝帰りの客との別れに用いられることになった。男が女のもとに通う『通い婚』の形式が全くなくなり『嫁入り婚』が普遍化されたためである。こうして『後朝《きぬぎぬ》』という言葉は廓言葉《さとことば》の一つと見られるようになり、それにつれて、語感も変った。廓《くるわ》における『後朝』は、まさに傾城の正念場である。ここで確実に客の心をとらえておかなければ、客は二度と現れることはないだろう。だから遊女は、この『後朝』に、それこそ腕によりをかけて、客の心をとらえる手練手管を発揮した。

きぬぎぬは粉のない餅《もち》の切加減

取り粉《こ》のついていない餅はべとべとしてなかなか切れない。遊女がその餅のようにべとべとくっついて離れないのをいったものである。この手練手管を示す句をいくつか並べてみよう。

袂《たもと》にすがりては顔を見せなんし

羽織の裾《すそ》へ坐《すわ》りお帰りなんし
きつとさと云はせて帯をよこす也
後朝のくぜつは帯に手をからみ

もっとも、中にはこんな逆手を使う遊女もいた。

来なんす気なら来なんしとむごい奴《やつ》

誠一郎は夜っぴて眠らなかった。高尾にせがまれるままに、幼時からの山中の暮しについて語り明かした。その合い間、合い間に、五回、まじわっている。それこそ、夜具も衣もしとどに濡《ぬ》れ潤《うるお》う『おしげり』だった。驚くべきことに、回を追うにつれて、高尾の女体は、益々《ますます》耀《かがや》き、甘やかになっていった。張りは張りで残しながら、まるで軟体動物のように誠一郎に絡みつき、飽くことなくひきこみ包みこむ。遂には誠一郎が、自分の肉体は悉《ことごと》く高尾の肉の中に熔《と》けこんでしまったのではないか、と感じるに至ったほどだ。

新吉原の夜半はしずまり返って、なんの物音もしない。時に山谷堀で浅草紙を漉《す》く砧《きぬた》の音がきこえるばかりである。

しらしらあけの頃《ころ》になると、杜鵑《ほととぎす》が鋭い声で啼《な》く。いつもなら、その声に不吉を感じる誠一郎だったが、この朝はずんと心に沁《し》みた。別れねばならぬ者の断腸の思いをその声にきいたからである。その心を敏感に察したのであろう、高尾の目もうっすらと濡れていた。人の世に、かかる朝のあることを、誠一郎は生れて初めて知った。

禿がまだ眠そうな顔で、一人は房楊枝《ふさようじ》（現代の歯ぶらし）と手《て》塩皿《しおざら》（塩は歯磨粉《はみがきこ》として使われた）、どんぶりほどの大きさのうがい茶椀《ちゃわん》に水をはったものを丸盆にのせて、もう一人が半挿《はんぞう》（水を捨てる桶《おけ》）と手拭《てぬぐ》いを持って部屋に入って来た。房楊枝の材料は柳か黒もじで、先は細かく砕いてあり、手元は薄い四角で、舌の苔《こけ》をとるのに使った。

この一杯の水で歯を磨き、口をすすぎ、顔まで洗わなければいけないのが、廓《さと》のならわしであることを、高尾が教えてくれた。それも水をはねちらすことなく、小綺麗《こぎれい》にやってのけなければ、野暮といわれて軽蔑《けいべつ》されるという。誠一郎は笑いながら、手ぎわよくやってみせて、禿たちを驚かせた。

「誠さまは慣れていなんす」

と禿の一人がいったが、これは間違いだ。水づかいの確かさは剣士の心得の一つなのである。水を使って、ぽたぽたたらすのは心に隙《すき》があるからだ。行住坐臥《ぎょうじゅうざが》、隙のないことを心掛ける剣士の立居振舞は、自然に無駄《むだ》がなく、端正で確かなものになる。

高尾にありきたりの『後朝』の手管はない。ただ悲しげに誠一郎を見つめ、一言の声も発しなかった。それはいくさ場に赴く夫を見送る妻の眼差《まなざし》に似ていた。哀惜の念が全身からにじみ出ている。誠一郎も黙ってぺこんと頭を下げた。

階下で受けとった両刀を腰に、尾張屋を出た誠一郎を一本の矢が鋭く襲った。咄嗟《とっさ》に鞘《さや》ごと抜いた小刀に払われて地に落ちた矢の鏃《やじり》は、青く濡れていた。これは斑猫《はんみょう》の毒である。

中田《なか》圃《たんぼ》

九月十日早朝。颯々《さつさつ》と風がわたり、秋天に、雲の移動が速い。

人影もまばらな仲の町に、後朝《きぬぎぬ》の誠一郎を、たて続けに毒矢が襲うさまを、ぞくぞくするような思いで見守っている女がいた。勝山である。場所は近くの揚屋《あげや》の二階座敷。かすかに明けた障子の隙間からだ。

勝山は、重陽《ちょうよう》の節句に誠一郎が高尾と馴染《なじみ》になることを、裏柳生の総帥《そうすい》義仙に通報していた。この朝の誠一郎暗殺の絵図も詳細にわたって知悉《ちしつ》している。

今、揚屋尾張屋清六の店に向い合った家の屋根には、五人の射手がいて、斑猫の毒を鏃に塗った矢を、たえまなく誠一郎に浴びせかけている。刀で切り払えば、当然矢は折れ、そのはずみに鏃が誠一郎の身体のどこかにふれるかもしれない。掠《かす》り傷でも出来れば、そこから毒は体内に沁《し》みこむ。斑猫の狙《ねら》いはそこにあった。

だが……さすがに誠一郎である。慌《あわ》てて抜刀することなく、鞘《さや》ごと抜いた脇差《わきざし》で、飛来する矢を悉く打ち落している。正確には、鏃を叩《たた》いて跳《は》ね返しているのだ。これでは万に一つも、鏃で傷つくことはなく、毒の効用もなきに等しい。しかも、誠一郎は、第一矢を叩き落すとすぐ、うしろ手でぴたりと戸を閉じ、高尾の身の安全を計っていた。

嫉妬《しっと》が勝山の胸をきりきりと搾《し》めつけた。誠一郎の顔色は僅《わず》かに蒼《あお》く、昨夜の不眠を示している。一晩じゅう、高尾を抱き、あの白い肉を締めつけていたにきまっている。

誠一郎が、脇差を翳《かざ》しながら、まっすぐ射手たちのいる家に走った。着物の裾が割れ、逞《たくま》しい下肢《かし》が躍る。あの羚羊《かもしか》のような脚が高尾の白い下肢を割って……

思うだけで、勝山は胸苦しくなって来た。

「死になんし。さっさと殺されなんし」

思わず声になっていた。

走りながら、誠一郎の左手が高くあがった。小柄《こづか》を飛ばしたのである。それは正確に射手の一人の右眼を貫き、屋根から転落させた。残った四人の射手は、慌てて屋根を反対側にとぶ。切見世《きりみせ》の間のはね橋が一つ、お歯黒どぶを越えて、おろしてあった。射手たちはそこから中田圃《なかたんぼ》に向って逃走する手筈《てはず》になっている。だが……。

実のところ、この射手たちは、ただの囮《おとり》だった。西方寺での闘いで惨敗《ざんぱい》を喫した義仙が、誠一郎の手練を見損う筈がない。毒矢ごときで誠一郎を斃《たお》せるとは思ってもいなかった。肝心なのは誠一郎を廓《くるわ》から誘い出すことだった。もとより市中までおびよせるのは至難のわざである。廓からほんの数歩、稲穂のたわわに実る黄金色の中田圃。そここそ義仙の選んだ決戦の場だった。はね橋の廓に近いきわに、矢張り斑猫の毒を槍の穂先に塗った仕手が二人、身をひそめていたが、これも義仙から見れば必要な犠牲にすぎない。この二人を斬《き》れば、誠一郎はいやでも中田圃に出る。田圃の一本道の途中で、最初の射手たちは悉く斬られるだろう。それも計算の内である。いや、稲穂の中に伏せられた二十人余りの部下たちが全滅することさえ、義仙は予想している。誠一郎が二十人の仕手たちを残らず斬り伏せるのに要する時間、それだけが義仙の必要としたものだった。この時間の中で、誠一郎といえども逃れることのかなわぬ必殺の罠《わな》がその口を閉じる筈だった。刈りあげた稲穂を積んだ荷車が一台、田圃道にさりげなく置かれてある。同じ車が更に一台、お歯黒どぶに沿った道にある。この二台の荷車が、誠一郎を挟《はさ》みこんだ時が、誠一郎の最期《さいご》になる。二台の荷車の上には、強力な爆薬が積まれてあった。誠一郎を挟みこんだ瞬間、それが同時に爆発する。誠一郎がどれほど優れた剣士であろうと、よもやこの爆発から逃れられるわけがなかった。誠一郎の肉体は、夥《おびただ》しい肉片となって、四辺にとび散る筈である。

勝山は身震いの出るような快感で、この最期の図を脳裏に描いてみた。自分もその場にいたい。強烈にそう思った。その場にいて、とび散る誠一郎の血を、我が身にどっぷりと浴びてみたい。自分の中に埋没させ、思いのままにいつくしむことのかなわぬ男への、それがせめてもの腹癒《はらい》せではないか。そう思うと矢も楯《たて》もたまらなかった。勝山は、身をひるがえして、廊下に出た。階段をほとんど駈《か》けおりた。

誠一郎が走る。凄《すさ》まじい速さだった。肥後山中でたわむれに野獣を追い、しばしば獣を追い抜いてみせたほどの脚力である。なまなかの忍びなどの及びもつかぬ速さだった。またたく間に、家を廻《まわ》り、切見世の並ぶ河岸《かし》に入った。思った通り、はね橋がおりていて、四人の射手が、瀕死《ひんし》の一人をかついで渡りかけていた。誠一郎の信じがたいほどの速さに意表をつかれたこの集団に、更に二本の小柄が放たれた。二人の射手が、ぼんのくぼに小柄を立てられて斃れた。即死である。担《かつ》がれていた男も放り出された。これもすでに息絶えている。僅かに生き伸びた二人の射手は、必死の形相で、はね橋をかけぬけた。踵《きびす》を接するように、はね橋を渡ろうとした誠一郎の足をとめさせたのは、かぼそい子供の声だった。

「誠さま！　駄目《だめ》ッ！」

おしゃぶだった。裸足《はだし》で夢中になって走りよって来る。

「その橋、渡ってはいけません！」

まっ蒼《さお》な顔だった。

その朝、おしゃぶは恐ろしい夢を見た。高尾の白い裸身に、これも裸で絡んでいた誠一郎の身体が、突然、途方もなく膨《ふく》れあがり、遂に轟音《ごうおん》と共に弾《はじ》けとんだのである。おしゃぶは、五彩の光を放って砕け散る誠一郎の肉片を一瞬はっきりと見た。そして「わっ！」という自分の泣き声で目を覚ました。おしゃぶは本当に泣いていた。泣きながら寝床からはね起きると、裸足のまま闇雲《やみくも》に表にとび出した。何者かに導かれたかのように河岸道に走りこみ、今まさにはね橋を渡らんとしている誠一郎を見た。悲鳴をあげた。その悲鳴がそのまま、

「誠さま！　駄目ッ！」

という声になっていたのである。

「危い！　来ちゃいけない！」

誠一郎が手を振ってとめたが、おしゃぶはかまわず駈け続け、誠一郎に武者ぶりついた。

「おうちへ……おうちへ連れて帰って」

誠一郎は困惑した。その一瞬の隙を狙って、橋詰に身を隠していた二人の柳生者がとび出し、槍《やり》をつき立てて来た。ひとつには、誠一郎がこのまま廓内にとどまることを恐れたためである。誠一郎は咄嗟におしゃぶを突き放すようにして二刀を抜き、槍のけら首を下から刎《は》ねとばすと、返す刀で二人を袈裟《けさ》に斬った。ふり返って見て愕然《がくぜん》とした。おしゃぶがかがみこんで、内股《うちまた》を両手で抑えている。手の下から血が吹き出していた。

「どうした?!」

「槍が……」

　自分が刎ねとばした槍の穂が、地べたに落ちてもう一度はね、おしゃぶの内股を掠ったことを誠一郎は悟った。槍の穂を見た瞬間、顔色が変った。それも青黒い色に濡《ぬ》れている。斑猫の毒だ。

「しまった！」

　誠一郎は、おしゃぶを突き倒すように仰向けに寝かせ、躊躇《ちゅうちょ》なく着物の裾をまくり上げた。

「あれ！」

　おしゃぶが羞恥《しゅうち》に赧《あか》く染って前を抑えようとしたが、誠一郎はその手を払った。傷は股の付け根にちかく、確かに掠り傷だが、既に毒で脹れはじめている。誠一郎は、拇指《おやゆび》で動脈を圧迫して止血しながら、傷口に口をつけた。力の限り吸い、口に溜《たま》った血を吐いた。どす黒い赤だ。毒のまじった証拠である。又、力一杯吸って吐く。まだ赤黒い。

「いやです」

　おしゃぶが身をよじった。

「動いてはならぬ。動くと毒のまわりが早い。気持を楽にして、ゆっくり息をする。

いいね」

おしゃぶが、桃色に顔を染めながら、こくんと頷《うなず》いた。誠一郎はまた、口をつけ、じわじわと長く吸う。吐き出して見ると殆《ほと》んど鮮血に近い。だがまだ安心は出来ない。もう一度、角度を変え口をつけた。おしゃぶの稚《おさな》い秘所が目の前にあった。勿論《もちろん》、まったくの無毛。だが子供にしては、ふっくらとした、艶《つや》のある秘所である。小さな桃色の核が僅かに愛らしくのぞいている。美しかった。誠一郎は微《かす》かに狼狽《ろうばい》した。己れの意志とかかわりなく、屹立《きつりつ》して来たためである。高尾の秘所が無毛だったのがいけなかった。突然の連想を抑えるすべがなかった。

「いや」

おしゃぶが囁《ささや》くように云《い》った。

「思い出さないで下さい」

誠一郎は胸をつかれ、己れを恥じた。ぺっ。殊更《ことさら》に力をこめて吐いた。鮮血だった。

人の気配に目を上げると、長襦袢《ながじゅばん》姿の勝山が立っている。その目が異様だった。明かに嫉妬《しっと》だったが、誠一郎には分らない。

「焼酎《しょうちゅう》と晒《さら》しを頼みます」

勝山は一瞬ためらった。おしゃぶへの激しい嫉妬と恐れが、思っても見なかった言葉を吐き出させた。

「橋を渡るのはよしなんし。主《ぬし》のいのちがありんせん」

自分で自分の云ったことに驚いて、急ぎ足で前の店に走った。

勝山の言葉をきいたのは、誠一郎とおしゃぶだけではなかった。はね橋の隣りの切見世の内儀が、そしてその店の局女郎《つぼねじよろう》がきいていた。この内儀は、柳生者のためにはね橋をおろしてやった張本人であり、生来の強欲さにつけこまれて、義仙に飼われた手先だった。そして局女郎の方は、幻斎にぞっこんの例のおれんという当年五十三才の女郎である。この二人にきかれたことが、後の勝山の悲劇のもとになる。

焼酎を待つ間、誠一郎はとりあえず、印籠《いんろう》から膏薬《こうやく》を出して傷口に塗り、毒消しの薬をおしゃぶの口にいれた。この薬は唾液《だえき》で容易に溶ける。

首代《くびだい》（吉原の戦闘員）たちが十数人、血相を変えて、脇差を煌《きら》めかしながら、はね橋を渡ってとび出してゆく。中田圃の稲穂の蔭《かげ》に伏せた柳生者たちが姿を現し、激しい闘いになった。廓がわの屋根に半弓をもった首代が並び、無数の矢が飛んだ。

勝山が焼酎と晒しをもって戻《もど》って来た。誠一郎は一度塗った膏薬を拭《ふ》きとり、焼酎で傷口を洗った。

その時、異変が起った。

おしゃぶの秘所から、一筋の血がつつと流れ出たのである。

「ぬ？」

誠一郎はどきりとした。もう一ヶ所、傷があったと思ったのだ。己れの迂闊《うかつ》さを責めた。既に毒が廻ったかもしれぬ。急いで口をあてて吸った。

「いやッ」

おしゃぶが、驚くほどの力で誠一郎をつき放した。

「毒を吸い出すためだよ。放っておくと身体じゅうに廻ってしまう」

あやすような誠一郎の言葉に、おしゃぶは激しく首を振った。

「傷は脚だけです」

「でも……」

不意に勝山に手荒く押しのけられた。

「殿御の見るものではありんせん」

誠一郎に見えないようにおしゃぶを自分の身体で隠し、素早く晒しを裂いて処置しながら、ちらりと憎しみの目で見た。

「ばからしい。早く焼酎で口を漱《すす》ぎなんし」

まだ理解出来ずに茫然《ぼうぜん》としている誠一郎の手に、焼酎の甕《かめ》が押しつけられた。幻斎だった。

「云われた通りにしな。お前さん、人喰《ひとく》い鬼のようだぜ」

口のまわりが血だらけなのである。

「でも、おしゃぶ殿が……」

「心配ない。おしゃぶは、女になっただけさ。ちと早いようだが文句もいえまい」

まだわけの分らなそうな誠一郎に、幻斎は溜息《ためいき》をついた。

「どうも、この世で誠さんの知らなきゃならないことが、多すぎるようだなァ」

ぐわわあん。

突然、中田圃で大爆発が起った。驚いてはね橋にかけよった誠一郎と幻斎は、微塵《みじん》となって砕け散る荷車と男たちを見た。男たちは、首代、柳生者、半々である。

「あれは?!」

「煙硝をしかけやがった。誠さんがとびだしていれば、あれにひっかかるところだった。ひでえことをしやぁがる」

幻斎が吐き出すように云った。誠一郎が初めて見る怒りの顔である。凄まじかった。まるでお不動さまの憤怒《ふんぬ》の形相だった。

誠一郎は剣士の目で情勢を判断し、自分が危く命を拾ったことを悟った。身内が凍る思いだった。

「おしゃぶ殿のお蔭です。それと勝山殿の……」

「おしゃぶには未来《さき》のことを読む力がある。わしらの一族の女子《おなご》には、稀《まれ》にいるんだよ。おしゃぶの云うことには、逆らわないことだな」

現代の言葉でいえば、予知能力があるということだ。

「勝山殿もそうでしょうか」

「勝山は……」

ぷつっ。幻斎は言葉を切った。

「それにしても、義仙の奴《やつ》、煙硝を使うとは血迷ったな。このままじゃすまさねえぞ」

何故《なぜ》か勝山のことには触れなかった。それが誠一郎の心に、一点のしみのように翳《かげり》として残った。

柴《しば》垣《がき》節《ぶし》

三日たった。誠一郎はなんとなく気が晴れない。あの日から、幻斎の姿はふっつり消え、馴染《なじみ》がすすめば『神君御免状』の秘密を教えるという、兼ねての約定《やくじょう》を果す気配も見えない。おしゃぶは自分の部屋に籠《こも》りきりで、一度も誠一郎の前に姿を現そうとはしない。この子にしては、珍しいことだった。中田圃《なかたんぼ》の大爆発の結果についても、西田屋の甚之丞以下なにも教えてはくれない。全くの聾桟敷《つんぼさじき》に誠一郎はいた。そして、高尾については……。自分がどれほど高尾に思い焦《こ》がれているか、他人には所詮《しょせん》分るまい……誠一郎はそう思っている。女人に恋い焦がれるという感情は、誠一郎にとって生れて初めてのものだ。それがこれほど切なく、胸の騒ぐものであるとは知らなかった。会いたいのだから、会えばいいと思う。だが、何かがそれをとめている。慎みというべきか、羞恥心というべきか、誠一郎にはよく分らない。ただ貪《むさぼ》るべきではないという阻止力だけが、強く働きかけてくる。だから昼下りの待合の辻《つじ》の縁台に、やるせない思いを抱いて、ぽつねんと坐《すわ》っているしか法がないのだった。

奇妙な唄《うた》がきこえて来た。

〽柴垣《しばがき》　柴垣　柴垣越しに
雪の振袖《ふりそで》ちらと見た
振袖へ
雪の振袖ちらと見た

誠一郎は知らなかったが、これは柴垣節である。去年の暮ごろから流行《はや》りはじめ、いっときは、大名から町人までこの唄を口ずさんだといわれるほど猖獗《しょうけつ》を極めた。柴垣節専門の芸人まで現れてもてはやされた。

この唄の異風なところは、その節でも歌詞でもなく、唄に合わせてする所作にあった。

目をかっと瞠《みは》り、思いきり口を歪《ゆが》め、肩や胸を自ら殴りつけ、てんかんの発作のように絶え間なく身体《からだ》をゆする。左右にねじ曲げ、仰向きうつ向き、這《は》い廻《まわ》る。それがすべて息をつめ、世にも切なげな苦悶《くもん》の表情で行われるのである。それは正しく劇薬をのみ、或《あるい》は息がつまって、悶《もだ》え苦しみながら死んでゆく人間の姿だった。人々はそれを面白《おもしろ》がって、手を打って笑うのである。他人の苦しみが滑稽《こっけい》に見えるのは、真実の一面であるが、己れが殊更《ことさら》に苦悶の表情を呈して楽しむとは、いかなる神経によるものだったのだろうか。

越えて正月十八日、本郷丸山本妙寺に端を発した所謂《いわゆる》明暦の大火は、江戸を文字通り焦土と化した。焼跡に累々《るいるい》と残された焼死体は、その数、十万といわれたが、奇妙なことに、いずれも目を瞠り、口を開け、臂《ひじ》を曲げ、膝《ひざ》を屈し、柴垣節を踊る人々の姿に酷似していたという。そのため、この大火に辛《から》き目にあい、肉親を死なせた市民たちは、この柴垣節を嫌忌《けんき》し、大火後はそれこそ火の消えるように忘れ去られた筈《はず》だった。それが、今、場所もあろうに新吉原の揚屋の座敷から流れて来ている。考えられることではなかった。

不意に唄が止《や》んだ。一瞬の沈黙の後に怒号が湧《わ》いた。そのいりまじる罵声《ばせい》の中に、誠一郎は、はっきりと、勝山の鋭い声をきいた。そして青簾《あおすだれ》ごしに、すっくと立った勝山と水野十郎左衛門の姿が見られた。怒号が更にこの二人に浴びせかけられているようだった。水野の手が、ある筈のない刀を探して、腰へのびた。

誠一郎はゆっくりと縁台を立った。

尾張屋清六の店である。この時、座敷には、水野以下五人の武士と五人の太夫《たゆう》、それに伴う新造《しんぞ》・禿《かむろ》などがいた。大一座といっていい。武士は悉《ことごと》く神祇組《じんぎぐみ》だ。今、水野に激しく絡《から》んでいるのは、影山三十郎という五百石取りの直参《じきさん》旗本だが、神祇組では新参だった。緑高《ろくだか》の割には金離れがよく、他の三人は既に大分借銭をしていて、頭が上らない様子である。今日も頭領の十郎左衛門を誘って吉原へ行こう、といい出したのは影山だった。その影山が、突然、柴垣節を唄い踊りだした。悪いことに、勝山づきの禿の一人は、大火で親兄弟すべてを死なせている。見るまに蒼白《そうはく》になり、果てはしゃくりあげて泣きだした。事情を知っている勝山が、つい強い口調で、

「主《ぬし》さん、やめなんし」

といったのが騒ぎのもとだった。客に対して無礼至極というのである。

「頭領の女といえども許せぬ」

勝山は水野の敵娼《あいかた》だった。もの慣れた番頭新造が、禿の事情を打明けて詫《わ》びたのだが、影山は意地になっていいつのる。勝山は勝山で、水野の出方によっては、いつでも席を立って帰る気でいるから、詫びる気配も見せない。水野は心底ばかばかしくなって、

「いい加減にしろ、三十」

つい喚《わめ》いてしまった。影山三十郎の顔色が変った。当時のかぶいた武士にとって、体面こそはすべてである。いかに新参とはいえ、ひと前で従者・下僕《げぼく》の如《ごと》く扱われて

武士の一分が立とうか。

「立たねばどうする！」

水野の短気は有名である。いうなり影山の横面《よこつら》をぶん殴って立っていた。反射的に勝山も水野の前に立った。影山の強烈な殺気を感じたためだ。誠一郎が、待合の辻から見たのは、この場面だった。

そして今、揚屋の廊下に立った誠一郎が見ているのは、三人の仲間になだめすかされている影山の姿だったが……。

（はて？）

影山の姿かたちに見覚えがある。顔を見るのは初めてだが、小肥《こぶと》りの妙に柔かい感じのする体形は、記憶のどこかにこびりついている。

「西方寺！」

思わず声に出していった。

仲間の手をふり払って、今にも水野にとびかかろうとしていた影山が、ぎくっと振返った。誠一郎を見た顔に、無意識に怯《おび》えが走る。誠一郎の剣技を知っている証拠である。もう間違いなかった。正しく、西方寺で、義仙と共に、幻斎と誠一郎を襲った柳生者の一人だったのである。

誠一郎は、にこっと笑った。

「また逢《あ》いましたね、裏柳生のお人」

顔色を変えたのは、勝山である。まじまじと影山を見た。

「無礼を申すなっ！　天下の旗本に向って……」

はた、と口をつぐんだ。語るに落ちたのである。天下の旗本が、『裏柳生』などという言葉を知る筈がない。

「裏柳生？　なんだ、そりゃ？」

水野の疑問の方がまっとうだった。三人の神祇組の武士たちも、怪訝《けげん》な顔をしている。

影山三十郎は、一瞬に己れの任務の失敗を悟った。

この男、もともと裏柳生の『草《くさ》』である。『草』とは本来、敵地に永年にわたって潜伏し、その土地の人間になりきっている隠密のことをいう。時には父子二代にわたってその藩に忠実に仕えている『草』もある。だが、『草』を敵中にではなく、味方である筈の直参旗本の中に置いているところが、いかにも裏柳生であり、幕閣の政治の難しさをよく示しているといえよう。影山も親子二代の『草』だったが、不幸なことに三十郎は剣の巧者だった。それだけに、到底、眠っているような『草』の任務に耐え切れず、義仙に直訴して行動隊の一員に加えられた。直参五百石の身分の蔭《かげ》に隠れ、柳生流皆伝の剣技を思いのままに振るって来たのだが、その自信を誠一郎と幻斎の剣が木《こ》っ端《ぱ》微塵《みじん》に砕いた。世には自分が逆立ちしても及ばぬ、凄《すさ》まじい剣技のあることを、身に沁《し》みて知らされたのである。その痛恨の思いが、今、思いもかけぬ誠一郎の出現で表に噴き出し、己れの正体を露呈させることになった。

今日の影山の任務の第一は、喧嘩《けんか》にことよせて、水野十郎左衛門を暗殺することだ。『神君御免状』という言葉を知ったという一事で、裏柳生にとって、十郎左衛門は死なねばならぬ男になっていた。任務の第二は、併せて勝山を殺すことだ。切見世の内儀の通報によって、勝山の言葉が義仙に届いた結果である。誠一郎に中田圃で待伏せている死の危険を警告したことは、即裏切りにつながる。みせしめの処刑は迅速なほどいい。

この二つの任務を果すために、影山は特殊な武器を脇《わき》の下に着けて登楼している。長さ三寸ほどの鋭利な刃のついた針に、柄をつけ鞘《さや》に収めたものだ。西欧で錐刀《すいとう》と呼ばれ、主として暗殺に使われる武器だ。錐刀の遣い手は、これを掌《てのひら》の中に隠して、只《ただ》一突きに相手の心臓を刺す。錐刀の恐ろしさは、殆《ほと》んど傷痕《きずあと》を残さないことと、相手が刺されてすぐ死なないことである。僅《わず》かに胸にちくっと痛みを感ずるだけで、数分間は何事も起きない。歩くことも、喋《しゃべ》ることも出来る。そして暗殺者が完全に姿を消した頃《ころ》になって、突然死ぬ。法医学の発達した現在でさえ、この死は自然死と看《み》られがちだ。心臓麻痺《まひ》としか見えないのである。解剖学の未発達だったこの当時では、錐刀を他人に見られることさえなかったら、相手は確実に自然死とされ、暗殺者は罰を免《まぬか》れることが出来た。

影山は懐《ふとこ》ろに手を入れ、ひそかにその錐刀を抜いた。眼前の勝山を刺すか、背後の誠一郎を刺すか、迷った。その一瞬の迷いが、影山を滅ぼすことになった。勝山が錐刀の存在に気づいたのである。同じ裏柳生の忍びとして、勝山は当然この武器を知っている。何度か実際に使ったこともある。だから、影山の手が懐ろから出た瞬間、間髪をいれず簪《かんざし》を抜くと力まかせに影山の右手の甲に突き立てた。錐刀が落ちた。誠一郎が素早くそれを拾った。

「ほう。こりゃあ、珍しい……」

次の瞬間、影山の身体は鞠《まり》のように、揚屋の窓から跳んだ。裸足《はだし》のまま、揚屋に預けた大小さえ捨てて、まっしぐらに大門に向って走る。それが誠一郎たちの見た、影山三十郎の最後の姿になった。二日後、袈裟《けさ》掛《が》けに斬《き》られた三十郎の死体が大川に浮び、嗣子《しし》のないままに、影山家は断絶になった。

そして、その二日さえ待たず、この日のうちに、勝山太夫の姿もまた新吉原から消えた。

後日、誠一郎はわけの分らないままに、勝山のことを幻斎に訊《き》いてみた。

「勝山はお前さんに惚《ほ》れたのさ」

こともなげに幻斎はそう応《こた》えた。誠一郎が、勝山と顔を合わせたのはたった三回、一度は待合の辻、一度は切見世の道、三度目は揚屋尾張屋清六の座敷だ。いずれもごく短時間の出逢いにすぎず、惚れたはれたなど入る余地もない筈だと抗弁すると、幻斎は笑った。

「十年顔をつき合わせていても、惚れねえ奴は惚れねえよ。反対にひと目見ただけで、雷さまでも落ちたみてえに、いのち賭《が》けで惚れちまうこともある。男と女の仲なんて、そんなもんさ」

幻斎は更にいった。

「勝山が裏柳生の女忍びだってこたァ、薄々わかっていたんだがね。まァ、男に惚れた女忍びぐれえ、ぶっそうなもんはねえからねえ。義仙でなくたって、殺す気になるだろうよ」

誠一郎は、なにとはなしに、悲しかった。あの苛烈《かれつ》な柳生忍群の目を逃れて、勝山はどこへ行こうとしているのか。いや、女ひとり、いつまで逃れ切ることが出来るだろうか。哀れだった。なんとかして庇《かば》ってやりたかった。その思いを幻斎が素早く読んだ。

「いけねえよ」

珍しく生真面目《きまじめ》な顔である。

「なまじの情けは、仇《あだ》だ。我身《わがみ》が罪つくりに出来てることを、日毎《ひごと》夜毎、神仏にお詫び申し上げるんだね。出来るこたぁそれしかねえ。また、それ以上のこたぁやっちゃいけねえんだなぁ」

若い誠一郎に幻斎の底光りするような智慧《ちえ》が理解出来る筈はなかった。やがて誠一郎は、その、なまじの情けのために、勝山を殺す破目になる。その時になって初めて、この幻斎のさりげない言葉が、痛恨の念と共に誠一郎の胸に甦《よみがえ》って来る。

八百比丘尼《はっぴゃくびくに》

『後《のち》の月見』(九月十三日)もすんだ九月十七日の昼さがり。

三曲坂《みまがりざか》を下って大門に向う、旅僧があった。五十間道の編笠茶屋《あみがさ》で油を売っていた目明しの伊助が、その姿を見咎《みとが》めた。もとより女犯《にょぼん》に厳しい僧侶《そうりょ》が吉原に入れるわけがない。日本堤の所謂《いわゆる》『どろ町の中宿』はそのためにあった。僧侶はここで法衣を脱ぎ、平服に着替え、頭には頭巾《ずきん》をかぶって、医者に化ける。その上で大門に向えば、多少抹香《まっこう》くさくとも見のがすのが、当時の役人の常識だった。僧形のままで大門をくぐろうとは、そのよき慣習を破るものである。

大門の左袖《そで》に面番所がある。表面を格子《こうし》にして大門の内外を見渡せるように作り、町奉行所の隠密廻《まわ》り同心が昼夜二人ずつ交替で詰めていて、不審な者がいれば捕えて訊問《じんもん》することになっている。伊助はこの隠密廻り同心に飼われた目明しだ。旦那《だんな》の手間を省くためにも、怪しい奴《やつ》は大門にさしかかる前に、改めておく必要があった。

「坊さん、待ちな」

横柄《おうへい》な上に暴力的なのが伊助の悪い癖である。ひとつには、その相撲取りのような大きな身体で力自慢のせいもある。この時も、言葉より先に手が出た。いきなり小柄《こがら》な旅僧の肩を、力まかせに摑《つか》んだのである。

「あ」

旅僧が痛そうに、細い声をあげた。

「どこの坊さんだい。編笠をとって、つらァおがませて貰《もら》おうかね」

旅僧は動かない。肩の激痛で動けないのかもしれないとは伊助の考えつくことではない。

「とれってんだよ」

伊助が笠をむしりとった。笠の下には陽《ひ》にやけた小さな尼僧《にそう》の顔があった。意外なほど目鼻立ちの整った、秀麗といってもいい顔である。一見すると二十才前後の若さかとも思えるが、よく見るとずっと齢《とし》をくっている。だがその肌《はだ》に一本の皺《しわ》もない。


伊助は拍子抜けした。

「なんだ。尼さんかい」

その時、奇妙なことが起った。

伊助の顔が間延びしたように弛緩《しかん》した。目はうつろに、口はぽかんと開き、涎《よだれ》を流しだした。いや、弛緩したのは顔だけではない。全身の筋肉が弛《ゆる》んだ。その証拠に、僧の肩を摑んだ右手が、いつかだらりと垂れ、膝《ひざ》が折れたように曲り、どすんと茶屋の縁台に腰を落してしまった。後日の話になるが、伊助の状態はこのまま続き、口もきけず、目も見えず、遂に寝たきりの廃人と化した。

尼はにこっと笑うと、伊助の手から笠をとり戻《もど》し、ひょいと頭にのせると、ゆっくり大門をくぐった。

面番所に向い合った四郎兵衛番所にいた男が、尼の姿を見ると顔色を変えてとび出して来た。ぺたっと地べたに両手をつくと震える声でいった。

「おばばさまには、お、お変りもなく……」

尼は笠のまま優しげに男を見た。

「そなたも堅固で何より。でも女房殿は気分がすぐれぬような……」

事実、男の女房は、急に高い熱を出してここ三日というもの寝たきりになっている。

「は、はい。おばばさまには、お見透しで……」

「肝の病いのようね」

尼は薬草の名を五六種類あげた。

「それをあとで持っておいで。薬を調合してあげます」

「有難《ありがと》うございます。おばばさまは、あのぉ……やはり西田屋にお泊りで……？」

「はいはい」

機嫌《きげん》よく応《こた》えると、尼は西田屋を見た。その店先に、ころげるように出て来たおしやぶの姿があった。

「おやまあ、相変らず勘働きのいい子だこと」

崩れるような笑みになっている。

「おばばさまぁ！」

大声で叫びながら、おしゃぶがまっしぐらに駈《か》け寄って来る。とびつくように抱きついた。泣いている。

「おばばさまぁ！　おばばさまぁ！」

尼はいとしげにその背を撫《な》でた。

「おお、おお、独りで心細い思いをされたようだの。いつ女子になられた？」

おしゃぶが見る見る顔を染めた。


新吉原でこの尼の名を知る者はいない。幻斎こと庄司甚右衛門さえ知らないのだから、当然といえば当然である。そして幻斎までが、この尼僧を『おばばさま』と呼んでいた。勿論《もちろん》、幻斎だけは、この尼が、世に八百比丘尼《はっぴゃくびくに》と呼ばれる伝説の尼僧であることを知っている。だがそれは、決して『おばばさま』の名前ではなかった。

八百比丘尼は漂泊巫女《ふじょ》の代表とも見做《みな》される伝説中の人物である。林道春の『本朝神社考』巻六に、この比丘尼についての記述がある。

『余が先考嘗《かつ》て語りて曰《いは》く。伝へ聞く、若狭《わかさ》の国に白比丘尼と号するものあり。其《その》父一旦《いったん》山に入りて異人に遇《あ》ふ。與に倶に一処に到る。殆《ほとん》ど一天地にして、別世界なり。其の人一物を与へて曰く。是《こ》れ人魚なり。之《これ》を食するときは年を延で老いずと。父携へて家に帰る。その女子、迎へ歓《よろこ》んで衣帯を取る。因りて人魚を袖に得て乃《すなは》ち之を食ふ（蓋《けだ》し肉芝の類か）。女子寿四百余歳、所謂《いはゆ》る白比丘尼是なり。余幼齢にして此事を聞きて忘れず云々《うんぬん》』

この比丘尼の生地については、若狭をはじめとして、岩代国、美濃《みの》国、飛驒《ひだ》国、能《の》登《と》国、紀伊国、土佐国、越後国など数々の異説がある。越後国寺泊《てらどまり》の伝説は極めて詳しい。三十九度嫁にいったが、容貌《ようぼう》は十六、七才の処女にひとしく、後に尼となり八百年を生きたが変らぬので八百比丘尼と呼んだ。自然に死ぬことが出来ぬことを悟り、元文年中に入定《にゅうじょう》した、とある。

今日ではこの伝説こそオシラ神を呪神とした熊野《くまの》比丘尼の漂泊生活を示すものであり、この伝説の遺《のこ》る土地はすべて、熊野比丘尼の足跡の印された地であると解釈されている。

熊野比丘尼については『倭訓栞《わくんのしおり》』に次のようにある。

『熊野比丘尼といふは、紀州那智《なち》に住で山伏を夫とし、諸国を修行せしが、何時《いつ》しか歌曲を業とし、拍枕をなして謡《うた》ふことを歌比丘尼と云ひ、遊女と伍をなすの徒多く出来れるを統《す》べて、その歳供を受けて一山富めり』

一言でいえば、『色比丘尼』であり、江戸中期まで旅の娼婦《しょうふ》として活躍した女たちだったのである。だが、熊野比丘尼を、一介の娼婦と軽んずることは出来ない。それは先《ま》ず巫女であり、呪術師《じゅじゅつし》だった。奥州のイタコのもつオシラ神が、熊野比丘尼の運んだものであることは、今日ではほぼ定説となっている。また南方熊楠《みなかたくまぐす》のいうように、八百比丘尼の八百とは、数の多いことを示す言葉であり、その足跡が殆《ほと》んど日本全国に及んでいることを見ると、その現世的な力もまた、あなどりがたいものがあった。

今、新吉原に忽然《こつぜん》と現れた『おばばさま』と呼ばれる八百比丘尼は、実に、この熊野比丘尼の総師《そうすい》だったのである。

「われらの一族ではないが、身内のようなお方だ」

幻斎が『おばばさま』を誠一郎に紹介しながら、そう云った。おばばさまは、顔を畳に押しつけるように平伏したままである。貴人に対する礼である。

「顔を上げて下さい」

誠一郎は当惑して云った。白絹をかぶった小さな顔が上り、にこっと笑った。清々《すがすが》しく、美しかった。浅黒い肌に白く輝く歯が、いかにもすこやかな感じだ。この少女のように清潔な感じの尼僧が、なぜ『おばばさま』と呼ばれるのか、誠一郎には不可解だった。

「おばばさまは、誠さんのために、わざわざ熊野から来て下さったんだよ」

「熊野から?! それは……」

誠一郎は依然わけが分らない。ただ紀州から江戸までの道程《みちのり》と、おばばさまのかぼそい身体を思うと、申しわけない気持にさせられた。

「たいしたことではございませぬ。あなたさまのためですもの」

訛《なまり》のない、さくっとした話しぶりだ。

「私のため……?」

幻斎をちらっと見た。当惑が益々《ますます》大きくなって来ている。

「約定しただろう、『神君御免状』について何も彼《か》も教えるって」

「ああ」

誠一郎の待ち焦《こが》れていた言葉だった。だが『神君御免状』と熊野から来た尼僧と、何の関《かかわ》りがあるのか。

「なんの関りもありません」

おばばさまが涼しげに云う。誠一郎は、はっとした。この尼僧は、おしゃぶのように、ひとの心を読む。

「そうです」

羞《はずか》しそうに、また微笑《わら》った。

「何故おばばさまを、と思うだろう？　それはな、『神君御免状』の謎《なぞ》を理解するためには、その前に先ずわしら一族のことを知っておいて貰わねばならぬからだ。だが、ただの昔話では弱い。一番いいのは、その昔を生きて貰うことだ。そのためにおばばさまをお願いしたのだよ」

奇妙な話だった。昔を生きるとはどういうことか。そして、おばばさまは、そのためにどんな働きをしようというのか。

「夢で」

またしても誠一郎の心を読んだおばばさまが、短く応えた。誠一郎は、心中、あっと叫んだ。そうか、夢の中で昔を生きるのか。だが、そうとすれば、この尼僧は、ひとに思いのままの夢を見させる力があることになる。

「熊野は死者の国です」

驚くべきことを淡々と云った。

「人が死ぬと、必ず枕元《まくらもと》にたてられた樒《しきみ》の一本花をもって、熊野詣《くまのもうで》をすると云います。だからこそ、生きている人が熊野詣をすると、途中でよく死んだ親族や知り人に会うのです。熊野の黒い森の径《みち》が、死出の山路と交叉《こうさ》しているあたりでね。わたくしは、永年その黒い森の中で生きて来ました。死者たちをよく知っています。その方々の歎《なげ》きも苦しみも、また悦《よろこ》びも、みんなわたくしの心の中にあります。それをお伝えするだけです」

信じられることだろうか。だが、おばばさまの言葉は確信に満ちている。

「邯鄲《かんたん》夢の枕という話があるだろう。きびの煮える間に、己れの一生の夢を見たという若者の話だ」

昔、趙《ちよう》の都邯鄲で、盧生《ろせい》という貧しい学生が路傍で呂翁《ろおう》という仙人《せんにん》に逢《あ》い、不思議な枕をして眠らされ、夢中、己れの栄達と滅亡の一生を見た。目がさめた時、呂翁の炊《た》いていたきびがようやく炊き上ったところだった、という話である。『邯鄲の枕』、『一炊《いっすい》の夢』ともいう。

「もっとも、呂翁の不思議の枕はない。そのかわりおばばさまのお身体が……」

幻斎がばつ悪そうに口を噤《つぐ》んだ。おばばさまが悪戯《いたずら》っぽく、にこっと笑った。誠一郎はなぜともなく、どきっとした。おばばさまのその微笑いが、妙に艶《なま》めかしかったためだ。

「とにかく……」

幻斎は二三度空咳《からせき》をしてから続けた。

「眠ってくれればいいのだ。大丈夫。けっして恐ろしいことは起らない。安心して……な、な」

まるで子供をあやすようじゃないかと、誠一郎は苦笑した。決心はとっくについている。たとえ夢にせよ、昔を生きるなんて、素晴しいではないか。

「ここでですか」

西田屋の奥座敷である。みせすががきの三味の音、揚屋にゆく資格のない端女郎《はしじよろう》と遊客の戯《ざ》れ声などが、潮騒《しおさい》のようにきこえて来ている。

「横になって下さいますか」

おばばさまの柔かい言葉に、誠一郎は素直に臥《ふ》した。右を下にして側臥《そくが》するのが武士の嗜《たしな》みである。これは就寝中に襲われても、右腕を無事残すためだ。右腕一本あれば刀をとって斬《き》ることが出来る。

「仰向けの方が……」

おばばさまは、手を貸して誠一郎を仰臥させる。ふっと無防備になった感じに襲われ、反射的に身体が硬くなった。

「力を抜いて……。お気持をやすらかに……」

おばばさまは、かすかに誠一郎の額にさわり、その瞼《まぶた》を撫でた。次の瞬間、誠一郎はことんと眠りに落ちた。

「お血筋ですねえ。なんという素直な、信じやすい……」

おばばさまが、惚《ほ》れ惚れと誠一郎の寝顔をみつめた。

「宜《よろ》しくお願い申す」

幻斎は、深々と頭を下げると、部屋を出た。障子を閉めると、ぴたりと廊下に坐《すわ》る。どこからともなく甚之丞が現れた。これは例の唐剣を運んで来たのである。幻斎は唐剣を膝元にひきつけて置いた。誠一郎の眠っている間じゅう殿居《とのい》するつもりなのだ。

甚之丞が囁《ささや》いた。

「玄意さま、三之丞さま、源左衛門さま、それぞれの場所に……」

三浦屋四郎左衛門を除く、新吉原の指揮官三名が、幻斎同様、警固の位置についたことをしらせたのである。

「うむ」

幻斎は短く肯《うなず》いただけである。

部屋の明りが、ふっと消えた。

闇黒《あんこく》と化した部屋の中で……さらさら、さらさらと、衣擦《きぬず》れの音が起った。

おばばさまが、法衣を脱いでいるのだ。最後の一枚がはらりと落ちると、闇《やみ》の中に仄白《ほのじろ》い裸身が浮び上る。見事な裸身である。どう見ても十代の乙女の肉体だった。肌の張りと艶《つや》、やや小ぶりだが、そり返るようにぴんと立った乳房。これも小ぶりだがぎっちり肉のつまった感じでもっこりと隆起した尻《しり》の形。どれをとっても瑞々《みずみず》しさに満ち満ちていた。

眠っている誠一郎も、いつの間にか裸に剝《む》かれている。おばばさまがにじりよると、恭《うやうや》しく誠一郎の男を握った。不思議なほど、猥褻《わいせつ》感がない。敬虔《けいけん》さが遥《はる》かに上廻《うわまわ》っている。おばばさまの手の中で、誠一郎の男が大きさを増してゆく。一瞬、感心したように眺《なが》めると、おばばさまは誠一郎を跨《また》いで立った。中腰になると、

「お許しを……」

握って己れの秘所にあてると、ゆっくり腰を沈めてゆく。やがてことごとく吸い込

む と、眉間《みけん》に立皺をよせ、かすかに息をついた。そのまま、ぴくりとも動かない。誠一郎の腰に、馬乗りに跨がったまま、ぴんと背筋を伸ばした見事な姿勢で、石像になったように一切の動きを絶った。そのまま時が流れた。
誠一郎の顔に変化が起った。汗が浮び、口が開き、喘《あえ》ぎだした……。

傀儡子《くぐつ》一族

はあはあ喘ぎながら、誠一郎は無我夢中で河原を走っている。ぎらぎらと照りつける真夏の太陽が、容赦なくむきだしになった上半身を灼《や》く。全身の汗である。そこかしこの傷から、出血していたが、痛さを感じる余裕がない。目に入る汗を横なぐりに拭《ぬぐ》った。右手には反りの深い太刀を抜身で握っている。刀身はべっとりと血塗られていた。八人は斬ったと思う。
鋭い矢音。反射的に首をすくめる。矢が一筋、頭のあったところを走りぬけてゆく。白い飛沫をあげて水べりをジグザグに走った。ちらりと背後を見る。まだ十四、五人はいる。いずれも水干《すいかん》姿で長巻《ながまき》、或《あるい》は太刀を握って、血相変えて追って来る。二、三人、半弓をもったのがいた。

また、矢がとんで来る。かわした。誠一郎は、自分が何をしたのか覚えていない。ただ襲われたから斬った。そして今、追われている。相手は国司《くにのつかさ》の下人《げにん》たちである。

（国司？）

国司とは何だ？　大体、今はいつだ?!

（元永《げんえい》二年。鳥羽《とば》の帝《みかど》の御代《みよ》）

女の声が囁くように云《い》った。

（鳥羽天皇の御代だと?!　五百年も昔じゃないか！）

一瞬、激しい混乱が思考を停止させた。だが足だけは、駈《か》け続ける。

喧騒《けんそう》がきこえて来た。彼方《かなた》に大きな寺が見える。喧騒はその中からきこえて来ている。

（もう少しだ！　あそこまで……なんとかあそこまで！）

びゅん。長巻が背後から首を薙《な》いで来た。誠一郎は尻を落としてかわすと、背後に太刀を思い切り振った。絶叫が上り、長巻を握った背の高い男が、切り裂かれた腹から腸をはみ出させながら倒れた。

（これで九人！）

他の連中は大分遅れている。誠一郎ははね起きるなり、また走りだした。

山門をくぐった途端に、安堵《あんど》と疲労で膝《ひざ》が折れかかった。だが……

（ここではまだ危い）

更に五、六歩進んでばったり倒れた。限界だった。太刀を投げた。

寺の境内には夥《おびただ》しい人々が集っている。市が開かれているのだ。鍛冶《かじ》の者がおり、ろくろ師がいる。塩売りがいるかと思うと、櫛《くし》を売っている者もいる。お互いに物を交換し合っているし、農夫らしい常民《じょうみん》は米で物を買っている。その売買のやりとりも声高な上に、見世物まで開かれている。

幻術師がいる。小さな布袋の中から、今、一頭の牛をひっぱりだしたところだ。その幻術師の顔に見覚えがあった。なんと三浦屋四郎左衛門ではないか。相変らずでぶでぶと肥え、絶え間なく汗を流している。その隣りで、二振りの剣を空中に投げ上げ、所謂《いわゆる》跳双剣（中国の擲剣《てきけん》）を使っているのは野村玄意であり、操り人形を使っているのは幻斎その人だ。そのうしろで鼓をうち、唱《うた》っているのは高尾である。山田屋三之丞の顔も並木屋源左衛門の顔も見える。いや、庄司甚之丞とおしゃぶ親娘《おやこ》の姿まであった。まるで新吉原が引越して来たようだ。

（この人たちは、傀儡子《くぐつ》の一族です）

女の声が、また、囁くように云う。

（そうか！　傀儡子一族だったのか、吉原の人たちは！）

はたと思い当ることがあった。幻斎が揚屋尾張屋清六方で見せた、あの見事な人形ぶりの踊りである。

（あれは肥後山中の傀儡子たちと同じ踊りだった！）

それに、高尾が使ったお舞人形。二つとも彼等が傀儡子一族であることを示している。

（だが傀儡子一族とは何者だ?!）

問いが声になる前に、激しい罵声《ばせい》が誠一郎の耳をうった。

国司の下人たちが、ようやく寺内に入って来たのである。罵声は、誠一郎を守るように集った人々に対して放たれた。

「九人！　われらの仲間を九人も斬った男だぞ、そいつは！　邪魔だてすると、うぬらも……」

「ここは無縁寺。権力不入《ふにゅう》の地だ」

いつのまに来たか、幻斎が、人形を抱いたまま厳しく云った。

「ここに駈け入った者は、すべての世俗の縁を切られる掟《おきて》だ。そのかわりたとえ大犯《だいぼん》三ヶ条の罪を犯した科人《とがにん》といえども、誅罰《ちゅうばつ》することは許されぬ。お主たち、それを忘れたか」

大犯三ヶ条とは、盗み、放火、殺人のことである。

国司の下人たちは一瞬ひるんだ。だが人数と武器をたのんでか、引きさがらない。

「うちの国司さまは関白さまの御一族だぞ！　いざとなればこんな寺の一つや二つ……」

「ここは国司殿の領内ではない。無主の荒野に建てられた無縁寺だ。無縁寺を壊せば川の怨霊《おんりょう》、山の怨霊、ことごとく野放しとなって荒れ狂うぞ。更に、われら道々の輩《ともがら》、ことごとくこの国を避け、市の開かれることもなくなるだろう。それら一切承知の上というなら、やってみろ。無論、わしらも手をつかねて見ているわけではないぞ」

ただのおどしではなかった。ここに集ったあらゆる商売の人々が、今までの陽気な顔を獰猛《どうもう》な悪相に一変させ、いずれも手に手に武器を握って、国司の下人たちを取囲み、じわじわとその輪を縮めて来ている。それは怨霊よりも恐ろしい直接の脅威だった。下人たちは色を失い、あっという間に逃げ散った。

（助かった）

誠一郎は、それきり気を失った。

ふたたび目覚めたのは深い山の中である。漆黒の闇があたりを包んでいた。誠一郎と傀儡子一族だけが、巨大な篝火《かがりび》に赤々と照し出されている。

「ゆきがかり上、わしらがお主をここまで連れて来たが……」

幻斎の言葉は穏やかである。国司の下人を叱咤《しった》した峻烈《しゅんれつ》さは、影をひそめていた。

「別に恩に着ることはない。傷が治れば、好きな時に、好きなところに行っていいんだよ。ただ……」

幻斎の声に厳しさが戻《もど》った。

「忘れてはいけない。お前さんは、無縁になった。もはや親兄弟、親族、友人、知人を頼ることは出来ぬ。以後、己れの力一つで生きてゆくしかない。たとえ飢死しても、救いの手をさしのべてくれる者は誰《だれ》一人いない。それだけは覚悟しておくことだ」

「無縁」

誠一郎は口に出して云ってみた。

解放感と同時に身体じゅうから力を奪いとるような、うそ寒い感覚があった。今も昔も自由と餓死は背中合せにいる。

幻斎が云う。

「無縁で生きてゆくには、芸が必要だ。芸によってしか生きる道はない」

誠一郎は頷《うなず》いた。自分にあるものは刀術しかない。これもまた芸の一つであろうか？

「あの国司の下人たちだが、あの連中がまだつきまとうと思っているのなら、安心するんだね。ここは、あの寺から三十里も離れた山の中だ」

三十里は百二十粁《キロ》である。

「まさか、そんな！」

誠一郎は信じなかった。

「お前さんは丸々一日、気を失ったままだったんだよ。それにわしらの一族は、山中を日に十数里歩く」

そういう一族のいることを、誠一郎もきいたことがある。だがそれは、たしか山窩《さんか》と呼ばれていた筈《はず》だ。

「傀儡子一族とは山窩のことですか」

「山窩もわしらの一族だ。あれは山中をさすらい、柳器《りゅうき》をつくり売ることをなりわいとしている。わしらは操り人形、幻術など芸能をなりわいとし、町々をさすらう。それだけの違いだ」

山窩は第二次世界大戦の前まで、昔のままの生活様式を守って、日本全国を放浪していた。軽便な天幕の如《ごと》きものを持ち、大家族で山中を恐ろしい速さで移動したという。男も女も、上半身はほとんど裸で、手の切れるように冷い山の泉で赤子の産湯《うぶゆ》を使わせ、断崖《だんがい》絶壁の上で、平然と立ったまま交接したなどと報ぜられている。使っている言葉も古語で、現代人には理解出来ないものらしい。ウメガイとよばれる重く鋭利な短刀を持ち、巧みに使ったという。この種族の中で、里に出て犯罪を犯す者がいると、昭和時代の警察といえども、その逮捕は至難のわざだったというから、情報も未発達で、機動性もなかった昔の警吏たちの手の及ぶ存在ではなかったのであろう。

傀儡子一族は、その山窩の兄弟である。山窩を陰とすれば、傀儡子は陽である。男も女も華やかな遊びが好きで、労働を嫌《きら》った。宿場や市を流れ歩き、芸能をなりわいとした。女は、夫のある身もない者も、旅人に淫《いん》を売った。これが遊女の起りである。そもそも、遊女という言葉の『遊』とは、『漂泊』の意味なのである。

傀儡、或は傀儡子と書く。この傀儡子族について、初めて明確な解説を施したのは、平安朝末期大江匡房《まさふさ》の書いた『傀儡子記』である。匡房はこの書を、『遊女記』と同じ時期に書いている。

『傀儡子者《ハ》無二定居一。無二当家一』

という言葉ではじまるこの書によれば、傀儡子族は元来狩猟民であり、男はすべて弓馬に便である。又、双剣を跳らせ、人形を操り、幻術をよくし、『変二砂石一為《ナシ》二金銭《ト》一、化二草木一為《ナス》二鳥獣《ト》一』とある。すべてこれ見世物の芸である。女は、媚術《びじゅつ》と歌唱にすぐれ、化粧に巧みで、夫ある身でも『雖レ逢二行人旅客一、不レ嫌二一宵之佳会一』という。現代風にいえば、話せる女であった。総じて『不レ耕二一畝《ノ》田一、不レ採二一枝葉一、故《ニ》不レ属二県官一、皆非二土民一、自限二浪人一、上不レ知二王公一、傍不レ怕《オソレズ》二牧宰（国司をいう）一、以レ無二課役一為《ナス》二一生之楽《ト》一』というから、正に根っから遊び好きの自由の民だったと思っていい。

但《ただ》し、この当時の自由は現代の自由より遥《はる》かにきびしく、幻斎の言葉ではないが、文字通り餓死と背中あわせだったことを忘れてはならない。見世物や売淫だけで餓死をまぬかれることは難しく、商売になることなら何でもやったに違いないことは、香取の『田所文書』の中に、和泉《いずみ》の国の櫛《くし》の供御人《くごにん》（天皇に櫛を奉《たてまつ》るかわりに専売権を持つ職人）が「傀儡子が櫛を勝手に売買している」と訴えた文書があることで明かだ。彼等の陽気な生活力には、正しく目を瞠《みは》るほど凄《すさ》まじいものがあった。それも男よりむしろ女に、である。

鎌倉中期の駿河《するが》国宇津谷《うつのや》郷今宿《ごういまじゅく》の傀儡子史料は有名だが、そこに出て来る傀儡子の女はみな尼僧の姿をし、中でも栄燿尼《えいように》という尼は三代の預所《あずかりどころ》（中世の荘園で領主の代理をつとめる職）を婿《むこ》にとり、大いに権勢を振ったという。大体、平安朝末期から鎌倉期にかけて、遊女、傀儡子を母とする貴族・武将は枚挙にいとまないほどで、また、それを恥じ隠すこともなかった。文永四年（一二六七）十二月、鎌倉幕府は、御家人の妻となった非御家人の女子・傀儡子・白拍子などが、夫の所領を掠《かす》めとって知行することを禁ずる法令を出している。御家人の領地が分散することを防ぐのが目的だが、特に傀儡子・白拍子と指定しているところが、なんとも面白《おもしろ》い。この女たちが幕府を恐怖させるほどの実力の持主だったことを間接的に証明しているからである。

傀儡子族の祖先については諸説がある。一つは上代の社会に勢力を占めた『巫覡《ふげき》の徒』だという説だ。『巫覡』とは亀甲《きっこう》その他による占いのことであり、主として巫女がその職を果たす。この説は殆《ほと》んど現在の定説になっているが、これによると、傀儡子族はその発生のはじめから、女性上位の種族、或いは母系家族だったことになる。自分の妻が、ゆきずりの旅人と褥《しとね》を共にするのを、平然と見ていられるという神経は、現代の夫婦関係から見れば尋常とは思われない。女に生活の指導権が確然とあり、女が男を選ぶ権利と力を持つ母系家族と考えれば、この異様さも幾分は薄れる。傀儡子一族の女は我国における遊女のはじまりだが、この説に従えば、巫女こそ遊女の起源ということになる。

これに対して、遊女外来民族説がある。当然、傀儡子族そのものも異民族の帰化したものだというわけだ。

李朝《りちょう》時代に『白丁《はくちょう》』と呼ばれた朝鮮の漂泊民族がいた。元々は兵役を忌避して山中に逃げた人々の集団だといわれるが、真偽は明かでない。この『白丁』には『禾尺《かしゃく》白丁』と『才人白丁』の二種があり、『禾尺白丁』は柳器を作り、狩猟に従い、馬を役することと屠獣《とじゅう》を業とし、皮革類をもって生活に資する習俗をもっていた。『才人白丁』も柳器を作り、狩猟に従事するが、屠獣を業とせず、歌舞・遊芸を事とし、その女子には卜筮《ぼくぜい》、祈禱《きとう》を業とし、売淫する者が多かったという。この『白丁』族が、日本に来て住みついたのが傀儡子族だというのが、朝鮮外来説である。この説の根拠とするものは、傀儡子一族の芸能の種類が、殆んど中国・朝鮮の芸能と同一であること、彼等の信仰が、道教に発した『百太夫信仰』だという点にある。

この『傀儡子族異民族説』の中で最も奇抜なのは、『傀儡子族ジプシー説』である。

ジプシーの発生地は印度《インド》あたりとされているが、その種族が西に流れてジプシーとなり、ユーラシア大陸を東へ東へと流れてわが傀儡子族になったというのである。確かに、その根っからの陽気さ、音楽と踊りへの天性の嗜好《しこう》という点で、ジプシーと傀儡子族は酷似している。

『今昔物語』巻二十八に『傀儡目代《もくだい》』という話がある。伊豆守《いずのかみ》に任ぜられた小野五友《いつとも》という人物が、駿河の国に筆算に達した有能な士がいるときき、目代に任じた。その男、評判通り吏務に練達し、性廉潔《れんけつ》、百姓に親切だったので、内外とも受けがよかった。ところが或日《あるひ》、五友が国庁に座してその目代に公文に国印を押させていると、傀儡子の一団が推参（勝手に押しかけること。傀儡子にはこうした一種の押し売りが特に許されていた）して芸能を演じた。目代はその笛太鼓で囃《はや》す歌を聞いて浮かれだし、遂には突然からびた声で謡《うた》い出した。五友が呆《あき》れて叱責すると、目代は「昔の事忘れ難《がた》く」と言って国印を投げ捨てて逃げ去った。目代は傀儡子族の出身だったのである。五友は目代を召し返して使ったが、以後、国人はこれを『傀儡目代』と呼んだ……。

傀儡子族にとって、唄と踊りがどれだけ深く身に沁《し》みたものであったかを、この物語は明白に示している。先に、揚屋尾張屋清六方で、高尾の唄にのって幻斎が思わず踊りだしてしまったのも、この傀儡子一族のもつ因果な性情によるものだったのである。

その夜、誠一郎は極めて自然に高尾と寝た。苔《こけ》の褥《しとね》の上である。高尾は誠一郎の上に跨《また》がり、身体を全く動かすことなく、秘所内部の肉襞《ひだ》を微妙に収縮させるだけで、誠一郎を絶頂にまで導いた。脳髄まで砕け散ったような、激烈な快感が誠一郎の全身を貫き、その手が無意識に高尾のもっこりした尻を力まかせに摑《つか》んでいた……。

おばばさまのもっこりした尻に、誠一郎の指がくいこんでいる。おばばさまは、眉《み》間《けん》に深い立皺《たてじわ》を刻んでいる。苦痛のためではない。目眩《めくるめ》くような快感に耐えるためである。その唇が、艶冶《えんや》に開かれたが、流石《さすが》に声は発しなかった……。

朝日が燦々《さんさん》と照る山の尾根を、幻斎の率いる傀儡子の一団が移動してゆく。女も子供も驚くような駿足《しゅんそく》である。もっとも誠一郎は楽々と幻斎と肩を並べている。この老人にききたいことがあった。誠一郎は昨夜、寝物語で、高尾に亭主《ていしゅ》がいることを知った。別段躊《ため》う様子もなく、高尾がその事実を告げたのである。誠一郎は、戸惑い、悩んだ。ひとの持物に手を出した罪悪感がある。その上、高尾は何も彼もあけっぴろげで、一夜の情事を隠す様子もない。ひょっとしたら、昨夜の現場も何人かに見られていたかもしれない。なにしろ夏の夜の戸外なのである。誠一郎は、ことの当否を問い、謝罪もし、償うべきものがあれば償おうと思って、幻斎に話しかけた。

「気にするな」

幻斎はあっさり答えた。

「高尾がよければ、皆もいいのだ」

「でも……亭主殿がどう考えられるか……」

「どうも考えはせぬよ」

「そんな……わが女房が他の男と寝るのを見て、焼餅《やきもち》一つ焼かない男がおりましょうか？」

幻斎がじろっと見た。

「わしら一族の間では、女房・亭主といっても仮りのものでね。女房のしたいことをとめる……いや、とめられる亭主などいないんだよ」

誠一郎は仰天した。

「わしら一族だけではない。事情は常民も公卿も皆同じこと。そもそも女房殿のしたいことをとめようとするなど愚の骨頂なのだよ。世間一般とわが一族との相違はたった一つ。わしらはそのことをよくよく承知していることかな。つまりは女性《にょしょう》を、心の底から崇《あが》めているということさ」

幻斎は呵々《かか》と笑った。

「また、それだけ、わが一族の女子《おなご》は優れて美しく、力があるということだな。芸能に秀で、古来の媚術に達し、呪術《じゅじゅつ》にくわしい。どれほど力業《ちからわざ》や武術に達した男であろうと到底太刀打ち出来る相手ではない。素直に考えれば、当然そうなる。世の男共は、仲々わしらのように素直にはなれぬと見えて、いつまでもじたばたつっぱっているがね。馬鹿《ばか》な話さ」

どれもこれも、誠一郎の常識に反する言葉ばかりだった。だが、どこかに真実の響きがある。それが余計、誠一郎の心を迷わせる。誠一郎は、昨夜の高尾の白磁のような肌を思い出した。そして白桃のような秘所と、とろかすような不思議な匂《にお》い……。

とろかすような不思議な匂いが、部屋じゅうに満ちている。おばばさまの顔に、喜悦の色が浮んだ。誠一郎が再び力をとり戻したのである。今まで静止していたおばばさまの腰が、僅《わず》かに動きはじめる。まっくらな海の黒いうねりのように。誠一郎の手が再びあがり、おばばさまの尻をしかと摑んだ。そしてその腰も、おばばさまに合わせて、ゆるやかにうねりはじめた……。

紀州攻め

黒いうねりに乗るようにして、誠一郎は泥水《どろみず》の底を泳いでいた。左手に長い竹筒。褌《ふんどし》と晒《さらし》の腹巻。その腹巻に、厚い刃《やいば》の鎧通《よろいどお》しが一振《ひとふり》さしこまれている。水面はしぶく雨で、水底にまで光は届かず、黄昏《たそがれ》より暗い。水も冷かった。

(ここはどこだ?)

誠一郎に落着きが出て来ている。異様な世界にいきなり投げ込まれるのに慣れたのである。

女の声が小さく囁《ささや》く。

「天正十三年(一五八五)四月九日。紀州名草郡太田城」

これは豊臣秀吉の紀州攻めだった。紀ノ国は中世を通じて自由の砦《とりで》だった。所謂《いわゆる》無主無縁の徒を暖く受け入れ、世俗の権力から己れを強固に守る公界《くかい》の集りだったのである。それは戦国期に入って、天下の覇権《はけん》を握ろうと志すあらゆる武将の、目の上のこぶと化した。織田信長にとり入った宣教師ルイス・フロイスは耶蘇《やそ》会総長にあてて、次のように書いている。

『紀ノ国は、悉《ことごと》く悪魔を崇《あが》める宗教に献じられた国である。国内には四つか五つの宗派があり、夫々《それぞれ》が一大共和国の如《ごと》きもので、宗旨の古いため、常に不可侵で、戦さによって亡《ほろぼ》すことが出来ない。多数の巡礼が絶えず同地に赴いている。この共和国の一つは高野山であり、第二は粉河寺《こかわでら》、第三が傭兵《ようへい》軍団の養成地である根《ね》来寺《ごろでら》、第四が雑賀《さいか》である』

織田信長は、絶えざる一向一揆《いっき》の根を絶つために天正五年二月雑賀を攻めた。激烈な戦闘の末、三月中旬、雑賀衆は力尽き、信長の軍門に下ったが、それでも信長の軍勢が引き揚げると、すぐ一向宗の味方に戻《もど》ってしまう。信長ならずとも、皆殺しにしてやりたい思いにかられるような執拗《しつよう》さである。

信長にかわって天下の覇者となった秀吉にとっても、この紀ノ国は泉州堺《さかい》と共にどうにも物騒で厄介《やっかい》な土地だった。専制君主たらんと望む者にとって、『上なし』の理念を標榜《ひょうぼう》し、『十楽』(人の真に自由な極楽浄土)を目ざす人々の集りは、フロイスではないが正に『悪魔の集団』にほかならなかった。それが天正十三年三月の紀州攻めとなって具現した。この時、秀吉の軍勢十万。これに対して守る根来、太田、雑賀の徒二万。

戦いは、まず紀州勢が、和泉国の要地に作った十一の城（今日の橋頭堡《きょうとうほ》の如きもの）の攻防から始り、ついで根来寺の戦闘に移る。この二つを簡単に撃破した秀吉が太田城攻撃にとりかかったのは、三月二十四日、開戦から僅か四日後のことである。

太田城は二町半四方の小城であり、城というよりは諸国から無縁の人々の集る市場に近い。だからこの時も根来・雑賀・太田の軍勢だけではなく、諸国往来勝手の所謂『道々の輩《ともがら》』たちが、多数、彼等にとって貴重な、この十楽の市のために、生命を賭《か》けて助人《すけつと》したのである。太田左近《さこん》を中心とする太田党約千名、その他男女あわせて五千名といわれる防衛軍の中に、傀儡《くぐつ》子族も含めた『道々の輩』が何人ぐらいいただろうか。彼等にとってこの戦《いくさ》は、片々たる太田党の領土を守るためのものではない。公界を、十楽の市を……現代風にいうならば正に自由を守るための無償の戦だった。

秀吉は、先陣堀久太郎、第二陣長谷川藤五郎に各々三千騎をつけて、攻撃を開始した。

城内からの反撃は熾烈《しれつ》を極めた。その上、城方は田井ノ瀬に伏兵を置き、寄手《よせて》の先陣が半ば川を渡ったところで弓・鉄砲で激しく攻撃した。この第一次戦闘で攻撃軍は、名ある侍だけで五十一人を失ったという。秀吉にとっては意外な局面だった。それでも尚《なお》、二次、三次と激しく攻めたてたが、犠牲者の数は増すばかりである。遂に秀吉も力攻めをやめ、水攻めに変更せざるをえなくなった。工事は三月二十六日（二十八日ともいう）に開始された。

城のまわり三町をへだてたこの大堤防は、東を開き、南は日前宮の森から音浦山に、北は吉田・黒田・出水から田井ノ瀬堤に及ぶ、全長五十三町（約六キロ）、高さ二間半から三間というもので、築堤に要した人夫は延べ四十六万九千二百人だったという。堤が出来上ると、三里上手で紀ノ川をせきとめ、宮・小倉の堰《せき》から水をそそいだ。四月一日から水が入り、三日から大雨が降り続き、一面の泥海と化した。

秀吉は、この泥海に軍勢をのせた大船を浮かべ、弓鉄砲で激しく攻撃させたが、城方も防戦につとめ、水練に達者な者をくり出して、大船の船底に穴を明けさせたので、溺死《できし》する者、銃撃で斃《たお》れる者、数を知れず、以後攻撃は全く熄《や》んだ。じっくり水攻めの効果を待つ形にならざるをえなかったのである。

誠一郎は傀儡子一族と共に船底に穴をあける役目を果したが、今日の潜水は目的が違った。連日の雨で水かさは増し、太田城内にもその効果が歴然と現れて来た。何か大きな戦果を上げなければ、士気の衰えを防ぐことが出来ない。だが、攻めて来ない敵を討つことは出来ぬ。城方には、大船はおろか、小舟さえないのである。城兵はことごとく鉄砲の達者だったが、三町向うの敵陣を射撃したところで、効果はない。考えられる攻撃手段はたった一つ。自分たちを苦しめているこの水を逆手にとって、攻撃の武器として使うことだ。つまり堤防破りである。調査の結果、宇喜多秀家の陣の布《し》かれた、黒田・出水村の境界が、曲りはなに当り、最も水の当りの強い部分であることが分った。そして今、誠一郎は一族の者十余人と共に、節《ふし》を抜いた竹筒を手に、東のその地点に向っている。高さ三間の堤防がこれだけの人数で崩せるかどうか。発見されたら終りである。堤防の上からの一斉射撃で彼等の命脈は絶える。発見されないためには、竹筒で呼吸して潜り続けるしかないが、そんな状態で人はどれほど働けるものだろうか？

　仮りに堤防を崩すことに成功したとしても、彼等の生還はおぼつかなかった。津波のような川水にまきこまれ、宇喜多陣に押し流されることは確実だったからである。間違いのない死地である。全員がそれを承知していた。その上、この生命賭けの任務で、どれだけ城の生命が延びるかについても、彼等はたいした望みを抱いてはいない。精々もって五日か十日。それ以上は無理だ。どこから見ても無駄《むだ》な試みのようである。だが『十楽の地』を願う城が、一日でも長く権力に対して戦うことに意味がある。そのためになら、何度、泥まみれの無駄死をしてもいい。一人一人がそう心をかためていた。

誠一郎は、息が苦しくなったので、底を蹴《け》って水面に顔を出した。現在の地点を確認するためでもある。土砂降りの雨が水面を叩《たた》き、白い飛沫をあげていた。

（茶色い泥水にどうして白い飛沫があがるんだろう？）

一瞬、つまらない疑問が頭を掠《かす》めた。頭をふって想念を追いやり、まわりを見廻した。堤防は黒々としずまりかえって、誠一郎の眼前にあった。

一刻《とき》（二時間）たった。水中で息をとめ、厚く積まれた土嚢《どのう》の縄《なわ》を鎧通しで切り、土を突き崩す。息が続かなくなると、水面近くまで浮上し、竹筒の先を水面に出して空気を吸う。先《ま》ず竹筒の水抜きをしなければならないのだが、その力がなくなって泥水を飲むことが多くなる。それでもまた潜って鎧通しを使う。そういう苦しい作業の一刻である。肉体の消耗は加速度的に増えていった。何十度目かに水底を蹴って浮上した時、誠一郎は疲労から目測を誤まった。ぽっかり水面に顔を出してしまったのである。はっ、と堤防の上を振り仰いだ誠一郎の眼《め》と、偶然堤防から覗《のぞ》きこんだ警備の足軽の眼が、ぱたりと合った。一瞬、二人共、見たものが信じ難《がた》く、声も出ない。気をとり直したのは、僅かに誠一郎の方が早かった。鎧通しを思い切り投げた。それは警告の声をあげかけた足軽の咽喉《のど》を幸運にも貫いた。足軽はよろめき、片手で鎧通しを引き抜こうとする所作を見せながら、槍《やり》と共に前に落ちた。誠一郎はその槍を掴《つか》むなり、大きく息を吸いこんで水中に潜った。もう猶予《ゆうよ》は出来ない。警備の足軽が一人の筈《はず》はなく、その死はまず目撃されたものと思わねばならぬ。作業が発見されるのは、時間の問題である。水底に戻るなり、誠一郎は槍を使って、遮二無二《しゃにむに》、土嚢を突き崩しにかかった。息が苦しい。だがそんなことに構っている暇はない。目の前が暗くなり、ちかちかと火花の如きものが飛び交う。自分が窒息しかかっていることを、誠一郎は知った。それでも死力を尽くして、槍を突き出した。ずぼっ。槍が石突きまで土嚢の中に通った。引き抜こうとしたが、力が出ない。逆にその腕まで引っぱられてゆく。いや、吸いこまれていっているのだと気づいた時、いきなりぽかっと大きな穴があいた。その穴に、身体《からだ》全部が凄《すさ》まじい力で、ぐんぐん吸いこまれてゆく。腕が、肩が、頭が穴の中に入った。息が出来ない。がぼりと水を飲んだ。気管につまった。苦しい。もがこうにも身体が動かない。息が……息が……頭蓋《ずがい》の中で、何かが爆発した。

暗黒が誠一郎を包んだ……。

堤防は一気に崩れ、猛《たけ》りたった泥水は、咆哮《ほうこう》をあげて、宇喜多秀家の陣営を襲った。溺死者、数を知らず、宇喜多陣は壊滅した。

この堤防の修復に要した土嚢は六十万俵余りと記録にある。そして四月二十四日、太田城は落城した。一ヶ月の水攻めに耐えたのである。専制君主の前に、十楽の市がまた一つ、潰《つい》えた。

誠一郎はもがいていた。苦しい。息が出来ない。その顔の上に、おばばさまの乳房が、ぴったり押しつけられている。おばばさまの腰は初めて激しく上下しながら回転している。もがきながら、誠一郎はおばばさまの乳房を噛《か》み、放出した。誠一郎の双手《もろて》にしかと握られたおばばさまの尻も小刻みに痙攣《けいれん》を繰り返した。殆んど同時に果てたのである。長い間、おばばさまはそのままの姿勢で誠一郎に蔽《おお》いかぶさっていた。

誠一郎は死人のように静かに眠っている。

「愛《いと》しい」

おばばさまが囁いた。誠一郎の端正な口唇をやわらかく吸った。くりかえし、くりかえし、いつまでも吸っていた。

苦《く》　界《がい》

翌日の昼下り。

誠一郎は幻斎と共に、西田屋の二階にいた。中庭を見おろす奥座敷である。戸障子をことごとく明けはなってあるので、風が座敷を吹き抜けてゆく。なにか心細いような秋の風だ。膳《ぜん》の上には、すずきの洗いと秋茄子《あきなす》の漬物《つけもの》がのっている。それを肴《さかな》に、二人は黙々と盃《さかずき》を干していた。

おばばさまは、今日一日、休息をとる。人に夢を見させる術《わざ》は、非常な気力の消耗を伴うのだ、と幻斎は説明した。中一日休んで、明日もう一度、夢の中で生きて貰《もら》う。それで終る筈だ。

誠一郎はまだ茫漠《ぼうばく》たる思いの中にいた。夢の世界がまだ十全には信じられない。肥後山中で師の武蔵が与えてくれた書物は、おおむね史書であったが、そこに書き録《しる》された昔の世界と、夢の中で生きた世界との間には、距離がありすぎた。

「書を読んで、書を信じるな」

武蔵は確かにそういった。その意味がやっと分ったような気はしたが、違和感は拭《ぬぐ》えない。

「おばばさまって、おいくつですか？」

幻斎は暫《しばら》く応《こた》えず、茄子を噛んでいた。

「おばばさまは、伝説の八百比丘尼だよ。人魚を食したために不老不死となった。その齢《とし》は四百才とも八百才ともいうな」

「まさか」

誠一郎ならずとも、そんな話を信ずる男はいない。

「勿論《もちろん》嘘《うそ》だ。だが一面まことでもある」

幻斎はにこりともしない。本気で云《い》っていることは確かだ。

「おばばさまは、その霊能力と性技によって、数千といわれる熊野比丘尼の中から選ばれたお方だ。選んだのは、先代のおばばさま」

「………！」

「昨夜の誠さんのように、おばばさまもまた先代のおばばさまによって眠らされ、夢を見る。それも何年もの間だ。おばばさまは夢の中で、先代のおばばさまの持つ、すべての記憶を伝えられるんだね。先代のおばばさまは、先々代のおばばさまから、先々代のおばばさまは、更にその前のおばばさまから、そうやって記憶を引き継いでいる。だから今のおばばさまの頭の中には、何百年の記憶が眠っていることになる」

途方もない話である。おばばさまは、いわば、巨大なデータ－・バンクだった。

「だからこそ、その齢を四百才といい、八百才といっても、あながち嘘だときめつけることは出来ぬ」

誠一郎は戦慄《せんりつ》した。そんなにも重い記憶の荷を背負って生きなければならないとしたら、自分なら発狂するだろう。

「では、私が夢に見たことは、すべてまことのことなのですか？」

「そうだ」

きっぱりとした返事が返って来た。

「無主の荒野に建てられた無縁寺。『上《うえ》なし』といわれ『敵味方の沙汰《さた》の及ばぬ』といわれた十楽の公界《くかい》。それらはすべて現実にあったものなのですね？」

「あったとも。あらゆる世俗の権力の『不入《ふにゅう》の地』である公界がな。われら傀儡子《くぐつ》だけではなく、『公界往来人』、又は『七道往来人』と呼ばれ、関渡津泊《かんとしんぱく》の自由な通行を許された種々雑多な漂泊の人々が、ひたすらその地を頼りに天下を歩き廻《まわ》っていた時代が現実にあった」

「……………！」

「さすらう者は、海民・山民。鍛冶《かじ》・番匠（大工）・鋳物師《いもじ》の職人たち。楽人・舞人から獅子舞《ししまい》・猿楽《さるがく》・遊女・白拍子にいたる芸能の民。陰陽師《おんみょうじ》・医師・歌人・能書・算道など知識を売る面々と武芸を売る武人。博奕打《ばくちうち》・囲碁打などの勝負師。巫女《ふじょ》・勧進《かんじん》聖《ひじり》・説経師、そして各宗派の公界僧たち。これらがすべて『道々の輩《ともがら》』と呼ばれ、諸国往来勝手の許しを得ていたものだ。その多くは天皇の供御人《くごにん》、又は神社の神人《じにん》になっていたがね」

その種類の多さと多様さに、誠一郎はほとんど茫然とした。昔は、そんなにも様々の人々が、この国を自由に往来していたのだろうか。その人々の集る市は、どんなにか活気に溢《あふ》れ、楽しいものだったであろうか。

「それも決してそれほど遠い昔のことではないぞ。室町・戦国の時代まで、そうした世は続いていた。そうした公界では、『理不尽の使、入るべからず』といってな、いかに強大な権力をもつ国司又は戦国大名と雖《いえど》も、勝手な介入は出来ず、すべての貢物《みつぎもの》は免除され、そこに属する無縁の徒・公界人は誇り高く、いずれも諸国往来勝手の特権を持っていた。無縁だからこそ所謂連坐《いわゆるれんざ》制を適用されることなく、己れ以外の主を持たぬ故《ゆえ》、何人によってもその心身を縛られることはなかった。公界はさながら桃源郷であり、理想郷だった……」

幻斎の眼は燃えるように耀《かがや》いていた。その幻斎の今は失われてしまった十楽の市への強い憬《あこが》れが、痛みのように鋭く誠一郎の胸を刺した。

(先生も時々こんな眼をされたっけ)

亡《な》き武蔵の眼差《まなざし》が、鮮やかに蘇《よみがえ》って来た。どうして先生は、あんなに遠い目をなさるんだろう。幼かった誠一郎はよくそう思ったものである。そのくせ、問いを口に出すことは出来なかった。そうさせない何かが、武蔵の眼にはあった……。

（あれは今の幻斎殿と同じ、十楽の市、十楽の津（港のこと）への憬れだったのだろうか？）

誠一郎には分らない。だが、武蔵の生涯《しょうがい》が挫折《ざせつ》の連続だったことを、今の誠一郎は知っている。

『十楽の市』。『無縁の地』。

剣に生命《いのち》を賭《か》け、生涯六十余度の決闘で数多くの武芸者を斬《き》った武蔵は、当然、常時、生命を狙《ねら》われていた。その武蔵にとって、そこに入れば、一切の世の恩讐《おんしゅう》を絶つといわれる『無縁の地』、『十楽の市』又は『公界』が憬れの地でなかった筈はない。

だが、現実には、武蔵は肥後細川藩の禄《ろく》を受け、人里離れた金峰山霊巌洞《きんぽうざんれいげんどう》でその余生の大半を過した。それはとりも直さず、『十楽の市』が、『無縁の公界』が、この世になかったあかしではないか。

「そうだ。今の世に『公界』は殆んどない」

誠一郎の問いに応えて幻斎は云った。

「どうしてですか？　『公界』がまこと桃源郷ならば、その地を求めるのは諸人の自然の願いじゃありませんか」

「それもまたその通りだ。だが一方で『公界』の要らない人間がいる。いや、『公界』があっては都合の悪い人間がな」

「それは……？」

「為政者だよ。政《まつりごと》をする人間たちだ。連中は常民の主《あるじ》だ。少くとも自分ではそう思っている。主のいない無縁の徒が数多くいては都合が悪いのは道理じゃないか」

無縁の徒、公界往来人たちは、世俗の縁を一切きりすてるかわりに、一切の年貢《ねんぐ》を免除されている。戦国大名たちが苦労の末、定めた国境いも自由に往来する権利を持つ。こんな人間たちがいては、政は成り立たない。常民百姓の間に真似《まね》をする者が出て来るからである。事実、百姓が土地を捨てて他国に走る、いわゆる『逃散《ちょうさん》』は、この頃《ころ》の百姓の領主に対する最も効果的な抵抗法だった。

それでも、権力者たちが、いきなり、力ずくの公界つぶしにとりかかれなかったのは、一つにはそこが『古所』であり、古来のしきたりを破るには、それなりの困難がつきまとったからであり、更には様々な形をとった一揆《いっき》の圧力のためである。中でも一向一揆は、織田、豊臣の専制的政権に、徹底的に抵抗し、一揆の恐ろしさを為政者の胸にいやというほど叩きこんだ。徳川幕府は、その教訓を充分に生かし、公界つぶしのために世にも狡猾《こうかつ》な方法をとった。

「それは？」

「差別」

ぱしっと幻斎が云った。その表情に、誠一郎が初めて見る苦《にが》さと憤《いきどお》りがあった。

もとより、『差別』は徳川幕府の発明ではない。だがそれを極限にまで押し進め、侮蔑《ぶべつ》の意味を強化し、制度の上にまで、はっきり『差別』の刻印を押したのは、正しく徳川幕府だった。

例えば非人である。

中世期までの非人は、『聖乞食』又は『聖法師』と呼ばれ、葬送をなりわいとするキヨメ（清目。呪術《じゆじゆつ》的な穢《けがれ》を清めること）の集団だった。特種ななりわいだったことは確かだが、そこには『差別』の翳《かげり》はほとんどなく、江戸時代のような暗いイメージもなかった。叡尊《えいそん》と忍性《にんしよう》を代表とする律宗の僧侶《そうりよ》たち、又、一遍を祖師とする時宗（一向宗）の徒も、同様に葬送に携わり、非人とは不可分の結びつきを持った。南北朝の頃、『時衆』と呼ばれた時宗の徒は『敵味方の沙汰に及ばず』といわれた無縁・中立の立場から、軍勢と共に遍歴し、敵味方の区別なく、まさに死せんとする兵士に『十念』

を与え、戦死者を供養《くよう》した。正慶二年（一三三三）、楠木正成《くすのきまさしげ》の千早城を攻めた幕府軍には、二百人にのぼる時衆たちが従軍していたといわれる。また、戦死した新田義貞《よしさだ》の遺骸《いがい》を輿《こし》にのせてかついだのも『時衆八人』だった。しかもこの『公界僧』たちはその『敵味方の沙汰に及ばず』という性格を買われて、しばしば和睦《わぼく》或《あるい》は交渉ごとの使者として敵味方の間を自由に往来している。正に『平和の使者』だったのである。その役割は戦国時代になって、益々《ますます》顕著になり頻繁《ひんぱん》になってゆく。『平和の使者』が戦国大名にとって欠くべからざる存在だった時に、彼等と共に働く『清目』、即《すなわ》ち非人たちをどうしておとしめることが出来ようか。

従って非人を非人部落に押しこめ、芸能者さえ乞胸《ごうむね》の指揮下に入れ、所謂無縁の徒ことごとくを世間一般から隔離し、常民との婚姻は愚か同火（同じ火を使うこと）さえ拒否するように導いたのは、正しく徳川幕府の政策によるものだったと断じていい。徳川の治世の下では、非人も乞胸も、常民の焚《た》く焚火にあたることは出来なかったし、煙草《たばこ》の火さえ借りることが出来なかった。常民の捨てた火を拾って吸いつけることしか出来なかったという。

公界《くかい》を苦界《くがい》に変え、無縁を無縁仏というような暗いイメージに変えたのも、徳川幕府の陰謀といっていい。現代風にいえば、徳川幕府が最も恐れたものは、自由にほかならず、その自由を封じるために、『無縁の徒』『公界』を『差別』の殻《から》の中に閉じこめたのである。その差別感覚が現代にまで尾を曳《ひ》いていることを思えば、この政策は大成功だったといわなければならない。

「わしはな、親父殿の代から、北条家の家臣だった。姉は北条氏政《うじまさ》様の側妾《そばめ》で、おいしいやぶといった。弟のわしから見ても、なんともいい女子《おなご》だったよ。誇り高く、あらゆる芸能に秀で、正室さまさえ一目置かざるをえないような、見事な女子だった」

北条家の始祖伊勢新九郎は、もともと乞食《ほいと》の出である。つまりは『無縁の徒』であり『公界往来人』の一人だった。その縁で庄司甚右衛門（当時は甚内）の父又左衛門も、北条家に仕えたのであろう。天正十八年、豊臣秀吉の小田原攻めで北条氏が滅ぶと、庄司甚内は一族と共に東海道吉原の宿に住んだ。元の傀儡子に戻ったのである。時に甚内、十五才であった。

「だが、吉原の宿には発展がなかった。一族を養う場として充分ではない。わしは先き先きの繁栄の地として江戸を思った。その下検分のため、一人で江戸へ出向いたのが、わしの一生を変えた……」

その頃の江戸は、男の町だった。三河《みかわ》から移って来た徳川譜代の旗本でさえ、まだ知行地に妻子を置き、江戸詰の時は一人住いだった。中間《ちゅうげん》・小者《こもの》は皆、独り者ばかり。町人も京・大坂の大商家の出店、一旗組、揃《そろ》って独り者か妻子を郷国に置いて出て来ている者ばかりである。夥《おびただ》しく流れ込んで来た職人たちも同じだった。なにしろここは新開地だ。開拓時代のアメリカ西部とさして変りはなかった。気風は殺伐であり、治安もまだ行き届いているとはいえない。正しく神も仏もいない無法の町だったのである。

若い庄司甚内には、それが却《かえ》って面白《おもしろ》かった。

(この町は生きている)

生きて成長している町である。若者ならば、町と共に生き、大きく成長することが出来る。あらゆる意味で、希望の町だった。甚内は昼も夜も、町中をうろつき、町の匂《にお》いを嗅《か》いで廻った。どこが将来最もさかった町になるか。何をするにしても、先ずそれを嗅ぎあてることが必要だったからである。

ある冬の夜。

いつものように甚内は町を歩いていた。伊達《だて》な小袖《こそで》に小刀を差し、大刀は背に負っていた。両刀とも直刀である。唐剣を日本刀の拵《こしら》えにしたものだった。甚内は父に唐剣をまなび、既に精妙の域に達している。小田原城落城の時も、弱冠十五才の甚内の双刀術は、寄手《よせて》の戦士たちの恐怖の的となった。馬を腰ひとつで操り、両手に握った唐剣を振って阿修羅《あしゅら》のように敵陣につき進むその武者ぶりは、敵味方の讃嘆《さんたん》を買ったが、甚内には武芸者として、或は戦士として生きる気持が微塵《みじん》もなかった。なにより一族の人々を倖《しあわ》せに暮せるようにすることが肝心だった。生れついての傀儡子一族の長《おさ》だったのである。

（おや？）

甚内は空を見た。いつの間にか白いものが降って来ていた。荒寥《こうりょう》という感じが、甚内の胸をみたした。

（そろそろ吉原の宿に帰らねばなるまい）

ぼんやりそんなことを思った、まさにその時、鋭い女の絶叫が闇《やみ》を破ってきこえた……。

大《おお》　鴉《がらす》

雪は霏々《ひひ》として降り続いていた。

甚内がその男たちを見つけたのは、一町ほど先の川岸だった。人数は六人。いずれも大脇差《わきざし》を帯びた破落戸《ならずもの》だ。一人が女郎らしい女の上半身を羽交締《はがいじ》めにし、二人がそれぞれその片脚を持って、引き裂かんばかりに大きく拡《ひろ》げている。首領格らしい男が、女の胯間《こかん》にあぐらをかいて、匕首《あいくち》で何かしようとしていた。残りの二人は、傍に立って笑いながら見物している。いま口に押し込まれたらしい手拭《てぬぐい》で女は声が出ない。それでも身体を波うたせて必死にもがいている。着物は引裂かれ全裸に近い。そばの立木に商人態《てい》の若者が、縛りつけられているのが見えた。

「何をする気だい？」

甚内は落着いた声で訊《き》いた。足音を殺して駆けつけたので、破落戸たちはこの声で初めて甚内の存在を知ったようだ。流石《さすが》にぎくっとして、闇をすかして見た。立っていた二人の男は、気早やに抜刀している。だが、首領らしい男が制した。甚内が一人だと見てとって安心したらしい。伊達《だて》な衣裳《いしよう》が役人でないことを明かしている。

「気にしないでくれ。こいつぁ女郎だ」

まるで野良犬だよ、とでもいうような口調だった。

「だから、何をしている？」

「輪姦《まわ》したよ。六人で三回ずつ。おっと」

甚内が動くのをとめるように片手をあげた。

「間違えないでくれ。こいつぁ仕置《しおき》なんだ。実はこの女、ここにいなさる若旦那《わかだんな》をたぶらかしやがってね。落籍《ひか》せるの、所帯をもつのという騒ぎさ。俺《おれ》たちゃ大旦那に頼まれて身のほどを知らせてやったってわけよ」

「匕首は何に使う？」

甚内の声は益々低く沈んだ。

「なあにね。こいつぁ傀儡子の女なんだ。傀儡子の女のあれは横に裂けてるってきいたのに、こいつのは人並に縦に割れてやがる。面白くねえから縦横十文字に割ってやろうと思ってよ」

甚内の目が細くなった。これは憤怒《ふんぬ》が頂点に達した徴《しるし》なのだが、男たちが知るわけはない。木偶《でく》の坊のようにつっ立っている若者を、男たちは完全に嘗《な》めきっていた。

「珍しい道具だってんで、きっと前より売れっ妓《こ》になるぜ、へへへ。見たかったらもっとそばへよんなよ」

首領株の男は甚内に背を向けて、匕首をとり直した。左手で女の秘所を拡げる。右手が動こうとした瞬間、しゃっと音をたてて甚内の唐剣が鞘《さや》を離れ、その右腕を肩から斬《き》り落していた。

「ぎゃーっ」

喚《わめ》きながら転がり廻る首領を見て、色を失った五人が抜刀した。甚内は鼻を鳴らした。話にもならない構えであり、刀法だった。だがこんな外道《げどう》たちを生かしておく気はない。左手で小刀を抜くなり翔《と》んだ。二人が頭から顎《あご》まで斬り裂かれて即死した。着地するなり残り三人の首が宙に舞った。電瞬の剣である。大刀を背に戻《もど》しながら、左手の小刀を振って若旦那だという男の縄《なわ》を切った。

「新さん！」

猿《さる》ぐつわをはずした女が、男の脚にしがみつこうとした。男は後ずさりして、その手を逃れた。

「新さん！」

もう一度とり縋《すが》ろうとした手を邪慳《じゃけん》にふり払う。

「どうして傀儡子だって云わなかったんだい」

ぞっとするような、冷たい蔑《さげす》みの声だった。女が絶句した。信じられないように男を凝視した。その目が力なく落ちた時、甚内は女の諦《あきら》めを知った。心が疼《うず》いた。この軽薄そうな若旦那を叩《たた》っ斬ってやりたくて、手が幽《かす》かに慄《ふる》えた。その時、女が匕首を拾うのが見えた。首領株の男の右腕がまだついたままだ。

「新さん」

女は力いっぱいしがみついた。匕首の切尖《きつさき》が正確に男の左胸に沈んだ。男は声も上げずに死んだ。力を籠《こ》めて引き抜くと、女は己れの左乳房の下に匕首を当て、倒れた男の胸にとり縋るように重なっていった。

男の胸に頰《ほお》をよせるようにしてこと切れた女の横顔を、甚内は美しいと思った。雪がうっすらとその上に積もってゆく。哀《かな》しいほどの美しさだった。女郎でなかったら、傀儡子でなかったら、死なずにすんだ女である。惚《ほ》れた男と共に、倖《しあわ》せに暮せたかもしれない女である。無性に腹が立った。こんなことが許されていいのか。小鳥のように自由に天下を往来し、『上なし』の身を誇った傀儡子一族が、かくも賤《いや》しめられ、かくも無残に死んでいっていいのか。

「傀儡子の女のあれは横に裂けている」

その一言が何よりも甚内を傷つけていた。その美貌《びぼう》と媚術《びじゅつ》で、天下一といわれた傀儡子一族の女が、なぜ人外の化生《けしょう》のように云われなくてはならないのか。今や、自分が保護する一握りの傀儡子の問題ではなかった。全傀儡子族の生死にかかわる問題だった。降りしきる雪の中で、甚内は泣いた。男が縛られていた木に凭《もた》れて長いこと泣いていた。怒りと絶望の涙といっていい。甚内にはこの問題の解決法が思い浮かばなかったのである。

黎明《れいめい》と共に鴉《からす》の大群が集って来た。凶々《まがまが》しく肥えた鴉たちは、先《ま》ず男たちの屍体《したい》にたかった。獰猛《どうもう》に目玉を啖《くら》い、睾丸《こうがん》を毟《むし》り取った。鴉が女の上に舞い降りた時、甚内は初めて動いた。長剣が漆黒の羽根をとばして鴉を斬った。餌《えさ》を奪われると思ったのであろう。一旦《いったん》舞い上った鴉の群は一斉《いっせい》に甚内を襲った。貪欲《どんよく》さむきだしの凄《すさ》まじい集中攻撃である。甚内はいつか大小二刀を振っていた。それでも何ヶ所か鋭い嘴《くちばし》で突き刺された。積もった雪の上にまるでしみのように、仲間の屍《しかばね》が折り重なる中で、悠々《ゆうゆう》と女の屍体を啖っている一段と大きな鴉がいた。どろりとした眼球をつつきだし、秘所の肉襞《にくひだ》をくい千切っている。そこが一番美味らしい。その大鴉が甚内の眼には徳川家の象徴のように見えた。怒りをこめて小刀を投げた。貫かれながら、大鴉は二、三間とび上り、どさりと落ちたが、まだ赤い嘴を一杯に開いて、かあ、と啼《な》き、甚内を威嚇《いかく》した。不気味なほどの生命力である。甚内はとびかかるなり、その首を斬りとばした。甚内が、公儀の差別政策の持つ抗すべくもない力を身に沁《し》みて感じたのはこの時である。大鴉の首は、雪の上に転がって尚《なお》、嘲笑《あざわら》うように赤い口を開けていた。

「城を造るしかない。いや、造らねばならぬ。わしに考えられるのは、その一事のみだった」

幻斎は冷えた酒を咽喉《のど》に流し込んだ。

「城ですか」

鸚鵡《おうむ》がえしに誠一郎は云った。いかにも戦国の生き残りらしい発想が、おかしかった。

「そうとも。女たちを大鴉共から守り、その身を洗ってやることの出来る城だ」

「洗う？」

誠一郎の理解を超えた言葉だ。

「洗って女たちの身許《みもと》を消すのさ。現にこの吉原でやっていることだ」

あっけにとられたように、誠一郎は幻斎を見た。

「分りません」

「花魁《おいらん》たちがどういう道を辿《たど》ってこの吉原に来るか知らないのかね」

女衒《ぜげん》或《あるい》は女衒中継《なかつぎ》と呼ばれ、世間から蛇蝎《だかつ》のように疎《うと》まれている人々がいた。いずれも二度や三度の牢《ろう》暮しは普通といわれる悪《わる》である。これが日本全国を歩き廻り、器量のいい女の子がいると金で買い、買えぬ時は勾引《かどわ》かした。手に入れるとすぐどこかの色里に売りとばす。それを別の女衒が、又、別の色里に売る。これを何回も繰り返すうちに、女の子がどこから買われ、或は勾引《かどわ》かされたか全く分らなくなってしまう。これを鞍替《くらが》えと云い、玉ころがしと云った。こうして転がされた玉（女の子）が、最後に吉原に来て、禿《かむろ》になる。勿論《もちろん》、禿のすべてが玉ころがしを受けているわけではない。親兄弟の揃《そろ》った身許正しい女の子もいる。玉ころがしに合うのは、傀儡子《くぐつ》の子に限った。女衒たちは、全国から傀儡子の子供を集め、慎重に身許を消した上で、故意に常民の子と入り混《まじ》らせたのである。こうして、禿から新造《しんぞ》になり、花魁になった傀儡子の女の子たちは、二十八才になると例外なく年季が明けて自由の身になる。

傾城は二十八にてやつと足袋

遊女は寒中でも足袋をはかないしきたりであった。

二十七思へば嘘《うそ》もつきおさめ

年季明けの遊女は親許へ返されるか、好きな男と一緒になるか、或は廓《くるわ》に残るか、全くの自由である。傀儡子の女たちは嫁にゆくか廓に残るかした。一人として親許に帰る者はいない。廓に残れば、花魁づきの番頭新造になり、やがて遣手《やりて》になる。中には切見世に堕《お》ちてゆく女もいたが、これは年季も短く、揚代も一部は自分のものになる。すぐれた花魁は、年季明けを待たずに身請《みう》けされた。大名、大町人の妾《めかけ》になり、商家では本妻に直った者もいる。直参旗本の正妻になった花魁もいた。後年のことだが蜀山人《しよくさんじん》大田南畝《なんぽ》の愛妻おしずは、三穂崎と呼ばれた松葉屋抱えの花魁だった。通婚も同火も許されない、乞胸《ごうむね》配下の傀儡子女《くぐつめ》には、考えも及ばぬ倖せだったと云えよう。これが幻斎の云う『洗う』の意味だった。これらの女衒たちは悉《ことごと》く傀儡子族の男であり、強欲非道の悪どころではなく、実は倖せの運び手であり、悪名《あくみよう》を甘受し、世間の指弾に耐えながら、黙々と一族の女たちの為《ため》に尽くした無名の戦士たちだったのである。彼等を語る時、幻斎の声がつまった。誠一郎はその目にかすかに光るものさえ見た。

「だがこの城はなかなか出来なかったよ。再三再四公儀に歎願《たんがん》したが、御免色里の許可はおりない。慶長五年、わしは最後の賭《か》けに出た……」

慶長五年（一六〇〇）は関ヶ原合戦の年である。この時、庄司甚内二十五才。九月一日、徳川家康は大軍を発して西に向った。石田三成との決戦のためである。この日、甚内は鈴ヶ森八幡宮の前に、あらたに茶店を開き、選り抜きの美女八人に赤手拭《あかてぬぐい》を頂《いただか》せ、揃《そろ》いの朱帯をしめさせて店先に並べ、通過してゆく軍勢に茶を給仕させた。

駕籠《かご》が店の近くにとまり、家康が降り立った。

「あの茶店に若き男の袴《はかま》を着て蹲踞居《そんきよおる》は何者ぞ。又若き女の一様に出立《いでたち》て並居るは何事ぞ」

『洞房語園異本』によれば、これがその時の家康の問いだったという。それに対する甚内の返事は次のように書かれている。

「私儀大橋の内柳町に罷在《まかりあり》候《そうろう》甚内と申す遊女《きみ》が長《てて》にて候……」

遊女屋の主《あるじ》を『遊女《きみ》が長《てて》』と呼ぶのは、江口・神崎以来の色里の習慣であり、同時にこれは傀儡子族の首長であることを明かす言葉でもあった。甚内は、差別政策の発案者ともいうべき家康に、己れの身許を明白に示したのである。大胆不敵といえた。目出度い出陣に、同火さえ許されぬ一族が茶を給したのである。惨殺《ざんさつ》されて当然だった。だが、家康はその点に気づいたのか気づかなかったのか、咎《とが》めだてはしなかった。『洞房語園異本』には「奇特に思《おぼ》し召され……」としか書かれていない。とにかく、甚内はこれで己れの名前と顔を家康に覚えさせることに成功したと信じた。もう一押しである。

関ヶ原の合戦が、徳川方の大勝利に終り、翌慶長六年十月、家康が軍勢と共に目出度く江戸に凱旋《がいせん》した時、甚内はもう一度、同じ鈴ヶ森八幡宮の前に茶店を出し、同じ装束の女たち八人を使って、軍勢をねぎらわせた。

護衛に囲まれた駕籠は、今度も店の近くにとまり、家康が降り立った。甚内は頭を垂れ、うやうやしく蹲踞して、声がかかるのを待った。

だが期待した声はかからず、

「あーあ」

という野太い声がきこえた。甚内は思わず顔を上げ、凝視した。両腕を大きくあげて、伸びをしている家康の姿が、すぐそこにあった。甚内には目もくれない。だが……。甚内は、己れの目を疑った。そこに立っているのは、家康ではなかった。姿形はそっくりだが、全くの別人であり、しかも甚内の熟知している男だったのである。

「そんな……！」

誠一郎は思わず叫んだ。危く「馬鹿なことが」と続けるところだった。だが今まで幻斎が嘘を云ったことは一度もない。自分にとって都合の悪い、例えば柳生十兵衛暗殺のことでも、真正直に話してくれた。今になって虚言を弄《ろう》するわけがない。それに嘘にしては途方もなさすぎた。

「誰《だれ》だったのですか、それは？」

「世良田二郎三郎元信。といっても、誠さんには、何の意味もあるまい」

幻斎のいう通りだった。聞いたこともない名前である。

「幼名は国松。駿府《すんぷ》宮ノ前《さき》町に住む簓者《ささらもの》だ」

簓者とは本来説経師である。ささらを摺《す》り鳴らしながら説経節を語ったので簓者と云う。『山椒太夫《さんしようだゆう》』や『石童丸』などの話を集めた語り物が説経だった。祭りの日などに寺社の境内やその外、辻堂《つじどう》などで語られたものらしい。後年、ささらは三味線に変り、操り人形など使った浄瑠璃《じようるり》説経に移っていったが、もともと根っからの大衆芸であり、説経師は傀儡子族同様、関渡津泊《かんとしんぱく》の通行自由を許された『道々の輩《ともがら》』であり、漂泊の芸人だった。

駿府の西南一里に『簓説経』という小部落があり、住民を簓者といったが、これは実は宮ノ前町から移されたものだ。この駿府の簓者は、今川時代から牢番をつとめ、又、灯心、附木《つけぎ》などを専売とし、併せて簓説経を語ったらしい。女たちは毎年歳《とし》の暮には、笠《かさ》の上に裏白《うらじろ》の葉と注連《しめ》飾《かざ》りをつけたのをかぶり、八寸の破竹を叩《たた》いて拍子をとり、唄《うた》を歌って市中を歩いた。これを『節季候《せきぞろう》』という。

『さってもめでたい、節季候、御佳例替らず、檀那《だんな》の御庭へ、飛び込め、はね込め、サッサと御坐《ござ》れや、節季候』

こんな唄を歌って銭を集めたという。この女たちの中には比丘尼《びくに》になる者が多かった。勿論、色比丘尼である。

そうした簓者の一人が、世良田二郎三郎元信だった。

誠一郎は半信半疑で聞いている。いかに幻斎の言葉とはいえ、こんな話が素直に信じられる道理がなかった。

「信じられないだろう」

幻斎がからかうように云う。

「ええ。信じられません」

幻斎が大きな声で笑った。一瞬、誠一郎は本当にからかわれたのかと思った。

「だから、わしの話では駄目《だめ》なのさ」

投げ出すように云った。

「おばばさまに頼るしかない」

「でも……」

誠一郎はもう一つ、納得がいかない。

「今度はなんの夢を見るんですか？」

「誠さんが世良田二郎三郎元信になった夢さ」

誠一郎は、あっ、となった。

「ことわって置くが……」

幻斎は見ようによっては小意地の悪い、にたにた笑いを浮べている。

「世良田二郎三郎は、ちびの醜男《ぶおとこ》だぜ。誠さんのような、いい男じゃなかった。おばばさまの苦労も、その辺にあるようだがね」

誠一郎は太い溜息《ためいき》をついた。


次の日の真昼どき。

誠一郎は眠っていた。一昨日の晩と同じ、西田屋の奥座敷である。そして一昨日と同じように、誠一郎の上には、おばばさまの裸身があった。身動きもしない。だが、おばばさまは苦しげだった。眉間《みけん》に皺《しわ》をきざみ、口の中で何か呪文《じゅもん》のようなものを、ぶつぶつと呟《つぶや》いている。不意に、おばばさまの尻《しり》が高くあがり、次いで凄《すさ》まじいまでの勢いで落ちた。誠一郎のおとこは、おばばさまの子壺《こつぼ》の内にまで、ずぶりと突き通ったかと思われた。誠一郎の顔が苦しげに歪《ゆが》んだ……。

夢の中で、誠一郎は波立つ池の表面を見おろしている。波紋が次第におさまり、そこに一人の異形《いぎょう》の男が映し出された。

異常なまでの短軀《たんく》である。上体はがっちりとして、筋肉は発達し肉も厚い。腰もしっかり張っている。遠目で見ると、ま四角が立っているように見える。おまけに顔も肉が厚く造作が大きい。これで並の身長さえあれば、正に堂々たる武将の姿だが……惜しいことに、なんとも脚が短い。ちんちくりんといっていい。結果として、その上に乗っている身体《からだ》と顔が堂々としていればいるほど、異様な印象を与えることになる。初対面の人間の中には、矮人《こびと》と思う者もいたと云う。己れの容貌《ようぼう》に無関心な男などいないのだから、幼時からこんな肉体を持って生きねばならなかったとなれば、性格も尋常でいられるわけがない。極端な人嫌《ひとぎら》いだった。当然口をきく機会も少く、たまに口をきくと、吃《ども》った。性格は狷介《けんかい》、鬱屈《うっくつ》している分だけ、感情が奔出した時は、凄まじい爆発力を持つ。

男の名は、幼名国松。寺に入れられて浄慶、後に自ら世良田二郎三郎元信と名乗った。

天文の頃《ころ》、下野《しもつけ》国都賀郡の出で、新田義重の子孫と称する者が、駿府に流れて来て、加持祈禱《かじきとう》を世すぎとした。江田松本坊という。この松本坊が簓者の娘に生ませたのが、国松である。天文十一年のことだ。松本坊は所謂《いわゆる》『道々の輩《ともがら》』の一人であり、一所に定着することの出来ない男である。子供が生れた頃には女を棄《す》て、ふたたび漂泊の生活に戻った。女はやむなく他家に嫁《とつ》ぎ、国松は女の母に育てられた。宮ノ前町、華陽院の境内にあった長屋である。

六才になった国松は、智源院の住職智短にあずけられた。智源院は狐ヶ崎の処刑場にあった小さな末寺で、本寺は東昭山円光院という浄土宗の無縁寺だった。国松は頭を剃《そ》り、浄慶と名づけられた。九才の時、今川家の菩提寺《ぼだいじ》増善寺の山で、とりもちを使って小鳥をとっているところを寺僧に捕えられた。ここは殺生《せっしょう》禁断の霊場である。子供といえども容赦はない。智短は、破門することで、やっと浄慶を刑罰から救った。祖母の家に戻るわけにもゆかず(戻れば祖母に累《るい》が及ぶ)、町をさまよっている九才の子供を捕えて、銭五貫で他家に売った男がいる。又右衛門という悪《わる》の人買いである。買ったのは有渡郡府中八幡小路に住む、酒井常光坊という願人《がんにん》だった。

願人とは妻帯肉食の修験者《しゅげんじゃ》である。『道々の輩』の一人で、本来、諸国をさすらい、加持祈禱を行い、お札・お守・秘符を売る、所謂願人坊主だ。

浄慶はこの常光坊の下で、九才から十九才までの十年間、たっぷり願人の修行をさせられた。町中で寒中でもすっ裸になり、はだしで家々を廻り、ひと桶《おけ》ずつの水を頭からかぶって見せる。荒行といっていい。浄慶がこれをやると、必ず人が集った。裸になると脚の極端に短いのがよけい目立つ。寒さと恥と怒りで、浄慶の顔は紫色の鬼《おに》瓦《がわら》のようになるのだが、そこがまた面白《おもしろ》いらしい。わあわあ囃《はや》しながら人がついて来る。人が集ればお札も売れる道理で、常光坊はほくほくものだった。新しい町に入ると、必ずこれをやらせた。浄慶にしたらたまったものではない。

もっとも、常光坊の意図は、僅かな銭儲《ぜにもう》けのためだけではなかった。浄慶を一種の『めくらまし』に使ったのだ。戦国の世では、情報は貴重だった。願人の裏業は、情報蒐集《しゅうしゅう》業だったのである。異形《いぎょう》の子供の荒行は、またとない隠れ蓑《みの》であり、お蔭で常光坊は、夥《おびただ》しい情報を得ることが出来た。これを敵対する大名に売れば、いい金になる。浄慶は晒《さら》し者になりながら、この情報蒐集術を学んだ。この間に、駿・遠・甲・信・豆・相の諸国を、何度歩き廻ったことか。刀槍《とうそう》の術もいつの間にか身につけた。

永禄《えいろく》三年（一五六〇）、浄慶は十九才になった。この年、老いさらばえた常光坊を棄て、野武士になり、自ら世良田二郎三郎元信と名のった。織田信長が桶狭間《おけはざま》に今川義元を討った年である。

この頃の野武士は、一名野伏《のぶせ》りと云われるように野盗であり、同時に傭兵《ようへい》だった。だから、常時役人に追われて世間を忍ばねばならぬ後代の盗賊とは、生きざまも意識も大きく違っていた。裏街道を生きているという意識がほとんどないのである。自由闊達《かったつ》。奴隷《どれい》のようにひたすら耐えることを義務づけられた各大名家の下人《げにん》から見れば、夢のような暮しだった。若者にとっては、こたえられない境遇といえよう。

世良田二郎三郎は、充分にその青春を謳歌《おうか》した。金も摑《つか》んだ。女も知った。ただ残念なことに、野武士の間で重んじられる、武勇の誉れだけは、手に入れることが出来なかった。極度に臆病《おくびょう》だったのである。ほとんど病的といっていい。刀槍の術に劣っているわけではない。切羽つまった時の闘いぶりは凄まじく、必ず生き残るだけの力は備えていた。だが、二郎三郎は、そういう修羅場《しゅらば》に身を曝《さら》すことを極力避けた。策をめぐらして簡単に且《か》つ安全に勝つことを求めた。また必ず前もって、いざという時の退《ひ》き口を調べ、二通りも三通りも用意した。攻める時の決断は遅いくせに、逃げる時の決断は恐ろしく早く、また正確でもあった。

この二郎三郎の性格は、一国をあずかる武将だったら、必ずしも恥ずべきものではない。戦国の世に生き残った数多くの武将の中には、同じ性格、同じ戦さぶりで、のし上った者もいる。だが、個人の力量しか物をいわない野武士の集団の中では、どうしても馬鹿《ばか》にされてしまう。だから野武士としての彼は、どう足掻《あが》いても、うだつが上らなかった。それでもなんとかやっていけたのは、願人時代に身につけたその情報蒐集術のお蔭である。願人姿は二度とやらなかったが、様々な『道々の輩』に姿を変えて、貴重な情報を手に入れた。

幼時と同様、この時も彼の肉体的特徴が役に立った。体型がま四角に近く、女ほどの背丈しかない二郎三郎を見ると、男も女も、子供までが、つい、にたりと笑ってしまうのである。まして、その胴の上に乗っている顔が妙に分別くさいのが、たまらなく可笑《おか》しいらしい。二郎三郎はけっして笑わなかった。常にきまじめな思案顔であり、時に悲しげな憂《うれ》い顔をつくった。この男には、道化の天性があったのであろう。そういう時の二郎三郎は、何をしても可笑しい。だから何をしても安全だった。忍びの者の逆をいったのである。忍びたちが極力目立たないように努めて果す仕事を、この男は極力自分を目立たせることで、遥《はる》かに楽々と、しかも安全に果した。

時代は永禄から元亀《げんき》に、そして天正へと移っていった。天下の覇権《はけん》は、信長に、次いで秀吉へと移った。

天正十七年（一五八九）、夏。二郎三郎は北条家に傭《やと》われて、京に上った。既に予想された秀吉との対決への布石として、秀吉陣営を精密に偵察《ていさつ》し、情報を蒐集するのが目的である。北条家で、この探索の責任者の立場にいたのが、庄司甚内の父又左衛門だった。傀儡子《くぐつ》出身だっただけに、あらゆる『道々の輩』に顔が利《き》いたのが、この役に任ぜられた理由であろう。

又左衛門と二郎三郎は奇妙にうま《ヽヽ》があった。傀儡子族の天性の明るさが、二郎三郎の道化としての価値を高く買ったのである。二人は何度か、又左衛門の屋敷で酒を汲《く》みかわした。酔えば必ず踊りだす又左衛門にならって、二郎三郎も踊った。珍妙な踊りだった。同席した庄司家の人々は、揃って笑い崩れた。その中に、十四才の嫡子《ちゃくし》甚内もいた。だが、傀儡子族の笑いには蔑《さげす》みがない。暖い、共感をこめた笑いである。二郎三郎が、ひとに笑われて腹を立てなかったのは、この時が初めてだった。彼は腕によりをかけて、この気分のいい一族を笑わせてやった。甚内に至っては、畳の上を転げ廻って狂気のように笑いこけ、流石《さすが》の又左衛門が注意したほどだった。甚内が二郎三郎の顔貌《かおかたち》を強く脳裏に刻んだのは、この時だったのである。

多額の支度金を貰《もら》って、京へ上った二郎三郎は、生涯《しょうがい》最大の失策を犯した。女に惚《ほ》れたのである。この年、二郎三郎、四十八才。当時では老人といっていい。その彼が、まるで少年のような恋をした。相手は公卿《くげ》の下人の女房だった。美人というのではないが、ぽっちゃりして、いかにも水気の多そうな、濃厚な色気がある。何より色が白かった。全身透き通るような白さである。

実は、二郎三郎は、女が行水を使うところを破《や》れ築地《ついじ》の隙間《すきま》から覗《のぞ》いたのである。眩《まぶ》しいように白い裸身の中央に、漆黒の豊かな恥毛があった。それが湯で濡《ぬ》れて、ぺったりと肌《はだ》に貼《は》りついている。その長さが異常だった。股間《こかん》から更に五、六寸も下に垂れているのである。こんな豊穣《ほうじょう》な恥毛の持主を、二郎三郎は見たことがなかった。ぞくっと身体が震えた。どんなことをしても手に入れたいと思った。だが、四十八才の異形の野武士に出来ることは一つしかない。強奪することだ。二郎三郎は、その夜のうちに、公卿の屋敷に忍び込んだ。押込みの術には長《た》けている。時刻として、人が最も深い眠りに入る寅《とら》の一点（午前四時）を選んだ。気づかれることなく、屋敷内に入り、忽《たちま》ち女房の寝ている部屋をさぐり当てた。下人の女房はなんと主《あるじ》の公卿と同衾《どうきん》していた。女房をかき抱いて眠りこけている公卿に、女の替りに丸めた衣裳を抱かせ、女房を素ッ裸のまま担《かつ》ぎだすことに成功した。勿論、軽い当身を当てて失神させてある。

二郎三郎の不幸は、この夜この屋敷に、異常に鋭い感性をもった客人が泊っていたことだった。客は僧侶《そうりょ》で、名を天海といった。後の天海僧正である。嘗《かつ》て明智光秀といわれた武将の勘働きは、今も尚《なお》、鋭かった。二郎三郎の侵入は、その鋭い勘に触れた。天海は、ひそかに庭に出て、築地ぎわの木の蔭に隠れた。落人《おちうど》として追われた経験を持つ人間として、当然の用心だった。二郎三郎が全裸の女房を肩に担いで現れ、天海の隠れた木に向ってまっしぐらに走って来た。築地を越えるのに、その木を使うのが、最も楽だったからである。二郎三郎がもう少しで木に達しようとした時、天海の手から礫《つぶて》がとんだ。たて続けに三つ。見事な印地《いんじ》打ちである。第一の礫は脛《すね》を、第二の礫は眉間《みけん》を、第三の礫はその睾丸《こうがん》を打った。二郎三郎は、うんともいわず、失神した。

近寄った天海は、先《ま》ず女房を改め、気を失っているが無事であることを確かめた。次いで縛り上げようとして、二郎三郎をひき起した。近々と二郎三郎の顔を覗きこんだ天海が、驚愕《きょうがく》の小さな声を洩《も》らした。暫《しば》くの間、確かめるように、その顔と体軀を様々な角度から眺《なが》めた上で、何故《なぜ》か天海は二郎三郎に頭巾《ずきん》をかぶせ縛り上げた。公卿に賊のことを伝え、頭巾姿の二郎三郎を見せた上で、その身柄《みがら》を自分に引きとらせて欲しいと頼んだ。下人の女房との房事がばれたと思いこんだ公卿は、一も二もなく許可を与え、天海は二郎三郎を手に入れた。叡山《えいざん》につれ帰ると、天海は一個の面頰《めんぽお》を二郎三郎に与え、謎《なぞ》のようなことを云った。

「以後、決してこの面頰をはずすな。それが出来ればお主の身の生涯の安泰を約束しよう」

四十八才の二郎三郎は、野武士であることに疲れ切っていた。確かに若者にとってはいい境遇であり、職業である。だが四十八才の男にとっては、辛《つら》い稼業《かぎょう》だった。この世界には、昇進というものがない。いくら見事ないくさ働きを見せても、報酬が僅かに増えるぐらいで、手柄になることはない。手柄も稼《かせ》ぎも齢と共に減ってゆく。身体がきかなくなるからである。この齢になって初めて、二郎三郎は武家奉公に憧《あこが》れた。たとえ僅かでも、黙って入って来る扶持《ふち》が欲しかった。天海の言葉は、その二郎三郎の弱みを正確についたのである。二郎三郎は唯々《いい》として天海の命令に従った。

天海は添書をつけて二郎三郎を三河《みかわ》に送った。徳川四天王の一人、本多忠勝の屋敷にまっすぐ行くように指示し、忠勝以外の者の命令で面頰をとってはならぬ、ときびしく命じた。

『家康に過ぎたるものは二つあり。唐《から》の頭《かしら》(兜《かぶと》のこと)に本多平八』と敵である甲州武田の武士団にいいはやされた、本多平八郎忠勝は、この頃、御旗本先手《さきて》侍大将として家康側近第一の地位にいた。四十三才である。二郎三郎がその屋敷を訪れると、すぐ奥へ通された。既に天海から飛脚がいっていたのである。忠勝は人払いして二人だけになると云った。

「面頰をとって顔を見せよ」

二郎三郎は面頰をはずした。驚きの声が忠勝の口から洩れた。二郎三郎にも、どうやら自分が誰《だれ》かに酷似しているらしいということは分った。

「その方、齢はいくつになる?」

忠勝がまだ茫然《ぼうぜん》とした表情で訊《き》いた。

「四十八才になりまする」

二郎三郎は丁寧に答えた。なにしろ扶持が賭《か》かっている。ここさえうまく切り抜ければ、禄高《ろくだか》は不明だが待望の扶持が手に入ることを、直観で知った。

忠勝がまた驚いた様を示した。

「齢までも……」

呻《うめ》くような声である。二郎三郎はほとんど成功を確信した。

再び面頬をつけるように命じられ、他人には絶対に素顔を見せるな、と云われた。

二郎三郎は漸《ようや》く不安になり、且つ不愉快になった。

どこの誰に似ているかは知らないが、またしても役に立ったのは、自分の才ではなく、顔貌《かおかたち》であった、という一事が、どうにも気に入らなくなって来た。命令されてばかりいるのも面白くなかったし、何より常時面頬をつけていることに倦《あ》きていた。面頬は銅製で、かなり重い。それを湯に入る時にも脱《はず》すなと云う。又、たとえ面頬をつけたままでも、忠勝の家臣たちに、成可《なるべ》く姿を見せるな、とも云う。

そのまま十日、二郎三郎は放っておかれた。毎日かなりの馳走《ちそう》をくい、酒はふんだんに飲むことを許されたが、外へは一歩も出してくれない。おまけに饗応《きようおう》をするのは、三人の屈強な武士で、女気はまったくない。いい加減うんざりした。堪忍《かんにん》袋の緒《お》が切れた。

（くそったれ！　何が起きようと知ったことか！）

遮二無二《しやにむに》本多の屋敷を脱《ぬ》けだそうと覚悟を固めた、恰度《ちようど》その日、十日ぶりで忠勝が部屋に現れた。

「明日、早朝、お城へ登る。心支度をしておけ。身につけるものは、後刻、届けさせる。尚、面頬はそのまま。だが、髭《ひげ》は綺麗《きれい》に剃《そ》っておくように」

それだけだった。登城するとは、主君家康に引き合わされることだろう。今度こそ待望の扶持が貰えるかどうか分る。二郎三郎は脱出をみあわせることにした。

翌日、おそろしく早い時刻に叩《たた》き起され、着替えをさせられた。届いた衣裳《いしょう》は渋いが豪奢《ごうしゃ》なもので、一瞬、間違いではないかと思ったほどである。脇差《わきざし》も太刀も、立派な拵《こしら》えだった。だが抜いてみると、たいした刀ではない。それで逆に二郎三郎は安心した。みかけだけの豪奢さだと分ったからだ。だが、豪華な衣裳をつけ終って鏡を見た二郎三郎は、思わず笑ってしまった。馬子にも衣裳というが、嘘《うそ》の皮で、およそ滑《こっ》稽《けい》きわまる格好だったからである。また人を笑い者にする気か。半分ふてくされて、忠勝と共に登城した。

時刻が早すぎるためか、厳重なのは外廻りの警備だけで、城内は無人にひとしい。その廊下を、忠勝は足早やにゆく。二郎三郎がちょっと遅れると、立ちどまって焦《いら》だたしげに待っている。どうも様子が普通ではない。二郎三郎はだんだん不安になって来た。広間ではなく、書院に通された。

「御前である」

こわい声で忠勝が云《い》う。二郎三郎は、へっと平伏した。気のせいか自分によく似た声が云った。

「面《おもて》をあげよ。面頬をとれ」

顔を上げた。すぐ前に男がいた。二郎三郎と同じ衣裳、同じ拵えの脇差。顔もかなりよく似ている。男がにやっと笑って立った。足が極端に短く、ほとんどま四角な輪郭。二郎三郎そのままである。忠勝が云った。

「殿におわせられる」

それは徳川家康その人だった……。

影武者

世良田二郎三郎は、陰扶持《かげぶち》二百石で、徳川家に召抱えられることになった。長屋は与えられず、城内に住み、福阿弥《ふくあみ》という老齢のお坊主《ぼうず》が身の廻《まわ》りの世話一切をやってくれる。

二郎三郎の朝は、福阿弥の訪れで始る。運んでくれた水で、顔を洗い、歯を磨《みが》くと、福阿弥が髭と月代《さかやき》を剃り、髷《まげ》を結ってくれる。着物を着せるのも福阿弥の役だ。着物も脇差もその日その日で変る。家康とまったく同じものを着けるのである。軽い朝食がすむと、福阿弥の案内で一室にゆく。家康が政務を執る部屋のま裏だ。そこで殆《ほと》んど終日を過す。

夜も同様で、家康の寝所の隣室で、家康と同じ寝巻を着、同じ寝具に寝かされる。ただし、家康の方は毎晩、女を抱くが、二郎三郎の方はおおむね孤独である。時におなさけで、侍女の一人が与えられることもある。だがその侍女も、家康の好みに合わせて選ばれるので、常に身体ばかり丈夫で小肥《こぶと》りの醜女《しこめ》ばかりである。たまには器量のいい女を抱きたいというのが、二郎三郎の贅沢《ぜいたく》な望みだった。

勿論《もちろん》、二郎三郎は家康の影武者として傭《やと》われたのである。常に家康と同じ服装で、影が形に添うように、家康のそばに貼《は》りついている。一旦《いったん》ことがあると（たとえば間《かん》者《じゃ》が城中に忍びこんだりすると）、二郎三郎は即座に家康のそばにゆく。護衛も兼ねている。家康の暗殺を目的として忍びこんだ刺客は、苦労してさぐりあてた座敷で、二人の家康と対面することになる。顔は少し違うが、着ているものも、姿形《すがたかたち》も全く同じ人物が二人いるわけだ。当然、刺客は迷い、次いで二人共殺すしかないと決意する。刺客にとって最大の危険は迷いである。一瞬の逡巡《しゅんじゅん》と遅滞が刺客を殺すことになるのだった。ついでにいえば、家康は剣の名手だった。三河の剣客、奥山休賀斎公重に七年間奥山流の刀術を学び皆伝をえている。後代の大名のような殿様剣法ではない。戦場往来の殺人剣の持主だった。二郎三郎も、長年の野武士暮しで身につけた、極めて実践的な刀術の使い手である。この二人を相手に、並の刺客が歯が立つわけがない。しかも僅《わず》かな時間さえ稼げば、忽《たちま》ち側近の武士たちが駈《か》けつけて来る。刺客の勝味は無にひとしかった。

外出の時は二郎三郎は面頬をつける。変化するのはその一点だけで、あとは同じである。ことがあれば、即座に面頬を棄《す》て、家康の前に立つ。合戦の場合は逆である。大体、合戦の時、総指揮官である武将は兜《かぶと》をかぶらない。頭巾《ずきん》をかぶるぐらいのものだ。乱戦になって、本陣をつかれる惧《おそ》れが出て来て、初めて兜をかぶり、面頬をつける。その時、家康は二郎三郎と全く同一人になってしまう。側近の武将たちでさえ、どちらが本物か分らなくなるくらいだから、まして敵方に分るわけがない。二郎三郎は、そういう時、必ず家康の前に立つ。矢弾に対する楯《たて》の役割を果すのである。

影武者として初めて合戦に臨んだのは、小田原攻めだった。面頬をつけ、常に家康のうしろに従いながら、二郎三郎の胸は痛んだ。庄司又左衛門とその一族の姿を思い浮べたからである。北条家に傭われて、細作《さいさく》（スパイ）として京に潜入しながら、今は寄手《よせて》の先陣に、しかも指揮官の影武者としている。その運命の皮肉さが、そこはかとない悲しみとなって、二郎三郎の胸をついた。

それにしても、小田原攻めは、奇妙な戦さだった。寄手は山中、韮山《にらやま》の前衛二城を抜くと、小田原城を包囲し、一方で五十余といわれた支城を次々に攻略しながら、本隊は小田原城を眼下に、諸大名に妻妾《さいしょう》を国許《くにもと》から呼ばせ、大閤《たいこう》自身も愛妾淀君《よどぎみ》をともない、更には夥《おびただ》しい遊女までかき集めて、日夜派手にどんちゃん騒ぎをするのである。寄手の士気は揚る一方で、籠城《ろうじょう》方が落ちこむばかりだったのは当然で、四ヶ月の包囲で、戦闘らしい戦闘もなしに小田原城は落ちた。ある意味で、目を瞠《みは》るような華麗きわまる戦《いくさ》だったといえよう。それは八年後の醍醐《だいご》の花見で終る、英雄大閤秀吉の壮大な落日の始りだったのかもしれない。ともあれ二郎三郎はこの戦を、生涯《しょうがい》忘れることが出来なかった。

以後、朝鮮出兵の時は、本営である肥前名護屋に、次いで伏見城にと、二郎三郎は家康と共に動いた。この間に家康の所領は、三河から北条氏の旧領関東六ヶ国に替り、居城も浜松から江戸に移っていった。

十年たった。二郎三郎、五十八才。家康と同年である。二郎三郎にとって、この十年は、一面では満足すべきものだった。何よりも、飢える心配がない。酒ものめ、女も抱けた。だが反面では、これほどつまらない十年もなかった。あまりにも、自由がなさすぎた。飢える不安はあっても毎日が気ままな野武士の暮しが、懐《なつか》しくて仕方がない。といって脱出は不可能だった。三日とたたぬうちに見つけ出され、容赦なく斬《き》られることは、目に見えていた。それに、万一脱出に成功したとしても、どうやって食ってゆけばいいのか、二郎三郎には見当もつかない。行き倒れて餓死するのがおちだろう。

二郎三郎はこの退屈な毎日の中でたった一つ気晴しを見つけた。奇妙なことに、それは政治だった。常時、家康の隣室にいることによって、二郎三郎は家康の政治のすべてを十年にわたって見聞きして来た。その情況分析、五年先、十年先への読み、それによって生ずる果てしない忍耐、冷酷とも見える権謀術数の数々。どれもが二郎三郎には面白《おもしろ》かった。不明なところは、お坊主の福阿弥にきけば（驚くべきことにこのお坊主はまだ矍鑠《かくしやく》として生きていた）教えてくれた。福阿弥はまた、家康の重臣たちの生い立ちと性格、その相互間の暗闘をも、こと細かに教えてくれた。この手の話にかけては、福阿弥はまるで生字引だった。十年の歳月は大きい。二郎三郎はいつか、家康のどんな小さな癖も真似《まね》出来るようになったばかりか、家康の思考法まで完全に写せるようになっていた。家康の意見を訊《き》きに来た重臣たちの話を、隣室で聞いて、あ、これはこうすべきだ、と思う。やがて家康は、二郎三郎と全く同じ意見をいうのである。十が十まで狂うことはなかった。二郎三郎はにんまりと笑う。だが、このことを自慢できる相手のいないのが、なんとも淋《さび》しかった。あれほど気ごころの知れた福阿弥にさえいえなかった。

（このことが知れれば、殿は必ずわしを殺す）

家康の思考法に倣《なら》って考えれば、それしか解決の法がない。だから二郎三郎は、これまた家康得意のやり方に倣って、ひたすら耐え、沈黙を守り続けるしかなかった。

関ヶ原

そして運命の日が来た。

慶長五年（一六〇〇）九月十五日。家康が徳川家の命運をこの一戦に賭《か》けた、関ヶ原の戦いの当日である。

前日まで大垣《おおがき》城に立て籠《こも》っていた石田三成、小西行長、宇喜多秀家、島津義弘の諸隊は、家康が大垣城に構わず、中山道《なかせんどう》を西進して石田の居城佐和山《さわやま》城を攻め、更に進んで大坂城を攻略する作戦計画をたてていることを知って、色を失った。大垣城に家康の本隊を釘《くぎ》づけにし、その間に大坂から来る筈《はず》の毛利輝元《てるもと》の軍勢を待って東西から家康をはさみ討ちにする、というのが西軍の作戦だったからだ。この情報は実は、手間のかかる城攻めを避け、得意の遭遇戦に持ちこもうとした家康が、故意に流したものだったのだが、西軍はまんまとその手に乗った。

石田たちは、大慌《おおあわ》てで、九月十四日深夜、折からの豪雨をついて大垣城を出た。十五日早朝、関ヶ原盆地の西北端、ちょうど中山道と関ヶ原で分れて越前へ向う北国《ほっこく》街道を扼《やく》するように陣を占めた。

西軍、大垣城を出る、と聞いた家康は、小躍りして、すぐ全軍を関ヶ原に向わせた。九月十五日早暁《そうぎょう》。昨夜の大雨の名残りで小雨がつづき、山間の関ヶ原は濃い霧に鎖《と》ざされていた。

家康方の軍勢七万六千、三成方十万。だがこの中で実戦に参加したものは、家康方七万六千、三成方三万五千といわれている。裏切りや、逡巡《しゅんじゅん》して動かなかった部隊が、それほど多かったのである。

身体にまとわりつくような霧の中を、泥土《でいど》を踏みながらの行軍が続く。鎧《よろい》の重さで、足が泥《どろ》に埋まり、なかなか抜けない。一足、一足が疲れるのだ。この行軍の途中で、家康が呟《つぶや》くように云った。『徳川実紀』によれば、次のような言葉だったと云う。

「さてさて年がよりて骨の折《おる》る事よ。倅《せがれ》が居たらばこれほどにはあるまじ」

この倅が、中山道を上って来る筈なのに、真田《さなだ》昌幸《まさゆき》に遮《さえぎ》られて未《いま》だに到着していない秀忠を指したものか、それとも天正七年に我が手で殺さざるをえなかった、勇猛の誉高い長男信康のことを指したものか、どちらとも不明である。だが同じ愚痴なら、信康を思っていたと解釈したい。まして、これが家康の最期《さいご》の言葉だったら尚更《なおさら》である。

家康は、桃配山《ももくばりやま》を本陣ときめていた。その桃配山に到着して、いよいよ本陣を定めようとした時、小さな事件が起った。『徳川実紀』の該当記事を、そのまま写してみよう。

『又朝のほど霧深くして鉄砲の音烈《はげ》しく聞えければ、御本陣の人々いづれもいさみすすむで馬を乗廻しつつ、御陣もいまだ定まらざるに野々村四郎右衛門某あやまりて、君の御馬に己が馬を乗かけしかばいからせ給ひ、御はかし（佩刀《はいとう》）引抜て切はらはせ給ふ。四郎右衛門はおどろきてはしりゆく。なほ御いかりやまで御側に居し門余助左衛門宗勝が指物《さしもの》を筒より（筒のきわから）伐《きら》せ給へどもその身にはさはらず。これ全く一時の英気を発し給ふまでにて、後日に野々村をとがめさせ給ふこともおはしまさざりしとぞ。（古人物語、落穂集・卜斎記）』（東照宮御実紀附録巻十）

まことになんでもないような記事である。いよいよ実戦が始る前というのは、誰《だれ》でも心が昂《たか》ぶり、尿意を催すものだが、百戦練磨《れんま》の家康といえども変りはなかったかと、ほほえましくなるような描写といえる。徳川家の命運を賭けた一戦だけに、余計そうだったのかもしれない、と思う人もいよう。

だが、気持が昂ぶっているだけで、たかが馬を乗りかけて来ただけの家臣を、陣刀を抜いて斬ろうとするものだろうか。まして、その相手が逃げ去ると、八つ当りしてそばにいた近侍の指物に斬りつけるなど、およそ我々の知っている家康像には似つかわしくない、荒々しい所業ではないか。

さりげない記述の裏に秘められた事実は、恐るべきものであった。

この日も、世良田二郎三郎は、面頰《めんぼお》をつけ兜《かぶと》をかぶり、家康のすぐうしろに馬をつけていた。家康は茶縮緬《ちりめん》のほうろく頭巾をかぶっていた、とこれも『徳川実紀』にある。風が渦巻《うずま》き、霧が一段と濃くなったと感じられた瞬間、その霧を破るようにして、一頭の馬が家康の馬に左脇《わき》から乗りかけて来た。まず馬の首が、次いでこれも面頰つけた鎧武者が霧の中から現れた、という感じだった。鎧も指物もまぎれもなく旧知の野々村四郎右衛門のものである。二郎三郎は安心して気を抜こうとして、四郎右衛門が右手に持った得物《えもの》に気づいた。それは長い槍《やり》の穂に柄《つか》をつけ、脇差仕立てにしたものだった。抜身でもっているので、槍の穂だと分ったのである。四郎右衛門はそんな変った脇差をもってはいなかった。まして、これから戦闘が始るというのに、脇差を抜く馬鹿《ばか》はいない。はっと真相に気づいた二郎三郎が、咄嗟《とっさ》に家康の馬の尻《しり》を叩《たた》いた瞬間、その槍の穂がきらりと光って、まるで滑るように、家康の鎧の左脇の下に刺しこまれた。馬が竿立《さおだ》ちになるのと、槍の穂が引きぬかれるのが同時だった。家康はどさっと落馬し、四郎右衛門は馬をはなして逃げようとする。家康の右脇にいたのが近侍の門余助左衛門である。瞬時に異変に気づき、

「殿！」

叫びながら、四郎右衛門をひっ摑《つか》まえようとした。四郎右衛門は、脇差仕立ての槍の穂を振った。助左衛門は辛くもかわし、指物が身替りに斬られた。一瞬の驚愕《きょうがく》から

立ち直った二郎三郎は、抜討ちに四郎右衛門を斬った。充分の手ごたえで肩を割りつけ、槍の穂を握った右腕がほとんど切断されて垂れた。だが四郎右衛門は気丈にも、そのまま馬腹を蹴って走り去ろうとした。助左衛門の槍が、その胴を串刺《くし》にした。四郎右衛門は馬から落ちた。とびおりた助左衛門が、その面頰を剝《は》いだ。見知らぬ壮年の男の顔がそこにあった。石田三成の放った刺客だったのである。同時にとび降りた二郎三郎は、家康を抱き起した。家康は死んでいた。刺客の槍の穂は、巧みに鎧の左脇の下から入り、心の臓を正確に刺していたのである。

二郎三郎は、咄嗟に自分の陣羽織を脱ぐとその顔にかけた。大音声《だいおんじょう》で怒鳴った。

「世良田二郎三郎、討死！　いずれもおくれをとるなっ！」

霧の中から、本陣の面々が威勢のいい鬨《とき》の声をあげた。門余助左衛門は、茫然《ぼうぜん》と二郎三郎を見つめて、立ちすくんでいた。

この時、たまたま、本多平八郎忠勝が本陣に駈《か》け込んで来なかったら、事態はどうなっていたか分らない。本多忠勝の陣は、本陣の左前方である。本陣がいつまでも定まらず、ざわざわしているのに業《ごう》を煮やしてすっとんで来たのである。家康の死を知って、忠勝は蒼然《そうぜん》となった。だが、流石《さすが》に『家康に過ぎたる者……』とはやされた歴戦の武将だった。即座に立ち直った。今日の戦《いくさ》は天下分け目の戦である。是が非でも勝ちをとらねば、徳川家の明日はない。ここで家康の死が敵に知られては、敗北は必《ひっ》定《じょう》。あくまでも家康の死を秘しかくし、影武者を表に据《す》えて戦わねばならない。石田方の中には、秘《ひそ》かに徳川方に味方して、布陣はするが兵は動かさないと約束している吉川《きっかわ》広家、もっと積極的に石田の軍勢を攻撃するとまで約している小早川秀秋のような武将がいる。この面々が、家康の死を知って、果して約定を守るかどうか、甚《はなは》だ覚《おぼ》束無《つかな》い。そして彼等が約束を破れば、合戦の帰趨《きすう》もまた不明になる。忠勝は、殿の死を口にする者あらば、即座に殺せと命じ、死体には旗をかけて陣幕の奥に安置し、二郎三郎を目立つ場所に据えた。この頃《ころ》から、やっと霧が晴れて来た。

戦闘は辰《たつ》ノ刻（午前八時）に始った。午頃《ひる》までは、激戦が続き、優劣は不明である。

本多忠勝は、二郎三郎の脇に控えていた。自分がこの戦闘の采配《さいはい》をふるうしかないと覚悟したからである。ただ、命令は、口うつしで二郎三郎に云わせるつもりだった。

だが忠勝の目算は狂った。二郎三郎が勝手に采配を振いだしたのである。その采配ぶりは見事の一語につきた。まるで家康その人であるかのような、無駄《むだ》のない、適確な指揮なのである。特に、いつまでたっても約束を守らず、松尾山の陣から動こうとしない小早川秀秋に、鉄砲を射《う》ちかけよと激しく命じた時には、忠勝は思わず驚嘆の声をあげた。実に思い切った処置だったからだ。この射撃は、小早川軍の徳川方への反撃を誘うかもしれなかった。だが、二郎三郎の判断は正しく、一斉射撃に驚愕した小早川秀秋は、その銃声に追われるように、石田方の大谷刑部吉継《ぎようぶよしつぐ》の陣営に襲いかかり、これで戦闘の帰趨は決した。未ノ刻《ひつじ》（午後二時）には徳川方の勝利は不動のものとなった。実に六時間にわたる戦いである。死傷者の数は明かではないが、石田方だけで八千人（うち死者四千人）といわれる。戦闘中食事をとる暇もなく、夕刻に至って米を水にひたした徳川方の兵士は、米が朱に染まるのを見た。正に屍山血河《しざんけつが》の戦だったのである。

九月二十日、家康は大津城に入り、二十六日の朝まで滞在したと記録にある。比叡山《ひえいざん》にいた天海は、九月二十一日、本多忠勝のたっての懇望によって、この大津城に赴いた。天海の前身が明智光秀であることを知る数少い武将の一人が、忠勝だった。だからこそ、天海は十年前二郎三郎を忠勝のもとに送ったのであり、今また危険を冒して叡山を下り、大津城に赴いたのである。

無人の一室に待つこと半刻《はんとき》。男が一人、入って来た。家康である。その時、天海を驚愕させることが起った。家康は下座に坐《すわ》るなり、這《は》いつくばるようにして、平伏したのである。

「お見忘れでござるか、御坊」

顔をあげた家康が、光る眼で天海の眼をのぞきこみながら、低く云った。

「はて？」

天海も見返した。明智光秀の名のもとに、織田信長に仕えていた頃から、家康とは懇意の仲である。だがあれから十八年。われひとともに老いた。だが……見つめているうちに、異様な感覚が伝わって来る。この感覚はどこから来るのか。天海はふっと眼を閉じた。己れの心中を覗《のぞ》きこむためである。

「ぬ？」

かっと眼を開け、もう一度、家康を見た。異様な感覚の源が分った。これはほとんど未知の人物だったのである。ほとんど？ ほとんどとは何か？ 今度は目を瞑《つぶ》る必要はなかった。下人の女房の大きく白い尻《しり》をかついで、必死に走り寄ってくる野伏《のぶせ》りの顔が、瞬時に浮んだ。

「これは……」

穏やかに天海は微笑《わら》った。

「左様。あの野伏りでござる」

家康が云った。にこりともしない、思いつめた顔である。

「あの時の約束を守っていただきたい」

切羽詰まった声だった。

「はて?」

「生涯《しょうがい》の安泰を約束する……あの時、御坊はそう云われた!」

天海は無言である。極めて異常な事態が生じていることは間違いなかった。本多忠勝ほどの武士が、たかが影武者一人の身の安泰のために、永年の友誼《ゆうぎ》を破り、最も危険な大津へ自分を呼びよせるわけがない。

「主《あるじ》を失った影武者は、どう生きたらよいとお思いか?!」

今度こそ心底から天海は驚愕した。その時本多忠勝が入って来た。

家康横死の真相を天海に語ったのは、忠勝である。天海は十年前自分の放った一石が、思いもかけぬ巨大な波紋を描いたことを悟った。関ヶ原の合戦には、幸いにも勝ちを拾った。その限りでは、世良田二郎三郎元信は、最高の殊勲者である。普通ならここで家康の喪を発し、盛大な葬儀をいとなみ、二郎三郎は適当な捨扶持《すてぶち》を貰《もら》って引退すればいい。だが、その普通の手順を踏めぬ情況がある。大坂城にいる秀頼の存在がそれであり、大閤《たいこう》の恩顧をうけた戦国生き残りの武将たちの存在が、それを更に厳しいものにしている。家康が生きていてこそ、関ヶ原は天下分け目の決戦になる。永年にわたる天下取りの合戦に生き残って来た家康が健在であればこそ、大閤恩顧の武将たちも敢《あえ》て戦いを避け、忍従の態度をとっているのだ。家康が死んでは、弱冠二十六才の二男結城《ゆうき》秀康、二十二才の三男秀忠、二十一才の四男忠吉、どれが後を継ごうと、これらの武将たちから見ればただの洟《はな》たれ小僧にすぎない。天下はもう一度乱れ、名将加藤清正に支えられた大坂城の秀頼か、東の伊達《だて》、西の毛利、或《あるい》は九州の島津、恐らくはこの四家の覇権《はけん》争いになるだろう。徳川家はその勝負から脱落することになる。

関ヶ原の勝利を確実に天下取りと結びつけるには、家康を生かしておくしかない。即《すなわ》ち、影武者世良田二郎三郎を本物とするしかない。十年の歳月は、二郎三郎を完全に家康の複製にしている。対外的には、充分、本物で通せるという自信が、二郎三郎にも、本多忠勝にもある。いや、対内的にも成算はある。関ヶ原合戦の直後、二郎三郎は敢て素顔をさらし、頭巾姿で、軍功を報ずる部将たちに面接している。その中に、四男忠吉とその舅《しゅうと》に当る井伊直政もいたが、二人共、家康が二郎三郎であることに全く気づかなかった。忠吉も直政も手傷を負っていたので、二郎三郎は自らの手で傷を改め、膏薬《こうやく》を塗ってやっている。これは一つの賭けであり、二郎三郎は薄氷を踏む思いでやってのけたのだが、演技は見事な成功を収めた。理由は簡単だ。本多忠勝以外の徳川四天王、ましてそれ以下の旗本たちは、二郎三郎の素顔を殆《ほと》んど知らなかったのである。彼等と顔を合わせる時には、二郎三郎は必ず面頬をつけていた。忠吉たち家康の子息の場合も同様である。問題は、その素顔を熟知している者、即ち女たちであり、三男秀忠だった。

秀忠に対する歴史上の評価はおおむね定まっている。家康の子にしては珍しい律義《りちぎ》者であり、稀代《きたい》の親孝行で、恐妻家だという。だが、この評価は人間の一面しか語っていない。真実の秀忠は、逆に家康の息子の中で最も恐ろしい人物だった。その根源はたった一つ。秀忠が天才でなかったことだ。そして自らそれを知り、天才を深く憎《ぞう》悪《お》していたことによる。

家康の長男信康、二男結城秀康は、共に武将として天才だった。剛毅《ごうき》果断、名将としてのあらゆる素質をもって生れて来た男たちだった。だが、その天才ゆえに、信康は織田信長に、秀康は豊臣秀吉に、それぞれ恐れられ、信康は殺され、秀康は大閤の養子にさせられた。秀忠はその凡才のために、家康のそばに残され、今、後継者第一号の地位にいる。秀忠はそのことをよく知っている。はっきりいえば、大閤は勿論《もちろん》、その下の戦国大名たち、いや、父家康自身からまで、あなどられ、軽んじられていることを、骨身に徹して知っている。男がそんな目に囲まれていて、正常でありうるわけがない。秀忠の心中は常時修羅《しゅら》だった。怨念《おんねん》のかたまりだった。自分にさげすみの目を向ける男たちを、心の中で日に幾たびとなく、この上ない残虐《ざんぎゃく》さで嬲《なぶ》り殺しにしていた。父の家康さえ、何度皮を剝ぎ、めった斬りにしたか分らない。だが秀忠は父の恐ろしさを、よく知っていた。かけがえのない長男信康さえ、己れの保身のために、平然と殺した男である。愚直なほどの律義者、稀代の親孝行者、恐妻家、それは秀忠が生き残るためにかぶり通した仮面にすぎなかった。

　さすがに家康は、秀忠の性情を見抜いていた。自らの長い人質時代の辛酸と忍耐の日々が、今の秀忠と酷似していたからである。奇妙なことに、家康はこの点で秀忠を高く評価していた。家康もまた天才が嫌《きら》いだったからだ。

「あれはこわい男だ。わしが死んだら平八郎も殺されるかもしれんぞ。それも恐らく毒でな」

家康が、一日、本多忠勝にいった言葉を、当の忠勝も、隣室にいた二郎三郎も、鮮明に記憶している。家康はまた、秀忠さし廻しの医師の薬をけっして飲まなかった。乱世を生き抜いて来た男の用心深さである。

その秀忠が、家康の死をどううけとめるか。問題はそこにあった。計算からいえば、たとえ代人を使おうと、家康を生かしておくことが徳川家のためである。だが、秀忠のつもりつもった怨念が、この機会に一気に爆発する惧《おそ》れは充分にある。その時、二郎三郎の生命はない。それが「約束を守っていただきたい」という二郎三郎の言葉の意味だった。つまりは、天海に秀忠を説得してほしいというのである。

「なぜ、それがしが……？」

当然の疑問である。天海は秀忠とは一面識もない。一面識もない叡山の一僧侶《そうりょ》の言葉が、秀忠を動かすと考えるのは無謀であろう。

「それが無謀ではない」

と云《い》ったのは忠勝である。忠勝は驚くべき事実を告げた。

秀忠は明智光秀が好きだった。天才的武将信長と対照的に平凡な悲運の武将として、好きだった。名家に生れながら諸国を流浪《るろう》し、辛酸の末、一城の主となりながら、一人の天才のために遂に逆賊の汚名を着た男の心中が、秀忠には他人事と思えぬ切なさで理解出来た。心許した側近にだけ、秀忠はその思いを明かしていた。恐るべきは、その外に洩《も》れるべくもない言動が、一々家康のもとに届いていたことである。二郎三郎はそのすべてを耳にしていた。だからこそこの危急の時に、天海の名が浮んだのである。秀忠は関ヶ原の合戦に遅れ、五日後の昨日、やっと大津に辿《たど》りついて、家康に目通りを願った。二郎三郎は忠勝と相談の上、それを蹴《け》った。大事な合戦に遅参したことへの当然の懲罰であるが、二郎三郎にとっては、極めて危険な賭けである。正しく頼るのは天海一人だった。

長い沈黙の末に、天海は承知した。それは二郎三郎のためでもなく、徳川家の将来のためでもない。一つには天海自身が、十八年の叡山暮しに倦《う》んでいたためであり、また一つには、自身の娘、細川ガラシヤの死によって、益々《ますます》豊臣一族を憎悪していたためである。

その夜、天海は忠勝の案内で、秀忠の幕舎を訪れた。『生きていた光秀』に、秀忠は狂喜したという。強く随身をすすめられたが、天海は拒否している。そして二郎三郎のことを語った。今の家康の勢いをもってすれば、諸国の大名を、関ヶ原の功罪によって、鉢植《はちうえ》のように除封、加封、転封することが出来る。それによって、徳川家に敵対する者は、大坂の秀頼以外にはいなくなる筈《はず》である。朝廷も、家康を征夷大将軍《せいいたいしょうぐん》に任ずるしか法がない。これを受けて、江戸に幕府を定め、幕藩体制を固める。そして終局的には大坂城の秀頼を討つ。そこまでの仕事を家康にさせた上で、秀忠が二代将軍を継ぐ。その頃には全国の大名で、徳川幕府相手に戦える者は一人も残ってはいまい。これが秀忠のとるべき、最も巧妙な作戦と思われる……。

秀忠は、天海が意外に思ったほど、あっさりとその提案をのんだ。たった一つ、秀忠がつけた注文は、二年で将軍職を譲るということだった。三年その職にあれば欲が出ますから……。秀忠は陰湿な笑いを浮べながらそう云った。この時、天海は二郎三郎と本多忠勝の評価が正確だったことを知った。秀忠の恐ろしさが直観されたのである。だが二年で豊臣家を倒すのは至難の業《わざ》である。しかも、豊臣家を倒すのは、あくまで家康でなければならない。いかに征夷大将軍の宣下《せんげ》を受けようと、秀忠では力不足である。この矛盾について、秀忠と天海は長いこと討議しなければならなかった。このために、表面上は、家康は三日間、秀忠の目通りを許さなかったということになっている。結局、『大御所』制度をつくり、将軍と『大御所』の二元政治にすることで、この矛盾を解決したのは、天海だった。朝廷における院制、上皇と天皇という二元政治に倣《なら》ったものである。

北西航路

慶長八年（一六〇三）二月十二日、家康は伏見城で征夷大将軍に任ずるという内示を受けた。将軍宣下の儀式がおこなわれたのは二月十二日。ここに家康は六十二才にして、全国の武家の棟梁《とうりよう》となった。関ヶ原合戦から三年目である。

だが、朝廷はこの前年、即ち慶長七年二月二十日、折りから京にあった家康に、同じ内意を伝えたが、家康はこれを辞退している。史家はこれを、島津氏との関係がまだ結着に至らなかったためと解しているが、果してそうだったのだろうか。

関ヶ原以後、家康は盛大な論功行賞を行い、天下の諸大名を、その功罪によってあちらに動かしここをけずり、さながら鉢植の如《ごと》く自在に切り盛りして、徳川家を不動の地位においている。西軍に属した大名からとり上げた所領六百万石を分配し直したのである。この結果、豊臣家の所領二百万石が僅《わず》か六十五万七千石となり、逆に百万石余りだった徳川家の直轄地は、二百五十万石と倍増している。更に徳川一門と徳川家譜代の臣で大名に任ぜられた者の数は、実に六十八人。今更、島津一国がどうなろうと、大勢に影響はなかった筈である。これはむしろ、家康＝二郎三郎の、秀忠に対する牽制《けんせい》策ではなかっただろうか。折角めぐって来た征夷大将軍の内示を辞退するという行為は、さぞ秀忠を驚愕《きょうがく》させ、焦《じ》らしたことだろうと思われる。

家康＝二郎三郎は、このほかにも様々な手段で、秀忠を牽制し焦らしている。たとえば、後継者についての老臣たちへの下問である。

『徳川実紀』巻十一によれば、関ヶ原合戦の暫《しばら》く後、家康＝二郎三郎は大久保忠隣《ただちか》、本多正信、井伊直政、本多忠勝、平岩親吉などの重臣を集めて、大真面目《おおまじめ》に、自分の子の中で、誰《だれ》が徳川家を継ぐべきかと下問している。結城秀康を推す者、四男忠吉を推す者（井伊直政）が続出し、秀忠を推したのは大久保忠隣ただ一人だったという。家康＝二郎三郎はこの答えに対して結論を出すまでに二日を置いている。秀忠はさぞ胆《きも》を冷やしたことだろう。

更に、征夷大将軍となって二年目が来ても、家康＝二郎三郎はなかなか政権を秀忠に譲ろうとしなかった。秀忠の恫喝《どうかつ》によって渋々将軍の地位をあけ渡したのは、慶長十年（一六〇五）四月七日のことである。この約二ヶ月前の二月、秀忠は十万の大軍をひきいて江戸を出発し、京へ入っている。大坂の豊臣秀頼はすわこそと警戒体制をとり、京の市民は合戦の予感にふるえ上った。だがこれは秀忠の家康＝二郎三郎に対する恫喝以外の何物でもなかった。四月十六日、征夷大将軍の職は、無事、秀忠に譲渡された。

家康＝二郎三郎は天海のきめた通り、大御所となって駿府《すんぷ》に移り、江戸・駿府の二元政治が行われたが、もとよりこれはみせかけだけであり、殆んどの政治は秀忠がとった。ただ形式上、家康の名を使ったため、後世の史家は、逆に、家康が殆んどの政策をとりしきっていたと考えるに至った。そうしむけたのは秀忠であり、秀忠の陰険さはそこにあった。豊臣家滅亡を目ざす作戦も、すべて陰のやり方だった。先《ま》ず豊臣恩顧の大名を次々に毒殺することから始めたのである。浅野長政、堀尾吉晴、加藤清正、真田昌幸《まさゆき》の四人は、揃《そろ》って慶長十六年、四月から六月にかけて死んでいる。特に後の三人はすべて六月である。どう考えても自然とは思われない。

家康＝二郎三郎は、当然、これが秀忠の謀略であることを知っていた。今更ながら、亡《な》き家康の秀忠観の正しさを知り、うそ寒い思いにかられた。そして豊臣家が滅びた時、次に来るものが自分の死、それも恐らくは毒殺であることを、確信した。

悪いことに家康＝二郎三郎は、この頃《ころ》になって世の中に未練が出てきた。理由は女である。家康の影武者時代にも、何人かの侍女と臥所《ふしど》を共にしたが、愛するには至らなかったし、又、愛することを許されもしなかった。だが今は違う。好みの女を選び、これを愛することが出来る。お万の方、お勝の方、お梅の方、お夏の方、お六の方、次々に愛する女が増えていった。お万の方には慶長七年長福丸（後の紀州頼宣《よりのぶ》）、同八年鶴千代（後の水戸頼房《よりふさ》）を生ませ、お勝の方には慶長十二年市姫を生ませている。いずれも六十才をこしてからの子である。正に影武者時代におさえにおさえていたものが爆発した感がある。秀忠は当然憤激したが、こればかりはどうしようもなかった。後に水戸藩主は将軍を継がぬことに正式にきめられ、紀州藩主が将軍職につくのに大きな抵抗のあった原因は、ここにある。

家康＝二郎三郎は、本気になって生きのびる手だてを探した。慶長五年、関ヶ原合戦後に初めて会った男に英人ウイリアム・アダムスがいる。オランダ船リーフデ号に乗って豊後《ぶんご》に漂着した男である。家康＝二郎三郎は、この男と奇妙なほどうまが合った。言葉の不自由さを越えて相通ずるものがあった。アダムスがリーフデ号に乗った目的は、北西航路の探険と開発にあった。北西航路とはイギリスから北極圏を経由してアメリカ大陸の北端を巡って東洋に至る航路である。東へアフリカ大陸の南端から印度《インド》に通ずる航路をポルトガルに、西へマゼラン海峡を経て東洋に至る航路をスペインに独占されたイギリスにとって、唯一《ゆいいつ》の残された航路だった。アダムスは情熱をこめてこの北西航路の夢を語った。その情熱は家康＝二郎三郎の胸にも火をつけた。

家康は貿易将軍と呼ばれる。だが家康が貿易に力をそそいだのは、家康＝二郎三郎になってからのことである。目的は富の蓄積にあった。大久保長安を起用して、各地の鉱山を直轄領とし、金銀を掘りまくらせたのも、同じ目的による。駿府に移り、政治的に傀儡《かいらい》同然になった者に、どうしてそれほどの金が必要だったのか。家康が死んだ時、駿府城内に蓄えられた金は六百万両にのぼったという。

嘗《かつ》て、北条家が所有する安宅《あたか》丸という軍船があった。北条家が滅びると、この船は大閤秀吉の所有になっている。大坂夏の陣の後、家康＝二郎三郎が最初にしたことは、この安宅丸を手に入れることだった。この船をアダムスに命じて充分に手を加えさせ、リーフデ号同様の外洋に耐えるものにさせた。元和《げんな》元年（一六一五）十二月十五日、即ち豊臣家滅亡の七ヶ月後、家康＝二郎三郎は伊豆三島に近い泉頭《いずみがしら》に隠居所を建てようとした。しかも工事は表沙汰《おもてざた》にせず、日雇いを使ってやるようにと命じている。これは安宅丸の竣工《しゅんこう》を待って、北西航路探険に出発するための基地であった。だが、このもくろみは秀忠の探知するところとなり、翌月、即ち元和二年（一六一六）正月には中止させられている。そしてその月の二十一日鷹《たか》狩りの帰途発病、それでもしぶとく三ヶ月近くも生きて、四月十七日、やっと死んだ。七十五才。毒殺であることはほぼ明かである。

杜　鵑

風が鳴っている。

素肌《すはだ》に触れる空気の冷たさで、誠一郎は目覚めた。全裸に、わずかに紺無地の袷《あわせ》が掛けられているばかりだ。部屋はまだ暁の薄明の中に沈んでいる。

微《かす》かな寝息がきこえる。脇《わき》を見ると、おばばさまが眠っている。おばばさまも全裸の上に、白い法衣を掛けているだけだ。

端正な顔に、疲労の色が濃い。全精力を出し尽くしたという感じである。それが却《かえ》って、凄艶《せいえん》ともいうべき妖《あや》しい色気を漂わせている。

誠一郎も、身じろぎひとつするのものうい程ど、疲れ果てていた。夢が、ここまで疲労困憊《こんぱい》させたのである。考えてみると、昨日の昼すぎからこの暁方《あけがた》まで、ずっと夢を見ていたことになる。世良田二郎三郎元信という異相の男の生涯《しょうがい》を、夢の中で生き抜いた。疲れて当然といえる。その夢を見させてくれたおばばさまの疲労は、誠一郎の数倍もはげしかろう。

おばばさまの白い額に汗が浮んでいるような気がして、誠一郎はそっと指で拭《ぬぐ》ってみた。額は冷く、白磁のようになめらかだった。指はそのまま鼻の脇を滑り、唇《くちびる》の形をなぞる。尖《とが》った顎《あご》から咽喉《のど》を辿《たど》った。ゆっくり法衣を脇にどけた。甘い、清々《すがすが》しい薫《かお》りが、誠一郎を痺《しび》れさせた。乳房は小ぶりだが、寝ても尚《なお》ぴんと尖《とが》っている。誠一郎の指が、かすかにかすかにその乳暈《にゅううん》をなぞり、乳首に触れる。ぴくっ。おばばさまの肌に漣《さざなみ》が立ったように思われた。

おばばさまの唇が、僅《わず》かに開いた。

誠一郎の指はさらに下り、薄い翳《かげ》りのきわを漂う。おばばさまの肌に、ふたたび漣が走り、両脚が立てられ、ゆっくりと左右に割れた。指は自然に谷間を辿り、秘孔に沈んだ。

濃密な麝香《じゃこう》の薫りが立ちのぼった。

誠一郎は、ものうげに身を起し、おばばさまの中に入った。忽《たちま》ち吸いこまれ、緊迫と弛《し》緩《かん》の律動する肉襞《にくひだ》に包まれる。

頭の中は空っぽだった。どうしてこんなことになったのか、皆目分らなかった。ただただ自然《じねん》にこうなった。それでいいのだという声がどこかできこえる。風が鳴り、樹々《きぎ》が鳴り、草が鳴っている。熊野山塊のどこか。遠くで海も鳴っている。人は海を畏《おそ》れ、森を畏れ、神々を畏れ、罌粟粒《けしつぶ》のような己れの弱小を身に沁《し》みて感じた時、抱き合うしか術《すべ》がないのではないか。ゆるやかに律動を繰り返しながら、誠一郎の心は畏れに満ち、誠一郎の頰《ほお》は濡《ぬ》れていた。

「ありがとう」

幽《かす》かにおばばさまの声がきこえた。おばばさまの脚が高く揚り、ひしと誠一郎の背を抱いた……。

杜鵑《ほととぎす》が一声、血を吐くように鳴いた。

見返り柳の葉が、強い風に散っている。

秋、江戸に吹く強風は、西風か北西風だという。今日のは西風で、五十間道を上ってゆく者の顔に、まともに吹きつけて来る。

おしゃぶは、おばばさまの手をかたく握りながら、片手で顔にかかる柳の葉を払った。無性に悲しかった。おばばさまの出発はいつもだしぬけだった。

今朝、朝餉《あさげ》の席に現れたおばばさまは、もう旅姿だった。疲れ果てた蒼《あお》い顔が、底光りするようになまめいて、ぞっとするような美しさだった。

「役は終りました故《ゆえ》、熊野へ戻《もど》ります」

それも船で、と云う。

「この度のお役ばかりは、くたびれました。これ以上とどまると、帰りとうなくなるかもしれませぬ」

驚いて引き留める幻斎に、おばばさまはそう云った。その眼《め》の底に、まんざら冗談とはいえぬ切ないものを読みとって、幻斎は一瞬、息をのんだ。だが声はさりげなく微笑《わら》いを含んでいた。

「おいぼれの胸の中が、些《いささ》か嫉《や》けるようでござる」

おばばさまは少女のように声をあげて笑いながら、目尻《めじり》を素早く袖《そで》で抑えた。

わけの分らないままに、おしゃぶの胸は騒いだ。

(誠さまとかかわりがある……)

誠一郎にかかわる、何かひどく大切な秘めごとが、おばばさまと幻斎の間で語られていることを、おしゃぶは敏感に感じている。

おばばさまが、おしゃぶの髪をいとしそうに撫《な》でた。

「おしゃぶは倖《しあわ》せな女子《おなご》だこと。誠さまに、遮二無二《しゃにむに》むしゃぶりついて、決して放してはいけませんよ」

こくん。おしゃぶが頷《うなず》いた。

「十五になったら……」

おばばさまは、驚くべきことを云った。

「誠さまの女におなり。ここへ……」

おばばさまの手があっという間に、おしゃぶの膝《ひざ》を割り、ひたと秘所を抑えていた。指先がいとおしむように、秘孔をさすり、穿《うが》った。

「誠さまをお迎えするのですよ。でも……」

一瞬の痛みの後で、おしゃぶの膝はもと通り合わせられている。おばばさまが、にこっと笑った。

「悋気《りんき》は駄目《だめ》」

ごくっ。幻斎の咽喉が鳴った。強烈な性感に思わず固唾《かたず》を飲んだのである。

日本堤を右にゆくと、砂利場をすぎ、今戸橋の先、待乳山《まつちやま》の下あたりに舟の乗場がある。川の中に板敷の桟橋《さんばし》を突き出して、数艘《すうそう》の舟がもやっている。大方はずんぐりした大根舟と屋根舟だが、その中に一艘、細く鋭い舳《へさき》をもった猪牙舟《ちょきぶね》があった。

おばばさまは、この猪牙舟で沖の廻船《かいせん》まで行くのだと云う。

誠一郎、おしゃぶ、幻斎、甚之丞、三浦屋四郎左衛門、野村玄意たちの見送る中で、おばばさまは、乗り方が難しいといわれる猪牙に、なんの危うげもなく、乗り移った。野村玄意が、これも身軽くあとから乗った。護衛のためである。

おばばさまが、まっすぐ誠一郎の目を見た。

「あの東雲《しののめ》の心をお忘れなさいますな。あれこそ、至極の恋」

誠一郎の顔が、ぽっと染まった。言葉もなく、頭を下げる。

「十五年あとに、またお目にかかることになりましょう。その時は、あなたさまが、熊野にいらっしゃることになります。今度は、海が光り、木の葉が光り、草も光る山の上で……」

おばばさまが、すっと目を細めて、微笑った。

(そうか。十五年たったら、俺《おれ》は熊野へゆくのか)

まるで予《あらかじ》め決められたことのように、何の疑いもなく誠一郎はそう思った。

三浦屋四郎左衛門が、巨大な身体《からだ》を辛《つら》そうに屈《かが》めて、纜《ともづな》を解いた。この贅肉《ぜいにく》の塊の如《ご》き男にとっては、この作業が最大の奉仕なのである。現に忽ちその顔にどっと汗が流れた。双の手で舟をどんと突き放す。その力と船頭の竿《さお》の一突きとが見事に一致し、舟はすぐ山谷堀から大川へ出ていった。

「おしゃぶはお父つぁんとお帰り。おじいさまは、誠さんと話がある」

おしゃぶは、幻斎に云われて、半分泣きそうになったが、健気《けなげ》に耐えてくるっと背を向けると、一散に走り出した。甚之丞が慌《あわ》てて追ってゆく。

「可哀《かわい》そうに。すっかり女になっちまった」

呟《つぶや》くように幻斎が云う。誠一郎は無言だったが、幻斎の言葉の感じはよく分った。確かにおばばさまの滞在中に、おしゃぶは急に大人びて来た。そして、びっくりするほど美しくなった。それを、可哀そうに、と云う幻斎の感覚が、今の誠一郎には、そこはかとなく分るような気がする。思えば誠一郎自身も、この吉原に来て一ヶ月余の間に、変ったものである。

幻斎が、誠一郎の肩を叩《たた》いた。

「待乳山に登ろう。あそこからなら、おばばさまの猪牙が、ずっと見送れる」

三浦屋四郎左衛門が、慌てて口を挟《はさ》んだ。

「わたしは堪忍《かんにん》していただきますよ。あんな上まで、とてもとても。死んでしまいますよ、いえ、本当に」

すでに汗みずくの顔をふりたてて、心底恐ろしそうに云うのである。

長い石段を登ると、聖天《しょうてん》さまがある。正式には『大聖歓喜自在天』。頭は象で、身体は人間の像、それも単身と双身があり、双身の方は男神と女神が抱合している。

聖天ハ娘の拝む神で無《ナシ》
聖天ハぐつときまりの御姿

その社の裏に廻《まわ》ると、大川は一望眼下にある。おばばさまを乗せた猪牙が、せわしなく櫓《ろ》を漕《こ》いでゆくのが、小さく見える。おばばさまが笠《かさ》を傾けてふり仰ぎ、かすかに手を振ってみせた。

なにか熱いものが、誠一郎の胸にこみ上げて来る。大坂まで安泰な船旅が続いたとしても、そこから紀の国熊野までは、まだまだ遥《はる》かな山路である。おばばさまは、自分に夢を見せるだけの目的で、その遠い遠い道を辿り、今またそこに帰ろうとしている。熊野比丘尼《びくに》の総師《そうすい》という、この非凡な女性に、それだけの苦労をかける値打が、自分のどこにあるのだろう。断じてそんなものがある筈《はず》がない。悲しみが誠一郎の胸をひたした。十五年は永すぎる。今すぐ熊野へおばばさまを追ってゆきたい。行って、何でもいい、おばばさまの役に立つことが出来たら、と思う。

幻斎は、誠一郎の悲しげな顔から、その思いを読んだらしい。ずけりといった。

「優しいてえのは悪《わる》なんだよ」

「は？」

「誠さんはね、女に出逢《であ》うたんびに、その女の為《ため》に何も彼《か》も棄《す》てようと思う。そうだろ？」

「ええ」

「そいつは間違っちゃいねえ。確かにそれが男の優しさだと思う。だがね、たんびたんびそんなことをしてて、身がもちやすか？　いえね、誠さんの身だけじゃねえんだ。女の身だって、もちゃぁしねえよ」

「………！」

「だから、優しいのは悪だっていうんだ。でけえ口を叩ける義理じゃねえ。この俺自体がそうだったから、云ってるんだ。慙愧《ざんき》といっていい」

幻斎の声には、真実だけが持つ、打ちひしぐような迫力がある。

誠一郎は茫然《ぼうぜん》と幻斎の顔をみつめるばかりである。

勾《こう》坂《さか》甚内

慶長十六年（一六一一）。幻斎こと庄司甚内は、三十六才になっていた。初めて江戸へ出て来てから十一年の歳月が流れている。

この間に甚内は、元誓願寺前の色町の実質上の頭領にのし上っていた。

この色町はもともと京橋柳町にあったのだが、慶長十年江戸城修復にともない、ここが御用地になったために、現在の日本橋室町あたりと思われるこの元誓願寺前に転居を命じられたものである。ちなみに江戸城修復は慶長九年六月に施工がきめられ、準備に一年九ヶ月かけて、慶長十一年三月に着工、翌年完成している。この時、甚内は第一回の幕府に対する嘆願書を提出している。江戸市内の色里を統合し、一ヶ所に御免色里を作りたいという趣旨のものだが、この嘆願は幕府によって、にべもなく却下された。一つには、江戸にある三つの色里、すなわち麹町《こうじまち》、鎌倉河岸《がし》、そしてこの柳町の三者の意見が、必ずしも一致していないことを、幕府に見抜かれたためだ。

甚内は己れの非力を痛感した。年齢も若すぎた。まだ三十才だったのである。以後ますます己れに力をつけることに努めた。この世界での力とは、金と女と武力《たま》である。

甚内は諸国の傀儡子《くぐつ》に檄《げき》をとばし、傀儡子一族の美女を集め、異能の男たちを求めた。柳町の色里には既に山本芳潤《ほうじゅん》がいて、甚内を助けてくれた。女も男もすべて、傀儡子の身分を消し、常民を装って集って来た。その中に六字流刀術の遣い手野村玄意、二天一流の並木源左衛門、山田三之丞、商いの天才ともいえる三浦屋四郎左衛門がいた。

徐々に徐々に、元誓願寺前の色里は、傀儡子族一色に染められていった。同時に、麹町、鎌倉河岸の色里でも、何くわぬ顔で入りこんだ甚内腹心の傀儡子族たちが、勢力を伸ばしていった。元来、遊びの世界で傀儡子族の男女にかなう者はいない。彼等こそ天性の遊び人だったからだ。そして武力の上でも、正規の武士団の大部隊は別として、狩猟民だった彼等に匹敵する戦闘集団は、ほとんど無いといっていい。伊賀・甲賀の忍びの集団といえども、傀儡子族と闘うことは避けるのである。

元誓願寺前への移転から五年、この色里は他の二ヶ所を抑えて繁盛し、甚内の力は強大を極めるに至った。

この間に、幕閣では、家康＝世良田二郎三郎の最大の支持者だった本多平八郎忠勝が死に（慶長十五年）、天海がその代りに、ようやく叡山《えいざん》を降りて、家康＝二郎三郎の帷幕《いばく》に参加するに至った。

甚内は、家康が関ヶ原以後すり替っていることに気づいた最初の男だったが、この事実をどう利用したらいいか分らないままでいた。家康が替玉なら、政権は二代将軍を継いだ秀忠にあるわけであり（事実その通りだったのだが）、下手に家康替玉説などロにすれば、それだけで一族根だやしにされる危険があった。

甚内はただただ観《み》ていた。家康＝二郎三郎の動きを、秀忠の動きを、ただ観て推測し、計算していた。そして、この慶長十六年になって、ようやく一つの結論を得た。即《すなわ》ち、御免色里の嘆願書は、秀忠の率いる幕閣に提出しても甲斐《かい》のないこと、万難を排して家康＝二郎三郎に直接渡すべきである、ということだ。

甚内の十一年にわたる観察は正鵠《せいこく》を射たといえよう。当時の幕閣は、急速に若い官僚群によって占められていった。戦国を生きぬいた、諸事について寛闊《かんかつ》な老臣たちは後退し、秀忠の側近だった、若い、緻密《ちみつ》な、それだけに融通のきかぬ譜代の家臣たちによって替わられていた。まだ大坂城の秀頼は健在であり、大合戦の予感は消えなかったが、この十一年にわたる平和は、ようやく秩序と統制の時代の到来を告げるものだったのである。

これに対して、駿府《すんぷ》に去った大御所家康＝二郎三郎の側近はどうか。これは徳川家はじまって以来の異色の面々で占められていた。金地院《こんちいん》崇伝《すうでん》、南光坊天海、儒者林羅《ら》山《ざん》、金座の後藤庄三郎、京の豪商茶屋四郎次郎《しろうじろう》、大工頭中井大和《やまと》、英人ウイリアム・アダムス。本多上野介《こうずけのすけ》正純というまぎれもない官僚もいたが、これは三河一向一揆《みかわいっこういっき》の時、徳川家に背いた元鷹匠《たかじょう》本多正信の子である。つまりいずれも『無縁・公界《くかい》』ひいては『道々の輩《ともがら》』に深い共感を持つ者ばかりなのである。同じ『無縁』に生きる傀儡子族が、望みを託するに足る為政者の集団は、これ以外にいる筈がなかった。

今度こそ。甚内は深く心に決するところがあった。なんとしてでも、家康公にじかに対面し、嘆願書を手わたしてみせる。勿論《もちろん》、駿府城内に入ることは不可能である。とすれば鷹狩りの時を狙《ねら》うしかない。事実、家康＝二郎三郎は鷹狩りの際、猟場近くの百姓のおびただしい嘆願を受け、それぞれに、百姓有利の処置を下している。これは秀忠の専制政治に対する家康＝二郎三郎のいやがらせにほかならなかったのだが、世人がそんなことを知るわけがない。甚内にも、そこまでは読めていない。とにかく、家康が猟場で、気軽に百姓に会い、話をきいてくれるという一事が、今の甚内には重大だった。甚内は、家康の猟場とそこへ出かける日程を秘《ひそ》かに調べさせた。下総東金《しもうさとうがね》。それが甚内の選んだ猟場である。

前回に懲《こ》りて、今度は麹町、鎌倉河岸の色里にも、十二分の根廻《ねまわ》しをした。それでも、反対者はいた。鎌倉河岸の岡田九郎右衛門という男である。むやみに公儀を恐れ、ひたすらことなかれと願う現実主義者であり、心底からの女郎屋の親爺《おやじ》だった。その九郎右衛門は、ある日、ふぐの毒に当って死んだ。そして、東金への鷹狩りの日程も分り、決行を一ヶ月後に控えた或《あ》る日、甚内の前に立ち塞《ふさ》がった男がいた。

男の名は、勾坂《こうさか》甚内。武田家で『槍《やり》の弾正《だんじょう》』の名を轟《とどろ》かせた猛将勾坂弾正の一子。野盗だった。

勾坂甚内。高坂とも向坂とも書く。幼名甚太郎。武田家滅亡後、祖父につれられて摂津の芥川に住んだ。若い頃《ころ》の宮本武蔵に弟子入りし、武蔵と共に江戸に来たのが、二十一才の時。この江戸で腕試しの辻斬《つじぎ》りをやり、五十両の金を奪ったのが転落の始りで、武蔵には破門され、相州平塚《ひらつか》に隠れ、仲間を集めて箱根の山賊の頭領になったと伝説はいう。宮本武蔵の記録に甚内の名は全く出て来ないから、弟子だったという話は眉唾《まゆつば》だが、野伏《のぶせ》りで異常な剣の達者だったことは間違いがない。手下の数は、五十とも百ともいう。なりわいは野盗だが、前にも書いた通り、ごく近年まで野伏りは同時に傭兵《ようへい》集団であり、素《す》ッ破《ぱ》、細作《さいさく》（スパイ）の役も果した。いわば戦国大名の外郭団体である。従ってよほど確かな証人でもいない限り、幕府としても心情的に処罰しにくい相手だった。勾坂甚内の盗みは、相手を悉《ことごと》く惨殺《ざんさつ》するのが特徴である。三才の幼児といえども生かして残さない残忍さで、証人がいるわけがない。それでも不思議と噂《うわさ》だけは立つのだが、噂では処刑出来ないのは、今も昔も変りはなかった。

庄司甚内が、勾坂甚内と関《かかわ》りを持ったのは、一人の奇妙な女のためだった。女の名は、お清《せい》。元誓願寺前の甚内の店へ、唐突に現れた時、十九才だった。慶長十六年もおしせまった師走《しわす》の十二日昼下りのことである。

この日、庄司甚内は一日内所に坐《すわ》らず、奥の座敷に蟄居《ちっきょ》して、家康に接近する手だてを思案していた。下総東金のお鷹狩りは正月半ばに行われる。もう一ヶ月もない。嘆願書の文案は、練りに練ったものだが、どちらかといえばおとなしい内容のものだ。肝心なのは口上の方で、これがこの日の甚内の思案の種だった。幕府の厳しい差別政策についての批判は一切すまい。それよりは傀儡子族をはじめとする無縁の徒の、痛ましいばかりの困窮ぶりを訴え、切々と救いを求める方が有効であろう。知よりも情に訴えるやり方である。しかも、口上は短くなければならない。鷹狩りの最中に、くだくだしい長広舌に耳を傾ける者はいまい。短く、しかも有効な口上。甚内は激しく頭を振った。いいたいことが、次から次へと湧《わ》いて来るのを、振り落すためだ。丁度その時、番頭の弥七が廊下から声をかけて来た。

妙な女が店先へ来て、旦那《だんな》さまにお目にかかりたいといい張り、てこでも動かぬという。

「別嬪《べっぴん》かい？」

ときくと、

「さあ、それが……」

奇妙にいい淀《よど》むのである。永年、女の見立てに慣れた番頭にしては、珍しいことだ。

「正直、分りませぬ」

さじを投げたように云《い》う。別嬪か別嬪でないか分らぬということは、よほど癖の強い女か、又はよほど色気の強い女ということになる。

「そんなに色気があるのかい？」

からかうように訊《き》くと、とんでもないというように首をふって、

「そうじゃないン。てんで違うんで……ただ……なんと申しますか、このォ……見てると、ぽおっとなって参りますんで……」

甚内は瞠目《どうもく》した。弥七が赧《あか》くなったのである。色白の弥七が首筋まで染めている。

急にその女に対する好奇心が増した。

「会おうじゃないか。ここへ呼びな」

大事な思案の最中に初対面の人間に会おうなどと思ったことで、既に女に負けていたのだが、この時の甚内はまだ気づいてはいない。

女はお清と名乗った。見たところ器量のいい女ではない。ただ抜けるように色が白く、白目の青みがかった目が、はっとするほど澄んでいる。ものおじする気配はまったくなく、ゆったり坐って、じっと甚内を見ている。それも見つめているという感じではなく、ほわっと、花でも眺《なが》めているように、ただ見ている。ものうげで、懶惰《らんだ》で、そのくせ身体のどこかからか、さわさわ風が吹きつけて来るような、清々《すがすが》しさがある。

「お前さん、傀儡子女《くぐつめ》かい？」

ずばっと訊いた。お清は顎《あご》を引くようにして頷《うなず》き、甚内も知っている長《おさ》の名をあげた。その長はとうに死に、身内の者は散り散りになった筈だった。

「遊女になりたくて俺《おれ》がところに来たのかえ？」

「お前さまがそうなさりたければ……」

どっちでもいいという風に、お清が応《こた》える。

「どういうこった？」

「お前さまのそばにいれれば、それでいいといわれたの」

相変らずひとごとのように云う。

「誰《だれ》にいわれた？」

「知らない」

まるで甚内をなぶっているようだった。

「馬鹿《ばか》をいっちゃいけない」

「わたしの頭の中で、誰かがそう云ったの。お前は間違っている。別の甚内さんのところへゆけ、って。だから来たの」

「別の甚内？」

「勾坂甚内よ。強い男。でも、もう駄目《だめ》。二年たつと死ぬわ」

他人が聞いたら、お清は狂っていると思ったに違いない。だが、甚内の顔は逆に緊張して硬《こわ》ばった。甚内は己れの一族の中に、この種の女のいることを知っている。傀儡子の女は元々巫女《みこ》である。巫女には、天性、今日でいうエスパー能力を強度に持った者がいる。憑依《ひょうい》（ものがのりうつる）、読心（人の心を読む）、予知（未来を読む）、念動（心で思うだけで物を動かす）、転移（思うだけでその場所にゆく）などの超能力のうちの一つ、又はいくつかを備えて生れて来るのである。お清は予知能力を持つ女だった。甚内はもう一人、強い予知能力を持った女を知っている。それは姉のおしゃぶだった。

「北条は滅びます。来年、七月」

急に遠乗りの伴《とも》を命ぜられて、この海の見える山腹まで馬をとばして来た甚内に、姉のおしゃぶが、最初に云った言葉である。天正十七年（一五八九）秋九月、甚内、十四才。八才年上のおしゃぶは北条氏政《うじまさ》の寵妾《ちようしよう》として、権勢の絶頂にあった。

「わたしも父上も死ぬ。ああ、つまらない。二十三で、もう死ぬなんて」

おしゃぶは、腹立たしげに叫ぶと、馬からすべりおりた。甚内も急いでとびおりると、馬の轡《くつわ》を抑えた。

「馬なんか放っておおき。ここへおいで」

甚内は一切さからわない。こういう時のおしゃぶにさからうと、何をしだすか分らないことを、身内の者はよく心得ている。

「着ている物をお脱ぎ！　ああ、つまらない。わたしが死んで、お前だけが生き残るなんて」

甚内は抗議した。

「そんな筈はありません！　父上も姉上も亡《な》くなるのなら、私だって……」

「お黙り。何も分らないくせに。早くお脱ぎったら。ああ、つまらない！　お前は怪《け》我《が》はするけど、死にはしません。それもよ！ 全部お脱ぎといったでしょ！」

下帯一つになった甚内を指さして、地団太ふまんばかりにして叫ぶ。甚内は諦《あきら》めて下帯もとった。姉の前だから平気の筈だが、それでも羞恥心《しゅうちしん》はある。なんとなく、縮こまった姿勢になった。

「みっともない格好！ 胸をお張り！ どんな時でも、胸を張っていてこそ男。そう。そういう風に」

叫びながら、おしゃぶもぱっぱっと着衣を脱ぎ捨ててゆく。薄絹が浜風に舞い、透き通るような裸身が、甚内の前に立った。脇《わき》の下と胯《こ》間《かん》の濃い翳《かげ》りが、風に微《かす》かにそよぐ。

「姉上！」

甚内はおろおろしている。折角張った胸もすぼんだ。

「お黙り！ 草の中に寝て！ 早く！」

「でも、姉上！」

「お黙り！ わたしがお前に遺《のこ》してあげられるのは、これしかないの！ まことの女《おな》子《ご》とはどんなものか、味わってごらん。そして、一生、憶《おぼ》えていて！」

激しく叫びながら、手は優しく甚内を愛撫《あいぶ》し、口は甚内を含んだ。それから陽《ひ》が沈むまで、おしゃぶは半刻《はんとき》の休息もとらせず、甚内を責め続けた。ゆっくりと翳ってゆく蒼空《あおぞら》が、何度砕けて己れの上に落ちて来たか、甚内は数えることも出来なかった。遠い海が黄金色に耀《かがや》き、やがて様々に変化しながら銀鼠色《ぎんねずいろ》に変っていったことだけが、鮮明に甚内の脳裏に残った。

翌天正十八年七月、小田原城は落城し、北条家は滅んだ。甚内の父庄司又左衛門は討死。おしゃぶは、大閤《たいこう》に召上げられることを恐れた嫉妬《しっと》深い北条氏政の手で斬られた。甚内ひとりが、重傷の身を部下に助けられ、東海道吉原の宿《しゅく》に落ちのびた。何も彼《か》も、おしゃぶの予言通りになったのである。

それから二十一年。甚内は夥《おびただ》しい女を抱いたが、遂に姉にまさる女性《にょしょう》にめぐり合うことはなかった……。

われに返った時、甚内はお清を抱いていた。いつ、どうして、そうなったのか、覚えがない。お清は当然のことのように、柔かく抱かれている。不意に甚内は、蒼空が落ちて来るのを感じた。紺青《こんじょう》が微塵《みじん》に砕け散る目眩《めくるめ》く思い。これだった。おしゃぶが教えてくれたものは、正しくこれだった。二十一年かかったなあ、と甚内は痺《しび》れた脳髄で沁々《しみじみ》と感じた。

「一生わしのそばにいろ。いや、いてくれ」

素肌を合わせたまま、お清の耳もとで、囁《ささや》くようにいった。お清が、こくんと頷いた。甚内はほっとして、また柔かい身体に溺《おぼ》れていった。

お清はこの時の約定《やくじよう》通り、慶安二年十月十八日に死ぬまで、一生妻として甚内のそばにいた。子供は娘のなべだけで、今、西田屋にいるおしゃぶは、このなべと甚之丞の子である。甚内が姉の名をつけたのだが、本来おしゃぶとは和尚婦と書き、芸能に秀《ひい》でた女という意味から、転じて最高級の遊女をさす言葉だった。

勾坂甚内が店に現れたのは、三日後のことだ。熊《くま》のように毛深く、怪物じみた大男である。

「お清という女を出せ」

そういう物言いの男だった。

「お主の女房か？」

「いや」

庄司甚内は無意識に元の武士言葉になっている。ちかっと勾坂甚内が見た。

「では奴《やつこ》か？」

奴とは奴隷《どれい》である。この当時、法令で禁止はされていたが、現実にはまだまだ相当数の奴がいた。

「いや」

勾坂甚内はまた首を横に振った。少くとも嘘《うそ》をいう男ではない。そんな面倒臭いことはしない、という感じである。

「それでは、お主が連れ戻《もど》すことは出来ないな」

勾坂甚内は、無言で懐中から新しい慶長大判をとり出して膝《ひざ》の前へ置いた。百両はある。

「お清は遊女ではない。金で身請《みう》けすることは出来ん」

「じゃあどうすりゃいいんだ！」

勾坂はかっとなって怒鳴ったが、次の瞬間、見事にその癇癪《かんしゃく》をおさえ、畳に手をついた。

「お願いだ。あれを返してくれ。あれがいないと、俺は駄目なんだ。分ってくれ。頼む」

甚内には勾坂の気持が、痛いほどよく分った。共感をおぼえたと云ってもいい。二日暮らしただけで、甚内も同じ思いに浸《ひた》っていたからである。惚《ほ》れこんだ、というのとは少し違う。いなくなるかもしれぬ、と思っただけで忽《たちま》ち胸がざわめきだす。喪失感で身体が冷たくなって来る。確かに「あれがいないと俺は駄目なんだ」という状態になってしまう。それだけに、今更、勾坂にお清を渡すことは絶対に出来ない。

「明日未明……」

甚内はほとんど無意識に云っていた。自分の声が他人のようにきこえる。

「わしと決闘せよ。勝ったら、お清を連れてゆくがいい」

勾坂は呆《あき》れたように甚内を見つめた。

「本気かね？」

「刻限と場所はお主に委《まか》せる」

勾坂は哀れむように、何度も首を振った。

山本芳潤がそれこそ烈火のように怒った。明朝の決闘に備えて、甚内が家康への接近の仕方、考え抜いた口上の内容などを伝え、御免色里嘆願の件を芳潤に依頼したからである。勿論、自分が決闘に斃《たお》れた場合のことだ。見損なった、と芳潤は喚《わめ》いた。

「五年だぞ。五年も待った好機なんだぞ。それを……たった一人の女のために、棒に振る気か！」

「女一人守れない男に、何が出来る。しかも一族の女だ」

「下らんいいわけだ。あんたはその女にのぼせただけだ。女にのぼせて、男としての大事な仕事を放棄しようとしている。それだけのことだ」

「俺は今まで闘って負けたことがない。今度だって必ず勝ってみせる。ただ万々一のことを思って、あんたに話しただけなんだ」

「勾坂甚内は悪党だ。一人対一人の決闘などする筈がない。場所と刻限を教えてくれ。そっちは我々でなんとか出来る。だが、大御所さまの方は、あんた以外の人間には出来ない。世良田二郎三郎元信を知っているのは、この色里であんた一人しかいない」

理屈は芳潤の側にあった。だが甚内は勾坂との決闘を棄《す》てる気にはなれなかった。自分がいい出したことだったし、芳潤に依頼すれば、大勢で勾坂を押し包んで殺すにきまっている。そんなことはさせられない。同じ女を思った男二人が闘うことに意味があった。それをうす汚れた謀殺に変えることは、絶対に出来ない。甚内は口をつぐんだ。芳潤がなんとかき口説いても、決闘の場所も刻限も教えなかった。そして、芳潤が三浦屋四郎左衛門、野村玄意などに応援を頼みに出た僅かな隙《すき》に、大小の唐剣をもっただけで家を出てしまった。場末の飲み屋で夜を明かし、明け六ツに約束の川原にいった。

甚内が自分の甘さに気づいたのは、川原におりると同時だった。まだ暁闇《ぎょうあん》の中に沈んでいる川原は、夥しい殺気で満ちていた。勾坂が用意した手勢は二十人だった。

「お主にはお清を抱く資格がない」

甚内は、歯ぎしりする思いで叫んだ。勾坂は鼻で笑った。野盗の戦法からいえば、当然すぎるほど当然のことで、馬鹿正直に単身で来た甚内の方が、底なしの阿呆《あほう》なのである。甚内は勾坂の悪辣《あくらつ》さよりも、自分の愚かさに腹が立った。こんなけちな悪党とのけちな決闘に、自分がどれほど大きなものを賭《か》けてしまったかを、痛切に思い知らされた。その腹立たしさが、甚内の力を倍増させた。あっという間に八人を斬った。だが更に五人を斬った時には目が昏《くら》んだ。自分がどれだけ斬られたか、最早、意識がなかった。それでも、やっとの思いで、四人を斬った。立っているのが難しくなった。身体がふらふらと揺れる。よそ目には酒に酔っているように見えたかもしれない。目も霞《かす》んで来た。それでも又、二人斬った。

「なんて男だ！　化け物か、貴様！」

恐怖と怒りで勾坂が喚いた。その勾坂に、甚内の小刀が飛んだ。太股《ふともも》に突き立った。胸を狙《ねら》ったが、もうそれだけの力がなかったのである。投げ終ると、甚内は前のめりに倒れた。それでも最後に一人残った手下が近づくと、半身を起しざま、その胴を斬った。そのまま、あぐらをかいて坐りこむ。勾坂も脚を投げだし尻《しり》を落したまま、口だけは威勢よく悪態をついていた。陽が昇り、火付《ひつけ》盗賊改めの役人たちが川原におりて来た時もまだ、勾坂はかすれた声で悪態をついていた。

二人は傷の手当を受けると、すぐ調べに廻された。勾坂は、女をとられた、と云い、甚内は一対一の決闘に二十人来た、と云った。調べの役人が癇《かん》を立てた。庄司甚内と勾坂甚内。同じ甚内でややこしくてたまらないと云う。どちらかが今すぐ名前を変えろ。甚内が即座に云った。

「手前は只今《ただいま》生れ変りました。庄司甚右衛門と発します」

庄司甚右衛門は、即座に釈放され、勾坂甚内は牢《ろう》に入れられた。だが三日後に手下の加勢で破牢、逃亡した。勾坂甚内が再び捕えられ、浅草鳥越《とりごえ》の刑場で磔《はりつけ》にされたのは、お清の予言通り二年後の慶長十八年のことである。瘧《おこり》を患《わずら》って身動きも出来ない状態だった。どたん場（首斬場）に送られる途中、鳥越明神の前の橋を渡る時、甚内が叫んだ。

「おこりにかかっていなければ、捕えられもしなかったのに。うらめしいおこりめ！我なきあと、おこりで悩む者あらば、必ず癒《なお》してやろう」

世人、この橋を名づけて、甚内橋といった。

三州吉良《きら》

慶長十七年(一六一二)正月七日、大御所家康は三州吉良で鷹狩《たかが》りのため、駿府《すんぷ》城を出発した。

この正月、下総東金《しもうさとうがね》で鷹狩りをするというのは虚報だった。家康=二郎三郎の用心深さを示すものである。敵は豊臣秀頼でも豊臣家恩顧の大名でもない。ほかならぬ二代将軍秀忠だった。

この前年、即《すなわ》ち慶長十六年三月二十八日、後水尾帝御即位のため京にあった家康=二郎三郎は、二条城で豊臣秀頼と会見している。家康=二郎三郎の執拗《しつよう》な要請によるものである。加藤清正は短剣を懐中にし、秀頼に万一のことがあれば、家康と刺しちがえようと、決死の思いで同行した。もう一人の同伴者浅野幸長《よしなが》も常に四方に目を配り、対面の無事終ることを八百万《やおよろず》の神々に祈ったという。だが家康=二郎三郎に害意は全くなかった。秀頼を平和裡《り》に幕下《ばっか》に引き入れることを心底望んでいた。関ヶ原以後十一年間の平和は、徳川家と豊臣家の武力の相違を、決定的なものにしていた。戦えば、徳川方の勝利はかたい。だが勝てば、家康=二郎三郎は不要になる。秀忠の手で殺されるのは、目に見えている。だからこそ、合戦を避け、平和裡に豊臣家を隷属《れいぞく》させるのが、家康＝二郎三郎の願いだったのである。二条城の対面は無事に終り、京大坂の庶民は平和の到来にほっと胸をなでおろしたという。

秀忠は激怒した。形だけにせよ、卑《いや》しい影武者を、いつまでも父とあがめ続けることは不可能である。今や武力の面で豊臣方は鎧袖一触《がいしゆういっしょく》の存在にすぎぬ。家康がいなくても勝利は確実である。こわいのは加藤清正ほかごく数名の武将だけだ。秀忠が柳生宗矩《むねのり》の率いる柳生忍群（裏柳生）を用いたのは、この時が初めてだった。柳生忍群は、秀忠の期待に見事に応《こた》えた。慶長十六年六月中に、加藤清正、堀尾吉晴、真田昌幸《まさゆき》の三人を、たて続けに暗殺したのである。三人の死に、最も驚愕《きょうがく》したのは家康＝二郎三郎だった。秀忠の意図を見抜いたのである。これであとは池田輝政《てるまさ》、浅野幸長、福島正則《まさのり》、前田利長《としなが》の四人を斃《たお》せば、豊太閤《ほうたいこう》恩顧の武将はほぼ消え失《う》せることになる。その次は家康＝二郎三郎の番だ。家康＝二郎三郎を明かに暗殺と分る形で殺し、それを豊臣方の刺客によるものと思わせる。豊臣方への開戦の理由として、これほど強力なものがあろうか。

家康＝二郎三郎の臆病《おくびょう》さが、神速な行動をとらせた。自身の警固に、天海のすすめで密《ひそ》かに捨扶持《すてぶち》を与えて飼っておいた武田忍群を起用すると同時に、池田輝政以下の四武将に明らさまな警告の使者を派遣したのである。このため、柳生の刺客は悉《ことごと》く阻止され、斬《き》られた。柳生忍群がこれらの武将の暗殺に成功するには、二年の歳月を必要とした。池田輝政は慶長十八年一月二十五日、浅野幸長は同年八月二十五日（僅《わず》か三十八才である！）、前田利長に至っては、慶長十九年五月二十日まで生き永らえた。柳生にとっては、手痛い挫折《ざせつ》だったし、秀忠は、すぐさま家康＝二郎三郎を暗殺せよ、と宗矩に命じたほどの激昂《げっこう》ぶりだった。

『十六日青山図書助成重を吉良に御使せられ、大御所の御けしき伺はせらる。京極若狭守忠高、同丹後守忠知を使奉り、時服並に嘉肴《かこう》を献じ、御けしきうかがふ。大御所はけふも狩せらる』

『徳川実紀』慶長十七年正月の項にあるこの文章はさりげないが、その裏に恐ろしい事実をかくしている。この三人をさし向けたのは勿論《もちろん》秀忠であり、三人の役目は目撃者になることだった。大御所家康暗殺の目撃者である。

この日、吉良のお鷹場には、七人の選りすぐった裏柳生の刺客が伏せられていた。いずれも大和柳生ノ庄から呼びよせたばかりの忍びで、全く顔を知られていない。その上一人の印籠《いんろう》内に、父にあてた遺書が秘められていた。父は豊臣秀頼側近の老臣で、この老人は、詮議《せんぎ》が豊臣家に及ぶや否《いな》や、自決させられる手筈《てはず》になっていた。勿論、柳生の手によってである。七人のうち四人までは鉄砲の上手で、残り三人は遠矢の達者だった。ほぼ完璧《かんぺき》に近い暗殺計画だった。庄司甚内改め甚右衛門がこのお狩場にまぎれこんでさえいなければ、大御所家康は吉良で横死し、徳川＝豊臣大合戦の幕はこの年に切って落されていた筈だ。

庄司甚右衛門が、東金の鷹狩りの虚報であることに気づいたのは、お清《せい》の予知能力のお蔭《かげ》だった。

「大事が起ります。この十六日。三河で。お前さまはそこにいなければいけない」

正月二日、姫始めの床で抱かれながら、お清は相変らずうわの空の様子で、そう口走った。

「三河？　下総じゃないのかい？」

問い返した甚右衛門に、

「三河」

呆《ほう》けたように繰り返す。

甚右衛門はすぐ足の速い男衆を五人、駿府へ送り、家康＝二郎三郎の動きを看視させた。七日、家康＝二郎三郎は駿府を出てこの日は田中泊り。八日、相良《さがら》。九日、横須賀。十日、中泉。吹雪。六、七寸の積雪を見る。十一日、鷹狩り。十二日、浜松。十三日、吉田。そして十四日に吉良に着き、ここに数日泊って鷹狩りをすることになる。吉良には鳥の数が多かったためという。甚右衛門は十日の中泉から、この看視組に合流している。そして十五日の鷹狩りから、猟場に単身忍びこみ、家康＝二郎三郎に接近する機会を狙《ねら》った。甚右衛門が裏柳生七人の刺客を発見したのは、翌十六日のことである。

刺客七人は、足軽の衣裳《いしょう》で、鉄砲と弓を携帯している。よそ目には、なんの不審も見られない。だが甚右衛門は七人の全身から放射される異常な殺気を感じとった。たかが鳥獣を狩るのに、これほどの殺気は不要である。甚右衛門は残雪の枯野を蛇《へび》のように這《は》って、七人を追った。七人はやがて足軽の衣裳を脱いだ。下は柿《かき》色の忍び装束である。その姿で枯野に伏せると、遠目ではほとんど見えなくなってしまう。七人も今や枯野の中を這っている。甚右衛門もその動きに合わせて、じわじわと距離をつめた。家康の陣幕がすぐ近くに現れた。かすかに顔を上げた甚右衛門の目に、ゆったり床几《しょうぎ》に腰をおろした、十一年ぶりの家康＝二郎三郎の姿が映った。その横に、同じく床几に腰をおろしているのは、天海である。そして目撃者となる筈の青山成重、京極忠高、京極忠知の三人。他には数人の側近と、鷹匠《たかじょう》がいるだけだ。武田忍者の警備体制は、家康の目につくのを避けて、大きな輪を描くようにして布《し》かれている。昨日からこのお狩場に潜んでいる甚右衛門は、その警備の模様を知悉《ちしつ》していた。この七人はその一角を力ずくで切り破って来たに相違ない。時は切迫している筈である。武田忍者が気づいて、家康＝二郎三郎の周囲に人楯として群がり立つことは確実だったからだ。

火縄《ひなわ》の臭《にお》いが流れる。四人の柳生者が鉄砲を構えた。甚右衛門は跳躍した。右から二人目の男の背に着地すると、抜き放った短剣で一瞬にその咽喉《のど》をかっ切った。同時にその左手は、狙撃者《そげきしゃ》が背に廻してあった忍び特有の直刀を抜き、左側に伏せていた狙撃者の右腕を切断している。そのまま転がると、半身を起しかけた右端の狙撃者を同じ直刀で刺し、左端の男に短剣を投げた。短剣は正確に左胸を貫いたが、その衝撃で引金が引かれた。轟然《ごうぜん》たる銃声が起り、天海の前にいた鷹匠が腹を抱くようにして倒れた。その時はもう、甚右衛門は、半弓を持った残り三人の柳生者と闘っている。柳生者の弱点は、狙撃に重点を置いたために、僅かに剣技に劣ったことだ。三人はまたたくまに、甚右衛門に斬られた。二人即死、一人重傷。ほっと息をついた甚右衛門を、武田忍群がとり囲んだ。

家康＝二郎三郎は、甚右衛門をおぼえていた。天海をのぞく、側近を遠ざけて、甚右衛門に会った。

「十二年前、関ヶ原合戦の帰途、鈴ヶ森で出会うた遊君《きみ》が長《てて》だな」

家康＝二郎三郎は、試すように云う。

「その前にも。あれは天正十七年の夏でございましたか……」

「ふむ」

家康＝二郎三郎が微笑《わら》った。そうか、とも、いや、ともいわない。

「それで、何のために、狩場に入った？」

甚右衛門は、天海の手を通して嘆願書を渡した。

「御免色里のう。些細《ささい》な望みのために、生命《いのち》を賭《か》けるものだ」

家康＝二郎三郎は、意外そうに云った。確かに政治の頂点にいる者にとっては、遊里の問題など些細なことに違いない。

「些細な望みとは思いませぬ。傀儡子《くぐつ》族、ひいては広く無縁の徒、道々の輩《ともがら》の、生き残るか残れぬかの境でございます」

『無縁の徒』。『道々の輩』。いずれも、家康＝二郎三郎にとっては、久しぶりに耳にする懐《なつか》しい名前だったに違いない。その表情が一瞬ゆるんだ。甚右衛門は、彼等の現状と窮境を、熱く語った。

「では、御免色里とは表向き、内実は傀儡子の砦《とりで》、傀儡子の公界《くかい》を造る所存か？」

そう訊《き》いたのは、天海である。

「御意《ぎよい》」

甚右衛門はきっぱりと云い放った。思案の末の大胆さである。たとえそのために斬られることになろうとも、己れの目的は明白に告げようと決心して、このお狩場に潜入した甚右衛門だった。相手もまた同じ無縁の徒、同じ道々の輩ではないか。同じ漂泊の自由を味わった者に、一時しのぎの嘘《うそ》や方便は無用の筈だ。気に入らなければ殺せ。その気迫が甚右衛門の体内に満ち満ちていた。

「どうしたものかな、光秀殿」

家康＝二郎三郎が云った。けしてうっかり云ったのではない。『御坊』とも『天海殿』ともいわず、『光秀殿』といったところに、明確な意志があった。天海の素姓を甚右衛門に告げ、天海が甚右衛門の味方であることをそれとなく示すと同時に、自分が同意したがっていることを、天海に伝えたのである。

「左様」

天海がその意志を受けて、微笑した。

「手前が明智十兵衛を名乗り、天下を放浪していた頃、道々の者には、筆舌につくせぬ恩義を受けておりまする」

甚右衛門が愕然として天海を見つめた。『光秀殿』の言葉で、まさか、と思った疑惑が、この天海の言葉で、はっきり事実と分ったからだ。南光坊天海は天下の謀反人《むほんにん》明智十兵衛光秀だった！

「それに、江戸にささやかな、女人たちの公界を許したとて、何の害がありましょう」

家康＝二郎三郎は、うなずいた。これが、甚右衛門の大胆な発言に対する二人の答えだった。相手が正直に己れを曝《さら》して近づけば、己れもまたかくしごとなく生身《なまみ》で相対する、というのが、無縁の徒、道々の輩の掟《おきて》だったからである。いってみれば、これは、三人の無縁の徒同士の語らいだった。ここには、政《まつりごと》も、権勢も、富もない。裸の、逞《たくま》しい男三人がいるばかりである。甚右衛門は素直に感動した。不覚にも涙が流れた。

「遊君《きみ》が長《てて》が泣いては、女子のたばねは出来まいに」

家康＝二郎三郎は笑った。天海も渋く笑って云った。

「この書状は上野介殿に渡しましょう。大御所さま御内意と共に」

「そうして下され。だが……」

家康＝二郎三郎は甚右衛門を見た。

「まだ一両年は待たねばなるまいな。大坂のかたがつくまでは、秀忠もそれどころではあるまい」

「大坂をお討ちになりますか」

尋《き》いたのは天海である。鋭い目が、さぐるように見つめている。

「やむをえまい。討たねば、わしが殺される。わしが東西の手切れの種にされるのだけは、まっぴら、まっぴら」

家康＝二郎三郎の大きな笑い声が、吉良のお狩場にうつろに響いた。

この頃から、お狩場には、粉雪が舞いはじめていた。


翌々年、慶長十九年（一六一四）十月十一日、家康＝二郎三郎は駿府を発し、大坂に向った。後にいう大坂冬の陣である。翌元和元年、大坂夏の陣に豊臣家は滅び、更にその翌年元和二年四月十七日、家康＝二郎三郎は死んだ。享年《きようねん》七十五才。毒殺である。死の床で、家康＝二郎三郎は天海と本多上野介正純に、庄司甚右衛門にあてた、御免色里設立の許し状を託した。最後の署名花押《かおう》の前に、家康＝二郎三郎は自ら筆をとって、一言、書き添えた。それは、『我同朋《どうぼう》』の三文字である。『庄司甚右衛門に之《これ》を許す』とあったのが、『我同朋庄司甚右衛門に之を許す』となったわけである。たった三文字の加筆が、この許し状を、恐るべき爆裂弾と化した。

庄司甚右衛門は、傀儡子である。その甚右衛門を『我が同朋』と呼ぶことは、家康もまた傀儡子かその同類、所謂《いわゆる》『無縁の徒』であることを明確に示したことになる。家康が替玉であることを認めない以上、秀忠も以後の将軍も、『無縁の徒』の血を引く者になってしまう。『公界』を否定し、『無縁の徒』を差別の壁の中に押しこめようとしている幕府にとって、これは一気に足もとを崩されたような衝撃的な事実になる筈だった。本多正純が驚愕したのも当然である。

だが正純は、能吏であり、且《か》つ家康に忠実だった。彼は幕閣の意見を巧みにとりまとめると、家康の死の翌年、即ち元和三年、評定所に庄司甚右衛門を召出し、五ヶ条の条件の下に、御免色里の設立を許可し、甚右衛門を惣名主《そうなぬし》とした。そして『我同朋』の三文字の入った、家康＝二郎三郎直筆の許し状は、天海の手から直接甚右衛門に渡されたのである。

天が高い。

今朝の風で吹き払われたのか、一片の雲もなく、どこまでも澄みきった碧《あお》が続いている。

誠一郎は、草の中に仰向けに寝て、その蒼空《あおぞら》を見つめていた。頭の下に腕を組んでいる。

幻斎は、その誠一郎と並んで腰をおろし、両手で膝《ひざ》をかかえている。目は真昼の光にきらきら耀《かがや》く大川の流れに向けられていた。

二人共、無言。

誠一郎が、蒼空を見つめたまま、ぽつんと云った。

「神君御免状とは、その許し状のことなんですね」

「ああ」

ものうげに幻斎が答えた。

「その書き加えられた三文字のお蔭で、吉原は柳生に狙われているんですね」

「ああ」

誠一郎がさっと半身を起し、幻斎と並んだ。

「馬鹿々々しいと思います」

「どうして？」

「だって……たかが書きつけじゃありませんか。そんなもののために、沢山の人間が、殺し合い、死んでゆく。馬鹿々々しいですよ」

「じゃあ、どうすればいい？」

「くれてやるんですね。柳生にでも、公方《くぼう》にでも。そんなものがなくたって、吉原は滅びたりしませんよ」

「そうかな」

「そうですよ。世の中に男と女がいる限り、吉原はなくなりやしません」

「甘いな」

「……？」

「色をひさぐ場所としての吉原は、成程、なくならぬかもしれん。しかし、傀儡子が自由に生きることの出来る、公界としての吉原を、公方が残しておくと思うかい」

「それは……」

「残しやしないよ。傀儡子一族は残らず狩りたてられ、男は殺され、女子供は非人に落される」

「それは、交換条件として要求すれば……」

「交換条件なんてものが、公儀に対してあると思うのかね？　豊臣家が、どんな交換条件を出したところで、所詮は滅ぼされたように、わしらの一族も、根だやしにされるだろう」

ふたたび沈黙が来た。

「では、どうしたらよいと……」

誠一郎の声が、沈黙を破った。

「誠さんに、西田屋をついで貰《もら》いたい」

幻斎の声が低く沈んだ。

「誠さんは後水尾院の御子だ。天子さまのお血筋だ。その誠さんに、新吉原の惣名主になって貰う。これしか、この果てしない流血沙汰《ざた》に終止符をうつ道はない。わしら一同、かたくそう信じている」

誠一郎は黙った。

大川の上を、千鳥がとびかっている。空の碧さと、それを映した大川の水の青さのはざまを、真白な千鳥が心細そうにとんでいる。その姿が、誠一郎には、まるで自分のもののように思えた。

樹々《きぎ》の音

西田屋二代目の庄司甚之丞は奇妙な男だった。もともと小肥《こぶと》りで愛想のいい人物だが、一日内所に坐《すわ》りっぱなしで、『撫牛《なでうし》』という金で作った小牛を蒲団《ふとん》の上に安置し、これを、常時左手で撫《な》でさすりながら、店の仕事をさばいている。牛を撫でるのは、客を招く呪《まじな》いだという。誠一郎がこの店に来て二月《ふたつき》近くになるが、ただの一度も離れをのぞいたことはなく、たまたま顔があえば、にこやかに笑うだけで、ろくすっぽ話をしたこともないのである。それが、おばばさまが熊野へ帰った日から、無闇矢鱈《むやみやたら》に離れに顔を出すようになった。格別の用があるわけではない。ただただ誠一郎と顔をつき合わせていれば、ご機嫌《きげん》らしい。昨日は三浦屋で、鶏が狐《きつね》にくわれまして、とか、今朝は三ノ輪の寮で双子《ふたご》が産れまして、など、愚にもつかぬことを喋《しゃべ》って、やがて引揚げてゆく。それが一刻《とき》もたつと、またぞろ押しかけて来て、同じようなお喋りをはじめるのである。人に好かれるのは結構だが、この手の愛想は、誠一郎の最も苦手とするもので、しまいには頬《ほっ》ぺたのあたりが硬《こわ》ばって、かちんかちんになってしまう。

今朝も起きぬけに、この甚之丞の訪問をうけて、誠一郎はすっかりくさってしまった。朝めしをすませると、早々に西田屋を出たのは、このためだ。だが考えて見ると行くあてがない。ままよ、と大門をくぐってしまった。日本堤に立って見たが、事態は変らない。待乳山《まつちやま》の下、おばばさまの発《た》った桟橋《さんばし》まで来ると、朝帰りの客を送った猪牙《ちょき》が、ちょうど戻《もど》って来たところだった。

「いいかい」

声をかけると、船頭がへらへら笑って、どうぞ、という。舟は竿《さお》の一突きで桟橋を離れた。

「どちらまでお送り致しやしょう？」

「どこでもいい」

答えてから誠一郎は自分が無一文なのに気がついた。

「銭がないんだが、後で西田屋にとりに来てくれるか。いやなら、舟を戻して貰ってもいい」

「滅相もない」

船頭が櫓《ろ》を使いながら、首を振った。意外に精悍《せいかん》な顔である。年は三十がらみ。逞《たくま》しく敏捷《びんしょう》そうな肉体だった。

「五丁町で、松永さまを知らねえのは、もぐりでさあ」

男は吉次と名乗った。楽しげに白い歯を見せながら云《い》った。

「でも、うしろじゃ大分騒いでるようで」

ふり返って見ると、成程、桟橋のあたりで数人の男衆が、こちらを指さして、何か喚《わめ》いている。秘《ひそ》かに誠一郎を護衛していた連中であろうか。誠一郎はなんとなく、いい気分になって来た。

「放っとけ」

「追いかけて来ますぜ」

吉次が目を光らせながら云う。

川沿いの道を、恐ろしい速さで走る男衆たちの姿が見える。

「うまいところで降してくれないか。追いつかれたくないな」

「行先がおありになるんじゃねえんで？」

「気まぐれに出て来ただけさ」

吉次の目がきらり光った。思いもかけぬことを云った。

「手前に稼《かせ》がせちゃいただけませんか」

「どういうことだ」

誠一郎の噂《うわさ》をきいて、一度是非会ってみたいという客がいると云う。旗本のご隠居風の客だそうで、段取りしてくれたら、五両やると約束した。柳橋の五兵衛という風《ふ》呂《ろ》屋《や》で待っていてくれたら、すぐ先方に知らせて会えるように段取りする……云《うん》々《ぬん》。

誠一郎は吉次を見つめた。何やら罠《わな》の臭《にお》いがする。だが罠にしては偶然すぎる。この猪牙に乗ろうなどと、誠一郎本人が、ついさっきまで考えてもいなかったのである。それに罠なら、相手は裏柳生一門にきまっている。今の誠一郎には、肉体を疲労させる戦いはむしろ望むところだ。思い迷って疲れるより、どんなに清《すが》々《すが》しいことだろう。

「委《まか》せよう」

きっぱり云って、舟底に身を横たえた。頬杖《ほおづえ》をついて、朝日にこまかく耀く波頭を見る。久しぶりに解放されたような、いい気分だった。

幻斎に、西田屋を継いでくれと懇願されてから、十日あまりたっている。天子の血筋である誠一郎が吉原の惣名主になれば、公方といえども、うかつには手を出すまい。それに、仮りに『神君御免状』が世に出されても、徳川家としては天子の一族というだけで、何のさしさわりも起きない道理である。家康＝二郎三郎の『我同朋』の三文字の衝撃を消す、これがたった一つの方法だと、幻斎は力説した。少々苦しい手だてだとは思うが、幻斎のいうことは分らぬではない。その目的とするところ、即《すなわ》ち傀《く》儡《ぐ》子族の公界を守り抜くという趣旨にも、反対すべき何物もない。充分に意義のあることだし、自分に出来る限りのことはしたいと思う。

だが、何か釈然としない。もう一つ、すっきりと胸に来ないものがある。どことなく政争めいた臭いのするところが、不服なのだ。今や崩れんとしている傀儡子の砦《とりで》のために、剣をとって生命《いのち》を張ってくれ、というのなら、誠一郎は欣然《きんぜん》として馳《は》せ参じた筈《はず》である。だが、天子の血筋がどうの、というのでは、納得しがたい。大体血筋とはなんだ。天子の一族であることに、何の意味があるというのか。無意味なものを、さも大事そうに扱い、しかもそれを利用しようという気持が、なんとも不潔で、ぎとぎと脂《あぶら》に汚れた感じがする。野性児誠一郎の、生得の潔癖さであった。

誠一郎は無性に山に帰りたかった。森が、渓流《けいりゅう》が、けものたちが懐《なつか》しかった。吹きぬける風に樹々の鳴る音がききたかった。なんのために、江戸へなんか来たのだろう、と思う。

二度目に高尾を抱いた夜、誠一郎は思わず己が思いを洩《も》らした。

「一緒に山へゆかないか」

そう口に出しただけで、もうあたりに山の匂《にお》いがたちこめたような気持になる。土の匂い。樹々の匂い。風の匂い。名もしらぬ花々の匂い。思わず身うちが、慄《ふる》えた。山では、陽《ひ》の光にさえ、匂いがある。人間の誰《だれ》一人いない森。誰もいない川。誰もいない淵《ふち》で、素っ裸で泳ぐ夏の日。囲炉裏《いろり》に焚《た》いた薪《まき》のぬくもりで、どさっと屋根の雪の落ちる音のする冬の日。外に出ると、雪の上にさまざまな足跡が遺《のこ》されている。兎《うさぎ》、狐《きつね》、狸《たぬき》、狼《おおかみ》、熊、猪《いのしし》。さまざまな生きものが、ぬくもりと灯《ひ》をめがけて近よって来ている。だが人間の足跡はただの一つもない。自分たちだけの山。自分たちだけの雪。自分たちだけの凍える風。そんな中で、二人だけで睦《むつ》み合い、鼓を打ち、三弦をひこう。歌を唄《うた》い、踊りを踊ろう。春、樹々の若芽は霞《かす》むように柔かく、秋、紅葉は山を燃え上らせるだろう。歌を作り、書を読み、渓流の水で茶を点《た》てよう。山の果実を肴《さかな》に、酒を酌《く》もう。米は落葉を焚いて蒸し、松葉をいぶして鳥をあぶろう……

憑《つ》かれたように語っているうちに、誠一郎の頬は濡《ぬ》れた。高尾が指先でその涙の粒を掬《すく》い、己れの口に含んだ。

「羨《うらやま》しゅうありんす」

ききとれないような、微《かす》かな声が呟《つぶや》いた。

「なにが羨しい？　一緒にゆくんじゃないか」

幽《かす》かに首を振った。

「夢の、また夢でありんす」

「そんなことはない。五丁町の人は、きっと分ってくれる」

熱くなって、誠一郎は声を高めた。

駄々《だだ》っ子でもなだめるように、高尾はそっと誠一郎を含んだ。含みながら、泣いているように見えた……。

どん、という衝撃に、誠一郎は無意識に身構えた。知らぬうちに、うとうとしていたらしい。猪牙が柳橋に着いたのである。吉次は上半身裸で、汗にまみれていた。力の限り漕《こ》いだのである。

「まっすぐ走って、左へ曲ると、すぐ右手に五兵衛風呂がありやす。吉次からだといってのんびり待っててておくんなさい。危えことは、何一つありません。あっしの首を賭《か》けます」

追って来た男衆たちは、ときくと、五、六町は抜いたという。誠一郎は陸《おか》にとび上るなり走った。このまま、肥後まで走り続けようかと、ちらりと思った。そう思っただけで、ひどく倖《しあわ》せな気分になった。

風呂屋というのは、湯屋と違って、完全な蒸風呂である。五兵衛風呂は戸棚《とだな》風呂だった。浴槽《よくそう》の部分が戸棚のように密封出来るようになっている。中は濛々《もうもう》たる湯気である。誠一郎はその湯気の中で、のうのうと身体《からだ》を伸ばしていた。用心のために、大小は戸棚のすぐ外に立てかけてある。どんな忍びも、誠一郎の五官をかすめて、その刀を奪うことは出来ない。それだけの自信が、誠一郎にはある。刀は脱衣場の刀掛けにかけておくのが建前だが、今日は一人も客がいないということで、主人も大目に見てくれたのである。

全身の毛孔が開いて、脂や垢《あか》が汗と共に沁《し》み出てゆく。その快い感覚に陶然となっていた時、かすかな衣擦《きぬず》れの音がきこえた。吉次と別れてからまだ四半刻もたってはいない。旗本のご隠居が来るには、あまりに早すぎた。誠一郎は一挙動で戸を開け、両刀を摑《つか》んで洗い場に立った。瞠目《どうもく》した。洗い場の入口に、すっきり胸を張って佇《たたず》んでいるのは、勝山だったのである。

「お久しゅう」

勝山が芯《しん》から懐しそうに、にっこり笑った。臆《おく》した気配は、微塵《みじん》もない。あの勝山髷《まげ》はなく、長い髪をうしろに垂らしていた。純白の木綿の浴衣《ゆかた》に細い帯。豊かな身体の色が、かすかにすかして見える。息をのむような美しさだった。

「誠さまもお変りなく」

言葉も所謂《いわゆる》ありんす言葉ではなくなっている。

「生きていたか」

誠一郎の声に、沁々《しみじみ》としたものが流れた。勝山が姿を消し、裏柳生の抜忍《ぬけにん》となった時、誠一郎は、無残になぶり殺しになった勝山の姿を思い描いて、暫く《しばら》辛《つら》い思いをした。勝山をそうさせた責任の一端が、自分にあると信じたためだ。無事な勝山の姿は、救い以外の何物でもなかった。

「では、吉次は……？」

「なかにいた頃《ころ》、あたしに飼われていた男です。それが分ったら、一日もなかには《いい》られません。だからあたしのいうことをきくしかないんですわ」

勝山は笑った。高尾に較《くら》べて、はしたない感じはあるが、その分、さっくりして、いかにも男振りの似合いそうな凜々《りり》しさがある。

「いつでもいい。誠さまに近づけたら、あたしが此処《ここ》にいることをお教えして、って頼んでおいたんです」

「湯女《ゆな》を置くのは、禁じられているときいたが……」

昨明暦二年（一六五六）、公儀は吉原の所替えを命じた際、その代償として江戸中の湯女風呂をとりつぶした。行先を失った湯女たちは、すべて新吉原にひきとられている。女ばかりか、風呂屋の主人までひきとられて、だから新吉原になった時、新規営業の店が夥《おびただ》しい数にのぼったという。

「湯女なんていませんよ。あたしは五兵衛。ここの主です。さっきお目にかかったでしょ」

くっくっと勝山が笑った。

どういう変装をしたのか誠一郎には不明だが、この風呂屋の主人とは、確かにさっき顔を合わせている。五十がらみの醜男《ぶおとこ》で、しかもせむしだった。あの傴僂男《せむし》からこの勝山を想像出来る者は、恐らく皆無であろう。だからこそ勝山は、今日まで生きていられたのである。だが、生きてゆくために、一日の大半をおぞましい姿でいなければならぬと思うと、なんとも哀れだった。

「くだらない話はやめましょう。お背なを流させて下さい」

「いや」

誠一郎は狼狽《ろうばい》した。

「もう風呂へは入った。酒でも酌もう」

「だめですよ。誠さまは湯女の芸をご存知ないでしょう。垢かき女が、どうしてあれほどもてはやされたか、今に誰にも分らなくなってしまうにきまってます。だから、今日はどうしても誠さまの垢をかかせて貰いますよ」

誠一郎はもう一度、戸棚の中に入る破目になった。勝山は、大小をきちんと戸の外に立てかけておいた。

「あたしは欺《だま》し討ちはしませんから」

と勝山はことわったが、誠一郎はどうでもいいと思っている。戸棚の中で湯気にのぼせている自分は、殺そうと思えば誰にでも殺される無力な存在にすぎない。勝山がその気なら殺せばいい。決して惜しい生命ではない。ちらりとおしゃぶと高尾の顔が、脳裏を掠《かす》めた。

(仕方がないじゃないか。成行きなんだ)

そう思うと、心が軽くなった。江戸へ来たのも成行きだし、吉原を訪ねたのも成行きだ。柳生者を斬ったのも、おばばさまに夢を見させられたのも、すべて成行きである。幻斎のいう通り、吉原五丁町の惣名主になるのも、また成行きというものではないか。血筋でもなんでも、利用したい者は利用するがいい。そんなことは自分の与《あず》り知らぬところである。自分はただ成行きに従って流れてゆくだけのことだ。

うとうとして来た。眠りにひきずりこまれてゆく。深い、やすらぎの眠りに。

がらっと、引戸が開いた。白い浴衣が、忽《たちま》ち湯気でしめり、腰のあたりの翳《かげ》りがうっすらと浮き上ってくる。

勝山が立っている。

「お眠りになっては駄目」

邪慳《じゃけん》な手が、誠一郎を立たせ、洗い場にひき出した。冷い手拭《てぬぐ》いで顔の汗を拭《ふ》かれ、ようやく眠気が覚めた。いつか台の上に腰掛けさせられている。勝山が背後に廻《まわ》った。

細い華奢《きゃしゃ》な指が、そろりと背中を掻《か》いた。一瞬、戦慄《せんりつ》が身体の中を駈《か》け抜けた。じんと脳髄のしびれるほどの快感だった。すべての毛孔が開き、その毛孔の一つ一つから吐息が洩《も》れるかと思われた。指はそろそろと這《は》い進む。爪《つめ》を立てないようにしながら、巧みに垢をこそげ落してゆく。正に神技といえた。身内が絶え間なく慄《ふる》え、思わず呻《うめ》いた。耐えがたい恍惚《こうこつ》感が、いつまでも、いつまでも続く。恍惚の海に浮んでいるようだった。しかもこの海にはうねりがある。うねりは高まり低まり、やがて誠一郎の総身は泡沫となって砕けるかと思われた。うねりが、尻《しり》から背中に、ついで腕に移ってゆく。いつか勝山の身体は眼前にあった。うねりが胸から腹に移って来た。すっ。勝山の背が伸びた。手桶《ておけ》の湯をとるためだ。ざぶり。熱い湯が誠一郎の身体にかけられた。一瞬に沁みわたる快い刺戟《しげき》。勝山の翳りが、まるで海藻《かいそう》のように濡れている。誠一郎はそこに自然《じねん》に唇《くちびる》をつけた。力の限り吸った。

「あっ」

かぼそい声と共に、勝山の身体が崩れて来る。その重みを受けとめて、誠一郎は仰向けに洗い場に寝た。白衣が割れ、濃い翳りがはっきり現れた。秘所の額《ひたい》ぎわに、ひとつかみだけ、だが濃密に残された翳りである。それが誠一郎を吸いこんだ。うねりは続いている。誠一郎は、その絶え間ないうねりの中で、果てては甦《よみがえ》り、甦っては果てていた……。

ちなみにこの湯女特有の媚術《びじゅつ》である垢掻術は、もと有馬《ありま》の湯女が伝えたものだという。江戸ではこの時期を限りに消え去ったと思われるが、地方の温泉では連綿と後代まで伝えられたらしく、尾崎紅葉が佐渡の小木《おぎ》に遊んだ時、この媚術によって恍惚の境に運ばれたと、藤浪剛一博士の『東西沐浴《もくよく》史話』にある。

勝山最期《さいご》

霜月（旧暦十一月）に入って、風花《かざばな》のちらつく日が多くなった。今年は一気に寒さが厳しくなって、雪が柔かく降り積もることはないようです、と甚之丞がいう。寒すぎて雪はすぐ凍り風花になって舞うのだという。初雪は十月の二十日すぎにあったが、たいして積もらず、すぐばりんばりんの氷になってしまった。この分では、今年は大川が凍るのも早そうだと、なかいの人々は首をすくめながら噂《うわさ》していた。どの傾城《けいせい》屋にも火桶《ひおけ》が入り、中には内所に炬燵《こたつ》をつくって、日がな一日、もぐりこんでいる亡八《ぼうはち》もあった。

「宗冬殿にお会いしてみようかと思う」

誠一郎は臥所《ふしど》の中で、勝山にいった。蒸風呂《むしぶろ》の後なので、身体がまだぽっぽと火照《ほて》っている。今日は、一緒に戸棚の中に入り、湯気の中で睦《むつ》み合ったので、勝山の身体も、抱きしめれば熔《と》けてしまいそうに柔かく熱い。

十月中に三度、誠一郎は勝山のところへ忍んで来ている。今日は四度目だ。異常な執着といえた。だが、誠一郎は、勝山の肉体に溺《おぼ》れたわけでも、その垢掻《あかか》きの快さが忘れられなかったわけでもない。なによりも、今の勝山が哀れだった。全盛の高尾太夫《だゆう》と競《う》った美貌《びぼう》の女が、傴僂《せむし》の老人に変身しなければ生きてゆけない世の中の成行きが、なんとも悲しすぎた。別離《わかれ》の時に見せる勝山の、殊更《ことさら》に思いを押し殺したような、表情のないきつい顔が、却《かえ》って独り居る時の誠一郎の胸をかきむしるのである。

西田屋を抜け出すのは、いつも夜半だった。屋根づたいに西河岸に出て、榎本稲荷《えのもといなり》からお歯黒どぶをとび越え、吉原田圃《たんぼ》に出る。あとは大川沿いに浅草御門を経て柳橋まで走ればいい。時には大まわりをして、わざわざ寛永寺までゆき、そこから裏道を辿《たど》って柳橋に出る。一度として同じ道を使ったことはなく、舟も最初の一度限りである。尾行者には十全の注意を払った。裏柳生に感づかれたら、勝山の生命はない。慎重にならざるをえなかった。今までのところは、裏柳生にも吉原者にも、尾《つ》けられていないという確信があった。

夜半に出て、黎明《れいめい》までに帰っているが、家を明けているのは、既に感づかれているらしい。今朝も甚之丞が来て、何かいいたそうにしていたが、結局世間話をしただけで引揚げている。いずれ幻斎の耳にも達するに違いないが、相手が勝山とまでは判《わか》るわけがない。誠一郎はそう信じていた……。

「どうして殿に……？」

勝山の顔に、恐怖《おそれ》の表情がある。

「きいてみたいんだ」

「……？」

「私が五丁町の惣名主《そうなぬし》になれば、本当に、この闘いに終りが来るものかどうか……」

勝山は暫《しばら》く誠一郎の顔を見つめていたが、諦《あきら》めたように、だがきっぱりと首を横にふった。

「宗冬殿は、無意味な闘いを好まぬお人だと思うが……」

「今の裏柳生は、表のいうことはきかぬ。義仙さまは、殿をあなどっていられます」

「刀法の術が劣っているからか？」

「刀術でも忍びの術でも、殿は義仙さまに数段劣っておいでです。どうして殿が柳生宗家を継がれることになったか、柳生の庄では皆、不思議に思っています」

その理由は、宗冬が『無事の人』だったからだが、義仙を初め大半の柳生者は理解していない。宗矩の慧眼《けいがん》は己れの息子たちの天性を見抜いていた。宗矩の父石舟斎は、宗矩を将軍家にすすめながら、一国一人の新陰《しんかげ》流印可《いんか》は、宗矩ではなく、尾張の柳生兵庫利厳《としとし》に与えた。宗矩の内に潜む黒い血が、真正の柳生流剣法を汚し滅すことを恐れたためである。宗矩もまた柳生家相続について、父と同じ判定を下した。宗矩自身の黒い血が、最も濃く流れているのは、義仙だったのである。

勝負には、どんな卑劣な手段を用いようと、必ず勝つ。その異常な執念が、この黒い血の正体である。裏柳生の恐るべき秘剣は、すべてこの執念から発したものであり、それは正当な決闘のための剣でも、己れを守る剣でもなく、暗殺と虐殺《ぎゃくさつ》の剣だった。その義仙が柳生の総師《そうすい》となっては、柳生家、ひいては柳生流刀術の滅亡は必至だった。いかに強くとも、世人に忌《い》み嫌《きら》われ、非難と憎しみを呼んでは、剣法の流儀は生きのびてゆくことが出来ない。裏街道の闇《やみ》の世界では知らず、陽《ひ》の射《さ》す表街道では無理だ。生涯《しょうがい》に一人も人を斬ったことのない宗冬こそ、剣法の宗家としてふさわしい明るさを持つ唯《ただ》一人の相続人だった。

この皮肉ともいえる論理を理解するのは容易ではないが、柳生家の構成は正しくそのように出来ている。総師である宗冬に人を殺させないために、義仙以下の裏柳生は果てしなく殺戮《さつりく》を続けてゆかねばならぬ。宗冬の明るさを保つために、義仙は血塗《ちまみ》れの生を生きよ。宗矩はそう命じているのである。義仙の不幸は、父の意志を理解し、やがて諦念《ていねん》に達する悟達の力を持たなかったことだ。

「駄目《だめ》かなあ。宗冬殿の判断がききたいだけなんだがなあ」

誠一郎は諦めきれないようだった。

唐突に、勝山がその火照った身体を重ねて来た。

「どうした？」

誠一郎が呆《あき》れたようにきいたが、勝山は無言でその動きに没頭している。まるで身近に迫った別離《わかれ》を察知したような、我武者《がむしゃ》な動きだった。

五兵衛風呂の外では、闇の中に、今夜も風花が舞っている。


珍しく難しい顔で、幻斎が誠一郎を西田屋からつれ出した。甚之丞がおろおろして、懸命にひょうげてみせても、幻斎はにこりともしない。

「出よう」

ぶっきらぼうに一言いっただけ、あとはむっつりと黙りこみ、どんよりと曇った陰《いん》鬱《うつ》な空の下を、大門を抜け、土手を歩いて降り、西方寺の境内に入った。誠一郎が初めて義仙と刃《やいば》を交えた場所である。

道哲の常念仏の声が、睡気《ねむけ》を誘うほど、絶え間なく流れている。

幻斎は誠一郎を待たせたまま、ことわりもなくその念仏堂へ入ると、すぐ大小の唐剣を持って出て来た。

足場をはかると、しゃっと二刀を抜いた。鳳《おおとり》が翼を拡《ひろ》げたように、大きく左右に手をのばして構える。

「七星剣という」

七星剣は古くから中国山東省に伝承があり、王耀臣《おうようしん》が伝えたものだといわれる。七星剣の剣勢は八法。七剣底母法、十三剣、二十四剣などがある。王耀臣から呉公玉、宋友軒、宋廣平と伝えられた。幻斎＝庄司甚右衛門が、父又左衛門から教えられたのは、この七星剣だった。

誠一郎は、心を引き締め、目を凝らした。次の瞬間、凄《すさ》まじい殺気が、誠一郎を襲った。誠一郎ほどの剣士が、頭上すれすれのところで、危くこの幻斎の斬撃《ざんげき》をかわしている。型を見せられるものと、勝手に速断した弛《ゆる》みをつかれたのである。幻斎の双剣は、一瞬の休みもなく、誠一郎を襲う。斬撃に続く斬撃を、誠一郎は辛うじてかわしていた。まだ刀は抜いていない。うかつに刀で受けては、しなやかな唐剣の内へのくいこみが恐ろしかった。誠一郎は、果てしない幻斎の攻撃の中に、七星剣の八法二十四剣の悉《ことごと》くを見たと信じた。華麗といってもいい剣である。だがその底には、一断骨を断つ、冷酷さがあった。その証拠に、幻斎の眼はどこまでも落着いている。なんの感情も宿さず、絶えずしたたかな計算をしている眼である。相手の抜法、動き、体力を計り、己れのそれと較《くら》べ、最も効果的な進退を絶えず考えている眼。その眼に、なんらかの感情を浮ばせない限り、自分の勝ちはないと誠一郎は悟った。出来れば驚愕《きょうがく》の表情を引き出したいと思う。

幻斎の剣が二十四剣の型を悉く出し尽くし、八法の最初の型に戻《もど》った。その瞬間、誠一郎は瞬息の動きで、唐剣の間合の中に踏みこんでいた。

「おお！」

幻斎は咄嗟《とっさ》に跳び下《さが》ろうとした動きをとめた。誠一郎の右手が長刀の柄《つか》にかかっているのを見たのである。跳び下れば、抜きつけの長刀が恐らく逆袈裟《ぎゃくげさ》に自分を斬っておとす筈《はず》である。幻斎の身体から力が消えた。

「困ったもんだ」

鞘《さや》を拾って唐剣をおさめながら、幻斎が吐き出すようにいった。

「何が、でしょう？」

誠一郎が問う。

「強すぎるよ、誠さんは。だから何が起きてもどうにかなると思ってるんだ」

「そんなことはありません」

「あるさ。だから独りで夜歩きをするんだ」

ははあ、と思った。やはり知っていたのだ。不機嫌《ふきげん》の理由もそこにあった。だが、次の幻斎の一言は、誠一郎を驚愕させた。

「確かに勝山はいい女だが、揚げ代が誠さんの生命じゃや、高すぎらあ」

「どうして、勝山と……?!」

息を飲む思いで、誠一郎がきいた。

「誠さんが知ってる女は、他にいねえじゃねえか。それにおしゃぶが云ってるよ。朝帰りの誠さまには勝山さんの匂《にお》いがします、ってな」

誠一郎は恥じた。あれほど誠一郎に気を配っているおしゃぶが、このところ少しも顔を見せないわけが分った。

「どうやら船頭の吉次が勝山の手引きをしているらしいが……誠さんの護衛は玄意のうけもちだ。あのとっつぁま、この頃、目が据《す》わって来たよ。誠さんの身に何かあったら、腹を切る気だぜ。そうなりゃ若い者も生きちゃいられねえ。ざっと数えて、五十人がほどは死ぬことになる」

これには誠一郎も参った。

「野村の小父《おじ》さんに伝えて下さい。今日も出かけますから、存分に護衛して下さいって」

「また夜半かい？」

「午《ひる》すぎ。行先は柳生家上屋敷」

幻斎が目をむいた。

宗冬は、誠一郎の質問をうけると、半刻《はんとき》余りも黙りこんでしまった。目を閉じ、手は膝《ひざ》に乗せたまま、眠りこんでしまったかと思われた。だが眠っていない証拠に、左の瞼《まぶた》が小きざみに痙攣《けいれん》している。

誠一郎も、問いを繰り返すことはせず、ゆったりと構えてただただ宗冬を見守っていた。

「先日こんなことがあった」

不意に宗冬が口を切った。

登城して将軍家と暫《しばら》く語らい、勤めを終えて廊下に出ると、お坊主《ぼうず》が、酒井さまがお呼びです、という。今、酒井といえば、老中の酒井忠清《ただきよ》である。大老の酒井忠勝は去年職を辞している。

酒井忠清は譜代の名門、酒井雅楽頭家の嫡子として寛永元年（一六二四）に生れている。祖父忠世《ただよ》は、二代将軍秀忠の側近第一人者として権威をふるったが、三代家光の時、西ノ丸火災事件で忌諱《きい》に触れ、失意の中に死んだ。西ノ丸の火災は寛永十一年七月二十三日、家光の上洛《じょうらく》中に起った。留守をあずかっていた忠世はその責任をとって、寛永寺に引籠《ひきこも》ったのだが、その行動が家光を激怒させた。家光は、火災は天災のようなもので忠世の責任ではないが、主不在中の城を捨てて寺に籠るとは言語道断、沙汰《さた》の限りである、と罵《ののし》ったのである。守将を欠いた城は、万一何者かに攻められたらひとたまりもないではないか。その年の暮に一応勘気はとけたが、忠世の勢力は忽ち地に落ち、翌々年三月に死んだ。その子忠行《ただゆき》は遺領十五万二千五百石を継いだが、同じ年の十一月、三十八才の若さで死んでいる。名門酒井雅楽頭家の復活は、忠行の子忠清の双肩にかけられたといっていい。

忠清はわずか十四才で十万石の譜代大名になった。家光の死後、将軍の機密文書を扱うことになり、二年後の承応二年（一六五三）、つまり今から四年前に老中上座に昇進した。時に忠清三十才。幕閣中、最も若い老中だった。

その酒井忠清が、宗冬を呼ぶなりいった。

「神君御免状のことをききたい」

宗冬は驚愕した。

神君御免状奪回は、秀忠個人の命令であり、当時の幕閣は全く関与していない。知っているのは、秀忠と本多正純と天海僧正、そして柳生宗矩、十兵衛三巌《みつよし》の五人だけだった。秀忠はそれほど、神君御免状の秘密が洩《も》れるのを恐れていた。秀忠は死の床で、家光一人だけにこの件を告げ、遺命として奪回の作業を極秘裏に進めるよう命じている。家光は一応この遺命を守ったが、熱心ではなかった。家光は秀忠より家康の方が好きだった。それも、家康＝世良田二郎三郎時代の家康を、である。家光が三代を継げたのは、この家康と天海、春日局《かすがのつぼね》のお蔭《かげ》である。そして天海も春日局も、この件には消極的だった。家光は、誰にもこの遺命を洩らすことなく死んでいった。四代家綱は当時十一才。この時点で秀忠の遺命を知る者は、柳生宗冬と義仙の二人だけになった筈だ。それを、この若い老中が知っている！

忠清は薄気味の悪い微笑を洩らした。

「わしが老中になる前、上様の極秘書類を扱っていたことは知っているな。その時見つけたのだよ、神君御免状にかかわる柳生と吉原者の闘いをな」

嘘《うそ》だ！　宗冬は直観した。『神君御免状』という言葉は、どんな極秘書類にも現れる筈のない言葉だった。義仙だ。義仙が、この雅楽頭家の若い後継者の権勢への野望を見抜き、われから接近を試みたに違いない。秀忠の遺命が反古《ほご》になっては、この泰平の御代《みよ》に、柳生家、特に裏柳生の存在価値はなきに等しい。だからこそ『神君御免状』を餌《えさ》に、新たな命令者になるよう忠清を説いたのであろう。忠清の貪欲《どんよく》な表情は、その義仙の餌をがっぷりのみこんだことを示していた……。

「わしは柳生家の知るところではございませぬと徹頭徹尾とぼけ通したが……」

宗冬は暗澹《あんたん》たる表情で、呟《つぶや》くようにいった。誠一郎は声も出なかった。事態がこれほどの急転回をしていることに、吉原者は誰一人気づいていない。宗冬の否定は、酒井忠清にとって何の意味ももたない。むしろ、蔭の存在である裏柳生を、表柳生と切り離して、思う存分使う方が、遥《はる》かに楽であり、且《か》つ己れの野望に便利な筈である。宗冬に、柳生の総師としての実力があれば、これは出来ない。表の許しなしに裏柳生が動くことは、禁じられているからだ。だが義仙はそんな禁止など屁《へ》とも思ってはいない。それどころか、表から切り離された裏柳生の統師としての地位に、酔っているかもしれぬ。柳生家に残された道はただ一つ、義仙を斬ることしかない。だが……。

「わしには今の義仙は斬れぬ。なさけない話だが……」

宗冬は淋《さび》しそうに微笑《わら》った。

「この上は、お主に頼むしかない。吉原のためにも、柳生家のためにも、義仙を斬って貰いたい」

なんと、この柳生の総師は、正座のまま、深々と、誠一郎に向って頭を下げたのである。


柳生屋敷を出ると、あたりは一面の銀世界に変っていた。宗冬との長い談合の間に降りはじめた雪のためである。

誠一郎の護衛をうけもった首代《くびだい》たちの姿は一人もいない。夫々《それぞれ》が巧みに身を隠している。流石《さすが》といえた。柳生屋敷の前には、野村玄意がただ一人、待っている筈だった。それが今は二人になっている。いつの間にか、幻斎が来ている。

（子供じゃあるまいし……）

と本来なら微笑うところだが、今の誠一郎には、その余裕がなかった。宗冬から聞かされた話を、どう伝え、どう処置をとったものかと心を痛めていたからである。だが、こちらを向いた幻斎の表情を見て、その出現が護衛のためでないことを、誠一郎は一瞬に悟った。

「吉次が殺された。拷問《ごうもん》の痕《あと》がある」

幻斎の短い言葉を聞いた途端に、誠一郎は走り出していた。勝山が危い！　幻斎に推測出来たことが、義仙に出来ない筈があろうか。裏柳生の苛酷《かこく》な拷問を受けて、吉次が勝山の棲家《すみか》を吐かなかったと考えるのは愚かであろう。

（生きていてくれ！）

なにものへともなく祈りながら、誠一郎は降りかかる雪の中をただ走った。幻斎と玄意が、そして五十人の首代が、同じように雪をついて走っていることに、誠一郎は気づいていない。

雪は激しさを増し、街は漸《ようや》く暮れようとしていた。

柳橋の五兵衛風呂《ぶろ》は、降りしきる雪の中に、黒々と佇《たたず》んでいた。黄昏《たそがれ》の河岸《かし》に、往き交う人影もなく、店の中も森閑としずまり返っている。裏柳生は勝山を、いずこへか拉致《らち》していったのだろうか。引戸にかけた手を、幻斎が抑えた。指を一本立てる。心気を澄ますと、確かにひと一人の息吹《いぶき》が微《かす》かに感じられた。だが息の仕様が尋常でない。瀕死《ひんし》の息である。誠一郎は幻斎の手を払うと、からり、音をたてて戸を開けた。何ごとも起きない。誠一郎は無造作に踏みこんだ。幻斎と野村玄意があとに続く。玄意は振り返って、五十人の首代に手を廻してみせた。周囲の探索を命ずる合図である。首代たちは忽《たちま》ち散った。その時、獣の吠《ほ》えるような声がきこえた。

「うおーっ！」

誠一郎である。洗い場の入口に、棒立ちになっている。

洗い場の中央に、勝山は寝ていた。全裸。両手ばかりか、両脚を恥ずかしく大きく開いて立てている。よく見ると両掌《て》と両足の甲が、五寸釘《くぎ》で洗い場の床に打ちつけてある。凄惨《せいさん》の一語につきた。顔には傷一つない。だが、双の乳房は抉《えぐ》りとられ、骨が見えている。秘所の肉は剃刀《かみそり》のような鋭い刃物で削《そ》ぎとられ、血塗《ちまみ》れだ。そしてその真っ赤な秘孔に、禍々《まがまが》しく、太く黒い鉄棒が、ぬっと突き立っていた。秘孔のまわりが焼け爛《ただ》れているところから、突っこまれた時、鉄棒が赤々と火に焼かれていたことが分る。恐らくその尖端《せんたん》は子袋を突き抜け、臓腑《ぞうふ》を破っていると思われた。勝山の唇《くちびる》のはしから、絶え間なく血が流れているのが、その証《あかし》であろう。身体の他の部分に傷はなく、はねとんだ血の一滴もない。わざわざ綺麗《きれい》に拭《ぬぐ》いとったとしか思われぬ白磁の白さである。それが却《かえ》って無残さをきわだたせていた。

しかし、なによりも残酷なのは、勝山を生かしてあることだった。絶対に助からぬ状態で、しかも女の一番女らしい部分を破壊しつくして、わざととどめを刺すことなく立去ったという一事が、誠一郎の心を凍らせた。理由は勝山の心を絶望で塗り籠《こ》めるためとしか考えられない。さながら舌なめずりするように、勝山の身体に焼けた鉄棒をじわじわと押しこんでゆく、悪鬼のような義仙の表情が、まざまざと見えた。一気に殺してたまるか、そんな楽をさせてたまるか、とその顔は云っている。

これは絶対に処刑ではない。誠一郎はそう思った。人を人たらしめている条件を大きくはずれた悪行であり、義仙という異端の悪鬼の、五臓六腑に溜《たま》り溜った、どす黒い憎しみの反吐《へど》だ。

(許さんぞ、義仙!)

この悪行を許すことは、己れをも『人でなし』の悪鬼にすることだった。今はじめて、誠一郎は己れの意志で、義仙を、裏柳生を斬ろうと思った。吉原のためでも、宗冬のためでも、いや、剣の道のためでもない。自分が人であることを証明するために、誠一郎は義仙を斬らねばならぬ。

勝山が何か囁《ささや》いた。身を屈《かが》め顔を寄せると、今度は、はっきりと、だが一語々々、押し出すように云う。

「えんしょう。早く。戸棚《とだな》。壁が動いて……。川岸。義仙さまが……」

「煙硝?!」

野村玄意が愕然《がくぜん》とあたりを見廻した。

「戸棚の壁が出口だ」

幻斎はもう風呂の戸を開けている。籠《こご》もっていた湯気が、ふわりと流れた。

「松永さま」

玄意がせきたてたが、誠一郎は立たなかった。凄《すさ》まじい指力で、勝山の掌から五寸釘を抜いた。つれだすつもりである。勝山が首を振った。

「殺して。早く」

「許してくれ、勝山」

勝山がまた首を振り、驚くべきことに、ちらっと笑った。

「抱いて」

誠一郎は身体を起してやり、抱きしめ、口を吸った。血の味がする。躊躇《ちゅうちょ》なくその血を吸った。勝山は誠一郎の首に手をまわし囁いた。

「殺して。誰にも……見せないで」

誠一郎は頷《うなず》いた。頷くしかなかった。勝山を抱いたまま、脇差《わきざし》を抜いた。

「主《ぬし》さんに……惚《ほ》れんした」

久しぶりのさと言葉だった。切ない思いが誠一郎の胸にこみ上げてくる。なかにいた頃の勝山の様々な姿が、走馬燈《そうまとう》のように頭を掠《かす》めた。待合の辻《つじ》で誠一郎の手をそろりと撫《な》で上げた勝山……京町一丁目の路地を裾《すそ》を乱して走りよってくる勝山……そして……。誠一郎は涙を飲みこんで、正確に勝山の心臓を刺した。反りかえった勝山の顔が、一瞬、白く微笑った。

「誠さん！」

幻斎の切迫した声が呼んだ。風呂場の壁がくるりと廻り、忽ち雪が吹きこんで来る。誠一郎は勝山をゆっくりと横たえると、一呼吸でその雪の中へ跳んだ。幻斎も玄意も跳ぶ。三人が積もった雪の中に猫《ねこ》のように着地した瞬間、轟然《ごうぜん》、五兵衛風呂は火を噴いて爆発した。

この日、義仙は五十人の裏柳生を動員している。二十人を吉原の首代たちに、三十人を誠一郎と幻斎に当てる手筈《てはず》だった。二十人の柳生忍びは、爆発と同時に首代たちに襲いかかっている。残り三十人は、川岸の土手にへばりついて、誠一郎の動きを見定めようとしていた。

義仙の不幸は、この雪と黒装束にあった。柳生者たちは五兵衛風呂で、着衣を裏返し、黒衣になっていた。闘いも、その後の逃走も、夜になることを見越しての支度だったが、このかわたれどきの、しかも降りしきる白雪の中では、それがまるで大鴉《おおがらす》のように目立った。刀術では明らかに柳生者は首代にまさっている。だが首代には吹矢という飛道具があった。首代は三人一組の戦闘集団だが、この三人に一人は、吹矢を使った。黒装束は狙《ねら》いやすい目標だった。吉原者の吹矢は急所を射る必要がない。身体のどの部分にでも、刺されればよい。矢の尖端に塗られた猛毒のためである。到るところで、びゅっという鋭い音が鳴り、矢は雪片に隠れて走り、柳生者は裏切られたような表情で斃《たお》れていった。

義仙の横に伏せていた黒装束が、尋ねるように義仙を見た。狭川《さがわ》新左衛門である。援軍の催促だった。一瞬迷った後、義仙が頷いた。これが後に夢の中でまで義仙を切歯させた致命的な失策になる。狭川新左衛門が十人の新手と共に川岸に立った瞬間、右後方から雪嵐《ゆきあらし》のように襲いかかる白い影があった。影は三つ。雪の中に踞《うずくま》って、義仙の位置をさぐっていた誠一郎と幻斎、玄意である。義仙たちが戸棚風呂の隠し戸を見逃した結果だった。この時まで義仙は、この三人が爆発に斃れたと、半ば信じかけていた。血の雪が降った。十人の柳生者が忽ち斬られたのである。今日の誠一郎の剣は、悽愴《せいそう》ともいうべき殺人剣だった。誠一郎自身が恐るべき殺人機械に変身していた。守りは本能に委《まか》せ、意識はひたすら斬ることに向けられている。ここでも黒装束は不利だった。誠一郎が誤って味方を斬る惧《おそ》れが全くなかったからだ。義仙は即座に残りの二十人をこの三人にさしむけながら、後悔のほぞを噛《か》んだ。勝山の私刑を楽しんだのが間違いだった。無残な勝山の姿が、誠一郎を今の阿修羅《あしゅら》に変貌《へんぼう》させたのは明白だった。それだけではない。幻斎の七星剣も、玄意の六字流刀術も、面《おもて》を向け難《がた》いまでの凄まじさだった。誠一郎の憤怒《ふんぬ》が、この二人にも乗移っていた。更に悪いことに、柳生者の全員がそれを当然と感じていた。彼等のすべてが、頭領の残忍な所業を是としたわけではない。終始顔をそむけていた者も、中には吐きそうになった者もいた。いわば彼等全員が、勝山の処刑に負い目を負っていたと云えよう。だから全員が、この三人の火の出るような切先《きっさき》の鋭さを理解出来た。闘いの中で敵を理解した者は死ぬ。自明の理である。狭川新左衛門が義仙のそばに駈《か》けよって来た。幻斎の唐剣に片頬が深く切り裂かれている。

「おかしら！」

首を横に振った。負け戦《いくさ》を告げたのである。負け戦を凌《しの》ぐ法は裏柳生にはない。負ければ即《すなわ》ち逃げる。逃げることはなんら恥辱ではない。次の機会に勝てばいいのだ。義仙は首にさげた竹笛を吹いた。引揚げの合図だ。自分も、逃走のために用意された舟に向って走ろうとして、はっと足をとめた。義仙と川の間に立ち塞《ふさ》がった男がいた。

誠一郎だ。だらりと下げた双刀が、血に濡《ぬ》れている。

「柳生義仙！」

誠一郎の声は、低いがよく透った。

「今日は許さぬ」

きっぱりと云った。狭川新左が素早い斬撃《ざんげき》を送ったが、無造作に撥《は》ね返された。頭領の危機に馳《は》せつけようとした者たちを、幻斎と玄意が防いだ。首代たちも駈けよって来る。

「助太刀無用！」

叫ぶなり義仙は抜刀した。これは味方に聞かせる言葉ではない。むしろ幻斎たち、特に吹矢の助勢をとめるためのものである。対一の勝負にもちこめば、まだ勝つ機会はある。少くとも逃げる機会は大いにある。果して、幻斎と玄意は、首代たちを押しとめている。生き残った柳生者たちは、素早く舟に移り、岸から離れた。これは義仙の腕を信じているためだ。悪鬼のようなおかしらが、白面の一剣士におくれをとるわけがない。

義仙は剣尖《けんせん》を低くさげて構えている。所謂《いわゆる》『地摺《じず》りの青眼』である。これは守りの剣だ。義仙の胸の中には、生れて初めてともいえる恐怖がある。松永誠一郎は、不敗といわれた『虎乱《こらん》の陣』を無造作に破り、柳生流秘太刀の一つ『逆風の剣』を己がものとして使ってみせた男である。柳生流について余程の造詣《ぞうけい》があると思わねばならない。裏柳生独自の詐術《さじゅつ》に満ちた秘剣の数々も、この相手には使えない。詐術は見抜かれた時、逆に致命傷になる虞《おそ》れがあるからだ。この二ヶ月、義仙は必死になって、二天一流を学んだ。一流をきわめた剣士は、容易に他流を吸収することが出来る。剣の基本に変りはないからである。今や義仙の双刀術は、狭川新左衛門さえ破ることの出来ぬものになっている。誠一郎はその事を知らない。義仙を勝利に導く一点の利がそこにあった。

誠一郎は術を棄てていた。両刀はだらりと身体の両脇に垂れたままである。一瞬の斬撃の速さだけが、勝敗をわける。そして斬撃の速さは、天性と不断の修練にある。あと必要なのはその天性と修練を自然に働かせるための平常心だけであることを誠一郎は知っていた。いつものように、意識的に身体の力を抜き、自然に弱法師《よろぼし》の構えに入っていった。

地摺りの剣がゆっくりと上っていった。中段の青眼になり、更に上ってゆく。やがて大上段の位置でとまった。義仙は呼吸をはかっている。風向きは義仙に味方している。吹雪は誠一郎の顔にまともに吹きつけていた。誠一郎の身体が揺れている。初めは小刻みだったのが、今はかなり大きくなっている。義仙はまだ正確には誠一郎の弱法師の構えを理解していない。その揺れを呼吸をはかる術の一つと見た。

不意に、風が熄《や》んだ。吹きつけていた雪がぱたりと熄み、まっすぐに降りはじめた。誠一郎の揺れはとまっていない。風の変化についてゆき損った……義仙はそう感じた。

今だ！

上段の長刀を右手一本に委せ、左手で小刀を抜いた。二刀の構えだ。幻斎が思わず、あっ、と叫んだ。完全に意表をつかれたのである。それが義仙の狙いだった。但《ただ》し、意表をつかれ戸まどうのは、誠一郎でなければならぬ。その時、義仙の大上段の剣は誠一郎の頭蓋《ずがい》を割っている筈だった。

だが……。

現実には、その刹那《せつな》、まるで無意識裡《り》のように、誠一郎は長刀を打ち込んでいる。ふりかぶることなく、手首を捻《ひね》っただけの斬撃だが、目にもとまらぬ速さだった。誠一郎の長刀は、義仙の予想を裏切って、上段に構えた右臂《ひじ》を襲った。義仙の右臂は刀を握ったまま雪の中を飛んだ。義仙の咽喉《のど》から、怪鳥《けちよう》のような叫びが上り、その身体は、切断された右腕を追うように高く舞い上り、数間を翔《か》けて、水音と共に大川に落ちた。片羽の大鴉が氷雪の川に沈んだ。

痛ましいという思いはある。なんといおうと血肉をわけた弟なのである。だが、その思いを遥《はる》かに上廻る安堵《あんど》の情は、隠しようがなかった。

宗冬は、一切の表情を消した冷い眼で、横臥《おうが》した義仙を見おろしていた。この柳生家上屋敷に、片腕を失った義仙がかつぎこまれてから一夜たっている。失われた血があまりにも多く、医者は難しい顔で小首をかしげたが、宗冬自身は楽観していた。これくらいの傷で、義仙が死ぬ筈がない。むしろそれが残念だった。思えばこの弟には随分と薄氷を踏む思いをさせられた。中でも老中首座酒井忠清に近づき、裏柳生を独立させようとした最近の動きは、柳生の総師《そうすい》である宗冬にとって、許し難いものだったが、今はそれも終った。

集団をもって個を惨殺する裏柳生の刀法には、致命的な弱点がある。優れた指揮者を失えば、忽ち四散五裂する点だ。松永誠一郎はその弱点を正確に衝《つ》いたといえる。義仙を欠いた裏柳生は、所詮烏合《しょせんうごう》の衆にすぎず、表柳生の敵ではない。刀技からいえば、今、義仙の足もとに坐っている狭川新左衛門が裏柳生きっての達者だが、この柳生村の隣村狭川の庄板原村の郷士は、誰が見ても総師の器ではない。

義仙がぽかっと眼をあけた。宗冬を凝視して、ぼそっと云った。

「わしを斬るか、兄者《あにじゃ》」

宗冬がちらっと微笑《わら》った。見る人の胸を凍らせる酷薄な微笑《わらい》である。

「その必要はなかろう。その腕ではな」

義仙の顔が歪《ゆが》んだ。分厚く晒木綿《さらしもめん》で巻かれた右腕を僅かに動かそうとした。臂の上で綺麗《きれい》に切断された腕である。

「わしの腕はどこだ？」

問いは狭川新左衛門に向けられている。

「大川の川底にございます。あの老人が摑《つか》んで放り投げるのを、見た者がおります」

「川浚《かわざら》いでもするか、六郎。役には立たずとも、お主の腕に違いはない」

揶揄《やゆ》するように宗冬が云う。義仙はそっぽを向き、天井を睨《にら》んだ。

「傷が癒《い》えたら柳生の庄に帰れ。生涯《しょうがい》そこを出るな。法徳寺で墓守をして暮すがいい」

義仙は応えない。いや、応えられないといっていい。反抗の言葉一つ放つだけで、この兄は自分を斬るだろう。今の自分に、宗冬の剣をさける力はなく、狭川新左が束《つか》の間《ま》自分を守ってくれたとしても、忽ち押し包まれて惨殺されることは、眼に見えていた。この部屋を取巻く夥《おびただ》しい殺気を、義仙は目が開くと同時に、感じている。

「裏柳生の統率は、この宗冬がとる。異論はないな」

義仙は沈黙を守った。これで宗冬は、表裏を併せて統率する、文字通り柳生の総帥になったわけだ。その統率の下では、裏柳生は徐々に死んでゆくだけである。酒井忠清との密約も無に帰し、この泰平の御代《みよ》に裏柳生の働くべき場所はどこにもない。義仙の胸を絶望が嚙んだ。たった一太刀！　たった一太刀のために、これほど多くのものを失う破目に陥ろうとは！　松永誠一郎が憎かった。いや、松永誠一郎の剣が憎かった。

（何年、何十年かかろうと、必ずあの剣を破ってみせる。三千世界の悪鬼を悉《ことごと》く地下から呼び起しても、必ず、必ず……）

義仙は己れの顔が、既にその悪鬼の形相に変っていることに気づいていない。

（修羅だ。六郎は永劫《えいごう》に続く修羅の中にいる。そして六郎に狙われた松永誠一郎もまた……）

宗冬は暗澹《あんたん》として、弟の悪鬼の相を見つめた。その眼が狭川新左衛門に移った。これは一途《いちず》に義仙の反論を期待している顔である。この男の頭には、自分が裏柳生の総帥になることしかない。それを義仙が云い出してくれるのを、ひたすら待っている。

「狭川」

宗冬は厳しく云った。

「お主に一流を立てることを許す」

「は？」

愚昧《ぐまい》な百姓の鈍く図太い顔。宗冬の一番嫌《きら》いな顔。

「以後、柳生を名乗ることは許さぬ」

ここまでいわないと、この厚顔な男には理解出来ない。果して狭川新左衛門の顔に、初めて、愕然《がくぜん》たる表情が浮んだ。

義仙は、狭川の危機を直感した。逆えば斬られる。それをこの男は分っていない。だが自分には、言葉でしかその危機を救ってやることが出来ない。急いで云った。

「古陰流《こかげりゆう》と名づけるがいい。新陰に対する古い陰流じゃ」

宗冬は苦笑しながら義仙を見た。この弟が部下をかばうところを初めて見たのである。

後のことになるが、この『古陰流』は狭川新左衛門の一子浅右衛門に伝えられ、浅右衛門は改姓して小夫《おぶ》浅右衛門を名乗り、流儀の名も『小夫流《おぶりゆう》』とした。元禄《げんろく》三年、紀州藩へ四百石で召抱えられたが、その時、田宮抜刀流居合元祖田宮長勝の玄孫田宮孫次郎左衛門成道と試合をし、引わけに終ったと『乞言私記』にある。『柳生流秘書』

には、この小夫流について、『柳生より構はれ候につき小夫流と号す』とはっきり記述されてある。小夫家は三代目の小夫幡左衛門の時、不行跡のため改易され、流儀は門弟の西脇勘左衛門が引き継ぎ、後に『西脇流』と改めたという。

凍《いて》鶴《づる》

「松永さまが傀儡子《くぐつ》人形《でこ》になってしまわれた」

西田屋の人々は声をひそめてそう云っている。勝山の横死以来、そういわれても仕方のない変化が、誠一郎の顔貌《がんぼう》、挙措に生じている。感情と、なによりも生気が、一切消えてしまっているのだ。まるで人間の抜殻《ぬけがら》を見るようだった。

まったく表に出ない。日がな一日、西田屋の離れに端坐《たんざ》して、狭い中庭を見つめている。この寒さにもかかわらず、火桶《ひおけ》は断って、まるで氷室《ひむろ》のような座敷に坐《すわ》っている。食事は運んでゆけば食べるが、放っておけば何日でも食をとらずに過ごすのではないかと思われた。湯茶は一切とらない。湯屋にもゆかず、髭《ひげ》も当らない。不精髭に蔽《おお》われた顔は、益々《ますます》表情を消し、人形じみて来るのだった。

だが、誰《だれ》かが誠一郎に、今のあなたには感情がない、と云ったら、誠一郎は仰天しただろう。まるであべこべなのだ。誠一郎にとって、今の己れには感情しかない。どうしようもなく、強い感情の虜《とりこ》になっている。感情の質は、悔恨であった。激しい悔恨の念が、巨大な氷のかたまりとなって、胸一杯に塞《ふさ》がっている。その氷がどうやっても熔《と》けてゆかないのである。

誠一郎は、身も世もあらず、勝山に恋いこがれたわけではなかった。惚《ほ》れた、という点では、高尾の方が遥《はる》かに上である。だが勝山には、一点だけ、高尾にないものがあった。苦境である。傴僂《せむし》の老爺《ろうや》に扮《ふん》して日々を送らねば生きてはゆけないという、想像を絶した苦しい状況である。なによりもそれが哀れで、誠一郎は捨てておけなくなった。だから通った。通うことによって、勝山の頼りにする気持も強まり、別れの悲しさも増す。益々頻繁《ひんぱん》に通わねばならなくなる。まるで泥沼《どろぬま》に足を踏みこんだようなものだった。揚句の果てに、勝山は惨殺《ざんさつ》された。

嘗《かつ》て幻斎が云ったことがある。

「なまじの情けは、仇《あだ》だ。我身が罪つくりに出来ていることを、日毎《ひごと》夜毎、神仏にお詫《わ》び申し上げるんだね。出来るこたぁそれしかねえ。また、それ以上のこたぁやっちゃいけねえんだなぁ」

またこうも云った。

「優しいてえのは悪《わる》なんだよ。誠さんは、女に出逢《でぁ》うたんびに、その女のために何も彼も棄《す》てようと思う。確かにそれが男の優しさだろう。だがね、たんびたんびそんなことをしてて、身がもちやすか？　誠さんの身だけじゃねえんだ。女の身だって、もちゃあしねえよ」

幻斎は正しかった。確かに「女の身だってもちゃあしねえよ」だった。何よりも勝山の非業《ひごう》の死が、それを証している。

誠一郎は自分の甘さを責めた。剣士として許すべからざる甘さである。その甘さの結果として勝山を喪《うしな》った。義仙同様、腕一本、脚一本を斬《き》りとられたに等しい。いや、失ったのが自分の腕、自分の脚だったら、まだ耐えることが出来る。それが他人の生命《いのち》であった時、人はどうすればよいのか。

今更悔やんでも仕方がない、と人は云うかもしれぬ。だが、仕方がないからこそ、悔やむのではないか。とり返しがつかないからこそ、顔に表情がなくなるほど苦しむのではないか。

誠一郎の心を蝕《むしば》んでいたのは、実はこの悔恨の念だけではなかった。人の世の優しさ、美しさの裏に潜んだ醜く残忍を極めた修羅《しゅら》に対する激しい嫌忌《けんき》。陰の世界で蠢《うごめ》く権力のぬめぬめとした触手。尋常人には到底敵対すべくもない、その強さと残酷さ。それがどうにもたまらなかった。勝山も高尾もおしゃぶも、限りなく優しく美しく、そして悲しいまでに脆《もろ》い。この脆く美しいものを守る者は、己れ自身の優しさを棄て、敵と同じくらい残忍非道にならなくてはならぬ。己れ自身を一個の修羅に変えることによってしか、敵の修羅に打ち克《か》つことは出来ぬ。だがそれは、己れにとって、正しく堕落ではないか。美しく優しい永劫《えいごう》の楽土を欣求《ごんぐ》して、果てしない修羅に堕《お》ちる。これほどの矛盾が世にあろうか。

棄ててしまいたい。何も彼も棄てて、山へ帰りたい。だが、勝山の死の前とは違って、何かが強くそれを阻《はば》んでいた。その何かこそ、悔恨の氷だったのである。誠一郎はまさに身動きもならなかった。じっと西田屋の離れに坐りこんで、己が内心の氷塊を見守っているしかなかったのである。

庄司甚之丞が、せかせかと座敷へ入って来ながら云った。

「今日は凍鶴《いてづる》になってしまわれました！」

大三浦屋の二階座敷には、いつもの顔が揃《そろ》っている。幻斎、三浦屋四郎左衛門、野村玄意、山田屋三之丞、並木屋源左衛門の五人である。

甚之丞は毎夕ここに来て、その日の誠一郎の様子をこの五人に報告するよう厳命されていた。

「凍鶴？ そりゃぁどういうことかな？」

肥えている上にめいっぱい厚着をして、そのくせ額に汗をかきながら、三浦屋四郎左衛門が尋ねた。

「これです、これ」

甚之丞が格好を真似《まね》てみせる。片脚で立って、片脚はあぐらをかくように曲げている。

「この姿のまんま、一刻《とき》(二時間)も……。少しおかしくなったんじゃないんでしょうか」

甚之丞は今にも泣き出しそうな顔になっている。

四郎左衛門が幻斎の顔を見た。

「一種の座禅だよ。どうってこたぁねぇ」

幻斎が吐き出すように云うと、四郎左衛門も玄意たちも、ほっとした表情になった。

「じゃぁ、放っといていいんで……？」

まだ納得出来ないような声で、甚之丞が訊《き》く。

「そうだ。放っとくしかねえ」

幻斎の声も表情も不機嫌《ふきげん》そのものだ。

「でも、もうかれこれ十日も……」

四郎左衛門の声は危惧《きぐ》に満ちている。

「放っとくんだ。十日や一月がなんだ。下手すりゃ一年も二年もかかるかもしれねえ。だが、必ず立ち直る。ありゃぁそういうお人だ」

「しかし……たかが女一人のことで……」

信じられないというように四郎左衛門が首を振るのへ、

「お前さん達とは出来が違うんだ。情が深いんだよ、誠さんは」

「亡八《ぼうはち》には向きませんね」

確かに、あまりに情が深すぎては、傾城《けいせい》屋の主はつとまるまい。

「当りめえだっ！　亡八者になり切れる男を、五丁町の惣名主《そうなぬし》に出来るかよっ」

幻斎の癇癪《かんしゃく》が爆発した。

「情が深えっていうのはな、おい、手前《てめえ》の感じていることを、とことんまで味わい尽すってことなんだよ。嬉《うれ》しけりゃ、他人まで嬉しくなるくれえ喜ぶ。悲しけりゃ、はたも泣きたくなるほど嘆く。辛《つら》いとなった日にゃ、どん底まで落ちて呻《うめ》くんだ。そこまで正直になれる男ぁ、千人に一人、万人に一人もいやしねえよっ。大抵はいい加減なところで折合いをつけて、手前の気持を手前で誤魔化しちまうんだ。誠さんはそんなみみっちい真似はしねえんだよっ」

しまいには、幻斎自身が泣いているような、そのくせ吼《ほ》えるような大声になっていた。なんと、その眼からは、果てしもなく涙が流れている。

一座はしいんとなった。

「泣きゃぁいいんだ、泣きゃぁ。一度、思い切り泣きゃぁ、ちっとは楽になるんだ。けど、いけねえ。あのお人にゃぁ、そいつが出来ねえんだ。辛いよなぁ。たまんねえよなぁ。替れるものなら、替ってやりてえよっ」

八十を越した老人とは、とても思えない激情を見せて、血を吐くようにいいつのる幻斎の悶《もだ》える姿を、遠く江戸町一丁目の待合の辻《つじ》で、肉眼で視《み》るようにまざまざと心眼で視ている者があった。おしゃぶである。この不思議な少女は、予知、読心の術のほかに、透視の術まで身につけていた。もっとも、この力は、初潮を見てから初めて気づき、使うようになったものだ。

待合の辻の縁台に、ちょこんと腰掛けて、足をぶらぶらさせているところは、なんの変哲もない愛くるしいだけの少女だが、その瞳《ひとみ》は、なまなかの大人より冷徹な知性の光を放っている。

そのおしゃぶが、嘆くように呟《つぶや》いた。

「五年……いいえ、せめて三年あとだったら」

深い溜息《ためいき》が洩《も》れる。

不意に瞳の色が変った。そこに唐突に現れたものは、驚くべきことに成熟した女さながらの激しい嫉妬《しっと》の表情だった。

「高尾さまにお願いするしかないわ。口惜《くや》しいけど。でも悋気《りんき》はいけないと、おばばさまがおっしゃった……」

自分で自分を納得させようとするのだが、それでも納得しきれずに、激しく頭を振った。黒髪がさらりと揺れた。


その翌日、誠一郎は高尾を揚げた。おしゃぶの、思いつめたような説得に負けた結果である。そもそも、この少女には奇妙な力があって、膝《ひざ》に手を置かれてせがまれたら最後、誠一郎は負けることにきまっている。

久しぶりに湯屋へいった。髪床にゆき、髭を剃《そ》り、髪を結って貰《もら》った。すべて、おしゃぶが手をひいてつれていった。誠一郎はまるで操り人形だった。元のすっきりした姿に戻るのに手間はかからなかったが、そこには矢張り欠落したものが感じられた。なによりも生気がない。弾んだものがなに一つ感じられない。表情も硬く、幾分尖《とが》っているようだ。そしてまたぞろおしゃぶに手をひかれて、尾張屋清六の揚屋《あげや》にいった。戸口で、おしゃぶは誠一郎の指をぎゅっと握ると、泣き顔を見せまいとするように、ばたばたと草履を鳴らせて走り去った。

高尾はいつもながら耀《かがや》く美しさだった。高尾がいるだけで、仄暗《ほのぐら》い座敷が陽光に耀き花々に埋まったようになる。今夜の誠一郎には、その耀きが耐え難《がた》い眩《まぶ》しさだった。

「いつもながら、そなたは眩しいようだな」

高尾にはその言葉が、叱責《しっせき》とも皮肉とも聞こえた。勝山は無惨に死んだのに、そなたは……そう云われているようだった。だが、高尾は何も云わない。

「誠さまは瘦《や》せんした」

一言そういっただけである。ひたすら酒をすすめ、こんな座敷では異様と思えるほど早々とおひらきにして、寝間に誠一郎をつれこんだ。吉原では『床いそぎする』といい、野暮《やぼ》の骨頂《こっちょう》とされている振舞いを、高尾自身がやってのけたのである。

床につく気は、誠一郎にはない。初めから朝まで酒を飲むつもりでいる。高尾も口をきかず、柔かいしぐさで酒を注《つ》いでくれるだけだった。誠一郎も無言で、果てしなく盃《さかずき》をあけている。

どれほどの時が経《た》ち、どれほどの酒を飲み干した末だろうか。誠一郎の上体が微《かす》かに揺れた。胸の中に居坐り続けていた氷塊が、咽喉《のど》もとまで上って来たような気がした。それを嚥《の》み下そうとする努力が、上体を揺らしたのである。

「あちきの膝へ……」

高尾が限りない優しさを籠《こ》めて云った。

「あちきの膝へ吐きなんし」

どこまでも柔かく優しく、高尾は誠一郎の顔を自分の太腿《ふともも》の間に伏せさせた。

「吐きなんし。おっ母さんの膝だと、思いなんし」

手がゆっくりと誠一郎の背を撫《な》でた。

突然、氷塊は号泣となって迸《ほとばし》った。誠一郎は、高尾の太腿の間で、身をよじりながら、泣きに泣いた。そして涙と共に、少しずつ、少しずつ、胸中の氷が熔けてゆくのが、誠一郎にははっきり感じられた。

「泣きなんし。気がすむまで泣きなんし」

高尾は観世音菩薩《かんぜおんぼさつ》のような表情で、背をさすり続けた。

すべての男にとって、娼婦《しょうふ》の膝は母の膝にかわる、と云う。男は無意識裡《り》に母の姿を求めて、娼婦のもとに赴くともいう。誠一郎は母を知らない。それでも、この時の高尾の膝の温かさを、まさしく母の温かさだと思った。誠一郎は泣きながら、明け方まで高尾の膝にしがみついていた。勝山の胸を己れの手で刺して以来初めて、誠一郎の胸中で氷が半ばは熔けたといえよう。

黎明《れいめい》が仄《ほの》かに障子を明るくしはじめている西田屋の寝間の中で、おしゃぶがにっこりと笑った。

傀《く》儡《ぐ》子《つ》舞《まい》

風が泣いている。

暮れるにはまだ刻《とき》があるのに、あたりは既に夕暮の薄明の中にある。その仲の町を、凍《い》てついた風が、ひゅるひゅるひゅる、音をたてて吹き抜けてゆく。

もう師《し》走《わす》(十二月)に入っている。今朝はとうとう大川が凍ったと、西田屋の雇人たちが騒いでいた。

誠一郎は昼過ぎから、その大川を見にいって、少し前に戻《もど》って来たばかりだ。何故《なぜ》か西田屋に足を向ける気にならず、この待合の辻の、吹きさらしの縁台に坐って、ぼんやり刻を消していた。

高尾の膝に縋《すが》って思いきり泣いたお蔭《かげ》で、悔恨の氷の大方は熔《と》けたようだ。悔恨は徐々に諦念《ていねん》にかわって来ている。だが、その氷が熔けてくると同時に、もう一つの思いが、前にも増して誠一郎の心を蝕《むしば》みだした。己れを残忍非道な修羅《しゅら》につき落すことへの嫌忌《けんき》感である。それはもう、どうにも耐えがたい強い顎《あご》で、かりかりと音をたてて、誠一郎の心を嚙《か》むのである。起きている間も、眠っている時も、それは誠一郎の心を、飢えそのもののように齧《かじ》り続けた。逃げ出せ、逃げ出すんだ、と誠一郎の本能は叫ぶのだが、何かがそれを引き留めている。その何かが、誠一郎にはどうしても摑《つか》めない。凍りついた心に、灼熱《しゃくねつ》の焦燥がかわった。何としてでも自分をこの場所に無理矢理引き留めているものの正体が知りたい。手掛りは無数にあるようでいて、いざ摑もうとすると、するりと逃げてゆく。果てしない徒労。

「近頃《ちかごろ》は狼《おおかみ》の顔におなりで……」

と甚之丞が五人組に報告した通り、誠一郎の顔は益々《ますます》痩《や》せ、顎は鋭く尖《とが》り、眼光だけが炯々《けいけい》として射るようである。正に、獲物に襲いかかる狼の顔であった。

ひゅるるる。また風が泣いた。

誠一郎はふらりと縁台を立った。どこへ、とも当てはない。ただ心内の焦燥が、いつまでもひとつ所にいることを許さないのである。誠一郎はようやくちらちらと灯《ひ》のつき始めた仲の町を左へ折れ、裏路地への道を辿《たど》った。なぜか裏路地の方が、今の自分にはふさわしいような気がした。曲りくねってゆくうちに、地べたに板を張った狭い道に出た。赤い提灯《ちょうちん》を下げた木戸。提灯には奇妙にのたくった字で『局』と書かれてある。道の真中に立って、左右に両手を拡《ひろ》げれば、指先が両方の羽目板に届くほどの狭さ。足もとの板が、きゅっきゅっと鳴る。

これは切見世《きりみせ》である。安い値段で、短い時間にらちをあける、安直な人肉市場。ここはその中でもひときわ悪名高い羅生門河岸《らしょうもんがし》である。誠一郎は吉原に着いた晩、幻斎に連れられて初めて此処《ここ》へ来ている。この中の何軒かの店で酒を飲み、盛りをすぎた女たちの、いつ終るともしれぬ愚痴をきいて廻った。それ以後、一度も足を運んだことはない。

「あっ」

　微かな女の声に、目をやると、肥《ふと》りじしの女だった。おれんである。幻斎に実際の齢《とし》をきかれて、小娘のように恥じて身体《からだ》をひねったのを、誠一郎はおぼえている。五十三才になるお化けのような女だった。

　誠一郎は足をとめた。

「おれんさんだったね」

「は、はい」

　五十三才の遊女は、思いもかけぬ誠一郎の言葉に、ぽっと頬《ほお》を桃色に染めた。

「酒を飲ましてもらえるかね」

「そりゃぁもう」

　いそいそと迎えに出て来た。上気して首筋からはだけた胸もとまで、桃色が拡がっている。

「おれんさん一人でもいいんだが、出来れば沢山と飲みたいなぁ。ひどく滅入《めい》ってるんだよ。勿論《もちろん》、揚代はみんなの分を私が払う」

　おれんはちょっとがっかりしたようだが、気をとり直して、女たちを招集するために急いで出ていった。

奇妙な酒盛りだった。おれんの狭い店を内所までぶち抜いて、いい年の妓《おんな》が十二、三人。それに切見世のしけた亡八者が五人。車座になって、暗い行灯《あんどん》の下で、僅《わず》かな肴《さかな》で飲むのである。徳利は絶えず廻り、肴も廻される。誠一郎は終始無言だったが、集った人々は気にもとめず、夫々《それぞれ》に大声で話し合っている。初めは、陰気な客は無視されたのかと思ったが、やがて事情が全く違っていることに気づいた。誠一郎に構わず、勝手にのみくいをし、騒々しく喋《しゃべ》り合っているのが、誠一郎へのいたわりだったのである。ここにいる一人一人が、誠一郎の痛みを知っているのだ。それも、知識としてではなく、肌《はだ》で心で感じている。男運の悪い女たち。そのくせ男なしでは生きることの出来ない女たち。みみっちい稼《かせ》ぎしか出来ないながら、そんな女たちの気分を精々ひきたて稼がせてやっている底辺の亡八たち。誰もが、幾度も幾度も傷つき、宴の中にもとけこめないような辛い痛みに耐えたことのある人たち。だからこそこの男女は、誠一郎の痛みを自分の痛みとして感じとる心をもっている。構わず、放っておいてくれる優しさをもっている。誠一郎は泣けそうになった。これはなにかに似ている。今までも幾度かこうした優しさにくるまれたおぼえがある。誠一郎は、心の中で思わず驚きの声をあげた。それは獣たちだった。肥後山中の獣たち。その優しい目で、子供の頃の誠一郎は、何度救われたか分らない。あのものいわぬ獣たちの優しさは、この人々の騒々しさに隠した優しさと正しく同質のものだった。そういえば、この暗い切見世の中は、肥後山中金峰山《きんぽうざん》の洞窟《どうくつ》そっくりだった。雪のくる前の洞窟同様、外には凍った風が吹いている。明日の朝も、水を汲《く》む前に、まず分厚い氷を割らなくてはなるまい……。やすらぎがあった。山にいるのと同じやすらぎである。どうして肥後に帰らねばならないのか。観ずればここも山中と何の変りもないではないか。耳をすませば、風が鳴り木々のふれあう音もきこえてくるかもしれぬ。誠一郎は今、はっきりと泣いていた。やすらぎの中で、沁々《しみじみ》と泣いていた。

「仲間にいれてくれよ」

幻斎だった。一升も入りそうな瓢《ふくべ》を片手にさげている。

「どうぞ」

誠一郎が涙の顔でにこっと微笑《わら》った。幻斎は照れたように、頭をかいて、

「連れがいるんだが、いいかい、みんな」

「女子《おなご》ざんすね、こん畜生！」

おれんが陽気に叫んだ。

「俺《おれ》の女じゃねえ。ほんとだよ。誓うよ」

「なら堪忍《かんにん》して上げんすよっ。怪しいもんざんすけどねえ」

女たちが一様にどっと笑った。

「おい。いいってよ。へえんな、へえんな」

幻斎がうしろにいうと、さっさと上りこんだ。狭い入口に立ったのは、高尾だった。流石《さすが》に女たちが一瞬声をのんだ。全盛の高尾太夫が、切見世に姿を現すなど、ありうべきことではない。片手に鼓をもって小腰をかがめた。

「お邪魔しんす」

さらりといって上った。忽《たちま》ち盃がまわり酒が満された。座は果てしもなく盛上っていった。唄が出、茶椀《ちゃわん》を叩《たた》いて拍子をとる亡八が出た。

不意に、『みせすががき』の三味線の音が、一斉に湧《わ》き起った。吉原の店開きの刻だったのである。誠一郎はしびれるような思いでその音色を聞いた。

「誠さん」

幻斎が低く語りかけた。

「わしら傀儡子《くぐつ》はね、悲しい時、辛い時に踊るんだ。悲しさは、静かな場所より、賑《にぎ》やかな場所が似合うんだね」

誠一郎は無意識にうなずいている。

「どうだい。踊ってみねえか。白々明けまで、夜を徹して踊ってみねえか」

「踊りましょう！」

誠一郎は立った。踊りのふりは知らないがそんなことはどうでもいい。ふつふつと胸に衝《つ》き上げてくるものがある。このままではおかしくなってしまいそうな衝動だった。

「よいかな、その言」

一声喚《わめ》くと、幻斎がとび出した。裸足《はだし》のまんま踊りだす。誠一郎はその振りを真似《まね》ながら後についた。高尾が、そして切見世の女たちがそれに続いた。長い行列になった。そのまま『みせすががき』の音にのって、京町二丁目から水戸尻《すいどじり》に出、そこから逆に仲の町を大門に向う。踊り手は、ゆく先々で増えていった。太夫が、格子《こうし》が、遣手《やりて》が、禿《かむろ》が……やがて亡八から消炭、首代《くびだい》、帳づけまでまきこんで夥しい踊り手の大群にふくれ上った。その大群衆の中で揉《も》まれながら、誠一郎は無我夢中で踊っている。

（いいじゃないか。修羅へ落ちよう）

踊りながら、一つの決意が、はっきり固まってゆく。

（こんな素晴しい獣たちのために、喜んで修羅に落ちよう）

『みせすががき』の三味のほかに、太鼓、鼓、笛までまじって、この時はずれの傀儡子舞はいつまでもいつまでも、五丁町の中を荒れ狂っていった。

歳《とし》の市

師走の十七日。大川がまた全面的に凍った。

「なにもよりによってこんな日に旅立つこたあないじゃありませんか」

待合の辻の縁台に腰をおろした三浦屋四郎左衛門が、分厚い襟巻《えりまき》に鼻を埋めながら、怨《えん》ずるように幻斎に云った。

「まったくで。折角観音さまの歳の市だってえのに、こりゃああんまりってもんで……」

西田屋甚之丞も、洟《はな》をすすりながら云う。

幻斎が苦笑して応《こた》えた。

「おいらに苦情をいったって仕様がねえよ。文句があるなら、誠の字にいいな、誠の字に」

「めっそうな。惣名《そうな》主《ぬし》さまに文句などいえるもんじゃございませんよ」

四郎左衛門が、大慌《おおあわ》てで、しきりに手を振りながら云う。手の一振りごとに、その巨体がぶるぶると震える様が、厚着をした着物の上からでも窺《うかが》えた。旅姿の誠一郎がおしゃぶの手をひいて、西田屋を出て来るのが見えた。

浅草寺の歳の市は、昔は十二月三日と八日だったり、九、十の両日だったりしたが、新吉原の出来た頃は、十二月十七、十八の両日と決っていた。歳の市とは、詰《つめ》の市、斎満《さいみつ》の市ともいい、歳末に開かれ、正月に必要な品々を商う。江戸初期には、浅草寺の市が江戸唯一《ゆいいつ》の歳の市で、江戸の各町は愚か、関八州の百姓まで集って、一年中の買物をした。

この日、諸大名、旗本、大店《おおだな》では、家人数名に革羽織を着せ、用心籠《かご》や長持をかつがせて乗込み、正月用品を夫々《それぞれ》きまった店で買い求める慣例だった。新吉原では棟梁《とうりょう》はじめ出入の者を集め、花々しく繰りこませた。用心籠に新年用品をつみこみ、籠の左右に箒《ほうき》をさかさに立て、おかめの面を飾り、景気をつけて帰途についたものである。途中並木の万年屋、上野広小路の雁鍋《がんなべ》、駒形《こまがた》の川増、馬喰町《ばくろちょう》の鴨南蛮《かもなんばん》など、立ちよる料理屋もきまっていて、盛んな宴を張るのを、吉例とも見栄《みえ》ともしたという。

歳の市の売物には、しめ飾りだいだいから、摺子木《すりこぎ》、火打石、金火箸《かなひばし》まであったが、更に金勢《こんせい》さまという傾城屋《けいせい》が内所に飾る大陽物の張り型や、遊女の伊達《だて》道具である大羽子板もあった。今日の羽子板市はその名残りである。市は浅草寺境内は勿論《もちろん》、遠くは浅草橋から蔵前、駒形と道の両側に小屋掛けが出来、それが並木通りから雷門へと続いたという。一方では雷門から広小路、田原町、稲荷《いなり》町へと続き、上野の山下にまで及んだ。盛況思うべしである。

この日はまた新吉原のかきいれの日でもあった。常とは違って、昼店から客はどっと押し寄せて来るものと思われた。『みせすががき』も、この日ばかりは夕闇《ゆうやみ》を待たず始めねばなるまいということで、九ツ半（午後一時）からと、寄り合いでとりきめたばかりだった。

その九ツ半に誠一郎は旅立つ。行先は京である。

狂乱の傀儡子舞の翌日、誠一郎は幻斎に、正式に西田屋を継ぎ、吉原五丁町の惣名主になる決心を告げた。幻斎はじめ五丁町の名主たちは狂喜した。傀儡子一族にとって、天子は、公方《くぼう》（将軍）とは比較にならぬ重い意味をもつ。中世期を通じてなんらかの形で天子の供御人《くごにん》でなかった『道々の輩《ともがら》』はいないといっていい。天皇供御人になることによって、はじめて『諸国往反《おうばん》勝手』の特権を受けることが出来たからだ。

しかも、彼等にとって安全な『無縁の地』、所謂《いわゆる》『山野河海《さんやかかい》』は、本来天子のものと認められていたからこそ、地方の権力者も恣《ほしいまま》に犯すことが出来なかったのである。傀儡子族も『道々の輩』のひとつである。天子はその存在のいわば中心にあった。その天子の血を引く誠一郎が、新吉原の惣名主に、即《すなわ》ち傀儡子族の総帥《そうすい》になってくれたのである。泣いて喜んで当然といえた。

だが惣名主になる前に、誠一郎には先《ま》ずしなければならぬことがある。己が出自を明白に公儀に認めさせることだ。そのためには、京へゆく必要があった。なんらかの伝手《つて》を辿《たど》って仙洞御所《せんとうごしょ》に後水尾院を訪ね、宮本武蔵の証言と、証拠である『鬼切の太刀』を、院にお見せしなければならない。誠一郎の目的は、今更、院に皇子《みこ》の一人として認めていただくことではない。京所司代にただ一言、

「朕《ちん》の死児のようだ」

と云って戴《いただ》ければ足りる。古傷を抉《えぐ》られて、さぞ幕府は狼狽《ろうばい》するだろうが、どうしようもない筈である。せめてそれが公《おおや》けにならぬことで満足するしかあるまい。たとえ極秘扱いにしても、幕閣の者はすべて知ることになる。酒井忠清がいかに老中首座といえども、『院の死児』を惣名主にいただく新吉原に圧力をかけることは躊躇《ちゅうちょ》する筈だった。

旅立ちに、わざわざ歳の市の日を選んだのは、実は幻斎である。裏柳生、乃至《ないし》は酒井の手の者に、誠一郎の旅立ちを伏せる恰好《かっこう》の日だと思ったからだ。この人ごみでごった返す中で、深編笠《ふかあみがさ》で面《おもて》を隠した誠一郎を見つけることは、海辺の砂の中に金の粒子を拾うよりむずかしかろう。護衛の玄意と首代たちは、既に平服のまま、先行している。川崎あたりで様々な形の旅姿に変り、さりげなく誠一郎の前後を守って道中する手筈になっていた。

「では」

誠一郎は短くいった。幻斎が、四郎左衛門が、甚之丞が、おしゃぶが、かすかに頭を下げた。みんな、この『待合の辻』から先には行かぬきまりだった。大門の面番所にいる隠密同心の眼をはばかったのである。老中が敵では、すべての幕臣を警戒する必要があった。

誠一郎はゆったりとした足どりで大門を出た。五十間道のゆるやかな上りにかかる。不意に、新吉原じゅうの傾城屋から『みせすががき』の三味線の音が湧《わ》き起った。誠一郎は足をとめ、振返った。新吉原は眼下にある。浮きたつような、そのくせそこはかとない淋《さび》しさを秘めた『みせすががき』の音が、誠一郎の胸を騒がせた。高尾の顔がちらりと掠《かす》める。昨夜、これを最後と高尾を抱いた。五丁町の惣名主になれば、花魁《おいらん》は抱けぬのが吉原のきまりである。高尾は一晩中泣きながら誠一郎にしがみついていた。

「主さんに……惚《ほ》れんした」

勝山の声が甦《よみがえ》ってくる。『みせすががき』の音が、荒寥《こうりよう》たる辛さと悲しさを帯びてきこえた。

(俺《おれ》は、今日まで、何をして来たのか)

誠一郎の頬が濡《ぬ》れている。丁度四月《よつき》前、初めてこの坂に立ち、初めてこの音を聞いて、自分が今と同じように泣いたことを、誠一郎ははっきりと思い出していた。

後記

大正十二年九月一日の関東大震災で、新吉原は壊滅した。焼跡には夥《おびただ》しい遊女の死体が転り、お歯黒どぶは水ぶくれになった遊女たちで埋っていたという。

この遊女たちが、お互いの身体をロープでつないでいたことが、評判になった。鬼のような楼主たち（昔の亡八《ぼうはち》ども）が、遊女がこの機会を利して逃亡することを恐れ、こうしてロープでつなぎ合わせた、このために、女たちは自由に逃げることが出来ず、この惨状を招いた、と多くの人々が語った。ロープの最先端にいたのが、殆《ほと》んどいわゆる牛太郎であったことが、この噂《うわさ》に輪をかけることになった。勿論《もちろん》、遊女たちの監視人、と信じられたからだ。

大震災直後に生れた僕《ぼく》でさえ、この噂を長いこと信じていた。それほどこの噂は深く長く流布《るふ》されていたのである。

僕が真相を知ったのは、戦後も大分たってからだ。牛太郎の役割は、監視ではなかった。大地震と火事のショックで、オロオロと逃げまどうことしか出来なかった遊女たちを誘導するために、ロープをかけたのである。登山の場合のアンザイレンである。

このお蔭《かげ》で、多くの遊女は生命を拾い、誘導に失敗した牛太郎は遊女もろとも死んだ。彼等の何人かはアンザイレンしていなければ、逃げのびた筈《はず》である。若く、身も軽く、足も疾《はや》い。寧《むし》ろ彼等の方が犠牲者だったのである。

吉原は、遊女を逃さない（足抜きと云う）ために、どんなひどいことでもする。そういう固定観念さえなかったら、真相は即座に判明した筈であり、牛太郎たちの死は、称賛さるべき行為の結果とみなされた筈である。

吉原を語る場合、この事件は極めて象徴的であると僕は思う。吉原が遊女たちを縛り、足抜きをふせぐためにどんな残虐《ざんぎゃく》なことでもするというのは、本当に事実なのだろうか。

人々は様々な例をあげて、これを証明しようとする。

例えば吉原には、出入口が一ヶ所しかない。大門《おおもん》である。しかもこの大門の両側には、昔、面番所と称する、町奉行所の隠密同心の詰所と、吉原者が詰める会所、所謂《いわゆる》四郎兵衛番所があり、常時、門の出入りを監視していたと云う。また例えば、廓《くるわ》のまわりには、お歯黒どぶといわれる幅五間の濠《ほり》をめぐらせ、脱出を防いでいたと云う。

だが多くの人は、このお歯黒どぶに九ヶのはね橋がかけられ、そのおろし口が吉原側にあったことを知らない。十二月の歳《とし》の市には、このはね橋をおろして、人々の出入りを便にしたと云う。

更に面番所は手配中の犯罪人を見張るためのものである。隠密同心が遊女の足抜きを見張るわけがない。四郎兵衛番所の方は、確かに遊女の監視もしていたかもしれないが、それが主たる目的ではない。この会所の真の目的は客の監視にある。客が、見返り柳の前に立てられた高札《こうさつ》の文言を守るように見張るのである。いかなる大大名も供揃《ともぞろ》いを引きつれて大門をくぐることは許されず、いかなる大商人も駕籠《かご》のまま入ることは出来ない。馬も駄目《だめ》だ。大門を乗物にのって通れるのは、緊急時の医者に限られている。つまり吉原の中は、完全に平等なのである。士農工商の階級は消え、男と女だけになる。そうなるように見張るのが、四郎兵衛番所の主な役割だった。これに較《くら》べれば遊女の足抜きの監視など瑣末《さまつ》な業務にすぎない。その上、元吉原の時代、新吉原の初期には、遊女は望めばいくらでも外に出ることが許されていた。数多くの川柳がそれを明かしている。

奇妙なことがある。

「遊女籠の鳥説」を追ってゆく間に気づいたことだが、この噂を弘《ひろ》めたのは、どうやら吉原自身ではなかったかと思われることだ。
では何故、吉原は明かに己れに不利になる筈の噂を、自分の手で拡げなければならなかったのか。

徳川幕府の制度から見れば誠に驚くべきことだが、吉原の内部は完全な自治が認められていた。何が起ろうと町奉行所の手は一切入らない。五丁町の町年寄たちがすべてを処理する。彼等が処理しきれない事件の場合だけ、町奉行所に訴え出て、処理して貰うのである。初期の吉原では、廓の中で武士が殺された場合は殺され損という不文律さえあった。

江戸の中で、これほどの自治が許されているのは寺院しかない。そして寺院と吉原に共通していることはただ一つ、無縁ということだ。無縁とは俗世間や、そこにいる一切の身内、親族、友人と完全に縁を絶つことを云う。例えば重要犯罪は一族連座という苛酷《かこく》な法令が施行されている中で、寺に入り僧侶《そうりょ》になることで罰をまぬかれた子供たちは夥しい数にのぼっている。無縁になることによって、法律の適用を免除されるのである。これと同様のことが吉原の内部でも行われていたのではないか。人は大門をくぐることによって、一時的にではあるが無縁になる。客についていえば、少くとも彼等は俗世間の階級制度から解放される。だから大名も農夫も同じ太夫を呼ぶことが出来る。そして遊女には客を振る権利が認められていたから、時として、大名が振られ、農夫が得恋するということも起りえたわけだ。そして遊女たちの方も、年季さえ明ければ、武士、商人、農夫の区別なく、誰《だれ》と結婚することも自由だった。これほどの自由が許される場所を示す言葉は一つしかない。中世の公界《くかい》である。公界とは、堺《さかい》や桑名《くわな》に代表される、権力不入の地、今風にいえば自由都市のことだ。

徳川幕府が、この中世の公界を抹殺《まっさつ》するためにどれほどのことをしたかは歴史に明かである。その幕府のお膝元《ひざもと》である江戸市中で、敢《あえ》て公界たることを貫き通したのが吉原だったと考えるのは突飛にすぎるだろうか。だが史実を偏見なく読めば、そうとしか解釈出来ないのである。

勿論、吉原はこの事実を人に知られることを避ける必要があった。幕府を刺戟《しげき》しないためにもそうしなければならなかった。そこで考え出されたのが、例の「遊女籠の鳥説」だったのではないか。五丁町の亡八たちは、自分たちを悪の権化《ごんげ》と宣伝することによって、本来は自由な吉原に、極度に不自由な場所というイメージを与えようとしたのではないか。

だが世間は知らず、幕府がそんなことで誤魔化される筈がない。幕府は明かに吉原が公界であることを知っていた。従ってその本来の政策上、吉原をつぶそうとした筈だし、その試みは歴史の中に何回も刻まれている。だが不思議なことに、この試みは常に挫折《ざせつ》し、吉原はしぶとく生き残っていった。幕府がその巨大な権力をもってしても、吉原をつぶすことが出来なかった理由とは何か。ここに大きな謎《なぞ》がある。

僕は、この僕にとっては初めての小説の中で、敢《あえ》てこの巨大な謎に挑《いど》んでみた。勿論、浅学非才の身である。吉原、その他についての誤りは数多いと思われる。大方の御叱正《しっせい》を乞《こ》う次第である。

最後に、この作品を週刊新潮に連載する労をとって下さった野平健一氏、連載中、絶えず激励して下さった宮沢章友氏と三輪晋氏、並びに出版化に当って絶大な御努力をたまわった初見國興氏に、心底から感謝申し上げる。

（昭和六十一年正月）

解説

磯貝勝太郎

近年、歴史・時代小説にいささか新鮮味が乏しいとおもわれる、ひとつの原因は、書き手である作家が、ありふれた素材を、パターン化した発想と貧弱な想像力によって、安易に扱っているからだ。陳腐な素材、ありきたりの発想、型にはまった想像力、手なれた手法などでは、読者をひきつけることができないことは、いうまでもない。

しかも、七〇年代から八〇年代にかけて、大佛次郎、海音寺潮五郎、五味康祐、柴田錬三郎、山岡荘八らの老練な作家が、あいついで亡くなったことや、新しい書き手が容易に育たないことなどのため歴史・時代小説の分野が、沈滞気味だという印象をうける。歴史・時代小説は、現代小説とは異なって作法上の約束ごとが多く、年季も必要で、新人作家が容易に育たないので、あいついで他界したベテラン作家によって生じた空白を埋めることは、たやすくはできないのである。

そういった状況下にあった歴史・時代小説の世界に、強烈なインパクトと活性化を与えたのは、隆慶一郎の登場であった。隆慶一郎が処女作である「吉原御免状」を「週刊新潮」（昭和五十九年九月二十七日号〜六十年五月二十三日号）に連載していた際、毎週、わたくしは、この長編を読むことが楽しかった。なぜかといえば、扱っている素材や作者の発想、想像力が特異で斬新《ざんしん》だということに感銘をうけたからである。連載が完結し、刊行された翌年の『昭和六十二年版 文芸年鑑』（新潮社刊）に、わたくしは『吉原御免状』が、特筆に値する伝奇小説であり、隆慶一郎が将来を期待できる大型の新人作家だと書いた。その後の隆慶一郎は、大型作家としての活躍の歩幅をひろげ、力量を発揮している。

『吉原御免状』は、肥後の山中で剣客の宮本武蔵に育てられ、二天一流の剣を学んだ二十六歳の松永誠一郎が、武蔵の遺言に従って吉原を設立した庄司甚右衛門を訪ねた際、幻斎と名乗る奇妙な老人と出会い、吉原を案内されているうち、『神君御免状』（徳川家康が吉原に色里御免のお墨付《すみつき》を甚右衛門に与えた特権文書）を狙《ねら》う裏柳生の執拗《しつよう》な襲撃をうけたのを発端《ほったん》として、その物語が展開してゆくのだが、なぜ、家康は甚右衛門という人物だけに吉原の設立を許したのか、売笑の独占権を幕府権力で守ったのは何故か、等々の吉原の謎《なぞ》や、徳川家康の影武者説をモチーフとして、誠一郎の出生の秘密、裏柳生との宿命的な対立などをからませ、複雑なストーリーの展開する『吉原御免状』は、魅力に富む、読みごたえのある伝奇小説だ。

この作品で吉原の謎にチャレンジした作者が、独自の発想と想像力によって、従来の吉原観をくつがえしてしまったことは注目に値する。『吉原御免状』のタイトルから連想されるのは、この長編が芝居や時代小説でおなじみの、男客を遊ばせる遊廓《ゆうかく》、吉原という、ごくありふれた素材を扱っている作品にすぎないのではないか、ということだが、作者はありきたりで、手垢《てあか》にまみれた素材ともいうべき吉原を、斬新な発想と視点で見直すことによって、新鮮で魅力ある素材に転換させ、個性的な想像力の翼《つばさ》をひろげ、伝奇小説としての特異な作品を創作しており、それが『吉原御免状』の際立《きわだ》った特色となっている。さらに、徳川家康という素材を扱う場合にも読者の意表をついた発想と想像力に妙味があり、ことに、特殊な職業を持って全国を流浪した〝道々の輩《ともがら》〟とよばれるひとびとに対して、作者が着眼していることは、わたくしにとって興趣深いのである。

〝道々の輩〟とは、傀儡子《くぐつ》、山伏、陰陽師、勧進聖《かんじんひじり》、説経師、楽人、舞人、猿楽師《さるがくし》、遊女、巫女《みこ》など、特殊な職業を持ち、全国を自由に往来した漂泊のひとびとだ。彼等は〝公界《くかい》往来人〟ともよばれ、桃源郷、あるいは、理想郷である「公界」の地を形成し、おのれ以外の主を持たず、何人にもその心身を縛られない自由の地を築くことを理想としていたが、為政者にとっては、彼等はきわめて都合の悪い存在であった。徳川期になると、いずれの大名領にも属そうとしない彼等は、厄介《やっかい》な存在そのものとなったので、徳川秀忠は、彼等の自由を抑圧しようとした。「公界」を幕府の直轄《ちょっかつ》地とすることや、〝道々の輩〟をしめつけるために、彼等を非人、乞胸《ごうむね》などの賤民《せんみん》として差別し、社会の片隅《かたすみ》に追いやった。この秀忠の圧力に抗して、傀儡子の一部が庄司甚右衛門を中心に結束し、自分たちの自由を守ろうとした。その自由を守るための拠点が吉原であった。このような発想によって吉原を考えると、吉原の謎が解けてくるというのである。

従来の吉原に対するわれわれの考え方やイメージによれば、例えば、吉原の周囲をかこむ幅五間の濠《ほり》であるお歯《は》黒《ぐろ》どぶは、遊女の脱走を防ぐために設置されていた、と考えられていたのだが、作者の発想によると、遊女を守るためのもので、吉原そのものが城のように見えてくるという。吉原の内部は完全な自治が認められており、〝道々の輩〟のひとびとが築いた「自由街」、「公界」とも考えられる。「公界」は、いわば桃源郷だったので、自由を嫌《きら》う為政者の徳川秀忠は、「公界」を「苦界《くがい》」とよび、暗いイメージを作りあげる陰謀を企て、裏柳生を駆使し、吉原をつぶしにかかった。その際に、当然のことながら家康が甚右衛門にさずけた『神君御免状』が邪魔になる。しかも、その御免状には、家康の直筆による謎の三文字が書き込まれており、それが家康自身の謎と重なるのである。

前述したように、作者が漂泊のひとびとである〝道々の輩〟の存在に着眼し、『吉原御免状』を書いたことに、興味をひかれる。かつて、わたくしは〝道々の輩〟とよばれるひとびとに関心を持ち、調べたことがあるからだ。十年ほど前だが、司馬遼太郎論を書くにあたって、散楽《さんがく》の系譜を設定する必要に迫られたとき、この〝道々の輩〟ともいうべき漂泊のひとびとの存在に関心を寄せたのである。最近の司馬遼太郎は、文明史論家としての相貌《そうぼう》を顕著にしており、最早、小説を書かなくなったが、初期の伝奇小説には読者を陶酔させる興味深い作品が多い。処女作「ペルシャの幻術師」から、「兜率天《とそつてん》の巡礼」、「梟《ふくろう》の城」、「花妖譚《かようたん》」、「飛び加藤」、「果心居士《かしんこじ》の幻術」、「妖怪」、「空海の風景」にいたる諸作品を、わたくしは幻想的作品とよび、散楽の系譜を設定し、評論を書いた。

散楽の系譜とは、古代インドのバラモンの魔術と古代ペルシャの拝火教の呪術《じゅじゅつ》を原点とする散楽雑伎《ざつぎ》(西域を源流とする散楽雑伎をシルクロードを経て、中国、朝鮮、さらに、日本にもたらしたのは、渡来民族の秦氏《はたうじ》である）が、古代の日本に渡来した際、わが国の土俗的な雑密《ぞうみつ》、すなわち、空海が体系化する以前の原始密教の呪術、幻術や、修験道《しゅげんどう》の開祖の役行者《えんのぎょうじゃ》、あるいは、真言密教の呪術、幻術と習合《しゅうごう》したのち、山伏、傀儡師《くぐつし》、巫女、陰陽師、猿楽師、忍者らの〝道々の輩〟によって、時代が下る過程で、田楽、能楽、曲芸、忍術に分化、普及していったという推測をまとめたものである。前記の司馬遼太郎の諸作品の中に登場する幻術師、山伏、巫女、忍者らの演ずる幻術、幻戯《めくらまし》、曲芸、忍術などの妖術《あやかしのじゅつ》を理解し、これらの漂泊のひとびとが存在した意義を知り、司馬の幻想的作品を論ずるためには、散楽の系譜を不出来ではあるにせよ、設定しなければならなかったのである。

わたくしは司馬遼太郎に会うたびに、伝奇性豊かな幻想的作品を、さらに手がけてほしいということを伝えたが、真骨頂ともいうべき豊かな想像力を封殺し、最近では、歴史小説すら書かなくなってしまったことを残念に思っている。散楽の系譜をふまえた作家が、〝道々の輩〟といった漂泊のひとびとを素材とした作品によって、文壇に登場することを、祈りに近い期待感をこめて願っていたところ、隆慶一郎が「吉原御免状」を「週刊新潮」に連載、完結したので、わたくしは思わず、快哉《かいさい》を叫んだ。『吉原御免状』のなかで、〝道々の輩〟のひとびとのありようを描いた場面描写として、きわめて印象的なのは、「傀儡子一族」の章に見られる描写だ。おばばさまという妖艶の漂泊巫女《ふじょ》に催眠術をかけられた誠一郎が、夢の中で傀儡子一族のありようを見る場面では、小さな布袋の中から、一頭の牛をひっぱりだす幻術師の三浦屋四郎左衛門、その隣りで、二振りの剣を空中に投げ上げ、いわゆる、跳双剣（中国の擲剣）を使っている野村玄意と操り人形を使っている幻斎、そのうしろで鼓《つづみ》をうち、唱《うた》っている高尾らが、描かれている。小さな布袋から牛をひっぱりだす幻術は、観客に集団催眠術をかけて、幻戯を現出させるのである。山伏くずれの傀儡子は、街角で、幻戯、曲芸、操り人形などの妖術を見世物にして金銭を得た。巫女くずれの傀儡子は売春を生業《なりわい》とした。遊女の高尾も傀儡子だ。ちなみに、山伏、傀儡子、巫女らは密接な関係があり、ことに、山伏と巫女は夫婦になって村々を迴《めぐ》り、人々の病気を治療し、悪霊《あくりよう》ばらいをした。山伏は山野に臥《ふ》して睡《ねむ》る生活を続けたので、本来は山臥《やまぶし》といわれた。山伏には、山間の薬草、木根などで諸病を治す医薬術、催眠術、気合術、いわゆる修験道の三力とよばれる術を習得している者が多かったので、それらの術による治療、出産のための法力や、悪霊、盗賊から害をまぬがれる呪法などをおこなって世間の畏敬《いけい》と信頼を得た。だが、いかさま師的な山伏は、奇術めいた修法で人々をだました。行者くずれの山伏の中から傀儡子、大道曲芸師、忍術使いなどの〝道々の輩〟といわれるひとびとが、時代の経緯の中からあらわれて、人の目をくらます者が少なくなかったのである。

『吉原御免状』では、傀儡子一族を中心とした〝道々の輩〟をめぐる吉原の裏面史が、多くの関連史料で裏打ちされた自在な手法をとおして語られている。この手法は作者の隆慶一郎が、東京大学の仏文科で、フランスのサンボリスム（象徴主義）を専攻し、サンボリスムから、文学的生活を発足させていることと無縁ではないようにおもわれる。

大正十二年、東京の赤坂に生まれた隆慶一郎（本名池田一朗）は、旧制第三高等学校を卒業後、東京帝国大学文学部に入学したが、学徒出陣し、中国、満州を経て、宮崎県で終戦を迎えたのち、昭和二十年、東京大学に再入学。仏文科でサンボリスムを専攻し、マラルメ、バレリーらのサンボリスト（象徴派の詩人）について学び、彼等についての史料を探る過程で、歴史への興味と史料操作の手法に対する関心を深めるとともに、古《いにしえ》に帰ることの必要性をも知ったからである。後年、作家となり、時代小説を手がける際、史料に裏付けられた手法を適用し、ささいな史実の中に感動を覚え、史実から派生するバイブレーションに共鳴するのも、専攻したサンボリスムに関連があるにちがいない。東大仏文科を卒業後、師、小林秀雄を慕って東京創元社に入社し、三年間、編集にたずさわったが、退職したのち、立教大学、中央大学でフランス語を教えた。三十四年、中央大学助教授を辞任。その後は池田一朗の本名で映画、テレビのシナリオライターとして活躍し、「にあんちゃん」でシナリオ作家協会賞を受賞。司馬遼太郎の「梟の城」、「城取り」の両作品のシナリオを手がけたこともあるが、シナリオは映像に結びつくので、種々の制約をうけ、自分だけの、本当に書きたいところが書けないために、隆慶一郎の筆名で歴史・時代小説に筆を染めるにいたり、『吉原御免状』、『柳生非情剣』で第九十五回、第百一回の直木賞候補にそれぞれなった。『吉原御免状』には、傀儡子一族と裏柳生との全面対決を描いた感動篇ともいうべきその続編『かくれさと苦界行』（新潮社）がある。今後も綱吉、吉宗の時代を経て、庄司家がなくなるまで書き続ける予定だという。隆慶一郎の作品世界で、わたくしが最も関心を寄せているのは、『吉原御免状』の連作長編や、『吉原御免状』のモチーフの一つである「徳川家康の影武者説」を、さらに詳細にわたって展開させた『影武者徳川家康』、能と忍術、あるいは、能と柳生の剣術の関連を追究する意欲作「夜叉神の翁」（「野性時代」に連載中）、『吉原御免状』の松永誠一郎の父君にあたる後水尾天皇を、多彩な登場人物と共に絵巻物風に描く「花と火の帝」（「日本経済新聞」〈夕刊〉に連載中）などの散楽の系譜をふまえた作品である。ことに、「花と火の帝」には、幻術や呪術を使う山伏、念力・念波を使う超能力者、忍者らの〃道々の輩〃が登場するので、興趣深い作品だ。

隆慶一郎は散楽の系譜の世界に関心を持ち、幻術、幻戯、忍術などの妖術を使う傀儡子、幻術師、山伏、忍者らの〃道々の輩〃を、作品の中に登場させているが、散楽の系譜に関連した〃道々の輩〃のひとびとだけではなく、『吉原御免状』の三二七頁に記載されているごとく、海民・山民、職人、勝負師、公界僧ら様々の自由人ともいうべき漂泊のひとびとに対しても関心を寄せているのである。これらの一所不住、流浪の徒は、全国を自由に往来して理想郷の「公界」の地を形成し、おのれ以外の主を持たず、何人によっても自由を束縛されない自由の地を築くことを理想としたことについては、すでにふれた。近世になると、彼らは為政者によって自由を奪われ、差別されたので、〃道々の輩〃、あるいは、〃公界往来人〃として、彼らが歴史上で果した役割の重要性については、後世の歴史家から無視されてきた。

だが、近年の歴史家の中には、その点に着眼し、研究を進める学者もいる。そういった歴史家の著作を読んでヒントを得た隆慶一郎は、〃道々の輩〃のひとびとの視点から歴史の時代相を凝視し、作家としての型にはまらない発想と想像力で特異な作品世界を構築している。これからも、既成のパターン化した史観や歴史的な事実にとらわれないで、柔軟な発想と豊かな想像力によって、ユニークな作品を創作し、数多いファンの期待にこたえてほしい。

（平成元年八月、文芸評論家）

この作品は昭和六十一年二月新潮社より刊行された。

吉《よし》原《わら》御《ご》免《めん》状《じよう》

新潮文庫　り－2－1

平成元年九月二十五日 発行
平成十七年十一月十日 四十三刷改版
令和三年二月十五日 五十九刷

著者 隆《りゅう》慶《けい》一《いち》郎《ろう》
発行者 佐藤隆信
発行所 株式会社 新潮社
郵便番号 一六二―八七一一
東京都新宿区矢来町七一
電話 編集部(〇三)三二六六―五四四〇
読者係(〇三)三二六六―五一一一
http://www.shinchosha.co.jp

価格はカバーに表示してあります。

乱丁・落丁本は、ご面倒ですが小社読者係宛ご送付ください。送料小社負担にてお取替えいたします。

印刷・大日本印刷株式会社　製本・加藤製本株式会社

ISBN978-4-10-117411-2 C0193